큰 글
한국문학선집

윤기정 단편소설선

# 미치는 사람

# 목 차

# 거울을 꺼리는 사나이

## 1

용봉이는 며칠 전부터 집에서 돈 오기를 고대고대 하던 것이 오늘에야 간신히 왔다. 그 전에는 그렇게 신고를 하지 않고 선뜩선뜩 보내 주더니만 이즈막 은 노루 꼬리만 한 벌이였으나 그나마 그만 두었다 니까 벌이 할 적보다 적게 청구하더라도 여간 힘을 끼는 게 아니다. 아마 아버지와 형의 생각에 '벌이 도 못하는 녀석이 돈만 쓰나' 하고 밉쌀스럽게 여기 는 모양이다. 다른 때 같으면 돈 올 듯한 날짜가 약 간 어그러진 데도 그다지 조바심이 나도록 초조해 하지 않았으나 이번만은 전에 없이 돈 오기를 목을 늘여 기다렸던 것이다. 참으로 얼굴이 흉하게 생겨 시골집에 있을 적이나 서울로 올라와서나 추남으로 소문이 자자하게 높은 용봉이가 일금 백원여를 버젓하게 자기 집에다 청구해 놓고 날마다 몸이 닳고 목이 말라서 기다렸던 것도 그리 무리는 아니었다.

서울로 올라온 이후 세 번째나 연애를 걸었다가 번번히 보기 좋게 실패를 당하고 금년 이른 봄부터 차례로 네 번째! 이번에는 제법 톡톡히 거운거운 어울려들어 가다가 그나마 바로 한 이십일 전에 남이 보아 속이 시원하고 자기가 보아 질겁을 하게 되는 괴상하고도 얄궂은 선물 하나를 최후로 받고서 그만 막을 닫고 말게 되니 전에 없이 새삼스럽게 세상이 귀찮고 매사에 성질만 나서 속이 타고 화만 나는 데다가 더구나 더위는 날로 닥쳐 와 점점 불화로 속처럼 더워만 지는 서울 안에 하루를 더 머물러 있기가 과시 액색하였다. 그래 돈만 오면 즉시 서울을 떠나 원산으로 피서를 하러갈 작정을 하고 있었기 때문에 올 돈이 좀 더디어 무척 애를 태우고 안을 바쳤는 것이다. 며칠을 내리두고 밖에 나갔다가 하

숙집으로 돌아오기만 하면 주인 마나님을 대하자마자 첫째 말을 건네는 것이

"어디서 편지 안 왔나요?"

하고 묻는 것이었다. 그러면 마나님은 그 어글어글하게 생긴 얼굴에 의미 있는 듯한 미소를 띠우며

"아무 편지도 안 왔소. 또 어느 여학생한테서 올 편지를 그렇게 기다리유?" 하고 말한다.

"아뇨."

하고 자기 방으로 휘 들어가곤 하였다. 이래 내려오다가 오늘은 마당에 들어서자마자 마루 끝에 앉아 담배를 풀썩풀썩 피우던 마나님은 입에 들었던 곰방대를 쑥 빼면서 용봉이가 말을 꺼내기 전에 앞을 질러

"저, 그렇게 기다리는 편지가 오늘이야 왔수…… 도장을 찍어가니 돈이 오겠지 아마"

하고 벌떡 일어나 안방으로 들어가더니만 편지 한 장을 내다 준다. 그것은 틀림없이 그의 집에서 온 서류 우편이었다.

그럴 리는 없겠지만 '혹시 보내 달라는 것보다 덜

보내지나 않았을까?' 하고 약간 마음을 조이면서 봉투를 찢은 다음 편지 내용을 보기 전에 먼저 세골에 접힌 붉으스름한 돈표를 펴보았다. 그의 가슴 조이는 것은 헛수고였다. 일백원야(壹百圓也)라고 검은 빛으로 뚜렷이 넉자가 찍혀 있는 〈통상가와세〉였다. 새삼스럽게 집안사람들이 무척 고마웠다. 금시로 어깨바람이 저절로 나는 듯하였다. 저녁 밥상을 받고 앉아서도 몇 번인지 모르게 돈표를 폈다 접었다 하면서 혼자 기쁜 웃음을 즐겁게도 연해 웃었다.

내일 오전 중으로 우편국에 가기만 하면 십원짜리 열장이 자기 손에 쥐어질 것과 원산 가는 밤 막차 이등실 안에 자기 몸이 건들거리며 앉아 있을 것을 눈앞에 그려 보면서 남이 맛보지 못할 느긋한 행복을 혼자만 느끼는 듯이 빙그레 웃기도 한다. 그는 자기 집에 돈 한가지만 없었다면 설령 있다손 치더라도 그의 아버지와 형이 돈을 잘 주지 않았더라면 벌써 이 세상 사람이 아니었을는지도 모른다. 사는 게 허무하던 생각이 들어 죽고 싶다가도 돈 한 가지 부자유하지 않은 걸로 그 생각을 가시게 하고 '못난

작자…'라고 남들한테 손가락질을 받는 줄 번연히 알면서도 '내겐 돈이 있어' 하는 걸로 그 분풀이를 하며 이성과 좀 가까워질 듯 하다가도 마침내 천리 만리 거리가 떨어지고 말게 된 때 자살까지 하고 싶은 마음과 무한한 공허와 비할 곳 없이 쓸쓸한 심회를 눈물겹게 느끼다가도 돈 한가지로 해서 석시삭고 마음의 위안을 얻게 되는 것이다.

그는 조물주의 시기였던지? 삼신의 실수로 해서 잘못된 타작이었던지? 자기 어머니 뱃속에서 나올 적부터 아주 못생긴 편이었다. 허나 그의 아버지는 자식을 생각하는 마음에 얼굴은 못생겼으나 이름이나 잘 지어준다고 지어준 것이 용봉(龍鳳)이었다. 그렇지만 자랄수록 용과 봉을 닮기는커녕 점점 얼굴이 흉악망칙만 해가서 동네 사람들이 용봉이라고 부르는 대신에 못생긴 애라고 별명지어 불렀다. 그나 그뿐이랴 그의 집을 못난이집! 그의 부모를 못생긴애 아버지! 못난이 어머니! 하고 이렇게 마을 사람들이 불러 내려왔다. 용봉이는 자랄수록 얼굴 하나만이 못생겼다 뿐이지 사람된 품이 영리하고 똑

똑하며 경우밝고 인정이 많았다. 게다가 글도 잘 배
웠다. 몹시 영악했기 때문에…. 이해력이 다른 애들
보다 투철히 뛰어나고, 기억력이 놀랄 만치 풍부하
였다. 장난에 들어서도 남한테 뒤떨어지지 않았다.
산이면 토끼처럼 치다르고 나무면 다람쥐처럼 휙휙
으르고, 여름이 되어 개울이나 웅덩이만 보면 개구
리같이 뛰어들어 올챙이처럼 헤엄치느라고 해지는
줄 몰랐다. 시골서 베천이나 하는 꽤 부유한 집안에
태어난 용봉이라 얼굴은 못생겼으나 돈이 있는 덕
분에 열다섯이 겨우 넘어 장가를 들게 되었다. 혼인
날 당나귀를 타고서 색시집엘 가는데 거의 신부집
근처에 이르니 동네사람들이 보는 족족

"참 신부가 아깝다. 제기 저런 신랑이 연분이었드
람?"

"색시 인물이 분한 걸……재물도 재물이지만 홍!"

이렇게 신랑 귀에 들어오도록 크게 웅얼거린다.
얼굴에다 모닥불을 퍼다 붙는 듯이 홧홧하고, 귀에
서는 모기 소리처럼 앵앵거리며, 나중에는 현기증
까지 나는 것을 억지로 참으면서 신부집 마당엘 탁

들어서니 떠들썩하던 사람들의 소리는 별안간 쥐 죽은 듯이 고요해지고 이쪽 저쪽에 옹기종기 서 있는 사람들은 묵묵히 고개만 외로 꼰다. 도로 밖으로 뛰나가고 싶은 생각이 치밀어올랐으나 간신히 참았다. 가슴에서는 두방망이질을 하는데 이구석 저구석에선 여전히 여인네들이 둘씩 셋씩 몰려서서 수군거리고 있었다.

이러더니만 아니나 다를까 바투 그날 밤부터 과연 미인이었던 어여쁜 각시한테 그만 보기 좋게 소박을 맞고 말았다. 색시는 울며 겨자먹기로 시집살이라고 석달을 채우지 못하고 본가로 가더니만 죽기를 기쓰고 다시 돌아오지 않는다. 허나 용봉이는 "그까진 년 아니면 세상에 계집이 세상에 계집이 동났느냐"고 뽐내는 마음과 코큰소리를 하다가도 여기에는 제아무리 영리한 놈도 별 수 없고 지나치게 똑똑한 사람이라도 어쩔 수 없는 노릇인지 행여나 신부가 마음을 돌려 다시 돌아오지나 않을까 하고 헛되이 기다리고 기다려보았으나 달이 가고 해가 지나도 한번 간 색시는 영영 돌아올 줄을 몰랐다.

그리하여 사년 동안이나 한번 간 각시를 연연히 그
리워하면서 적적히 지내다가 이번에는 소박데기 하
나를 어물어물해 데려왔다. 그렇지만 그 여자도 일
년 동안을 마치 십년 맞잽이로 여기고 무던히 참다
가 마침내 머슴과 배가 맞아 가지고 어디로 갔는
지? 부지거처가 되고 말았다. 이리하여 용봉이에게
는 다시 적적하고 쓸쓸한 날이 찾아왔고 집안 사람
들도 그를 동정하기 마지않았다.

그의 약은 품이 남들한테 가엾게 여김을 받거나
동정해 주는 것을 달게 여기고 있을 위인은 아니었
다. 그래 서울로 뛰어 올라온 이후 잘해야 일년에
한두번 집에 내려가거나 말거나 하였다.

그는 보통학교도 우수한 성적으로 마쳤지만 그의
집에서 한 백리 가량 떨어져 있는 읍 상업학교를 S
우등으로 졸업했기 때문에 서울 올라오던 그 이듬
해 봄부터 어느 회사에 취직하게 되었던 것이다. 시
골 있는 그의 아버지는 자기 아들이 취직한 게 대견
도 하지만 그것보다도 무슨 일이든 간에 거기다가
마음을 붙이면 자기 못생긴 것을 비관도 덜 할 것이

며 혹시 모진 마음도 안 먹으리라고 일상 마음이 안
놓이던 것이 적이 안심을 하게 되어 돈을 붙여 달랄
적마다 그전보다도 더 잘 일장 분부로 아들의 뜻을
거스르지 않고 내려왔던 것이다.


## 2


　저녁밥을 먹고 난 용봉이는 우연히 손을 들어 머
리를 쓰다듬다가 너무 자란 머리카락이 거의 귀바
퀴를 뒤덮게 된 것을 깨닫게 되자
　'이러구야 떠날 수 있나?' 하고 모처럼 이발 할 결
심을 하게 되었다.
　제법 얌전하게 꾸며논 방 안이었지만 크든 작든
간에 거울이라곤 씨도 없기 때문에 머리가 얼마나
자랐는지도 모르고 지내지만, 더군다나 거울과는
아주 인연이 먼 아니, 거울 대하기를 심히 꺼리는
그로서 더구나 으리으리하게 버텨논 큰 체경 속으
로 자기의 얼굴 모습이 나타나는 것을 아무리 안 보

려고 애를 써도 줄잡아 세네번씩은 자기 눈에 띠니까 그것이 괴로워 머리를 깎으러 이발소에 갈 용기가 좀체로 나지 않아 미적미적 미뤄가는 버릇이 생겼다. 그런 버릇으로 해서 어느 때는 더벅머리처럼 돼서 가뜩이나 흉한 얼굴이 더욱 흉해보인 적도 적지 않았다.

오늘은 큰 결심을 하고서 벽에 걸린 액고자를 떼어 쓴 다음 밖으로 나와 어슴프레한 길거리를 천천히 걸었다 '어디로 갈까?' 하고 잠깐 속으로 망설였다.

집에서 나올 적부터 다른 때와 마찬가지로 꼭 어느 이발소로 가겠다고 작정하고서 나온 게 아니었기 때문에 이제 길에서 망설이는 것이다.

그에게는 단골 이발소가 없다. 말하자면 깎을 적마다 갈리는 편이다.

큰 길로 한참 내려오다가 어느 좁은 길로 들어서서 고개를 두리번거리며 이발관인 듯싶은 곳을 찾아보았다. 중턱쯤 올라오니 좀 멀리 떨어져서 붉고 푸른 빛 섞인 것이 나사처럼 빙빙 도는 게 보인다. 용봉이는 그 앞까지 가까이 와서 발을 멈췄다. 아무리 그 전 묵은 기억을 더듬어 올라가 보아도 왔던 생각이라곤 아예 안 나는 처음 보는 이발소였다. 그는 서슴지 않고 그 안으로 들어섰다. 요행히 머리 깎는 사람이라곤 하나도 없었다. 될 수 있는 대로 체경 있는 쪽을 외면하고 햇길을 내다보면서 옷을 벗어 거는 듯한 그 일까지 이르렀다. 모자와 양복 웃저고리를 벗으니 아이 놈이 받아건다.

"이리와 앉으시죠."

노상 젊은 이발사가 한쪽 교의를 가리키며 말한다. 소리나는 편으로 휙 돌이키는 바람에 자기의 얼굴이 벌써 체경 속에 나타나 있음을 보았다. 그의 가슴은 선뜩하였다. 그래서 이발사 섰는 앞으로 가까이 가는 동안 그는 자기의 발등만 굽어보았고 의자에 걸터앉아서도 두 눈을 꽉 감고만 있었다.

"어떻게 깎으시렵니까?"

"상고 머리로 깎아 주슈."

용봉이는 이발사가 묻는 말에 이렇게 대답하고 나서는 여전히 눈을 감은 채 오늘부터 한 이십일 전에 일어날 일을 눈앞에 그려가며 생각해 보았다. 자기의 얼굴을 거울에 비춰 보기는 바로 이십일 전에 한 번 있었고 오늘 지금이 두 번째이다.

매일같이 찾아오던 경애가 거의 한달 동안이나 오지 않고 아무 소식조차 없다가 하루는 기다리던 그는 안 오고 경애 대신 그가 보낸 소포(小包) 하나가 왔다. 용봉이는 아무튼지 반갑고도 기뻐서 조금 머무를 나위도 없이 즉시 그것을 조심성스럽게 헤치기 시작하였다. 싸고, 싸고, 또 쌌다. 겹겹이 싼 것을 헤치는 동안이 무척 지루하였다. 그리고 가슴이 조마조마 하였다. 이렇게 호기심과 기쁨이 갈마드려 무슨 귀중한 보물이나 찾아 낼 것처럼 마음먹었고 바랐던 것이 최후로 싼 한 껍데기를 베끼고 보니까―그나마 등판이 먼저 벗겨졌으면 그처럼 저상이 덜 되었을는지도 모를 것을 공교히 알맹이 있는쪽이 댓바람 툭 벗겨지는―손바닥만한 석경이었다. 질겁을 해 놀랐다. 정신이 아찔해지며, 맥이 확, 풀린다. 거울 한개뿐이지 그 외에는 아무 글발도 들어 있지 않다.

'이 거울이나 들여다보고 짐작이나 하슈.' 하고 비웃는 듯한 경애의 태도가 치가 떨리도록 분해서 견딜 수 없다. 옆에 놓인 목침을 번쩍 들어 거울을 향하여 이를 악물고 힘껏 내리쳤다. 거울은 아직근! 하는 큰 소리를 내며 산산조각이 나서 방안으로 하나 가득 헐어지고 말았다. 부엌에서 무엇을 하고 있던 주인 마나님이 눈이 휘둥그래가지고

"뭘 그류? 뭘 그래?"

하면서 한달음에 달려든다.

용봉이는 넋 잃은 사람처럼 멀거니 앉아서 아무 대답이 없다.

"그건 왜 그렇게 짓마수? 난 별안간 벼락치는 소리가 나게 깜짝 놀랐구료. 대관절 그 거울은 어디서 난건데 왜 깨뜨리는 게요?"

하고 달게 묻는다.

용봉이는 괴로운 듯이 고개를 흔들며

"아무 말씀 맙쇼."

하고 머리 뒤에다 손으로 깍지를 끼고서 반드시 드러누워 버린다. 좀 수다한 마나님은 연실 궁금중이 나서 기여이, 알고야 말겠다는 듯이

"여보! 나도 무슨 곡절인지 좀 압시다 그려"

대답을 하지 않으면 끝끝내 성가시게 굴꺼니까 그것이 귀찮아서

"그렇게 알구 싶으십니까? 저 얼마 전까지 자주오던 경애라는 여자가 있지 않습니까……."

"그래서"

신이 좀 나는 말씨였다.

"그 여자가 보낸 거랍니다. 이제 속이 시원하십니까?"

"그런데 오지는 않고 거울은 왜?"

용봉이는 적이 구슬픈 어조로

"뭐 알쪼죠……. 네 얼굴이 거울에 비치는 것처럼 그렇게 흉하고 못났으니 나도 나려냥 일후에는 다른 여자한테라도 짐작을 좀 하라는 그런 수작이겠죠."

"뭘? 그래서 거울을 보냈을라구 설마."

"아닙니다. 제 말이 조금도 틀리지 않습니다. 그래서 저는 지금 결심했습니다. 이 앞으론 생전 계집이란 요물과는 절대로 가까이하지 않기로 굳게굳게 맹세했습니다."

잠깐 숨을 돌려 가지고 다시 말을 이어

"이 세상에서 가장 어리석은 것이 사낸가 봐요. 다

시는 속지 말자면서도 번번히 요렇게 속고마니……. 아니, 그것은 알고도 속고 모르고도 속으니 그게 어리석은 물건이 아녜요? 인제야 설마 또 속겠습니까?" 하고 얼굴에 결심한 빛을 띠우면서 벽을 안고 돌아 드러눕는다. 마나님은 그의 거동을 보기가 하도 딱해서 마음먹고 한참 위로 한다는 것이

"얼굴은 저래두 맘씨 좋은 줄은 모르고….."

"누가 알아주나요…. 사실 내가 생각 하더라도 입 삐뚜렁이한테 어느 눈깔 먼 년이 뎀빕니까?"

"아냐, 아냐, 입은 삐뚤어졌어도 주라만 바로 불면 그만이지 뭐."

용봉이는 하도 어이가 없어서

"빛깔은 이처럼 검어도 속 고지식한 줄 몰라주니까 걱정이죠."

하고 용봉이는 제 출물에 픽 웃어버렸다. 그 웃음은 확실히 기막힌데서 나오는 탐탁지 않은 쓰디쓴 웃음임에 틀림없었다.

어느 틈엔지 머리를 다 깎고 나서 면도를 하려고 비눗물을 얼굴에다 바른다. 여지껏 눈을 한번도 뜨

지 않았다. 마치 술 취한 사람이나 조는 사람 모양으로 두 눈을 실눈으로도 뜨지 않았다. 면도하는 때에 눈을 뜨면 체경에는 바로 비치지 않겠지만 이번에는 지금까지 이상스럽게 여기고 있던 이발사와 시선이 마주칠까 봐 그것을 꺼리기 때문에 종시 눈을 감은 채 있었다. 이발사는 필시 빙글빙글 웃으리라. 그리고 다른 사람들도 자기의 얼굴! 또는 내리눈만 감고 앉았는 꼴을 흘깃흘깃 보면서 비웃는 웃음을 눈감은 내 얼굴에다 살대같이 쏟으리라. '예라! 너희 놈들은 어쩌든지, 나만 이렇게 보지 않으면 그만이다.' 하고 속으로 생각하면서 귀로는 면도칼이 살에 닿는 대로 아주 가냘프게 싸각싸각하고 털버지는 소리를 들으며 죽은 듯이 가만히 있었다.

얼마 지낸 뒤 등 뒤에서 참다 참다 못해 터져 나오는 듯한 킥킥거리는 확실히 조소하는 웃음소리를 그 안에다 남겨놓고 이발소 문 밖을 나와 버렸다. 불쾌하지도 아무렇지도 않게 생각하면서……. 오히려 무거운 짐이나 벗어논 듯이 마음의 후련함을 느꼈을 뿐이다.

# 3

용봉이가 밤 막차를 타고 원산역에 와 닿기는 바로 먼 동이 트기 시작하는 때였다.

역 밖을 나서서 인력거 한 채를 잡아 타고 해수욕장에서 그리 거리가 떨어지지 않은 일등여관을 찾아가 주인을 잡았다.

밤새도록 찻간에서 시달려 자는 둥 마는 둥 했기 때문에 여간 고단하지 않아 조반이 들어오기 전까지 세상 모르고 노그라져서 한참 포근히 잘 자고 났다.

아침밥을 먹고 나서는 즉시 해수욕장으로 나갔다. 벌써 사람들은 꽤 많이 나와 물 자맥질을 하는 빌에 헤엄을 치는 빌에 모래 위로 왔다갔다들 하는 빛에…… 야단법석들이다.

멀리 아마득하게 내다보이는 바다 저편! 크고 작은 배가 그림처럼 가만히 섰는지? 움직이고 있는지 잘 분별할 수 없게 떠 있고, 좌우편 널찍한 바닷물 위론 갈매기들이 떼를 지어 물에 잠겼다, 공중에 떴다 하고 한가롭게 날아다닌다. 바라보기만 해도 속이 시원한데 게다가 서늘한 바닷바람이 물결을 좇아오는 듯이 몰려와가지고 온몸에다 서늘한 맛을 휙휙 담아 붓는다.

용봉이도 옷을 훨훨 벗어붙이고 얼룩얼룩한 해수욕복 하나만 걸친 채 물속으로 뛰어 들어갔다. 오장 속까지 시원하다. 그래 한바탕 보기 좋게 물오리처럼 마음껏 헤엄쳐 돌아다녔다.

한참 만에 기운이 지친 듯해서 그만 모래사장으로 나와 네 활개를 쩍 벌리고 해를 향해 반듯이 누워 있었다. 구름 한 점 없이 맑게 개인 하늘이 차차 내려와 자기 몸뚱아리를 덮어 누를 것 같기도 하다. 이렇게 잠깐 쉰 뒤에 또다시 물로 뛰어 들어갔다. 물 속으로 들어가 한참씩 잠겼다가 물 위로 고개만 내밀어 숨을 쉬고는 다시 물 속으로 잠겨 버리곤 하였다. 이러다가는 경계선 바깥까진 세차고 수선스럽게 헤엄쳐 나갔다가 빠르게 도로 들어와 가지고 모래사장으로 올라와서 앉았다.

낮겨직 하니까 사람들이 둘씩 셋씩 떼를 지어 가지고 몰려나오느니 몰려나온다. 남자, 여자, 어린애

…… 이렇게 물 속에 들어가 있는 사람도 무척 많은데 볕이 쨍쨍이 내리쪼이는 모래톱과 양산을 버틴 아래와 또는 천막 속에서 쉬고들 있는 무리가 어지간히 많다. 용봉이는 해수욕장에서 간단한 점심을 사먹어 가며 온종일 물 속에서 살았다. 해가 뉘엿뉘엿해서야 그래도 서운한 듯이 겨우 여관으로 돌아왔다.

좀 피곤한 듯 하지만 마음은 여간 유쾌하지 않았다. 저녁밥을 먹고 나니 더욱 노곤해서 조금 서성거리다가 그대로 쓰러져 세상 모르고 잠들어 버렸다. 이렇게 하기를 며칠 계속하였다.

그의 검은 얼굴이 더 검어졌고 그리하지 못하던 속살까지 이제는 얼굴빛과 과히 차이가 나지 않게 되었다.

이리로 온 지 열흘이나 바라보는 어느 날이다. 오늘도 다른 날과 마찬가지로 아침밥을 먹자마자 밥도 내릴 겸해서 해수욕장을 향하고 천천히 걸었다. 여관집에서 해수욕장을 돌지 않고 좀 가까운 길로 질러가려면 누구의 별장인지 해변에서 그리 떨어지지 않는 둥성이에 그다지 크지 않으나 아담하게 꾸며논 양옥집 그 앞을 지나가야만 한다. 그는 요 며칠 전부터 이 지름길을 여관집에서 심부름하는 아이놈한테 배워가지고 그 뒤로는 꼭꼭 이 길로만 왕래하였다.

지금도 이 앞을 막 지나려니까 해변에서 사람의 소리가 난다.

용봉이는 걸음을 잠깐 멈추고 바다편 쪽을 흘깃 바라보았다. 해변에서 떨어져 한 오십 간통이나 실히 돼 보이는 물 가운데에는 사람 하나가 불끈 솟았다가 다시 쑥 들어가 버리고, 해변 모래 위로 막 물에서 나오는 한 사십씩이나 바라보이는 남여 두 사람이 눈에 띈다. 그들은 뭐라고 재미나게 이야기한다. 이 광경을 본 용봉이는 불시로 성질이 나서 못 볼거나 본 것처럼 외면을 하고 걸음을 좀 빨리하였다.

바로 이때이다.

해변으로 나오던 두 사람이 모래톱 위에 양산을 버텨논 앞으로 와서 막 앉으려고 할 즈음에 물 속에 들어가 있는 또 한사람이 불끈 솟더니만 손을 내졌는다. 그리고 파도소리에 어렴풋하기는 하나 좀 째지는 듯한 여자의 외마디소리가 난다. 두 사람은 앉으려다 말고 바다쪽으로 귀를 기울였다. 물 위로 나타났던 그 사람은 다시 물 속으로 사라졌다. 두 사람의 얼굴에는 이상한 빛이 떠돌기 시작하였다. 조금 지난 다음 다시 불끈 솟더니만 팔을 재게 내 휘두른다. 두 사람은 무슨 소리가 또 나지나 않을까 하고 숨을 조이며 귀를 기울였다.

"발……자개바……"

전후가 동떨어진 날카로운 비명을 겨우 들을 수 있다. 그 두 사람의 얼굴은 갈수록 불안에 쌓인다.

"자개바…라지 않소?" 하고 여자한테 묻는다.

"참 자개바라고 그리는 구료. 자개바가 뭘까?" 하고 여자가 맞장구를 친다. 그 사람은 물에 다시 잠겨 그림자도 안 보인다.

"옳지, 옳지, 큰일났군 그래. 자개바람이 난다는 말이구료… 이를 어쩌나? 멀리 나가지 말라구 그리 성화를 해도 기여이 나가더니만, 엥."

"저를 어쩐단 말이오."

두 사람은 몹시 당황해 쩔쩔맨다. 남자가 이리저리 휘휘 둘러보다가 사람 하나가 눈에 띄자 반색을 해서

"여보! 이리 잠깐 오슈."

하고 목을 늘여 커다랗게 불렀다.

용봉이는 흘낏 돌아다보았다. 좀 급한 듯이 재게 손짓을 한다. 용봉이는 그들의 앞으로 가까이 걸어왔다.

"여보! 사람 좀 살리유."

하고 남자가 숨가쁜 듯이 말한다.

"여보슈! 사람이 물에 빠져 죽게…."

하고 여자도 여간 초조해하지 않는다. 이때에 저쪽에서 외마디 소리가 바람결에 희미하게 들린다. 확실히 조급하고 몹단 음성이었다.

"……살…사람살…주……."

세 사람은 일제히 바다편 쪽으로 고개를 돌이켰다. 그리고 제각기 귀를 기울였다. 그 사람은 또다시 물쪽으로 사라져 버리고 만다.

이 광경을 본 남녀 두 사람은 얼굴이 해쓱해가지

고 어쩔 줄 모르게 조바심한다.

남자가 먼저 퍽 떨리는 목소리로

"여보! 저기 떴다 가라 앉았다 하는 게 내 딸인데 자개바람이 나서 당장 죽을 지경인 모양이니 얼핏 좀 들어가 구해주시유… 간청이요." 하고 애걸하다시피 말한다.

"제발 좋은 일 하는 셈치고 빨리 좀 구해주시유…." 하고 여자 역시 진정으로 애걸복걸한다. 용봉이는 재바르게 옷을 벗어 붙이고 해수욕복만 입은 채 물로 텀벙 뛰어들어 힘 안들이고 그쪽으로 차츰차츰 빠르게 헤엄쳐간다. 용봉이가 그 근처까지 갈 동안에 그 여자는 단 한번밖에 물 위로 솟지 않았다. 어림치고 그 여자가 솟았던 듯한 곳까지 이르러서 물속으로 잠겨 이리저리 찾아 보았다. 한 군데서 애를 쓰며 허우적거린다. 용봉이는 그 여자의 겨드랑이를 이끌어 가지고 물 위로 솟았다. 그리고 다시 헤엄쳐서 그의 부모가 서서 기다리는 곳으로 차차 가까이 왔다. 이 광경을 바라보고 있는 그의 부모는 기뻐 날뛴다. 죽었던 딸이 다시 살아오는 것 같았다. 사실 용봉이가 아니었으면 그 여자는 꼭 죽고 말았을는지도 모른다. 사실 조금만 더 늦었으면 아주 영영 물에 장사 지낼 뻔 하였다.

"혜옥아! 이제 정신이 좀 나니?"

그의 어머니가 이렇게 말하는 바람에 눈을 떠보니 양산이 해를 가렸고, 아버지와 어머니의 얼굴이 보이고 또 생전 보지도 못하던 어떤 사나이의 험상궂은 얼굴이 꿈 속에서 보는 것처럼 어른거린다. 물 속에서 이제는 꼭 죽었구나! 하고 마음먹었을 때 뭔가 어깨를 잡아끄는 바람에 자세히 보니 사람인 듯 해 옳지 살았다! 하는 생각이 번개처럼 머리에 떠오르자 맥이 탁 풀려 그만 까무러쳤다가 이제야 겨우 깨나는 판이다. 그의 부모도 이제 숨을 돌렸다. 혜옥이는 눈을 스르르 감았다가 또 떠보니 확실히 꿈은 아닌데 그 괴상한 남자 얼굴은 여전히 자기의 시선을 벗어나지 않는다. 더 똑똑히 보일 뿐이다. 이마가 쑥 뻠은 대다가 숫한 웃눈썹으로 해서 이마가 더 좁아 보이고, 어지간히 큰 코가 오뚝이나 했으면 덜 흉할 것을 넓지럭하게 얼굴 한복판을 차지하여 좌우로 툭 불그러진 광대뼈는 그 덕에 조화가 되지만 쾡하게 들어간 옴팡눈은 더욱 멥새눈을 닮았다. 입이 삐뚤어져서 턱조차 일그려져 보이나 하고 자세히 보니 입보다도 더하면 더하지 조금도 덜하지 않게 왼쪽으로 씰그러졌다. 빛깔은 해수욕한 죄로 돌리려고 해도 볕에만 그을려서 그런 게 아니라 본시 빛깔 없는 것을 넉넉히 찾아 낼 수 있다.

혜옥이는 참다참다 못해,

"저분은 누구요?"

하고 어머니더러 물어 보았다.

"너를 구해주신 양반이란다. 정신이 좀 나거든 일어나서 인사드려라."

"너, 이분이 아니었으면 꼭 죽었지 별 수 없었다. 하마터면 큰일 날 뻔했지…… 모두가 인연이야…… 어서 치하를 해라."

그의 양친은 딸의 얼굴을 내려다보면서 이렇게 번갈아가며 말했다.

혜옥이는 일어 앉으며 공손히,

"참 고맙습니다. 꼭 죽을 목숨을 살려주셔서…….

이 태 산같은 은혜를 뭘로 갚나?"

하고 고개를 숙인다.

"원, 천만의 말씀을 다하십니다 그려. 그까짓 거 은혜될 게 뭐 있습니까. 정말이지 조금만 더 늦었으면 이 세상 구경을 다시 못할 뻔 했어요. 그런데 은혜가 아녜요? 죽을 뻔한 목숨을 살려 주신 게 은혜가 아니고 뭐가 은혭니까?"

하고 혜옥은 진심으로 치하하는 듯이 말하면서 생그레 웃는다. 요염하게 생긴 미인이다. 아주 모던걸이다.

"암, 그렇구 말구…. 네 말이 옳다. 그 은혜는 차차 갚기로 하고 어서 집으로 들어가자. 이분도 모시고 같이…"

그의 아버지는 이렇게 말하고 나서 딸의 손을 잡아 일으킨다. 그리하여 네 사람은 해변을 등지고 별장으론 꽤 아담하게 지어놓은 양옥집 그 안으로 들어갔다.

# 4

　혜옥이 아버지가 용봉이더러 여관에 있지 말고 이 별장으로 옮아오라고 하는 것을 처음에는 굳이 사양했으나 나중에는 그가 성을 내다시피 하니까 어쩔 수 없이 그날 저녁 때로 옮겨오고야 말았다. 그리하여 용봉이를 위해서 한쪽 처소를 잡아 주었다. 혜옥이 부모는 저녁밥만 먹고 나면 딸더러 용봉이 있는 방에 가 놀다 오기를 권했다. 혜옥이는 어쩐 일인지 실쭉하면서도 마지못해 용봉이 있는 방으로 가서 이야기도 하고 트럼프 도 치고 소설책도 보다가 밤이 이슥해야 자기 있는 방으로 돌아와 잤다. 그리고 낮이되면 둘이서 별장 앞 바다에 나가 물 속에서 해를 보냈다. 그의 부모는 둘이 물 속에서 놀고 있는 것을 보고 기뻐하며 또는 얼마쯤 멀리 가더라도 안심하고 있었다.

　하루는 혜옥이 아버지와 어머니가 가장자리 아주 얕은 물에 들어가 한참 물자맥질을 한 후 모래톱으로 나와 앉으며 멀리 나가 헤엄치고 있는 그들을 바

라보던 혜옥이 아버지가 별안간

"여보! 나는 속으로 작정했수."

하고 불쑥 말한다.

"아니 뭘 작정했다구 그리슈?"

그의 아내는 자기 남편의 하는 말이 무슨 의미인지를 몰라 되물었다.

"사람이 지내보니까 외모와는 아주 딴판이거든…. 사람도 영리하고 글자도 꽤 반반한 모양이고, 게다가 배상하고 공손하단 말이야… 그렇지 않습디까? 아주 나는 사위를 삼을 생각인데…."

"하지만 속이 깔끔한 걔가 눈에 찰라구? 속이 여간 산 계집애가 아닌데. 걔만 딴소리 안 한다면야."

"저도 생각이 있겠지. 속절없이 죽은 걸 살려준 사람이니까……. 두고 보아하니 그렇게 싫어하는 기색도 안 보입니다."

이런 이야기가 있은 지 사흘되던 날 혜옥이 아버지는 별안간 볼 일이 생겨 그의 어머니와 함께 서울로 올라가고 말았다.

그가 떠날 때 용봉이를 넌지시 불러가지고

"여보게! 앞으로 혜옥이에 대한 일은 모두 자네에게 맡기네. 그래서 지금도 자네만 믿고 우리 둘이만 올라가는 것이니 여름이나 지나서 찬바람이나 나거든 개와 같이 올라오게. 이제는 자네 사람이나 다름없으니 매사를 알아서 하게."

이렇게 의미 있는 말을 남기고 간 것이 용봉이에게는 거짓말 같기도 하고 꿈속에서 들은 말 같기도 하다. 허나 거짓말도 아니요 또는 틀림없는 현실이었던 것을 생각하면 미칠 듯이 기쁘다. 그런 의미의 말은 자기한테만 할 게 아니라 필시 혜옥이한테도 눈치껏 비쳤으리라고 짐작하고서 혜옥이의 동정을 살폈다. 제자가 선생님한테 대하는 듯한 삼가는 태도는 그의 부모가 있을 적이나 매일반이었다. 정답게 굴면서도 어느 구석인지 살우는 듯한 기색을 어느 면에서든지 찾아낼 수 있다.

어느 날 저녁이다.

여전히 잘 때만은 각 거를 하기 때문에 밤이 이슥하도록 놀다가 혜옥이가 자기 방으로 가려고 얼어섰다. 사면은 죽은 듯이 고요하다. 오직 은은히 들려오는 파도소리와 여름밤이라야 들을 수 있는 뭇 벌레의 울음소리가 이 밤의 적막을 깨뜨릴 뿐이다. 용봉이는 그의 아름다운 얼굴이 흘깃 눈에 비칠 때 불타는 정열을 죽으면 죽었지 더 참을 수 없었다. 죽자꾸나 하고 용기를 내어 혜옥이 앞으로 번개처럼 와락 달려들어 그를 자기 가슴에다 힘있게 이끌어 안고서 불길이 활활 나오는듯한 입으로 키스를 하였다. 혜옥이를 만난뒤 비로소 처음으로……. 혜옥이는 약간 놀라는 기색이었지만 애써 키스 까지 거절하지 않았다. 허나 자기 방으로 돌아와서는 고민하기를 마지 않았다. 어머니와 아버지는 결혼까지 했으면 하는 눈치신데 이를 어쩌나? 안 돼 안 될 말이야 그처럼 흉한 얼굴을 누가 평생 보고 산담. 아하! 허지만 날 구해준 은인이 아닌가…… 이 노릇을 장차 어쩌나? 한쪽 방에선 이런 생각을 되풀이 하느라고 잠을 이루지 못한다. 또 한쪽 방에선 자기의 키스까지 거역하지 않고 달게 받는 것을 보면 이제는 아름다운 아내가 우물 없이 하나 생겼구나 하는 한량없는 기쁜 생각에 밤을 밝히다시피 하였다.

괴로움과 기쁨이 얽혀진 해변 별장의 이 밤도 어언간 먼동이 트기 시작 하더니만 아주 활짝 밝았다.

혜옥이의 태도는 전과 조금도 변함이 없었다. 같이 한자리에 앉아 밥을 먹었고, 함께 물 속에 들어가 헤엄을 치고 밤이 오면 서로 이석이를 하면서 재미나게 놀기에 단 열밤이 바야흐로 깊어가는 줄을 몰랐다. 이렇게 혜옥이가 겉으로는 조금도 내색을 내지 않고 추룩같이 대하지만 속으로는 탐탁지 않을 뿐 아니라 때로는 무한히 괴롭고 쓰라렸다. 씀바귀를 씹는 것처럼 싫고, 송충이를 대하는 것같이 마음이 꺼림칙하면서도 단지 생명의 그날 그날을 보냈다.

못마땅하고 보기 싫다가도 어떤 때면 '날 살려준 사람인데' 하는 진정으로 고마운 생각이 마음속으로 스며들어 먼저 탐탁지 않은 생각을 불시로 고쳐먹곤 하였다. 이 세상에서 드문 추남인 용봉이는 이와 같은 혜옥이의 괴로운 심정과 안타까워하는 속을 아는지? 모르는지? 그로서는 알 턱이 없다. 오히려 날이 갈수록 기쁘기만 할 뿐이다. 즐겁기만 할 뿐이다. 밤이 되어 놀다가 헤어질 적에 서로 키스하는 것은 벌써 한 습관처럼 되고 말았다. 용봉이로서는 하룻동안에 그 순간처럼 기쁜 적이 또다시 없었다. 그를 자기방으로 보내 놓고는 혜옥이는 이제 아주 의심할 나위도 없이 내 사랑이다. 내 애인이다. 아니, 아주 내 사람 내 아내임에 틀림없지 뭐. 하면서 껑충껑충 뛰기도 하고, 두 팔을 쩍 벌리고 방 안을 몇 바퀴지 모르게 빙빙 맴돌다가 그만 어지러워서 침대 옆에 폭 쓰러져서도 여전히 기쁜 생각이 머리에서 가시질 않아 어쩔 줄을 모른다.

이렇게 날은 자꾸 지나갔다.

하루는 혜옥이 혼자서 여러 사람이 들끓는 해수욕장으로 나간 적이 있었다. 우연히 어느 남자와 혜옥이와 서로 눈이 마주치게 되었다. 한 번 이상스럽게 시선이 부디친 다음에는 자주 마주치게 되었다. 그 남자가 돌아갈 때에 눈여겨보니까 각모를 썼다. 어느 전문학교나 대학에 다니는 학생인 모양이다. 얼굴도 잘 생겼지만 걸어가는 뒷모양은 더욱 혜옥이 눈에 참으로 훌륭한 체격으로 나타났다. 그날 밤에 혜옥이는 그 학생의 얼굴과 용봉이의 얼굴을 대조해 가며 자진공을 끝없이 하느라고 밤을 하얗게 밝혔다. 그리하여 그 다음날부터는 혜옥이에게 또 한 가지 고민이 생기고야 말았다. 그 늠름하게 생긴 학생의 모습이 머리 속에서 아예 떠나지 않기 때문에….

이렇게 사흘 동안이 지나갔다.

오늘도 또 낮겨직해서 혜옥이는 여러 사람들이 득실거리는 해수욕장으로 혼자만 나갔다. 용봉이는 이 집으로 온 뒤 한번도 여러 사람들이 있는 해수욕장엘 나간 일이 없었다. 간옥 혜옥이가 함께 가자고해도 혼자만 다녀오라고 굳이 사양하고서 별장 앞바다에만 홀로 있었다. 자기의 못생긴 얼굴로 해서 혜옥이의 낯이 기막힐까 봐서가 아니라 남의 얼굴과 자기의 얼굴을 대조해 보고는 혜옥이의 마음이 혹시 돌아설까 겁이 나기 때문이었다. 혜옥이는 해수욕장에 이르자마자 그 학생의 자취를 눈여겨 살폈다. 하도 사람들이 많아서 눈에 잘 띄지 않는지, 아직 안 나왔는지, 아무리 애를 써 찾아보아도 종시 눈에 띄지 않는다. 혜옥이의 마음은 공연히 서운함을 느꼈다.

아주 가버렸으면 어쩌나?

이런 생각이 들자 무슨 보물이나 가졌다가 잃어버린 것처럼 마음이 허전허전해진다. 또 이렇게 마음 먹는 것이 한편으로는 용봉 씨한테 무슨 죄나 짓는 것처럼 죄송스럽고 불안하기도 하다. 혜옥이가 물에 들어가 얼마 동안 헤엄치고 있으려니까 이제야 마음속으로 은근히 찾고 기다리던 그 학생이 저편 쪽에서 휘적휘적온다. 혜옥이의 마음은 공연히 기뻐 견딜 수 없다. 그 학생은 물 속으로 들어왔다.

그들은 하루 사이에 퍽 친숙해졌다. 물속에서 서로 충돌된 것(그것은 혜옥이의 일부러한 짓)이 원인이 되어 가지고 말을 건내게 되었고, 그 중에도 혜옥이가 자주 말을 붙이게 된 것이 둘의 사이를 매우 가깝게 만들었다. 그래서 서로 오래 전부터 친숙했던 사람처럼 되고 말았다. 때로는 둘이 나란히 헤엄쳐 나가면서 말을 주고 받기도 하고, 혹은 물 속에 잠겨 서로 숨바꼭질도 하였다. 또는 햇볕이 내리쪼이는 모래톱에 나와 앉아서 서로 사랑하는 사람이나 진배없이 재미나게 이야기도 하였다.

그에게 있어서 더욱 혜옥이에게 있어서 오늘 해는 길 때로 길었으면 좋지만 원망스런 해는 서산에 기울어져 해변에 해가 저무니 혜옥이도 하는 수 없이 그와 헤어지는 것도 여간 서운한 노릇이 아닌데 더군다나 섭섭한 말을 그에게서 듣게 되었다. 그것은 그 학생이 오늘밤에 이곳을 떠나서 석왕사로 간다는 것이다. 그의 사정이 그렇게 하지 아니치 못하게 되었다고 그로서도 퍽 섭섭해 하는 모양이었다.

그 뒤 혜옥이는 사흘을 내리두고 용봉이와 함께 별장 앞 바다에 나가 아무 내색도 없이 즐겁게 날을 보냈다. 그리고 밤이 되면 재미있게 놀다가 헤어질 때 키스하는 것도 잊어버리지 않고서 꼬박꼬박 실행하였다. 키스를 할 순간에도 그 학생의 스타일, 어글어글하게 잘 생긴 사내다운 그의 얼굴이 눈앞에 사라져 본 적은 별로 없었다. 혜옥이는 이제 더 참으랴 더 참을 수는 없었다. 그래서 한가지 계교를 냈다. 그것은 자기의 생명을 구해준 은인을 속여 집에 잠깐 다녀오겠노라고 거짓말을 하고서 이곳을 떠나 석왕사로 그를 쫓아가 자기심중에 맺힌 마음을 토로하고서 속히 결혼까지라도 하리라는 생각이었다.

"저요, 낼 첫차로 서울 잠깐 다녀 내려올 테야요."

"별안간 서울은 왜요?"

"집안이 궁금도 하고… 또 동무들이 보고도 싶고 해서요."

"그럼 며칠 동안이나…"

"과직 한 사흘 되겠죠."

이렇게 천연덕스럽게 말하는 혜옥의 가슴은 울렁거렸다. 그래 이상한 눈치를 안 보이려고 애를 썼다. 허나 양심이 부끄러워 그의 눈을 마주 대하지 못하였다.

"그럼 안녕히 주무세요."

하고 자기방으로 얼핏 돌아갔다.

## 5

혜옥이가 약속한 날짜는 어느덧 닥쳐왔으나 약속하고 간 사람은 돌아오지 않았다. 약속한 날짜에서도 나흘이 또 지나갔다. 그래도 혜옥이의 자취는 용봉이 눈앞에 나타나지 않았다. 날마다 기다리는 그는 그림자도 비치지 않는 동안에 날은 쉴새없이 하루가고, 이틀 가고, 사흘 가고…… 이렇게 열흘이 언뜻 지나서 이제는 피서객들도 하나씩 둘씩 이 고장을 떠나게 되는 때가 닥쳐왔다. 해수욕장으로 물밀 듯 몰려나오던 사람들도 날마다 줄고 해변에 경성드뭇이 쳐있던 텐트는 하나씩 둘씩 걷히기 시작하였다. 하지만 기다리는 사람이 있는 용봉이는 돌아갈 생각이라곤 꿈에도 않고 한번 가서 돌아올 줄 모르는 애인이 다시 오기만 날마다 애태워 기다리면서 별장지기 내외와 함께 별장을 지키고 있을 뿐이다. 하늘은 날로 새파랗게 높다래만 가고, 밤이 되고 뭇벌레의 우는 소리가 차차 여울져 간다.

새벽이 되어 잠이 깨기만 하면 행여나 오늘이야…

하고 혜옥이가 돌아오기를 진심으로 바랬다. 허나 또 하루를 헛되이 기다림으로 날을 보내고 나서 밤이 닥쳐와 잘 적에는 설마 내일이야…… 하고 밝은 날의 희망을 둔다. 이렇게 하고 잘라치면 반드시 혜옥이 꿈을 꾼다. 좋은 옷으로 호사를 해 더욱 어여삐 보이는 혜옥이가 자기 앞으로 가까이와 앉기도 하고, 또는 방금 주례 앞에 나란히 서서 결혼식을 거행하는 참으로 즐거운 꿈을 꾸기도 하다가 소스라쳐 깰라치면 더욱 미칠 듯이 서운해 못 견딜 지경이었다. 안타까웠다.

이렇게 며칠이 또 지나갔다.

산들바람이 불어오고, 낙엽이 지기 시작한다. 이제는 밥만 먹으면 물에 들어가는 대신에 이리저리 거니는 버릇이 생겼다. 오늘도 저녁밥을 일찍 먹고 나서 차츰차츰 저물어 가는 황혼의 해안을 슬슬 거닐기 시작하였다. 붉으스름하게 물들은 황혼의 바다를 멀리멀리 바라보니 불시로 혜옥이와 함께 산보라도 하고 싶은 생각이 간절해진다. 어쩐 일일가? 나를 아주 배반하고 말려나? 그럴 리야 없을 텐데…. 이렇게 생각하면서 발을 천천히 또 옮겨놓는다. 제법 선선한 바람이 얼굴을 스치고 지나가고 발 아래선 낙엽이 뒹군다. 고개를 돌이켜 저쪽 산등성이를 쳐다보니 바람결을 좇아 나뭇잎새가 나부낀다.

'오늘밤 막차에는 내려오겠지, 설마…' 이렇게 입안으로 웅얼거리면서 요란한 파도소리를 귀로 들으며 발길을 돌려 오던 길을 다시 걸었다. 쓸쓸하게 불어오는 가을바다의 소슬한 저녁바람을 어쩐지 허전허전한 가슴에 한아름 붙안고 즐비하게 흩어져 있는 낙엽진 가랑잎을 힘없는 발부리로 사뿐사뿐 밟으면서……

(병자 10월 28일
『조선문학』 속간 1937년 1월~4월)

# 공사장

## 1

어느 해 어름 큰 비가 두세번 오고 큰 물이 두세번 가서 허술한 집이 무너지고 집들이 떠나간 뒤에 개천물이 다시 줄어들기를 시작하였다. 나날이 줄어 들어감을 따라 장마지기 전부터 시작하였던 개천공사도 다시 시작되어 많은 노동자가 머리악을 쓰고 덤벼 다투어 가며 일을 할 수 있게 되었다.

개천공사래야 한두달에 끝이 날 약간 고치는 것만이 아니라 깊이로 말하면 두세길이나 되고 넓이는 대여섯 간통이나 되는 유착한 천을 그대로 덮어서 개천 응구 위로 사람이 다니도록 길을 만드는 큰 공사다. 개천 밑바닥을 파서 뭉구리 돌맹이를 깔아가며 단단히 다진 뒤에 그 위에다 그대로 양회바닥을 만든다. 그 다음에는 양편에다 굵다란 철사로 얼기설기 얽어놓고 거기다 그대로 양회를 넓혀서 훌륭한 시멘트벽을 만들고 이벽저벽을 건너질러서 굵직한 철을 가무질러 놓고 거기다가도 시멘트를 두툼하게 입혀 아주 육지와 마찬가지로 만든다. 이와 같은 일이 작년 가을부터 시작되어가지고 깊은 겨울에만 잠깐 쉬었다가 다시 시작한 뒤에 봄내 여름내 계속하여 내려왔다. 그러다가 장마를 만나가지고 거의 한달 동안이나 쉬다가 바로 요 며칠 전부터 다시금 개천 덮어 올라가는 콘크리트 공사가 시작된 것이다.

오늘도 해가 뜨기 전부터 공사가 시작되었다. 이쪽저쪽에서는 집들을 허느라고 먼지가 자욱한 속에서 요란한 소리가 끊길 새 없이 일어나고 그 밑에서는 흙 실은 조그마한 흙차가 덜컥거리며 쉴새없이 오르내린다. 물이 주르르 흐르는 흙을 한꼬 잔뜩 싫고 한차에 두세사람씩 매달려 힘에 겨운 듯이 헐떡여 억지로 떼다 밀며 올라갈 때에는 비오듯 솟아지는 땀을 연해 씻어가며 '영치기 덕치기'를 목맨 소리로 힘없이 외친다. 그러다가 흙을 쏟아놓고 빈차로 내려올 때에는 이제야 살았다는 듯이 한교 안에가 들어앉아 서고 콧노래도 부르고 가슴을 해쳐 바람을 쏘이기도 한다. 그러나 머리 위에서는 불같이 햇빛이 사람을 사를 듯이 무시무시하게 내리쪼이고 있다. 그렇지마는 열개나 넘는 흙차는 조금도 쉬지를 않고 힘에 부쳐 헐떡거리는 듯이 개천 속에서 평지 위로 오르내린다. 어제까지 덮어올라 온 그 위에서는 오늘에 할 일을 바쁜 듯이 열심히 준비하고 있다. 커다란 널판을 깔고 그 위에다 생철을 편 다음에 그 철판 위에다가 양회범벅을 한다. 시세와 양회를 한데 섞고 거기다가 바둑돌을 집어넣은 다음 물로 약간 쳐가지고 한데 뒤범벅을 한다. 그것을 뒤섞는 소리가 귀가 아파 듣기 싫을 만치 요란한 소리를 낸다 바둑돌이 생철바닥에 가 뒤재주쳐서 대걱거리는 소리 열아문이나 부상이 쇠판에 부딪혀 제각기 소리내는―쇠와 쇠가 마주칠 때에 일어나는 소리―

이 모든 소리가 한데 어우러져 마치 전쟁터와 같다. 또 한 옆에서는 물을 길어오기도 하고 양회, 시세 바둑돌, 이 모든 것을 목도질해 나르고 있다. 가져 오는 것이 조금만 늦으면 감독과 조선사람 십장이 번갈아가며 돼지 목따는 소리같이 고래고래 악을 써가며 욕을 물퍼듯 한다. 정— 심하면 때리기까지 도 한다. 뺨도 맞고 대강팽이도 쥐어 박히고 정강마 루를 발길로 세차고 무지하게 걷어차이면서도 그들 은 말 한마디 못한다. 개천 아래에선 철사 엮는 소 리! 성축 무너뜨리는 소리! 커다란 돌을 세 토막 네 토막씩 내느라고 청인들이 몰려 앉아 정— 질하는 소리! 큰 돌멩이를 목도로 미어 나르는 소리 이렇게 수십명이 제각기 떠드는 소리! 이 모든 소리가 위에 서 일하느라고 떠들썩하는 소리와 한데 어우러져 뭇사람들은 물끓듯 야단법석이고 모든 소리는 악막 울이 끓듯 끓는다.

"마게마게 열뚜루마게 — 마게마게 심이마게 — 마게마게 열두나마게—"

이런 소리도 이따금씩 일어나고 그 소리가 채끈치

기도 전에 저편 쪽에서

"영치기 영치기 치기치기 치기치기…영치기"

하고 힘드는 것을 조금이라도 참고 잊어보겠다는 듯이 숨이 턱에 차 헐떡거리며 부르짖기도 한다.

"치역 — 치역 — 치역치역 — 거기 놓고"

이 소리는 개천 속에 있는 돌을 성축 위로 끌어올리는 목도꾼들의 노래조로 부르는 청승맞은 소리다.

"넘어간다 넘어간다. 쉬지 않고 또 넘어간다. 넘어간다 넘어간다 자주 넘어가누나. 새벽부터 지금까지 이천통째 넘어가지만 어이 이 해는 언제나…."

이 소리는 개천 바닥에 흐르는 물을 말리기 위해서 한 옆으로 홈통을 대고 바닥에 고인 물을 석유통으로 퍼서 한길이나 되는 그곳에다 넘기는 사람들의 서투른 노래조로 부르는 어색한 소리다. 이 외에도 가지각색 소리가 다 일어난다. 단단한 땅을 곡괭이질 하는 사람 흙을 한데 모으느라고 삽질하는 사람 지게지고 흙 나르는 사람 발채 얹힌 지게를 지고 돌아서스량이면 거기에다 진흙을 부삽으로 퍼서 담아주는 사람(中—頁略), 흙을 나르는 것은 김십장 혼자서 도맡았기 때문에 이와 같이 이따금씩 잔소리를 하는 것이다. 김십장은 노동판으로 돌아다니며 얻어 들은 일본 내지 말이나마 이제는 제법 곧잘 하기 때문에 내지인 감독이 하나로 알아준다. 여기 와서 일하는 사람들이래야 대개는 시골에서 농사짓던 사람들이라 이곳에 와서 일한 뒤에야 겨우 '오마에'·'마가'·'영감이상'·'가네(돈)——' 이런 종류의 말밖에는 할 줄 모른다.

김십장의 뒴됨이가 키가 크고 몸집이 비대하고 얼굴이 우악스럽고 두 눈이 툭 불그러져 남이 보기에 감대 사납다고 할 만치 무섭게 보인다. 감독은 또한 이 점을 취하였다. 그래 말이 십장이지 반 감독이나 다름없다 말하자면 도십장 격이다.

이런 관계로 해서 이번 새로 일 시작할 때부터는 흙 파 옮기는 일만은 도급 맞다시피 하였다. 그러나 흙차만은 아니다. 흙차가 아니고도 매일 삼십명씩 쓰는데 그들은 전부가 시골사람들이었다. 그것은 일부러 그런 사람들을 고른 것이다. 매일 한명 앞에 일원씩 쳐서 받아가지고 그들에게는 구십전씩 나누

어준다. 그리고 자기는‥‥‥‥‥‥‥‥‥‥‥삼원씩
딸기 따듯 수중에 들어온다. 그리고 이와 같이 편히
놀며 따로 이원씩 생긴다.


2


새로 일을 시작하기 한 십여 일 전에 개천을 덮어
길을 낸 중간쯤에는 새로이 집 한채가 생기게 되었
다. 말이 집이지 흡사 돼지우리 간 같다. 지붕만은
다른데 비해서 제법 훌륭한 편이다. 좀 낡기는 하였
지마는 그래도 생철 중에는 제일 간다는 누비생철
이다.

집의 길이는 여덟간이나 되고 넓이는 간반통이나
되는 곳을 삥 돌아가며 거적 떼기로 틀어막았다. 거
적이래야 어디서 그렇게 모아 왔는지 새 거라고는
약에 쓰랴 하나도 없다. 썩어서 빛깔이 시커멓고 쥐
가 뜯어 먹었는지 군데군데 구멍이 펑펑 뚫어졌고
가장자리가 무소른 거처럼 푸러져서 지푸라기가 그

대로 너털거린다. 그나마 거적이 많이 들까 봐 땅바닥에서 지붕 꼭대기까지가 겨우 한길이 되거나 말거나 하게 키가 얕디얕다. 그래서 사람이 드나들려면 아무리 키가 작은 사람이라도 반듯이 허리를 굽혀야 될 만치 착 깔린 집이다.

아무리 새로 짓기는 하였지마는 언뜻 보기에 허술하디 허술한 보잘것없는 낭아야(長星)다. 움집 보다가 조금 나을지 말지 한 거적 두른 장옥이다. 북쪽으로 한 간쯤은 따로 칸이 막히고 그다음 한 칸은 부엌 겸 찬간으로 쓰는 모양이다. 그리고 그 다음칸을 어는 공석 같은 것 가마니튼 것을 모로세로 되는대로 막 깔아 놓았는데 날 맑은 날에도 그 안은 우중충하여서 말이 옴구석같다. 이런 곳이 여섯칸이나 되는데 한 가운데에는 부대로 막고 한편 귀퉁이로만 사람이 드나든다. 그리고 남쪽으로 문 하나가 있어 그곳으로 사람들이 드나든다. 이 집으로 말하면 김십장이 지어 놓고 밥장사를 하는 집이다. 그래 북쪽으로 한칸 마로막은 곳은 자기 내외가 들어 있는 곳이고 남쪽으로 세칸씩 된 곳은 한군데서 열다섯명씩 자기가 부리는 노동자를 둔 곳인데 침실 겸 식당 겸 또는 일하고 나서 쉴 때에는 오락장으로 쓴다.

밥 한상에 이십전씩 받고 하루에 세끼씩 매 먹이면 한사람 앞에 십여전 이상 이십전 가량은 매일 떨어지는 폭리다. 밥 사먹는 사람들도 다른 데 보다가 투철이 비싼 줄 알기는 알면서도 '울며 겨자먹기'로 어찌 할 수 없이 그대로 들견된다.

"밥한상에 이십전씩은 우리 같은 놈이 먹는 것으론 좀 과할 걸 —."

하다가도 매일같이 쉬지 않고 일하게 되는 것과 잠 거저 자는 것을 생각할 때에 좀 과한 편이란 생각은 어디로 사라지고 오히려 자기네가 일하고 받아야 할 돈을 요모조모 다 갉아먹기로만 위주하는 김십장이 고마운 듯하고 자기네의 목숨을 살려주는 은인인 듯시피 여기게 된다. 그렇지 않게 생각하는 사람이 있더라도 김십장 앞에서 붙박이로 일하는 편이 낫다고들 마음먹는다. 일터에 사람이 어느 때든지 넘치기 때문에 잘해야 이틀에 한번씩 얻어 걸리거나 말거나 한다. 그렇게 일 못 얻어하는 날이라고 지게 벌이나 할 수 있느냐하면 그것도 할 수 없다. 짐 지우려는 사람은 점점이 악해지고 짐지려는 사람은 나날이 늘어서 길바닥에 널린 것이 지게꾼이니까 재수가 좋아야 하루에 이삼십전 벌거나말거나 한다. 이렇기 때문에 김십장의 하는 일이 눈에 거슬리기는 하지만은 어찌할 수 없이 그대로 참는다. 김십장은 이것을 한 좋은 기회로만 알고 그들을……………………………다한다. 어떻게든지 죽어 굴신을 해서라도 감독 눈에만 벗어나지 않으면 그만이란 생각하기는 일할 사람이 얼마든지 부지기수란 마음을 먹고 있기 때문이다. 아닌 게 아니라 일할 사람들은 엄청나게 많지마는 그들을 다 써주지 못한다. 날이 채 밝기도 전에 일할 사람들이 물밀 듯 몰려들지만은 그들의 절반을 못써주게 되는 형편이다. 그래 김십장이…………………………………………………………………… 그들이 못난이 같기도 하다. ………………………………………………………………………………

그들이 진종일 시달리다가 하던 일을 쉬고 장옥으로 돌아올라치면 김십장의 일터에서 하던 짓이 조금 누그러지기는 하지만은 가다가 털끝만치라도 비위에 틀리기만 하면 소리를 고래고래 질러가며 야단법석이다. 요 며칠 전에도 삼십명 중에서 그중 나이 많이 먹은 사람이 점심밥을 먹고 나서 고단해 그랬던지 한 구석에 드러누웠다가 잠이 깜박들어 일터로 나오지 않았다고 눈이 빠지도록 야단을 맞은 일이 있었다.

　　이외에도 소소한 일로 쥐어박히고 발길로 채고 누구나 비위에 거슬릴 만치 개 꾸짖듯 하는 꾸지람을 당하는 일이 하루에도 수없이 일어난다. 그럴 때마다 여러 사람들은 말없는 가운데 모조리 그를 미워하였다. 또는 몰래 수군거렸다.

　　한솥에 밥을 먹고 한지붕 아래서 잠을 같이 자지만 참으로 한집안 식구 같지 않다. 김십장은 마치 물에 뜬 기름 모양이다. 자기 한 몸만 이롭게 하려니까 여러 사람들과는 조금도 어울리지 않았다. 속도 모르는 사람이 보면 아무 간격이 없고 시기가 없고 미워함이 없는 것 같이 보이지마는 속을 캐들어가 보면 틈이 벌어져 있고 거칠게 얼기설기된 감정이 풀릴 줄을 모른다.

날이 갈수록 점점 더 얽히기만 할 뿐이다.

겉으로 보기에는 네것 내것이 없이 다만 제각기 움직여서 그 얻은 것으로 여러 사람이 한데 모여 재미있게 잘 — 살아가는 원시인(原始人)의 살림살이 같다. 장옥! 그 집안에서만은 서로 다툼이 없는 가장 평화롭고 행복스러운 생활 같이 보인다. 그러나 그들은 원시인의 생활 같은 그러한 살림살이를 하면서 실상은 그렇지도 않다. 장옥 안에서 한데 밥먹고 잠자는 삼십명의 주머니 속에는 담배도 안 먹고 술 한 잔도 마시지 않는 사람이래야 겨우 삼십전 밖에는 안 들어간다. 십전은 귀신도 모르게 꿈도 못 꾸어보고 그대로 은연중에 사라지고 만다. 그 다음에 밥값으로 육십전 돈은 손에 쥐어보지도 못하고 그대로 김십장 주머니 속으로 다리도 없이 잘 기어들어간다. 그래 결국 그들 손에 쥐어지는 것이라고는 하루에 겨우 삼십전밖에 아니 되는 폭이다.

　김십장 마누라는 밥장수하는데 재미가 나서 몸을 나비처럼 팔팔 날리며 엉덩춤을 덩실덩실 춘다. 삼십이 되거나 말거나 한 그리 밉지 않게 생긴 여인이다. 사나이의 쌍스럽고 우악하고 무뚝뚝한 데 비해서는 과한 편이다. 그 우악과 심술에 눌려서 그대로 붙잡혀 사는지도 모른다. 얼굴에 주근께가 약간 있어서 그렇지 갸름한 얼굴판이 꽤 예쁘장하다. 삼십여 명 가운데 여편네라고는 한사람밖에 없어서 그런지 젊은 사람의 마음을 넉넉히 끌 만하다. 여편네의 됨됨이가 재바르고 암팡져서 삼십여 명 밥을 일꾼하나만 두고 혼자서 해 먹인다. 힘에 좀 부치기는 하지만 모든 일을 강력으로 버틴다. 쌀 나무 김칫거리 찬거리 같은 것을 모두 다 손수 해온다. 부리는 사람 하나 있대야 물이나 길어오고 김치거리나 같이 씻고 불이나 떼고 가끔가다가 설거지나 좀 하고 밥때에 밥을 나르는 것뿐이다. 그 외에는 모든 것을 자기 혼자서 한다. 어떠한 때에는 밥을 푸면서 국 풀 사람이 생각나고 김치를 채 못 폈으면 김치 풀

사람이 생각난다. 그러나 사람을 부리려면 밥만 먹이는 것이 아니라 딴 돈을 얼마간 주어야 할 생각을 하면은 돈이 아까워서 사람 하나 더 둘 생각이 천리만리 달아나고 만다. 그래 아쉬운 대로 지낸다. 이런 까닭으로 해서 그렇게 감매 사나운 김십장이 마누라 앞에서만은 숨이 죽는다. 그리고 여간 위하지를 않는다. 돈이 아까워 혼자서 뼈 빠지도록 힘에 부치게 일하는 것을 보고…. 그 어느 때인가 혼자 앉아서 김치거리 다듬는 것을 보고는 하루바삐 사람 하나를 더 얻어두라고 하였지마는 마땅한 사람이 없다는 핑계로 여지껏 얻어두지 않았다.


3


해가 저물었다. 개천 속에서 온종일 비지땀을 흘려가며 쉴새없이 일하던 사람들도 이제는 하나씩 다들 돌아갔다. 김십장이 거느린 삼십 명의 일꾼들도 다같이 장옥으로 돌아왔다. 돌아오는 맡에 다투어가며 세수를 하고 나서는 어떠한 사람은 길바닥에 가 퍼더버리고 앉아 더운 밥과 더운 찌개를 훅훅 불어가며 맛있게 먹기도 하고 어떠한 사람은 장옥 안에 앉아서 무엇이라고 서로 이야기 해가며 밥숟가락을 연해 입으로 끌어올린다. 이거 한가지 때문에 우리가 남한테 얻어맞고 욕을 먹어가며 지랄발광을 하는 것이라고 하는 듯하다. 더위에 못 견뎌 주인 자는 곳만 그대로 두고 그 나머지는 모조리 거적떼기를 걷어매지 않았으며는 지붕 위로 치켜 얹었다. 그렇다고 아주 떼어 논 것은 아니다. 비가 오거나 또는 새벽녘에 선선할 양이면 걷었던 것을 모조리 내려서 사면을 가린다.

그들의 밥 먹는 것도 어언간 끝이 났다. 그들에게도 두 다리를 퍼더버리고 편안히 쉴 때가 닥쳐왔다. 여기저기 모여 앉아서 이 삭단이들도 하고 이곳저곳에 묵묵히 드러눕기도 했다. 그러나 대개는 길바닥에 있다. 지금도 새 골목이 있어서 새로 난 웅구길로도 사람들이 꽤 많이 다닌다. 남쪽으로 내려가기만 하면 바로 비각소 앞 너른 길이 나서기 때문이다.

감독에게 ·······························그리고도 나빠서 십장한테 그 이상 더한 짓을 당하다가도 밤이 되면 이와 같이 자유스러운 몸이 된다. 두겹으로 쪼들리고 들볶임을 받다가도 해만 지면 요만한 행복이나마 그들을 찾아오는 것이다. 그들은 요 때를 가장 기뻐하는 터이다. 밥먹는 때와 쉬는 때와 잠자는 때같이 더 좋은 것은 없다.

양회일 " 많은 십장이 온종일 눈에 안 띄니 어쩐 일이야?"

장옥안에 반-듯이 드러누웠는 한 사람이 이와 같이 말을 끄집어내었다. 뒤따라,

"내역 말일세 눈에 한번도 안 띄고 다만 감독만이 왔다갔다하던 걸."

"아니 박십장 말인가?"
하고 까닭을 잘 안다는 듯이 길바닥에 앉았는 사람이 말 참견을 한다.

"그래 계집 셋씩 두고 막 흥청거린다는 놈 말이야"

"우리 같은 놈은 한 년도 없어서 죽겠는데 자그마치 세년씩이야… 그런데 그놈이 어쨌단 말인가?"

"간밤에 둘째 첩집에서 자다가 밤중에 난리를 만났다나. 얼굴 가린 두 놈이 들어가서 어떻게 능지가 되도록 패 주었는지 오늘 아침에 병원으로 담아갔다네. 그런데 암만 해도 죽겠대."

"아마 강도든 게지."

"강도는 아닌 모양이야 강도 같으면 무슨 물건이든지 가져갔게. 아마 무슨 일에 앙심을 먹은 놈인가 보데, 그렇기에 두들겨 패기만 하고 갔지."

"아니 그놈이 무슨 돈으로 자그마치 계집을 셋씩이나 두고 막 흥청 거렸단 말인가?"

"이 사람아 양회일하는데 사람 몇이나 쓰는 줄 아나? 모두 오십여 명이야 오십여 명! 그러니 일원씩 타가지고 구십전 주는 놈. 팔십전 주는 놈. 그리고 제일 많이 어린 사람들을 써서 오십전이나 고작 육십전씩 주니 그 떨어지는 돈이 얼마나 될 듯싶은가. 그리고 자기는 펀둥펀둥 놀면서도 따로 이원오십전씩 떡치듯 받지 않나. 그래 본 마누라 외에 첩이 둘씩이나 된다네."

"남의 ⋯⋯⋯⋯⋯⋯⋯⋯호강 잘 한다. 그러니 어느

놈한테 경 안치겠나?"

지금까지 아무 말 없이 잠잠히 듣고만 앉았는 한 사람이 무슨 생각이나 한 듯이 그들 앞으로 다가 앉으며

"어제 저녁에 나는 이상한 일을 보았어요. 밥을 먹고 나서 하도 덥기에 차츰차츰 이 위로 올라간 것이 감독이 있는 집(그집도 임시로 지은 것인데 주데기로 억가가 같이 만든 집)앞으로 가질 않겠어요. 그런데 그때 마침 지금 말하는 박십장이 누구하고 말다툼을 하겠지요. 자세히 들으니까 다른 사람은 다들 고가(高價)를 나누어 주고서 단지 세사람에게만 잔돈이 없다고 내일 찾아가라 하면서 막 우겨대니까 "하루 벌어 하루 사는 놈이 어떻게 내일까지 참을 수 있느냐"고 애걸을 하지 않겠나요. 나중에는 십장이 그들을 그대로 떼지고 가면서

"오늘 일 안 한 셈만 잡게 그려" 하고 어디로 휘 가겠지요—."

"그런·····························"

이 말은 맨 처음 물어보던 사람의 어지간히 분해

하는 듯한 말씨였다. 다른 사람들도 다같이 분해하는 모양이다. 그리고 어제 저녁에 박십장을 때린 사람이 그 사람들이나 아닌가 하고 다들 의심하기를 마지않는 눈치다.

밤은 점점 깊어간다. 한쪽에서는 어제와 같이 또 노름이 시작되었다. 행길 쪽은 물론이요. 부엌 있는 쪽으로 걷어찼던 거적까지 다시 내려가리고 한 귀퉁이에 촛불을 켜놓고 밤마다 잘 줄도 모르며 줄기차게 하는 투전이 오늘밤에도 또 시작된 것이다. 불을 한 가운데다 놓고 칠팔인이 쭉 둘러 앉았으며 세네사람은 허리를 구부린 채 서서 눈들이 벌개 가지고 노름하는 것을 내려다보기도 한다. 앉았는 사람이 돈을 다 잃고 나면 겨우 비집고 넘겨다보며 섰던 사람이 또 대서 앉기도 한다. 그들은 남의 돈을 서로 먹어보려는 것이다. "갑오낭청이다" 하고 팻장(투전장이란 말)을 여러 사람에게 내보이며 판에 흐트러진 돈을 모조리 끌어들인다. 여러 사람들은 눈이 벌개서 물주가 돈 모아 들이는 손과 만족해하는 얼굴을 물끄러미 바라다본다.

패(물주)는 언제든지 일터에선 십장이고 들어와서는 밥장수 노릇을 하는 김명환이가 잡게 된다. 돈이 많은 관계도 있겠지만 패를 잡아야 여러 사람의 가진 돈을 용이히 다 빼앗을 수 있는 까닭이다. 노름을 맨 처음 시작하게 만든 사람도 김십장이요, 노름을 하고 나면 모조리 돈을 빼앗는 사람도 밥장사 주인이다. 김십장은 워낙 노름을 잘하는 사람으로 서투른 사람의 돈을 힘들이지 않고 넉넉히 빼앗을 수 있는 아주 익숙한 노름꾼이다. 그래 그들의 이삼십전씩 남는 돈을 마저 빼앗아 자기주머니를 두둑히 만들기 위하여 노름을 시초한 것이다. 아닌 게 아니라 김십장이 마음먹은 대로 그들은 뼈가 빠지도록 일하고 받은 돈을 요모조모 다 빼앗긴 다음에 나머지 돈을 마저 빼앗기고 만다. 서투른 노름을 해서…….

날마다 잃으면서도 그래도 혹시 잃었던 돈을 도로 찾고 그리고도 많은 돈을 먹을 성만 싶어 그들은 날마다 노름을 계속한다. 처음에는 이사람 저 사람에게 취해가지고 노름을 하였지마는 요 며칠 동안은 한사람이 세 몫 네 몫을 합쳐가지고 하기 때문에 삼십명 가운데 노름 안하는 사람이 불과 사 오인밖에 안 되는 셈이다.

"한장 더 주게 — 앗 차차 아주 꼭 미었는 걸 똥 나올 구녕도 없이."

하고 무르팍을 탁 치고 끝을 내며 팻장을 판에다가 탁— 내친다.

"나도 똥 나올 구녕 하나 없이 꼭 미었네."

"다 먹으소 아주 따라지요."

"나는 겨우 다섯 끗인 걸."

"삼육(三六)이 버드러졌네. 흥! 오래간만에 갑오 한번 잡아본다."

"그러면 자네만 먹게. 자 — 나는 여덟 끗일세" 하고 물주가 한사람의 것만 빼놓고는 판에 돈을 다 몰아들인다. 서로 좋지 못한 사이가 한 자리에 앉아서 노름을 하는데 더구나 한 사람만이 자꾸 먹는다.

또 팻장을 들었다. 아까보다도 돈들을 더 많이들 질렀다. 이번에는 대개 두장씩 받았다. 두장씩만 받고 더 받지 않는 것을 본 물주는 얼굴을 약간 찌푸린다.

"일팔(一八)낚시에 금 잉어 뀌었네… 이번이야 잃겠나."

"자— 새우(四五) 싸움에 고래(鯨)등 터졌네."

"이번에는 나만 움 붙었는 걸 겨우 넷 끝이야."
하고 팻장을 물주 앞으로 와락 내던지는 사람은 처음 장에 넷 그다음에 일곱 그래서 열한 끗이기 때문에 또 한 장 더 뽑으니까 이번에는 세 끗이 나와 겨우 넷이 되니 할 수없이 투전장을 내동댕이친 것이다.

화를 내면서…….

"이칠(二七)선이가 발병이 났네."

"나는 삼육(三六)이 버드러져서 그래도 또 몰라 물주가 하도 세니까 장땡이나 잡으면 어쩌게."

이 말이 채 떨어지기도 전에 물주가 소리를 벽력같이 지르며 팻장을 내보이는데 아니나 다를까 어엿한 장땡이었다.

"안 되는 놈은 자빠져도 코가 깨지니까 삼십구년 만에 갑오 한번 잡으니까 물주는 장땡이라…. 일은 묘하게 되는 걸."

이번에는 김십장이 어느 틈엔지 여러 사람들의 눈을 감쪽같이 묘하게 속여먹은 것이다. 여러 사람들은 한사람에게 속절없이 속아 넘어갔다.

밤은 깊어가건만 장옥안의 노름판은 그칠 줄을 모르고 여전히 계속 되어 있다.


## 4


밤이면 이슥하도록 노름들을 하고 낮에는 힘에 부치는 일을 온종일 눈 코 뜰새없이 하는 가운데 날은 자꾸자꾸 미끄러져 흘러갔다.

열흘이 지나고 한달이 지나고 두달이 훨씬 넘어섰다. 그래도 밤마다 노름은 그칠 줄을 몰랐다. 그런데 이즈막 와서는 이상하게도 김십장이 돈을 자꾸 잃기만 한다. 그 동안에 몇 번이나 여러 사람을 속여 먹으려다가 그들에게 들켰기 때문이다. 그들은 날이 갈수록 문을 밝히고 노름하는 솜씨도 점점 익숙해졌다. 이즈막에는 한번도 야바위(속이는 것)를 쳐보지 못하였다. 그들은 이제 용이히 속지 않는다. 도리어 김 십장을 속여먹고자 한다. 일이 이렇게 뒤집혀져서 김 십장은 열 번에 두세번을 먹거나 말거나 한다. 김십 장은 오늘저녁에도 두 번째나 자기가 자는 곳으로 드나들었다. 한번 갈 때마다 돈십원씩 착실히 손에 쥐고 돌아왔다. 두 번째 가져온 돈을 모조리 잃고 세 번째 일어섰다. 한 달음에 부엌으로 쓰는 곳을 지나 서 자기 마누라 있는 곳으로 들어갔다.

마누라를 드러누웠다가 벌떡 일어나 사내의 어지 간히 흥분된 얼굴을 쳐다보며

"또 다 — 잃었소?"

하고 물어본다. 김십장은 좀 상기된 듯한 얼굴로 아 내를 내려다 보며 힘없는 목소리로

"어쩐 일인지 오늘은 자꾸 잃기만 하는구료. 그 쌀 판다던 돈에서 이십원만 더 줘. 이번에야 설마 또 잃어버릴라구 아까 것도 죄다 찾게 되겠지…."

"이건 똑 밑 빠진 시루에 물 길어 붓기로구료."

이와 같이 짜증을 내며 말하는 아내의 얼굴엔 좋 지 못한 빛이 가득하다.

"왜이리 앓어… 남은 가뜩이나 재수가 없어 화가 나는데 — 여러 잔말 말구 어서 돈이나 내놔."

아내는 마지못해 돈을 내주었다. 돈을 내주면서도 오늘은 자꾸 잃어 버릴 듯싶다. 며칠째 두고 돈 백원이나 착실히 잃어버렸다. 오늘밤만 하더라도 벌써 육칠십원 착실히 잃었다.

김십장은 아내에게서 돈을 받아가지고 여러 사람이 기다리는 곳으로 왔다. 다른 사람들은 김십장 돌아오기를 제각기 기다리고 앉았다. 얼마 동안 끊었던 노름판은 다시 시작되었다. 처음에는 김십장이 자꾸 먹다가 나중에는 또다시 한푼 없이 죄다 잃었다.

이제부터는 이사람저사람 한테서 취하기 시작하였다. 그들은 며칠 밥값으로 대신 아낄 맘 잡고 돌아가며 취해주었다. 그러나 번번이 잃기만 한다. 그래 김십장은 몸이 바싹 달았다. 두 눈에는 시뻘건 핏줄이 서고 입은 이따금씩 실룩거려진다. 잃느니 김십장만 자꾸 잃게 된다. 이 바람에 뭇사람들이 다들 잃지 않고 몇원씩 몇십원씩 땄지마는 그중에도 정서방이라는 사람이 제일 많이 땄다. 김십장이 며칠을 내리두고 잃은 돈이 거의 정서방한테로 옮아 갔다. 지금쯤 정서방 주머니 속에는 돈 백원 착실히 들어 있다. 이것을 생각할 때마다 김십장은 분통이 터질 지경이다. 어떻게 해서든지 그 돈을 도로 찾으려고 애썼다. 그러나 정서방의 돈은 용이히 그의 주머니 속에서 잘 나오지 않았다.

김십장이 돈을 좀 취해 달래도 잘 취해주지 않는다.

"오늘은 고만들 하지. 밤도 늦고 했으니."

하고 정서방이 물러선다. 다른 사람들도 덩달아

"참 밤도 꽤 이슥해진 모양인데 그래도 눈을 좀 붙여야 내일 또 일하지."

"십장! 이제 그만 두시죠. 어쩐 일인지 오늘은 자꾸 잃기만 하시니."

"돈들을 더 안 취해 주려구 그러지 뭐 언제는 이 맘때 잤나."

하고 십장이 화를 낸다.

"아니요, 천만에 그럴리야 있겠습니까."

"다른 때보다 사실 더 늦었어요."

"그만들 두― 그렇게 자고 싶거든 어서들 자소."

이처럼 메다붙이듯이 볼멘소리를 한마디하고 벌떡 일어나 자기 처소로 돌아왔다. 자리에 드러누웠으나 돈 잃은 생각이 머릿속에서 뱅뱅돌아 끝없이 분하기만 하다. 그래 한 잠도 자지 못하고 그대로 밝혔다.

이와 같이 김십장은 나날이 돈을 잃기만 하였다. 여러 사람들한테 취하다 취하다 못해 나중에는 빚 몇 군데서 얻었다. 그러나 그것마저 잃어버리고 말았다. 감독에게까지 신용으로 몇 차례 더 해왔다. 김십장은 이렇게 나날이 자꾸자꾸 꾸어만 들어갔다. 그런 중에도 더욱 화나는 일 한 가지가 생겼으니 그것은 그 중 돈 많이 먹은 정서방이 며칠째 내리 두고 한번도 노름을 하지 않는 것이다. 술은 먹고 돌아다닐지언정 노름은 죽어라 하고 손에 붙잡지 않는다. 무엇을 결심이나 한 듯이 노름에 손을 대지 않는다. 그리고도 돈을 좀 취해달라면 힘을 끼고 잘 취해주지 않는다. 이 까닭으로 해서 김십장의 마음이 더 한층 괴로워 죽으려고 한다. 분통이 터질 지경이다. 자기의 가졌던 돈을 모조리 정서방한테 빼앗긴 셈이다. 다른 사람의 가진 돈을 죄다 먹는데야 정서방 가진 돈에 십분지 일이 되거나 말거나 한다. 처음에는 남의 돈을 좀 먹어보려던 것이 이제 와서는 자기의 생돈까지 빼앗기고만 셈이다.

김십장은 그날그날의 떨어지는 돈을 노름을 해서 다— 잃고 나면 으레 아내를 못살게 군다. 이즈막에는 그런 일이 잦아졌다. 그럴 때마다 아내는 물건 사고 남은 돈을 모았다가 몇 번 준 일이 있기 때문에 아내를 자꾸 들볶는 것이다. 아내의 생각은 사내가 그러는 것이 밉살머리스럽다가도 한편으로는 불쌍하기도 하고 측은하기도 하다. 이런 생각이 든 뒤부터는 어떻게 해서든지 돈을 좀 모아 놓기로 힘썼다. 무슨 짓을 해서라도 사내가 돈에 갈급이 나서 목말라하는 것을 놀려주려고 결심하였다. 하루는 김십장이 자기 아내를 보고 넌지시 이런 이야기를 한 일이 있다.

"여보 정가놈의 가진 돈을 도로 뺏아야 할 터인데."

"아니 그저 그놈이 노름을 하지 않소?"

하고 아내가 뒤따라 묻는다.

"그놈도 하지 않는데 자꾸 돈만 잃으니까 화가 나 죽겠소. 아마 그놈 생각을 해서 잃기만 하나봐 여보 그런데 그놈의 돈을 빼앗을 도리가 없을까?"

"노름도 안 한다면서 어떻게 빼앗는단 말이요?"

"그러게 말이야 — 요새는 너무도 돈이 꿀리니까 마누라하고 의논하는 게 아니겠소."

"낸들 어떻게 한단 말이요."

사내의 태도로 보아 반 짐작은 하면서도 시치미를 딱 떼고, 이와 같이 말대답을 천연덕스럽게 한다. 김십장은 말하기가 좀 거북한 듯이 약간 주저주저 하다가 다시 입을 열어 말을 계속한다.

"임자한테 수단이 꼭 한가지 있는데— 그대로만 했으면— 다시 말하면 임자 손에 달린 일이야—."

"뭣이란 말이요? 속 시원하게 이야기나 좀 하구료. 그래 될 일이면 돕고 못 될 일이면 그만 아니요."

"다른 게 아니라 마누라가 마누라 마음대로 수단을 써서 정서방이 가진 돈을 얼마간이라도 뺏어볼 도리를 하란 말이요 뭐 그만 하면 알지."

"난 모르우…… 뭐 강자하게."

"그러게 누가 오래 그러란 말인가 잠시 잠깐이지 또 맘(心)만 주지 않으면 그만이야."

"임자말이 옳소. 그래 어디 되어 가는 대로 해 봅시다."

"그러면 나는 마누라만 믿소."

"아따 그래요."

하고 쌩긋 웃는다. 김십장은 그만 하면 남의 돈 빼앗기에 넉넉하다는 듯이 빙그레 웃는다. 장옥 안에서는 밤이면 밤마다 그칠 줄 모르고 노름은 여전히 계속 되었다. 김십장은 번번이 잃고 여러 사람들은 별로 잃는 일 없이 제각기 다— 만다. 그들은 서로 한편이 되어 가지고 김십장 한사람을 짜먹는다. 이것을 전혀 김십장은 모르고 있다. 그들이 속으로 한편이 된 뒤부터는 김십장이 자꾸 잃게만 되고 다른 사람들은 다— 고루고루 먹게 되었다.

처음에는 김십장이 여러 사람을 속여 먹었지마는 이제는 속지도 않을 뿐 아니라 도로 김십장을 때때 속였다. 이 까닭에 김십장은 자꾸 잃기만 하는 터이다.

# 5

오늘은 새벽부터 비가 오기 시작하여 장옥안의 사람들은 일터로 나가지 않았다. 온종일 먹고는 드러누워서 그대로 버둥대기도 하고 낮잠도 자고 이야기도 하였다. 한편쪽에서는 밥만 먹으면 노름을 하였다. 빗방울이 생철지붕을 두드리는 소리가 귀가 아프다. 그래 가만가만히 하는 소리는 옆에 사람이라도 자세히 듣지 못한다. 비도 와서 좀 선선하겠지마는 요 며칠 동안은 아주 가을 기분이 나날이 짙어가기 때문에 더 한층 음산하고 몸이 으슬으슬해진다.

어느덧 저녁때가 되었다. 그들은 온종일 벌지도 못하고 세끼째 먹었다. 저녁밥을 먹고 나서는 노름이 또 시작되었다. 이번에는 어쩐 일인지 남쪽 간에서 하게 되었다. 그래 노름 아니 하고 이야기판을 차리는 사람은 대개 부엌과 한데 붙은 칸으로 몰렸다. 밤이 깊어갈수록 노름판은 낮보다도 더욱 간간하게 어우러지고 이야기하는 곳에는 한두 사람씩 점점 ○라더러진다. 이제는 사오인밖에 남지 않았다. 두세 사람은 앉았고 나머지는 드러누운 채 말대 꾸를 한다. 한편 구석에다 촛불을 켜 놓았으나 그래도 어슴푸레하다.

"말 들으니까 올해는 농사가 다들 잘 됐다네— 처음에는 좀 가물어서 흉년들겠다고 야단 법석이더니 아주 대풍인 모양이야." 하고 드러누운 한사람이 시골이야기를 끄집어내었다. 다른 사람들도 시골이야기에는 가장 흥미를 일으키는 모양 같다. 다 같은 시골사람으로 그리운 고향이야기가 퍽 마음에 드는 모양이다.

"풍년이면 뭐하고 흉년이면 뭘 하나. 타작마당에서 빗자루만 들고·················· 매한가지지."

"참 그렇기는 그래. 우리도 흉년만 들어서 서울로 빌어 먹으로 올라온 것은 아니니까. 풍년이거나 흉년이거나 모두 한군데로 모아 들어가기 때문에 우리같은 사람이 요지경이지·······························
···············"

"아무 때든지 이러다가 죽으면 경성부에서 송장이야 치워주겠지…"

"이 못생긴 사람아 죽기는 왜 죽어— 알뜰히 살아서 이 세상 돼가는 꼴을 보지 않고."

"살자하니 고생이요 죽자하니 청춘이지만 대체 먹어야 하지 않나. 시골 내려가야 농토 얻지 못해 농사질 수 없고 서울을 나와 보니 어디 벌이 할 곳이나 날마다 있던가 이리가도 살 수 없고 저리가도 살 수 없으니 나중에는 굶어 죽을 수밖에 다른 도리가 어디 또 있나 생각하면 참 기가 막혀. 우리가 지금 하는 일도 줄창 있어야 말이지—."

"여보게 그런 이야기는 이제 그만두세 밤낮 해야 머리 골치만 아프고 속만 답답하지 무슨 소용이 있나 그저 돼 가는 대로 지내지."

"마음은 퍽 편하이 자네야말로."

"편하지 않으면 어쩌나? 그러지 말구 내 재미있는 이야기나 하나 할 테니 들어보게."

"무슨 이야기란 말인가?"

하고 모두 드러누웠던 한사람이 벌떡 일어나 앉았다. 다른 사람들도 무슨 재미있는 이야기인가? 하고 궁금해 하는 모양이다.

"다른 이야기가 아니라 내가 겪은 이야기인데 자네들 듣기에는 퍽 재미있을 듯하이—."

"무슨 이야기이게 그렇게 재미가 있단 말인가? 그러면 또 계집이야기인게로군"

"그러이 자네 말이 바로 맞았네. 자네들도 다 아는 계집이야."

계집 이야기란 바람에 성(性)에 주린 그들이라 신이 나서 그의 이야기를 열심히 들으려한다.

"지금으로부터 한 두어달 전 일인데 내가 여기 온 지 한 보름쯤 되던 때 이 삼일 동안이나 죽도록 몹시 앓은 적이 있지 않은가?"

"아마 그런법하지."

이 말은 지금 이야기하는 사람과 가장 친한 사이로 지내는 나이 삼십 가령이나 되어 보이는 구레나룻 난 사람이다. 그와는 같은 고향 사람이기 때문에 둘 중에 하나가 몸이 아프기만 하면 서로 도와주며 극진히 병구환을 하였다. 그 까닭에 어렴풋이나마 그때 일을 생각하는 모양이다.

"암튼 처음 날 식전에 다른 사람들은 다들 일터로

나가고 나 혼자서만 바로 저 구석에서 앓고 드러누
웠는데 누군지 이 안으로 저벅저벅 들어오는 사람
이 있겠지—."

"그래서?"

이번에는 반-듯이 드러누운 사람이 뒷말을 계속
한다.

"나는 그때 돌아 드러누웠기 때문에 누군지는 자
세히 알 수 없어도 여편네 말소리 하는 것만 잘 알
았기 때문에 주인 아주머니가 들어 온 줄로만 생각
하고 그대로 드러누웠었지—."

그들은 오랫동안 계집에 주렸기 때문에 한번 계집
이야기만 나면 이와 같이 넋 잃은 사람모양으로 얼
굴이 빠진다. 그리고 그들은 이런 이야기를 퍽 좋아
한다.

"차차 나의 등 뒤로 가까이 오더니만 '여보세요
저 잠깐 보세요.' 하고 아주 가까이 와 앉는다. '그
래 그적에야 고개만 돌이켜 보니까 주인 아주 먼네
는 아니고 며칠전에 처음으로 와서 주인집 일을 거
들어주고 밥 한그릇씩 얻어가는 그 여인이겠지—."

"그러면 좋았겠네 그려."

하고 그 중 나이 더 먹은 사람이 몸을 비비튼다.

"이 사람아 차차 이야기를 들어, 그래 아픈 중에도 몸을 추스려 돌아 드러누웠더니만 '편찮으신 모양인데 너무나 괴로움을 끼쳐서 안 되었습니다만, 가지신 돈 있거든 이십전만 돌려주시면 며칠 뒤에 꼭 갖다드리겠습니다' 하고 이렇게 말하는 그의 얼굴은 수심이 만면하겠지 그래 돈 이십전은 뭘하느냐—고 물었더니만 '제 사내가 석달 전부터 발을 앓아 드러누웠기 때문에 고약을 사서 붙여줘야 할 터인데 당장 수중에 단돈 한 푼이 없습니다 그려. 그리도 또 며칠 전부터 참외가 먹고 싶다는 것을 그거 하나 못 사먹이고 보니 계집 된 도리에 마음이 어떻겠습니까? 그래 참다참다 못해 부끄러움을 무릅쓰고 여쭙는 것이니 가지신 돈이 있거든 좋은 일 하시는 셈치고 이십전만 꾸어주십쇼. 곧 갖다 드리겠으니.' 하고 애걸하다시피 하겠지…. 나는 그때에 그 여인이 거짓말이든 정말이든 간에 퍽 불쌍하게 여겨지고 마음씨가 기특해서 주머니에 있던 돈을 톡

톡 털어 주며 어쩌다가 발을 다쳤느냐—고 물으니까 '작년 겨울부터 바로 여기 이 개천 덮은 일을 해서 날마다 팔십전도 벌어오고 칠십전도 벌어 오더니만 한 서너달 전에 바로요 근처에서 일을 하다가 성축이 무너지는 바람에 다리를 다쳐서 하던 벌이도 못하고 그대로 드러누워서 앓기만 한답니다. 그러니 돈이나 있어야 병원엘 가거나 집에서라도 약을 마음대로 써보지요. 그래 다친 데가 덧나서 피고름이 줄줄 흘러도 고약 한 푼어치를 마음대로 사지 못합니다 그려' 하고 울듯 울듯 하겠지—."

"이사람 앓아 드러누웠으면서도 좋았네 그려….
바로 그 여자면 똑똑하게" 하고 헛침을 삼키는 사람도 있고, 어떠한 사람은 뒷일이 궁금해서 연해 재쳐 묻는다.

"그래 이십전을 손에 쥐어주며 주인한테도 말을 좀 해보라니까, '그렇지 않아도 두 분한테 다 말해 보았더니 요새는 돈이 옹색하다고 아니 주겠지요. 그리고 벌써부터 돈 이야기를 하려거든 내일부터라도 오지 말래요. 아마 밥덩이나 주고 일을 거들어

달라나 보아요.' 하고 밖으로 나가버리겠지. 그때에 아마 주인 아주머니는 아침을 해치우고 무엇을 사러 가게에 간 모양이데.”

“그 뒤에는 어떻게 되었나.”

“그 뒤에는 어떻게 되었느냐고—? 가끔 단 둘이 만나서 재미 좀 보았지.”

“옳지 그래서 요지막까지 밤이면 한동안씩 기척이 없었네 그려. 그래 만나면 어디서 만나나?”

“단 둘이 만나는 것을 어디 정해놓고 만나보나 되는 대로지.”

“어쩐지 노름도 안 하고 돈에 쩔쩔매드라. 여보게 혼자만 그러지 말구 나도 한번 대서보세그려.”

“대설 재주 있거든 대서보게그려— 그렇지만 힘들 걸.”

“그것은 어째서?”

“어째서가 뭐야 요 며칠 동안 어디 눈에 띄든가.”

“참 그래 어디로 떠났나?”

“저만 떠난 셈이지.”

“사내는 어쩌구?”

"밤낮 앓구만 드러누웠으니까 나중에는 지긋지긋한 모양이야 얼른 죽지도 않고… 그래. 나를 만날 적마다 이상한 소리를 비치더니만 아마 다른 사내를 얻어 갔는지 여기도 오지 않고 그 집 가 봐도 사내 혼자만 방안에 있는 모양인데. 그 집 주인이 행랑방 내놓으라고 야단야단을 치는 모양이야… 그걸 어떻게 알겠나마는 주인 아주머니가 어디서 듣고 나에게 이야기하데 자세히 알았지."

"아니 그런 일이 있으면서도 나에게까지 속여 왔담."

그와 제일 가까운 구렛나룻 난 사람이 좀 섭섭하다는 듯이 말하였다.

"주인 아주머니도 온전치는 않다네."

"그럴 수밖에 있나 십장은 돈 해놓라고 주리주리 틀고 돈은 이루 생길 데가 어디 있나? 그러니까 그 짓밖에는 더 있나."

"그렇기로서니 우리의 돈을 빨아먹어."

"우리들 돈엔 가시 돋쳤나 왜 못 먹어… 안 빼앗겨 못 먹지."

"그러면 밥팔고…………………… 두가지씩 파는 셈이지."

"암 그렇구 말구 자네 말이 명담일세."

"명담이구 뭐구 간에 사실 바른 대로 말이지 우리 총 중에서 돈푼이나 주머니 속에 모이고는 주인 아주머니와 상관 안 한 사람이 있는 줄 아나— 서로 모르는 척하고 이러구저러구들 하지."

이와 같은 소리를 누구가 들을까 봐 조심성스럽게 가만가만히 주고 받고 한다. 이웃간에서는 여전히 노름들을 하고 있다. 이구석저구석에선 코를 드르릉드르릉 골며 곤히 자고들 있다. 비는 여전히 주르륵 주르륵 퍼붓는다. 바람결에 흙냄새가 휙휙 끼쳐 들어온다. 음산한 바람이 장옥 안을 휩쓸고 돈다. 노름판에서는 이따금씩 십장과 여러 사람 사이에 싸움이 일어난다. 이러는 사이에 어느덧 반나절이나 지나가고 말았다.

# 6

노름해서 돈 많이 먹고 다시는 노름 아니 하는 정서방이 저녁밥도 아니 먹고 혼자 나가더니만 술이 거나하게 취해가지고 밤이 이슥한 이때에야 겨우 장옥 근처에 몸을 나타냈다. 이 선술집 저 선술집으로 돌아다니며 술은 취토록 먹었지만은 계집이라고는 술 파는 년의 얼굴만 보고 돌아오는 길이다. 근일년 동안이나 홀애비로 지내왔기 때문에 술 파는 계집을 하나 사귀어볼 작정으로 매일같이 돌아다니며 술을 먹는다. 오늘도 서너 번 갔던 집에서 몇 시간 동안을 시달려 주기만 하다가 지금 그대로 돌아오는 터이다.

눈앞에는 분바른 계집들의 요사스런 얼굴이 휙휙 지나간다. 다섯 해 동안이나 데리고 살다가 가난에 쪼들려 나중에는 살 수가 없어서 어디로 달아난 그전 아내의 얼굴이 어른거린다. 그 다음에는 어디서 본 듯한 계집! 한번도 보지 못한 낯 서투른 계집! 이와 같이 수 없는 계집들이 선웃음을 치며 자기 앞으로 자꾸자꾸 달려든다. 아까 술집에서 간드러지게 생긋생긋 웃으며 술 따르던 계집이 두 팔을 벌리고 달려든다. 이럴 때마다 계집에 주린 몸이라……더 한층 불같이 일어난다. 그래 술집에서 그대로 돌아온 것을 후회하였다. 이 다음에 가서는 …………………………………………마음을 단단히 먹었다. 삽시간에 또 딴마음이 든다. 발을 돌리고 싶은 생각도 불현 듯 난다. 다시 가서는 ………………… 막 끼고 뒹굴며 이 밤을 새우고 싶다. 그는 참다 못하여 발을 다시 돌이켰다. 오던 길을 향해 대여섯 걸음 걸어갔다. 이때에 아까부터 목마르던 것이 더 한층 몹시 조갈이 난다. 벌써 술이 깨이는지? 걷잡을 수 없이 목이 마르다.

그는 다시 장옥을 향하고 돌아섰다. 이번에는 그리 망설이지도 않고 그대로 컴컴한 부엌 안에 들어섰다. 물을 먹을 양으로 장님처럼 더듬더듬 더듬어서 간신히 솟 족박을 차서 손에 들었다. 물중두리는 김십장 내외가 자는 그쪽 칸에 가까이 놓여 있음으로 그리 다가섰다. 그는 물 한바가지를 떠서 입에다

대고 막 두어 모금— 마시려니까 무엇인지 부스럭 하더니만 자기의 손을 은근히 잡는 사람이 있다. 소스라쳐 깜짝 놀랐다. 어디서인지 희미한 불빛이 은은히 흘러나와 자기의 얼굴까지 비추기 시작한다. 그 손은 남자의 딱딱하고 거친 손이 아니라 부드럽고 연한 살결이 틀리지 않는다.

"이리 잠깐만 들어오슈."

하고 불빛이 흘러나오는 안으로 잡아끈다. 정서방은 약간 몸서리를 치며 가벼이 떨었다. 끄는 편이 범보다 더 무서운 김십장의 아내인 것을 깨닫는 순간에 더 한층 겁이 났다. 몸서리를 쳤다.

"아니 왜 이러세요."

하고 끌리지 않으려는 듯이 문기둥에 가 기대 선 채 지그시 버텼다.

"그러지 말구 이리 잠깐 들어와요 내 할 말이 있으니."

하고 이번에는 더 힘있게 잡아끈다. 얼굴에는 사람을 홀리려는 듯한 요사스런 웃음을 띠며 저으기 음란한 눈치를 보인다. 며칠 전부터 돈 가진 정서방을 후려 들이려고 애썼다. 더구나 정서방만은 사내한 테 들키더라도 아무 일 없이 지나칠 것이라고 마음 먹고 있기 때문에…. 어떻게 해서든지 돈만 다 빼앗아 사내에게 주면 그보다 더 좋은 일이 없으리라고 생각하였다. 지금도 바로 요 며칠 전에 사내가 하던 말을 몇 번이나 생각해 보았다. 사내의 하던 말을 생각할수록 정서방을 끼고 드러누웠어도 아무 상관 없으리라고 안심하였다. 그러나 아무 영문을 모르는 정서방만은 처음 당하는 일이라 겁이 펄쩍 나고 두려운 생각이 걷잡을 수 없이 일어난다. 겁은 나면서도 한편으로는 ……………… 일어나지 않음은 아니다. 미칠 듯이 주인 아주머니를 ………………… 그러지 않아도 …………………………………………………… …………………………………… 뒷일을 더 생각할 나위도 없이 결국 솔깃하여졌다.

"누가 오면 어쩌죠?"

하고 마지못해 끌리는 듯이 섭장 자는 처소로 끌려 들어갔다. 방긋이 들렸던 부대조각이 다시금 가려졌다. 그래 어른거리는 둘의 그림자는 안으로 사라지고 만다. 무슨 짓을 해서라도 돈을 빼앗으려는 가증한 계집과 계집에 ……………………… 맹수와 같은 사내가 아무도 없는 은근한 곳에 단 둘이 모이게 되었다.

쉴 줄 모르고 계속되는 노름판도 겨우 끝이 났다. 오늘 낮에는 김십장이 적지 않게 먹었지마는 밤들어서부터 자꾸 잃기만 하였다. 종판에 툭툭 털고 일어날 때에는 수중에 단돈 한푼이 값이 되었다. 그리고도 이사람 저사람한테 이삼십원 가량이나 꾼 것이 있다. 밤도 늦었지마는은 더 해야 자꾸 잃을 성 싶어서 모든 사람들이 그만두자는 바람에 자기 역시 마지 못하는 듯이 섭섭한 마음만 한아름 부둥켜안고서 그대로 일어섰다.

어느 때라고 안 그런 게 아니지마는 오늘은 더 한층 돈 잃은 것이 곳 없이 분하였다. 낮에 많이 먹었던 생각을 머릿속에 그려볼 때에는 지향할 수 없는 마음이 미친 물결처럼 날뛰었다. 패는 줄기차게 자기 혼자서 잡았지마는 별로이 먹어보지 못하였다. 처음 노름을 시작할 때에는 뭇사람의 가진 돈이 자기수중으로 떼굴떼굴 굴러들여 왔지만 요즈막에는 용이히 들어오지 않았다. 지금도 그 생각을 하고 가중한 생각도 이제는 물거품이 되었다.

"차라리. 노름이나 시작하지 않았더라면."

하고 노름 시작한 것을 후회도 하여 보았다. 다소 먹을 때에는 이런 생각이 안 들지마는 오늘밤과 같이 적지 않은 돈을 잃어버릴라치면 노름한 것도 적잖이 후회하였다. 그렇다고 아주 노름을 손에 안대지도 못할 지경이다. 잃어버린 돈을 도로 찾을 양으로 또다시 노름을 손에 대곤 하였다. 노름판에서 힘없이 일어나가지고 두어 걸음 떼어 놀 때에는 머리가 무엇에 얻어맞은 것 같이 띵하고 어찔어찔하였다. 가로세로 드러누워서 곤히들 잠자는 틈을 이리저리 삭여가며 장옥 안을 걸었다. 거적문을 들치고 부엌칸으로 나오려 할 때에는 찬바람이 획— 끼친다. 노름에 취했던 흐리터분한 정신이 얼마간 새로워지는 듯하다. 한칸이 되는 컴컴한 부엌 안을 힘없는 다리로 걸을 때 아내의 얼굴이 떠올랐다.

저 안에 아내 혼자서 잠 들어 누웠거니 하고 숭숭

뚫어진 부대 쪽으로 어렴풋이 흘러나오는 불빛을 바라다보았다. 아내의 자는 얼굴이 급작스리 보고 싶어서 부대조각을 날째게 처들었다.

깜짝 놀라면서도 또 한편으로는 자기의 눈을 의심하였다. 혼자만 드러누웠으려니 하고 마음먹었던 아내가 어떠한 남자를 끼고 드러누웠는 듯한 모양을 발견한 순간에 자기의 눈을 의심 아니하랴 아니할 수 없었다. 손등으로 눈을 비비고 나서 다시 한 번 바로 보았다. 암만 보아도 아내 혼자서만 드러누운 것이 아니라. ……………………………………………
……………………………………………………………………
……………………………………………………………………
……………………………………………………………………
……………………………………………………………………
……………………………………………………………………
……………………………………………………………………
………………………………….

십장은 숨통이 막힐 지경이다. 정신이 아찔아찔하여 그 자리에 폭 거꾸러질 듯하다.

"조 년이 아주 저놈한테 미쳤나보다. 저놈한테 홀렸기에 나를 보고도 저 모양이지 아무리 내가 그러랬기로서니 이렇게 심하게 한담 에이 분하다. 내가 암만 해도 속았어. 예이 저 연놈을 어쩐담…."

이와 같이 입 안으로 중얼거렸다. 중얼거리는 것만으로는 속이 시원할 수 없다. 가슴을 쥐어뜯을 만치 분하다. 질투와 시기하는 마음이 점점 맹렬하게 타오른다. 그는 더 참을 수 없다는 듯이 옆에 놓인 끝 뾰족한 곡괭이를 집어 들었다. 곡괭이 쥔 손은 부르르 떨었다.

"이놈아! 이 개같은 놈아."
하고 소리를 벽력같이 질렀다. 정서방은 이 소리에 깜짝 놀라 한숨에 벌떡 일어나 앉았다. 웅숭그리고 앉아서 말 한마디도 못하고 벌벌 떨기만 한다.

계집도 곁묻어 일어났다. 김십장은 핏줄이 벌겋게 선 부릅 뜬 눈으로 쏘아보다가 더 참을 수 없다는 듯이 곡괭이를 번쩍 들었다. 다시 내려온 때에는 벌써 정서방 머리에 곡괭이 끝이 꽂혀 있다. 정서방은 "으악!" 하는 외마디 소리를 한번 버럭 지르고 그

자리에서 그대로 픽— 쓰러져 버렸다. 즉시 옆에 칸 사람들이 몰려들어왔다. 벌써 탕진하는 비린내는 코를 찌르고 새빨간 선지피는 거적 떼기를 물들이기 시작하였다. 김십장은 그 밤으로 여러 사람들 손에 묶여서 경찰서로 갔다.

1936년 11월
(『사해공론』 1937년 3월)

# 딴 길을 걷는 사람들

## 1

밤이다.

준식은 달도 없는 밤길을 얼마 동안 여러 가지 생각을 하며 걸어왔다. 지금까지 생각한 것을 한데 합쳐 본다면 오늘날까지 싸워오던 일을 결말짓는 것이다.

아버지와의 최후의 담판. 형님과의 최후의 결정. 아내와의 최후의 결정.

이와 같은 최후의 결심이 순조롭게 해결되지 않는다면 결국은 출가를 할밖에 다른 도리는 없다. 솟을 대문이 눈앞에 띈다. 희미하게… 바라보기에도 으리으리한 커다란 문은 틀림없는 자기 집 대문이다.

옆에 집보다 우뚝 솟아 있는 문이 마치 무슨 괴물 모양으로 눈앞에 가로 놓여 있다. 그는 괴물처럼 보이는 자기 집 대문을 날카롭게 쏘아보며 한걸음 한걸음 가까이 걸어 들어갔다. 만여석 추수를 하는 자기 집이건만 밖에 전등 하나를 아니 달고 그나마 모으기에만 두 눈이 새빨간 아버지와 형의 모양이 눈앞에 어른거린다. 행랑방 들창으로 불빛이 은은하게 흘러나온다. 불빛만 흘러나오는 것이 아니라 여러 사람들의 웅얼거리는 음성도 밖으로 스며 나온다.

"그런데 참 우리댁 작은 서방님이란 이는….."

이런 소리가 준식이 귀에 들어왔다. 음성이 틀림없는 행랑어멈의 소리다. 그 소리가 분명히 어멈의 말소리라면 지금 하려는 이야기가 자기에 관한 것이 틀림없으리라 생각하고는 일종 호기심에 끌려 행길로 난 들창 앞으로 가까이 다가섰다. 숨소리도 크게 내지 않고 그들의 하는 이야기를 엿듣기 시작하였다. 방안에는 이웃 사람들이 두서넛이나 와있는 모양이다.

"퍽 이상한 사람이야. 아마 실성을 했는지도 모르겠어."

"왜? 우리 보기에는 어디 실성을 했는지 모르겠어."

"겉으로 보기에는 퍽 얌전한 것 같지마는 이즈막 와서 한다는 소리가 미친 사람이 아니고는 못할 소리를 탕탕해서 요새 집안이 물 끓듯 야단법석들이라우."

"무슨 소리를 하길래?"

"하루는 사랑방에 저녁 군불을 때다가 방안에 별안간 떠드는 소리가 나기에 귀를 기울여 들으니까."

"이 집안 망할 자식아. 땅뙈기 좀 있는 것을 ×× ××, ××××× 우리 ××××××× 집안 식구는 죄다 굶어죽으란 말이냐? 너부터라도⋯ ××× ××."

"영감님이 이렇게 펄펄 뛰며 야단야단 치시겠지. 뒤미처 작은 서방님의 차근차근한 말소리가 들리는데."

"아버님 그러면 ―중략― 넉넉히 살아갈 수 있습니다. 우리 형제가 시골 가서 농사를 지어도 살아갈 수 있고 서울서 무슨 일을 하든지 굶어죽기까지는 아니 됩니다. —2행략—"

"뭣이 어쩌구 어째? —2행략—"

"누가 밥 한끼라도 굶으면 이세상 놈들이 외편 눈이나 꿈쩍거릴 줄 아니? 그저 남의 걱정 말고 나 잘 살 도리나 채려, 그런 미친 소린 하지 말고."

"그러면 못하시겠다는 말씀이십니까?"

"어떻게 하라는 말이냐? ×××× ××× ××× ×× ×××? 그런 소리는 입에도 담지 말어라."

"정 그러시다면 제앞으로 돌아올 것을 미리 분재하여 주십쇼."

"내가 죽기 전에는 막무가내다"

"어느 때 주시든지 일반이 아닙니까?"

"왜 지금 달라니?"

"저하고 싶은 대로 하게요."

"그러기 때문에 나죽기 전에는 그런 생각을 꿈에도 하지 말란 말이다. 왜 분재해주면 다 나누어 주고 다른 사람들까지 못살게 굴고 싶어서…."

"굶으면 거리에서 굶어 죽을지언정 다시는 이해

를 끼치지 않을 것이니 제 몫을 곧 내어 주십쇼.”

“안 된다, 안 되어.”

“아무 때 주시면 아니 주실 것입니까?”

“안 될 말이다. 안 될 말이야.”

“이와 같이 두 분이 한참 동안 주고받고 하더니만 작은 서방님이 화를 벌컥 내며 안으로 들어가겠지 … 그런 뒤로는 허구헌날 분재를 해달라 하니 못해 주시겠다거니 하고 야단이라우. …”

그날 저녁에 일어난 일을 세세히 이야기하는 어멈의 말소리를 준식이는 다 엿들었다. 그래 새로운 기운이 나는 듯하다.

“분재를 해주면 ×××××?”

이웃집 어멈이 이와 같이 물었다.

“암 그렇구말구. 지금 당장이라도 분재만 해주고 보면 내일이 멀다하고 다 나누어 줄 심사이니까 집안사람들이 야단법석이지. 그렇지 않겠소?”

행랑어멈의 말이 채 떨어지기도 전에 다른 사람들의 말소리가 줄대나온다.

“무슨 마음으로 그럴까?”

"정말 실성을 했길래 그러는 게지×××"

"미쳤길래 제 물건을 ××× ×××× ××××
그러지 ×××."

잠깐 동안 아무 말들이 없다.

준식이는 이 사이에 두서없는 생각을 계속하였다.
'날더러 미쳤다구? 나의 하는 일을 실성한 사람이
하는 짓이라구? 지금 이 방안에 있는 사람만이 나
를 가리켜 미친 사람이라구 하는 게 아니라 제일 첫
째 우리 집안 사람들, 그 다음에는 우리 집 식구와
똑같은 사람들, 그리고는 이 방에 있는 사람과 똑같
은 이 세상 사람들이 있다. 그러면 나를 미친놈으로
여기지 않는 사람 이 이 세상에 한사람도 없을 것이
아니냐? 모두가 나를 가리켜 미친 사람이라고 부를
것이 아니냐? 아니다. 나를 미친놈으로 여기는 사람
들이 있느니만치 미친놈으로 여기지 않는 사람들도
그만큼 있는 것이다. 그들은 나의 하는 일을 미친
짓으로 보기는커녕 ×××× ××××.' 준식은 의
미 있는 웃음을 얼굴에 띠며 들창 앞에서 발을 옮겨
놓았다.

— 1행략 —

'나의 하는 일을 미쳤다고 보는 사람들!'

이와 같이 입안으로 중얼거렸다.

— 2행략 —

준식은 이와 같이 가볍게 부르짖으며 대문 안으로 들어섰다. '이 집에 발을 들여 놓는 것도 오늘이 마지막인지도 모른다. 아니 마지막일 것이다. 나와 딴 생각을 하고 살아가는 사람들이 나의 요구를 들어줄 리 없다. 자식을 내어쫓고 의절을 할지라도 나의 말을 들어줄 리 없다. 형이 아우와 대면을 아니 할지언정 딴 세상에서 히덕거리는 형이란 사람이 나의 편을 들어줄 리 없다. 그전과 마찬가지로 반대할 것이다. 그렇다고 그만둘 것이냐? 아니다. 마지막으로 한번만 더 싸워보자. 그래 승리하면 다행이요 그만한 이익이지마는, 만약에 실패한다면 결국은 출가다. 이 집 밥을 더 얻어먹지 않고 이 밤으로 이 집을 떠나가는 것이다. 아내는? 아내와도 담판이다. 고생을 하더라도 나와 같이 돌아다니지 않는다면 이혼! 그 다음에는 부자인 자기 본가로 보내버리는 것뿐이다. 그는 이혼을 하고 자기의 집으로 갈지언정 나를 쫓아 나오지 않을 것이다. 아무튼지 순서대로 담판하여 보자. 어떻게 결말이 나나….' 준식은 먼저 사랑으로 들어가기를 결정하고 사랑 쪽으로 향하였다.


## 2


준식은 가만가만히 사랑 마당을 지나서 마당 앞까지 이르렀다. 방안에는 아버지와 형이 앉아서 무엇인지 꾸불거리고 하는 것이 그림자로 쌍창에 어른거린다. 이따금씩 주판 놓는 소리도 들리고 무어라고 웅얼거리는 그리 분명치 못한 두 사람의 말소리도 들려 나온다. '아마 무슨 셈을 보나보다.' 하고 준식은 마당 끝에가 사뿐히 걸터앉으며 귀를 기울였다.

"요새 같이 벼금이 오를 줄 알았다면 먼저 것도 그대로 둘 걸 그랬다."

이것은 아버지의 좀 분해하는 듯한 음성이다.

"죄다 방하지 않은 것이 다행이죠…. 그리고 그때는 좀 헐하게 받고도 팔아야만 나머지 땅값을 치르게 되지 않았어요?"

이것은 형의 말소리다.

"딴은 그렇기도 해. 요사이에 더 받으니까 마찬가지지. 그렇지 않으냐?"

"그러게 말씀이야요. 작년 시세에 비해서 한 섬에 삼원씩 더 받는 셈이 아닙니까?"

"그렇지 그래. 그러기에 땅 가지고 있는 것이 무엇보다도 보배란 말야. 허허허."

준식은 자기 아버지 너털웃음에 적이 불쾌하였다. 쌀값이 나날이 올라가니까 아버지와 형은 어지간히 좋은 모양이다. 지금 방안에 앉아 있는 두 사람만 좋다하는 게 아니라 그곳에 쌀을 길길이 쌓아둔 사람들은 다같이 기뻐할 것이다. 준식은 두 주먹을 힘 있게 쥐었다.

"아버님, 인천 것은 내일이나 모래쯤 죄다 방하죠?"

형은 그중 많이 쌓아둔 인천 것을 방하자고 아버

지에게 묻는다.

"인천 것만은 그만두어라."

"왜요?"

"자꾸 올라가는 시세이니까 좀더 두었다가 팔면은 좋지 않겠니?"

"그렇기도 하지만요. 다시 떨어지면 어떻게 합니까?"

"난 모르겠다. 네 마음대로 해라. 참 오늘 벼판 돈이 얼마라구 했지?"

"일만 사천칠백원이에요. 그래 일만 사천원만 은행에 맡기고 칠백원은 남겼어요."

"그것은 왜 남겼냐?"

"구실돈도 내려 보내야겠고 옷감도 좀 끊으려구 그랬에요."

"그러면 지금 은행에는 얼마나 있니?"

"어디 치부책을 좀 보아야 하겠습니다."

잠깐 동안 방안이 고요해졌다. 다만 주판소리만 대격거리고 날 뿐이다.

"도합이 육만 팔천 이백 이십 사원 오십 이전이아

요."

"그래도 팔만원이 못돼? 아무튼지 인천거나 팔어야 두군데 땅값을 다 치르겠구나?"

"아마 그렇게 될까 봅니다."

준식은 일어나며 '얼마나 잘들 사나보자.' 하고 쌍창 미닫이를 좀 거칠게 열었다. 아버지와 형은 일시에 깜짝 놀라며 준식이의 얼굴을 얼빠진 사람들처럼 물끄러미 쳐다본다.

"이 자식아, 니가 정말 실성을 했니? 환장을 했니? 사람의 자식이 자취가 있게 다녀야지. 그래 사람을 이렇게도 놀래야 옳겠니?"

하고 몸을 부르르 떨며 준식을 노려본다. 형도 못마땅한 듯이 입맛을 연해 다신다.

"놀래셨어요? 놀래셨다면 대단 잘못했습니다."

준식은 이와 같이 말대꾸를 하며 방안으로 들어와 앉았다. 방안은 얼마 동안 침묵이 계속되어 있었다.

"아버님, 더 좀 생각해 보셨에요?"

준식이가 먼저 입을 열었다.

"무슨 생각을 해봤느냐고 묻는 말이냐?"

준식의 아버지는 또 그 말을 꺼내는구나 하고 얼굴을 약간 찡그린다.

"오늘 저녁에는 길게 말씀드리지 않겠습니다. 다만 저의 요구를 들어 주시겠다든지 못 들어 주시겠다든지 딱 갈러 말씀해 주십시오."

준식의 태도와 말씨는 전에 보지 못하던 이상한 눈치였다. 아버지와 형도 이 점을 발견하고 무슨 좋지 못한 일이나 일어나지 않을까 하는 생각에 걸려 다소 불안해하는 모양이다. 그의 아버지는 조금 주저주저하다가 겨우 입을 열어

"나는 너의 심사를 암만 알려두 알 수가 없다. 다른 사람들은 눈만 비비면 잘살려구 버둥거리는데 너는 어쩨서 무어로 생겨먹은 물건이길래 오는 복을 박차버린단 말이냐?… 네형과 애비는 밤낮으로 어떻게 하면 남보다 더 잘살아 볼까 하고 눈이 벌건데 너는 어쩨서 형이나 애비의 뜻을 못 알아주고 도리어 집안을 망쳐 놓겠다고 하니? 미치지 않고서야 그럴 수가 있단 말이냐? 내가 이렇게 지랄발광을 하고 모아 놓는대야 죽으면 하나 하나 가지고 가

니? 남을 주고 가니?… 모두가 너희 형제의 것이 되고 말 것을 왜 딴 생각을 하느냐 말이다."

"그러기에 미리 분재를 하여 달라는 것이 아닙니까? 아무 때 돌아와도 제모가치는 있을 것이 아니야요?"

"그래 네 소원대로 지금 분재를 하여주면 어떻게 할 작정이냐?"

"어떻게 하든지 그것은 상관 마시고 제 말대로 하여 주십쇼."

"그렇게 해주면 그것을 가지고 늘여가며 얌전히 살림을 하겠니?"

"××× ×××× ××× ××××."

"×× ××××× ×××××? 안 될 말이다. 절대로 너의 요구는 들어줄 수가 없다."

"정말 못 들어 주시겠어요?"

"안 된다. 안 돼. 피땀을 흘려가며 모은 생각을 하면 아까워서라도 못하겠다. 너는 어째서 제 모가치를 아까운 줄 모르느냐?"

"네, 아버님이 피땀을 흘려가며 모으셨어요? 그러

105

니까 아까운 생각도 나시겠죠. 그러면 형님의 생각은 어떠십니까?"

준식은 지금까지 잠잠히 앉았는 형님에게로 얼굴을 돌렸다.

"나는 성한 사람이니까! 그런 어리석은 생각을 해서 세상 사람들한테 놀림감이 되고 싶지는 않으니까…."

"형님이야 장하십니다. 그러니까 형님은 아버님과 같이 ×××××××××× 재산을 조금이라도 축내는 것이 아깝다는 말씀이십니까?"

"나는 성한 사람이니까 아까운 줄 알고 너는 정신에 이상이 생겼으니까 아까운 줄 모를 터이지."

이렇게 형제가 주고받고 하는 것을 듣고 앉았던 아버지는 벌떡 일어나 안으로 들어가며

"네 말은 암만 해도 들어줄 수 없으니 마음을 달리 먹어라. 거기에 대해서는 이후에 더 말하고 싶지 않다."

"저도 오늘이 마지막입니다."

준식은 이와 같이 좀 씩씩하게 말대꾸를 하였다.

'출가다. 이 밤으로 이 집을 떠나 나가 넓은 세상으로 내 마음껏 돌아다녀 보자. 이 밤으로 이 집을 떠나 나가 넓은 세상으로 내 마음껏 살아갈 수 있는 새로운 살림살이를 시작해 보자. 나의 몸을 바쳐 남을 위하여 죽는 날까지 일하여 보자.' 그는 여기까지 생각하고 앉았다가 다시 형을 건너다보며 입을 열었다.

"형님!"

"왜 또 그래!"

"저는 오늘밤 안으로 이 집을 하직하고 아주 나가기로 결심하였습니다."

그의 말소리는 위엄이 있는 듯 하면서도 약간 떨려 나왔다. 그의 형도 이 말에는 적이 놀라는 기색이다.

"무엇이 어쩌구 어째? 이 집을 하직하다니⋯ 그러면 부모 형제를 배반하고 집밖을 나간단 말이지?"

"네. 아주 굳은 결심이올시다."

"그런 철딱서니 없는 소리하지 말고 마음을 가라앉혀라. 네가 지금 집 밖으로 나가기만 하면 고생뿐이다."

"마음이 편하구 하는 일이 옳다구만 하면 어떠한 고생이라도 달게 받을 작정이올시다. 또한 내가 지금 이 집을 떠나간다고 이후에 다시 들어올 리는 물론 없겠지마는 재산에 대해서도 일절 권리를 다 버리겠다는 것을 이 자리에서 맹세합니다. 그러니 아버님한테도 그렇게 여쭈어줄 일을 형님께 부탁합니다."

"얘 그럴 일이 아니라 좀 참았다가 아버님이 돌아가신 뒤에 네 맘대로 하려무나."

"그때까지 이 집에 들어 엎드려서 기다리라구요? 안 될 말입니다."

"…"

준식은 앉았던 자리에서 머뭇거리지도 아니 하고 벌떡 일어나 바깥으로 나왔다. 이때에 방안에서는

"얘 그렇게 경거망동을 하지 말고 깊이 생각해서 마음을 고쳐먹어라."

밖에서는

"날더러 깊이 생각하라지 말고 형님이나 깊이 생

각해서 ××××  ××××."

"예이, 그런 미친 소리는 두번도 하지 말아라."

"어디 형님은 미치지 않은 소리를 며칠이나 하고 들어 앉으셨나 두고 봅시다."

준식은 아내와 마지막 담판을 하려고 안으로 활발스럽게 기어 들어가고, 그의 형은 방안에 질서 없이 벌려 있는 주판과 치부책을 열심히 정리하고 있다.


3


준식은 앞마당을 지나 자기의 방이 있는 뒷채로 쏜살같이 걸어갔다. 사면이 어두컴컴하다. 다만 자기 방에서 희미한 광선이 뒷마당을 비출 뿐이다. 방문을 열었다. 방안에는 아내 홀로 앉았다가 벌떡 일어나 미소를 띠며 반가이 맞아들인다. 준식은 모자만 벗고 두루마기는 입은 채 그대로 한구석에 기대 앉았다.

"왜 두루마기는 아니 벗으시우?"

"곧 나갈 사람이 두루마기는 벗어 무엇 하겠소."

준식의 태도는 얼마간 긴장되었고 말소리는 약간 침통한 어조다. 아내의 기색도 갑자기 변하여졌다. 또한 의심쩍은 눈초리로 준식을 바라본다.

"오래잖아 자정을 치겠는데 또 어디를 나가시려우? 볼일 보실것이 있거든 밝는 날 내일 보시도록 하고 오늘일랑 일찍 주무세요."

"나는 이 밤으로 이집을 아주 나가는 사람이오."

아내는 이 소리를 듣고 깜짝 놀란다.

"벌써부터 단행하려던 것을 오늘에야 그대로 해 볼 작정이오."

"공연히 그런 쓸데없는 말을 또 끄집어 내시는구료. 지금 나가시면 어디로 가실 생각이시우?"

"이 넓은 세상에 갈때야 많지요. 또한 처처이 나를 기다리고 있으니까! ××××××× ×××× ××××× ×××××××× ×××××."

"그래 정말 이집을 떠나 나갈 결심이시우?"

"그렇소. 모든 것을 내어 버리고 집을 떠나 나가기로 굳은 결심을 하였소. 그리고 내가 지금 이곳에 들어온 것은 이집을 떠나 나간다는 말을 알려주기 위하여 들어온 것이 아니라 그전에도 여러번 말한 것과 같이 나와 같이 나갈 수 없느냐고 물어보러 들어온 것이요. ××× ×××××××××× ×× ×××××?"

"…"

아내는 고개를 수그린 채 아무 대답이 없다.

"왜 대답이 없소? 내가 오늘 이 집에 들어온 것은 모든 것을 양단간에 결말짓기 위하여 들어온 것이니 한말로 대답하여 주시오."

"나는 죽으면 죽었지 당신을 따라다니며 고생살이는 하기 싫소."

아내는 이와 같이 말끝을 흐리마리하며, 두 눈에는 눈물이 핑 돈다.

"고생살이를 하겠으니까 나를 따라갈 수 없다? 그러면 임자는 어느 때까지든지 있는 놈의 아내로서 잘 먹고 잘 입으며 마음껏 호강살이만 해보겠다는 말이지? 임자 혼자만…."

"사람 쳐놓고 그런 생각은 다 하겠지요. 이 세상

에 어느 나라 사람을 물론하고….”

“그러니가 말이요. 이 세상 사람이 ×××× ×
××× ××× ××××××××××.”

“왜 당신은 자기를 위할 줄 모르고 그런 쓸데없는
××× ××××× ××××× ×××××.”

그의 아내는 이런 말을 하고 준식의 얼굴을 의미
있는 듯이 물끄러미 쳐다본다. 준식은 무엇을 결심
한 듯한 어조로

“잘 알아들었소. ―중략― 더 말하지 않소. 다만
그대와 나와는 영영 갈라질밖에 다른 도리는 조금
도 없으니까 오늘이 마지막 대면이니 그리 알고 서
로 단념합시다.”

“그러면 저를 내어버리겠단 말씀이요?”

“나를 따라오지 않는 사람이면 자연히 떨어지고
말겠지. 그리고 내가 없는 이집에도 남아 있을 면목
이 없겠지….”

“어디로 가란 말이야요?”

“생각대로 하구료. 자유의 몸이 되는 이상에는 잘
사는 당신 본가에 가 호강살이를 마음대로 하든

지… 또한 평생을 두고 호강을 시켜줄 부자 남편
을 얻어 가든지 마음대로, 뜻대로 하우."

"그렇게는 할 수 없에요."

"그러면 나를 따라 나갑시다."

"그것은 더구나 못하겠소."

— 15행략 —

"나는 당신의 하는 일을 어디까지 반대해요. 왜
잘 살아갈 수 있는 길을 버리고 못 살길을 찾어 들
어갈 일이 무엇이요?"

(이하 6페지 삭제-편자)

1927. 9. 1

(『조선지광』, 1927년 9월 발표)

# 리창섭 브리가다

## 1

낮과 밤이 없는 지하 300척 캄캄한 갱내로 첫 대거리 몇 패가 저마다 이마에 붙인 안전등을 번쩍이면서 앞서거니 뒤서거니 내려온 지 벌써 두 시간이 지났다.

채탄 브리가다의 책임자인 리창섭은 내리 굴 바른편 막장에서 작업을 날래 끝마치자마자 잡은 참 왼편 막장을 향하고 급한 걸음걸이로 바삐 걸었다. 시꺼먼 탄가루에 더께가 앉은 갱도 바닥은 군데군데 곤죽이 된 수령이 있어 이리저리 골라 디디는 동안까지도 그는 사뭇 더딘 것만 같아 매우 불안한 마음이 소용돌이쳤다.

창섭이는 자기의 손이 채 못 미쳐 뜻하지도 않은 사고라도 일어나면 어쩌나 하는 염려로써 마음이 몹시 조이게 하였다.

이처럼 두 곳에서 그의 손을 기다리므로 컴컴한 갱내에서도 바쁜 걸음을 아니 칠 수 없었다.

갱내는 후덥지근하면서도 음산하다. 통풍 관계인지 약간 코가 매캐하고 목구멍이 알싸하다.

새까만 속에 오직 안전등의 희미한 불빛만이 여기저기서 번뜩인다. 그것은 마치 구름 사이로 별들이 껌벅이는 것만 같다.

바른편 막장으로 들어오는 어구에 두 개의 전짓불이 오도 가도 않고 고정된 채 명멸할 뿐이다.

창섭이가 그리로 차차 가까이 가서 보니 갱내 운반공인 박복례와 이명숙 두 여성이다. 그들은 자기가 맡은 밀차 울겅지에다 제각기 손을 걸치고 서서 무슨 이야기인지 재미나게 하느라고 사람이 가까이 가는 줄도 모른다.

창섭이는 둘의 옆을 모른 체 하고 그냥 지나치려

다가

"동무들 수고허우. 혼자 미느라고 너무 힘들지 않소?"

부드러운 그의 음성은 둘의 귀를 찔렀다.

그제서야 일제히 고개를 움찔하고 명숙은 바른켠 막장으로, 복례는 창섭이의 앞을 지나, 탄차를 제게 밀며 각각 헤어졌다.

쉴새없이 돌아가는 국부 선풍기와 잉잉거리는 소리가 긴 갱도 안을 요란스레 뒤흔들어 놓는다.

"복례 동무! 몇 차째요?"

창섭이는 그리 많지 않게 쌓인 탄무지를 바라보며 물었다.

"이번 갔다 와야 겨우 여섯 번인 걸요, 뭐."

"오늘도 스무 차 넘긴 힘들겠군그래."

"흥 큰일났군! 의로 치나 둘러 치나 매한가지람. 두 패로 나누면 좀 날가했더니…."

창섭이는 이렇게 웅얼거리며 막장께를 기웃이 들여다 본다.

곡괭이질 소리가 우드럭우드럭 난다. 암만 해도

곡괭이 끝이 암팡지게 들이박히는 소리가 아니다.

박봉규의 일하는 모습은 영락없이 일제 때 하기 싫은 일을 억지로 하던 모양 그대로다.

창섭이는 불현 듯 자기의 지나온 과거가 머리에 떠올랐다.

새벽 같이 별을 이고 나가면 밤 늦게야 별을 지고 돌아오던 일제 때의 고역살이는 회상만도 소름이 끼칠 만치 괴로운 생활이였었다.

아무런 보호 시설이 없는 갱내는 위험하기 짝이 없었다. 숫한 사람의 목숨을 시시로 노렸다. 생지옥과 같은 구덩이 속에서 마음 조이며 열네 시간 이상씩 일을 하고도 끼니를 제때에 못 끓일 만치 가난하기만 하였었다.

학대와 불안 속에 휩싸인 하루의 노동은 온 몸이 솜 피듯 누그러지는 무서운 피로를 가져올 뿐이었다. 물론 글을 배울 사이도 없었지만 뼈가 쑤시고 사지가 물러나는 듯한 피로에 견디지 못해 책은 읽을 생심도 나지 못했었다. 그래 글과는 아주 인연이 멀어졌다.

8.15 해방 전까지 문맹이었던 창섭이는 문맹 퇴치 운동의 혜택으로 쉽사리 국문을 깨쳤다. 차차 글 읽기에 재미를 붙였다. 신문과 쉬운 책들을 보기 시작한 지 얼마 안 가서 수준이 무척 높아졌다.

이 세상의 가장 옳은 리치와 참된 일을 나날이 깨닫고 쉽게 가려낼 줄 알았다.

남을 위하여 나라를 위해서는 어려운 일이라도 참고 견디어 나가는 것을 배웠다. 그의 매일같이 하는 노동은 자기만을 위하는 것이 아니라, 조국을 부강하게 만드는 힘으로 되며, 통일 독립을 빨리 가져오는 길로 되며, 모든 사람들의 자유롭게 행복스런 생활을 누리게 하는 원천이 된다고 굳게 믿자 온갖 열성을 다 바쳐 흥겨웁게 일하였다.

그리하여 해방 두 돌을 채 맞기 전 5.1절을 앞두고 그는 노동당원의 영예를 지니게 되었다. 날이 갈수록 애국심과 헌신성을 더욱 나타내어 뛰어나는 모범 노동자로 남들이 우러러보게 되었다.

"몊에 틀려 후끈 달았는지 퉁퉁 부었어. 그러니 채탄이 불을 게 뭐람."

"승리의 기를 아주 먹긴 다 틀렸수."

창섭이는 아까 지나다 귓결에 들은 복례와 명숙이의 주고받던 말이 퍼뜩 생각난다.

이즈막 후끈 달거나 벨이 돋기로 말하면 봉규가 아니라 오히려 이편이라고 창섭이는 생각하면서 그의 골이 난 이유를 더듬어 보았다.

'왜 틀렸는지 모르지만 5.1절 증산 경쟁을 내걸고 한창 바빠 날뛰는 판에 자기 맡은 일을 저렇게 태공하는 것은 정말 돼먹지 않은 짓이야…'
생각하니 그동안 그의 한 짓이 한두 가지만 꺼림칙한 게 아니다.

봉규는 흘낏 돌아다보더니 아무 대꾸도 없이 그냥 곡괭이를 또 쳐든다. 참말로 량볼이 솜보퉁이처럼 퉁퉁 부었다.

"건방지게 웨 이 모양이여, 사람의 말이 말 같지 않어? 대답이 없게."

창섭이의 입에서는 이런 말이 예볏 나오려고 혀끝에서 뱅뱅 도는 것을 간신이 참았다. 그는 한술 눙쳐가지고

"몸이 아프지 않고야 꼭괭이질이 그게 뭔가? 탄이 아퍼헐가 봐 곁으로 슬슬 다듬기만 허나?"

이렇게 봉규의 부아를 좀 건드려 보았으나 여전히 응답이 없다. 아주 단단히 토라진 모양이야. 창섭이는 자기 이마에 달린 전짓불에 반사되어 번쩍번쩍 윤이 나는 탄총을 자세히 들여다보니 어제보다 매우 단단해진 것 같다.그래 손에 들었던 망치로 두드려 보았다. 탄벽이 어지간히 굳다.

"탄이 굳어 힘드는 모양인데, 웨 피크를 안 쓰구 그대로 강다짐만 허는 거야? 흥 사람의 성질두 어찌 그리 괴팍할까."

하고 창섭이는 덕근이를 돌아다보며

"동무! 어서 코르피크를 가져 오구 압축기 줄을 이리 가차이 끌어오게."

"나두 피크를 써보자구 몇 번 말했지만, 도제 들어 먹어야죠."

하고 덕근이도 매우 못마땅해 입을 삐죽 내밀며 본 갱 쪽으로 사라졌다.

창섭이는 동발을 세우면서 생각할수록 봉규의 빙

퉁그러진 태도가 여간 괘씸하지 않았다.

'일이 이처럼 뒤틀리고 서로 사이가 어근비근해지는 이유가 뭐며, 생산이 잘 안 되는 원인이 어디 있나? 누구의 탓일가? 아니다. 아무에게도 잘못이 없다. 오직 당원인 자기가 크게 책임져야 할 노릇이다. 어떡하면 여럿을 한 사람처럼 움직이게 하나?… 낙후한 봉규를 무슨 방법으로 다시 작업에 열성을 내게 하고 안일성을 뿌리 체 뽑아 주며 하루속히 우리 대렬 내에 끌어들이나?'

이렇게 여러 가지로 궁리를 하면서 창섭이는 일손을 더 자주 놀렸다. 그는 일을 통해서 남을 감복시키며 또 한 사람처럼 묶어 세우겠다고 속으로 굳은 결심을 하였다.

양편 벽에다 맞붙여 이 굵직한 동발목을 세운 다음 그 우로 가름대를 질러놓고 새새 틈틈에 얇고 두꺼운 쐐기를 쳐서 암만 흔들어도 움직여지지 않게 완전히 끝을 마치는 동안에 다른 때보다 사뭇 빨랐다.

덕근이는 부지런히 삽질을 한다.

쇼트판에 탄이 부딪쳐 가지고 마냥 미끄러져 탄차

우로 쏟아지는 소리가 귀청을 쏘는 듯이 요란스리 난다.

피크를 쓴 뒤로 낙탄이 훨씬 잘 되어 탄무지가 여간 붙지 않는다. 삽질이 무척 **빠른** 데도 퍼낸 자리가 잘 나지 않는다. 순식간에 시꺼먼 탄이 **듬뿍듬뿍** 쌓인다.

창섭이의 마음은 저으기 후련하고 흐뭇해졌다. 기계의 힘이 대단하다는 것을 새삼스럽게 느껴다.

탄광 전체의 1/4분기 책임량을, 열흘을 앞당겨 완수하자 전 직장적인 축하회를 가졌다. 그때 리창섭 브리가다는 〈승리의 깃발〉을 두 달 연거푸 받았다. 앞으로 계속해 한 번만 더 쟁취하면 영예의 깃발을 아주 차지하게 될 것이다. 그렇기 때문에 5.1절을 앞둔 이 달은 어느 브리가다보다도 채탄 브라가다에서는 더 중요한 달로 되였다.

그날 창섭이는 여러 브리가다들을 모조리 물리치고 〈승리의 깃발〉을 받아쥐는 순간, 무한한 기쁨이 가득 벅차게 부풀어 올랐었다. 내달에도 이와 같은 영예를 꼭 쟁취하고야 말리라고 속으로 굳은 결심을 하였었다.

창섭이는 축하회를 마치고 한없이 즐거운 마음으로 집을 향하여 오는데 김용준이가 곁에서 바싹 다가오며 어숭그레한 농담조로 말을 걸었다.

"동무네 브리가다가 번번이 우승을 하는 건 네가 용해서 이기는 줄 아나? 급수 높은 사람이 다른 데보다 월등 많은 까닭이지 뭐. 생각해보게. 그렇지 않은가, 일곱 사람 가운데 7급이 둘씩이나 되고 게다가 자네까지 8급도 둘이 안야. 그리고도 우승 못 헐 머저리가 어디 있담."

김용준이는 리창섭 브리가다와 내리 두고 경쟁하는 격수 브리가다의 책임자이다.

"이 사람아, 뭣이라구? 급수 높은 사람이 많아서 매번 이긴다고? 그럼 한사람 데려 가려나?"

창섭이는 누글누글한 태도로 그의 말을 받아 주었다.

"줴만 보라구, 어련히 안 데려 가리."

"정 그렇다면 자네 소원을 풀어 줄 테니 그래두 졌다간 혼날 줄 알어."

그 이튿날 창섭이는 지도부와 상의한 다음 8급짜리 한 동무를 보내고 그 대신 7급인 고병삼을 데려오기로 결정하였다.

그때 봉규는 누구보다도 먼저 이것을 찬성하였다.

그런 일이 있은 지 이틀이 채 못 가 브리가다 중 가장 낙후한 성적으로 뒤꼬리만 줄창 따라 오던 전경수 브리가다에서도 또 한 사람을 바꾸어 달라고 간청해 왔다.

그때 창섭이는 한참 망설였으나, 봉규만은 선참 나서서 두 번째 바꾸는 데도 선선히 동의하였다.

봉규가 어떠한 꿍꿍이세음을 품고서 이처럼 찬성한다손 치더라도 누구보다 일에 욕심이 많고 고집에 센 창섭이라 간청하는 편이 오래두고 가장 낙후한 브리가다가 아니라면 종내 거절하고 말았을 것이다.

허지만 계속해 뒤떨어져 내려오던 패가 치열한 조국 해방 전쟁이 계속되는 가운데 5.1절을 맞이함에 지금까지의 불명예를 깨끗이 씻고 생산을 한번 버쩍 올려 보겠다는 데는 이편이 좀 불리하더라도 끝끝내 버틸 수는 없었다.

그래 그곳 6급과 이쪽의 7급 짜리 한 사람을 또 바꾸고 말았다.

이와 같이 함에 창섭이의 속심은 진정 전체를 위하는데 있었으나, 봉규의 배짱은 틀림없이 딴 데 있었다. 급수 많은 사람이 한둘씩 줄어 들면 도급제의 분배를 급수에 따라 쪼개므로 조금이라도 자기에게 이로우리라고 불순한 마음을 먹었다. 그는 은연중 장사치의 심보가 또 떠올랐던 것이다.

허나 봉규의 바라던 것은 여지없이 깨어지고 말았다.

열흘 동안에 새로 온 두 사람이 겨끔내기로 무단 결근을 하여 출근율에 검은 점을 찍었다. 그리하여 사업 조직에 큰 혼란을 일으켰으며 생산에 적지 않은 지장을 가져왔다.

창섭이의 입맛은 소 쓸개나 씹는 듯 여간 쓰지 않았다.

그러나 다른 동무들은 둘에게 대하여 사뭇 원망도 하고 욕설까지 물 퍼붓듯 했지만 책임자만은 회의 때 한 번 몹시 비판을 준 외에 다시는 입을 뗀 적이 없다. 생산 기준량에서도 매일 몇 톤씩 떨어져 내려오던 차에 결근까지 있은 날은 더 말이 아니었다. 일곱 사람이 하던 것을 여섯 사람이나 다섯 사람이 하게 된 생산이 줄 것만은 정한 노릇이다. 더구나 먼저사람과 나중에 온 사람이 서로 손이 잘 맞지 않아 지장이 많았다. 그리하여 그날그날의 책임량조차 채우지 못하고 허덕지덕할 지경이었다.

창섭이는 매일같이 생산이 떨어지고 있는 데에 무척 초조하였다. 속에서 사뭇 불이 이는 것만 같아서 진정 안타까워 견딜 수 없었다.

참고 견디다 못 해 그는 마침내 당에다 자기의 의견을 내놓고 옳은 지시를 받았다.

당은 올바른 지시를 주었다. 창섭이는 자신이 노동자들의 앞장서서 전쟁 승리를 위하여 모든 것을 바치고 있는 노동당원의 영예를 새삼스럽게 느꼈다.

그 이튿날 작업 비판회 끝에 창섭이는 무거운 입을 떼였다.

이미 줄어든 책임량을 보충하며 더 나아가 승리의 기를 꼭 앗아오기 위해 한 개의 새로운 제안을 내놓았다. 그것은, 운반 거리가 좀 멀어진다면 전혀 쓰지 않던 사업 조직 방식이니, 두 패로 나눠서 가까운 거리에 있는 양쪽 막장을 캐자는 것이었다.

그런데 걱정이 되던 여성 둘이 저마다 나서서 혼자 힘으로 넉넉히 탄차를 밀 수 있다고 열렬히 토론하였다.

복례는 인민군대인 자기 남편이 지금 이 시각에도 전방 화신에서 조국과 인민을 위해 목숨을 바쳐 적과 용감히 싸우는데 이까짓 것쯤이야 문제가 안 된다고 기세를 올렸고, 명숙이는 자기 아버지가 국기 훈장까지 받은 모범 노동자이기 때문에 저도 아버지의 뒤를 따르며, 또한 전선에서 영용히 싸우는 전사들만 못지않게 일하겠다고 새로운 결심을 다진 것이었다.

다른 동무들도 한결같이 찬동하였다.

그러나 박봉규만은 끝까지 어물어물하다가 마지못해 토론이랍시고 겨우 한 마디 한 것이 미적지근하였고 끝끝내 우물쭈물하는 태도이었다.

그 이튿날부터 창섭이는 두 곳으로 달리다시피 뛰

어 다니며 동발을 꾸리기에 눈 코 뜰새없이 바빴다.

봉규와 병삼은 각각 두 곳의 선산으로 곡괭이를 들고 채탄을 하였다.

봉규의 불만은 여기서부터 싹트기 시작하였다.

운탄하는 동무들이 줄곧 자기 맡은 일을 도와주므로 삽질이나 슬슬 하던 것을 선산을 시켜 혼자서 탄을 연달아 캐야만 되니 무척 고되었다. 그래 점점 일에 짜증만 나서 전혀 열성을 내지 않게 되었다. 때로는 전날에 가만히 앉아서 상점을 보던 시절을 눈앞에 그려보기도 하였다. 새 방식으로 일을 시작한 지 며칠이 지나도 큰 성과를 거두지 못했다. 그날 하루의 책임량조차 채우기가 여간 힘들지 않았다.

창섭이는 가장 중요한 시기에 두 사람씩이나 바꿈질을 한 자기의 처사가 잘못되지나 않았나 하고 처음에는 후회도 하여 보았다. 그러나 그 점에는 도리어 잘한 짓이며 떳떳한 노릇을 한 거라고 누구 앞에서나 서슴지 않고 말할 만치 자신이 차차 생겼다. 자기의 브리가다도 점차 성적을 복구하게 될 것이며 다른 브리가다에서도 전에 비해 현저히 생산을 높인다면 전체를 위하여 여간 보람 있는 일을 한 게 아니라고 굳게 믿어지기 때문이다.

창섭이는 덕근이와 봉규 사이에 섞여서 그들과 함께 갱도 바닥을 터벅터벅 걸었다.

"봉규 동무! 피크를 쓰니까 힘이 훨씬 덜 들지 않던가?"

창섭이는 약간 고개를 뒤로 들이키며 다정스런 말씨로 먼저 침묵을 깨뜨렸다.

"난 몰라, 어느 게 힘이 덜 들구 더 드는지를."

봉규는 아주 퉁명스럽게 입안에서 내뱉듯이 쏘아부친다.

"허허, 난 모르겠다? 그럼 누가 아누? 대관절 뭣이 못마땅해 그러는 거야? 벙어리 냉가슴 앓듯 자기 혼자만 속에다 넣구 꿍꿍대니 남이야 알 수 있어. 시연스리 말이나 좀 해보게."

봉규는 또 아무 대꾸가 없다. 다시 잠잠한 채 걷기들만 하였다.

한참만에 창섭이는 추근추근하게도 또 입을 떼였다.

"봉규 동무! 그러지 말구 무슨 불평이 있으면 작

업 비판회 때 죄다 툭 털어놓게."

"난 불평이구 뭐구 없어!"

"그럼, 웨 그러는 거야? 남들은 지금 5.1절을 뜻 깊게 맞이하기 위해 어떡하면 다른 달보다 더 많이 생산을 낼가 하고 저마다 1분 1초를 다퉈 가며 서로 경쟁을 허고 우리 브리가다만 허드라두 승리의 깃발을 아주 차지하려고 눈에서 불이 날 만치 날뛰는 판인데, 동무는 암만 해도 일부러 태공하는 거 같으니 우리 브리가다를 아주 망쳐 먹자는 심본가?"

좀체로 성을 잘 안 내는 창섭이지만 너무 참고 견디다 못 해 볼멘소리를 하였다.

"흥, 기멕혀! 날더러 망쳐 먹는다구!"

봉규는 코웃음을 쳤다. 그가 하는 말에 날래 눈치를 챈 창섭이는

"그만 허면 다 알았네. 사람 바꾼 게 불만이란 말이지? 두 패로 나눈 것허구."

"맞았어 맞어! 호통을 해 바꿔 놓고 일이 노끈처럼 꿰들어 가니까 두 패로 나눈다? 웨 열 패로 나누

지 않구!"

"그럼, 동무는 웨 반대허지 않구 좋다구만 했나? 그랬다구 해서 내가 아주 책임을 안 진다는 건 안야. 허나, 우리 직장의 전체 생산을 높이기 위해서는 잘한 노릇이라구 생각하니까, 여기 대해 정 내게 불만이 있다면 어디까지나 시비를 가려보세."

"시비 가릴 것 없이 두나 다른 데로 보내 줘, 서로 속 시원허게."

창섭이는 벌컥 화를 내며

"뭣이 어쩌구 어째? 날 다른 데로 보내 달라고? 딴 브리가다에 가서도 그 따위 행세를 허게. 그런 돼먹지 않은 배짱을 부려 누구의 망신을 더 시키자구."

봉규는 밉살스럽게 축 늘어진 태도로

"웨 자네 망신을 더 시켜. 내 혼자 욕먹으면 욕먹었지."

"이 딱헌 위인아. 좀 깊이 생각해 보라우. 우리 브리가다에서 1년 동안이나 함께 일한 사람이 칭찬을 받지 못할 망정 노상 깨우기만 헌다면 자네 망신이 내 망신이 아니겠나."

봉규는 이 말에 약간 찔림이 있었던지 맞대들던 기세가 좀 수그러지며 한풀이 꺾였다.

창섭이도 말을 더 계속하지 않았다.

탄이 묻어 시꺼멓게 된 작업복을 입은 세 사람이 얼마 사이 두지 않고 갱도 밖으로 천천히 걸어들 나왔다.

구름 한 점 없이 훨쩍 트인 쪽빛 하늘은 비할 데 없이 아름답다. 햇볕이 쨍쨍 내리쪼여 눈이 부시다. 탄가루가 땀에 반죽되어 끈적끈적한 얼굴에도, 강기슭을 스치며 불어오는 시원한 바람이 홱 끼친다. 무더운 속에서 머리가 횡 하던 게 새 정신이 버쩍 들 만치 상쾌하였다.

갱도로 들어가는 어구에서 그리 떨어지지 않은 민주 선전실 안으로부터 낮방송의 음악 소리가 울려 나오고 있다.

휴게실 안에는 점심 식사가 한참 벌어졌다. 먼저 식사를 끝낸 각 브리가다의 남녀 노동자들이 한둘씩 선전실 안으로 모여든다.

복례와 명숙이도 선전실 문안에 발을 들여놓자마

자 생산 도표가 붙여 있는쪽으로 가까이 걸어 갔다.

복례와 명숙이는 무척 속이 상했다. 생산 도표를 암만 들여다보아도 자기네 브리가다가 제일 뒤떨어진, 차마 볼 수 없는 꼬락서니다.

경쟁에 줄창 지기만 하던 김용준의 브리가다조차 기준량을 훨씬 넘쳐 생산하고 있는 게 력력히 표시되여 있다. 그래 둘의 마음은 졸아붙는 듯 안타까워 견딜 수 없었다. 정면 벽에 붙은 〈5·1절을 증산으로 맞이하자!〉는, 붉고 푸른색으로 큼직하게 쓴 구호가 눈에 언뜻 띠인다.

둘의 가슴은 일시에 선뜩해졌다. 그리고 새가슴처럼 작아지는 것 같았다. 증산은커녕 이 달 책임량을 해 내기에도 바쁘다. 생산이 자라 모가지처럼 움츠러들기만 하다가 이즈막 좀 나졌다는 게 그 자리에서 주춤거리고 있다.

몸이 열 조각이 나는 한이 있더라도 승리의 기는 꼭 쟁취하고야 말테다.

우리 브리가다가 여지껏 지녀온 빛나는 영예를 또 한 번 떨쳐야 전시하의 5.1절을 뜻 깊이 맞는 보람이 있지. 그래야만 전선에서 용감히 싸우는 그이에게 대한 명목도 서고….

복례가 이런 생각을 하고 있을 사이에 선동원이 선전실 안으로 쑥 들어오더니 이제부터 작업 비판회를 갖겠으니 리창섭 브리가다원은 건너편 언덕으로 다들 모이라고 한다.

한 길 남짓한 소나무가 정성드뭇이 섰고 그 아래로 새파란 잔디가 쪽 깔린 평퍼짐한 곳에 일곱 사람이 한 가족처럼 다정스레 둘러앉았다. 그러나 봉규만은 마치 성난 사람처럼 뿌루퉁해가지고 한 귀퉁이에 쭈그리고 앉아 있다.

먼저 창섭이로부터 오늘 작업 비판회를 미리 다가서 점심시간에 갖게 된 이유를 말하였다. 오늘 낮대거리가 끝나면 넘어켠 방공호 회의실에서 파란 탄광 노동자로부터 보내온 500여 점의 지성어린 원호 물자를 받은 감사 대회가 있어 모두 참석해야만 되기 때문에 점 시간에 간단히 회를 갖는다는 것이었다.

복례와 명숙이는 번갈아 일어나 작업 도중에 철길 중간에 서서 담화한 것을 내놓고 자기 비판을 하였다.

창섭이는, 봉규가 탄이 굳어진데도 피크를 쓰지 않아 오늘의 채탄 능률을 높이지 못했으며 생산에 많은 지장을 가져왔다고 비판 주었다.

뒤미처 복례가 또 일어섰다.

"봉규 동무한테 한 가지 물어 볼 말이 있습니다. 이즈막 선전실 안에 붙은 생산 도표를 매일 보는지, 안 보는지, 알고 싶습니다. 만약 안 보셨다면 이 회가 끝나는 대로 즉시 가 보시고, 벌써 보고도 태공을 했다면 크게 문제를 세워야겠습니다. 지금 우리 브리가다가 어떤 형편에 놓여 있는지 아십니까? 아주 말이 아닙니다. 10여 개나 넘는 채탄 브리가다 중에서 제일 뒤 떨어졌습니다. 이리고서야 어떻게 전쟁 승리를 위해 몸과 마음을 다 바친다고 하겠습니까.

여러분! 우리 브리가다가 오늘날까지 이런 창피한 일이 한 번이나 있었습니까? 매달 첫째 둘째를 다 뒀지 어디 셋째 아래로 떨어져 본 적이 있습니까? 그렇기 때문에 모범 브리가다가 아녜요? 나는 끝으로 봉규 동무에게 이제부터라두 있는 힘을 다 내여 열성껏 일허기를 충심으로 부탁헙니다."

그러나 봉규의 태도는 아주 태연하였다. 겉으로만 그럴 뿐 아니라 속으로도, '여자가 주제넘게 나서서 웨 이 모양새야, 잘 한다, 잘 해. 어디 실컷 지껄일 대로 지껄여 봐라.' 하고 뱃심 좋게 앉아 있는 것이었다.

봉규에게는 모두가 눈꼴이 틀리고 비위에 거슬리기만 할 뿐이다.

창섭이는 봉규에게 자기비판할 것을 권고하였다.

봉규는 고개를 숙인 채 오랫동안 잠잠히 앉아만 있다.

다른 동무들은 울화가 나서 눈총이 그에게만 쏠리며 비판을 은근히 재촉하였다. 허나 끝끝내 일어서지 않는다. 모두들 참다못해 차차 분개하기 시작하였다.

작업 비판회의 공기는 전에 없이 불안하여졌다.

그래 창섭이는 하는 수 없이 화제를 딴 데로 돌리고 말았다. 내일부터 작업 분공에 약간 변동이 있다는 것을 말하였다.

그는 번연히 틀릴 줄 알면서도 봉규더러, 자기가 하는 동발 작업을 대신하겠는가고 물었다.

봉규는 자기 재간으로 두 곳을 제 때에 보장할 수 없다는, 남이 듣기 좋은 구실로 물러나고 만다. 창섭이의 예상은 꼭 들어맞았다.

"그러면 누가 두 군데로 다니며 동발 작업을 사고 없이 제때에 보장하겠습니까?" 하고 물었을 때, 두 사람이 일제히 손을 쳐들었다.

한 동무는 기능이 좀 부족한 선동원이었고 또 한 동무는 새로 온 고병삼이였다.

병삼이는 그동안 책임자 동무의 작품에 감동되어 절실히 깨달은 바가 있다고 하면서 과히 아프지도 않은데 두 자루씩이나 무단결근한 것과 게다가 수차 지각까지 있는 것을 벌충하기 위해서라도 이후부터는 있는 힘을 다 바쳐 열성껏 일하겠으니 기어이 자기에게 동발 일을 맡겨 달라고 애원하다시피 하였다.

그리하여 병삼이에게 그 일을 맡기기로 하고 그 대신 선동원을 선산으로 치켜올렸다.

모범 노동자 리창섭은 번쩍이는 국기 훈장을 윈편 가슴에 차고서 주석단에 의젓이 앉았다가 파란 대사가 손수 주는 좋은 양복 한 벌을 감격에 넘치는 마음으로 받았다.

창섭이는 그 귀중한 선물을 옆에다 끼고서 폭격에 허물어진 로동 회관 앞을 지나며 이 시각에도 동부 전선 어느 고지에서 용감히 싸우고 있을 아들의 름름한 모습을 그려보는 것이였다.

"이 양복은 그 놈이 돌아오건 꼭 입혀야지."

입안으로 이렇게 중얼거리고 보니, 마음이 비할 데 없이 흐뭇하다. 걸음걸이조차 한결 가벼워지는 것 같다.

창섭이는 폐허대로 남아 있는 스산한 사택거리를 걸었다. 자기 집터를 바라보며 생복스럽던 과거 생활을 회상하고, 또 폭격하던 날 밤에 불바다를 이루었던 이곳을 그려보니 적개심이 불길처럼 치밀어 오른다. 치가 떨리고 주먹이 제절로 힘껏 쥐여진다.

창섭이는 길옆 좀 어슴푸레한 곳에 누구인지 웅크리고 앉은 모습을 발견하였다. 거기는 폭격을 당하기 전 봉규의 집이 있었던 곳이다. 차츰차츰 가까이 보니 뒷모양이 암만 해도 봉규가 분명했다.

"봉규 아닌가? 웨 혼자 우두커니 앉어 있어?…."

봉규는 약간 놀래는 듯 몸을 가벼이 움칠하며

"인제야 오나? 오늘은 어쩐 일인지 죽은 놈 생각이 더 나서 아예 발길이 안 돌아서네 그려."

지난번 폭격에 공교롭게도 봉규의 집은 직격탄을 맞아 열 살 난 아들을 시신도 없이 잃었다. 봉규는 밤일을 나갔었다. 그의 아내는 어린 것들을 데리고 잠시 본가에 갔었기 때문에 죄다 죽을 것을 면하였다.

"그런 생각 자꾸 해 뭘 허나, 속만 상하지."

봉규는 목이 멘 소리로

"바로 이 자리야, 그 놈 죽은 데가. 시체만 있었대두 덜 원통해. 아무 죄없는 것이 그렇게 허황히 죽다니, 생각헐수록 기가 맥혀 못 견디겠어."

창섭이는 그의 언짢아하는 심정이 자기가 당한 것처럼 아팠다.

잠시 지난 다음 창섭이의 머릿속에는 한가지 생각이 퍼뜩 떠올랐다. 지금이야말로 봉규의 그릇된 생각을 돌리게 하여 일에 열성을 내도록 할 좋은 기회라고 여겨졌다.

"봉규 동무! 원쑤 갚을 마음은 없나?"

"그게 무슨 소린가! 원쑤 갚을 생각이 웨 없겠어. 그 애 죽인 놈을 만나기만 하면 당장 갈기갈기 찢어 쥐여도 시연치 않은 텐데."

그는 사시나무처럼 몸을 부르르 떨며 목소리조차 어룰해진다.

"하필 죽인 놈이 꼭 맛이 아닐세, 또 직접 총이나 대포를 쏘는 것만이 원쑤를 갚는 게 안야. 자네나 내가 탄을 더 많이 캐내는 일도 적을 없애는 길이야."

"그럴까?"

"그럴까가 아냐, 꼭 그래. 자네가 매일 같이 허는 일에 부쩍 힘을 써서 열성을 낸다면 탄은 더 많이 캐질 거지. 탄이 많이 캐지면 그만치 조국의 승리에 이바지할 거 아닌가. 이것이 곧 자식의 원쑤를 갚는 게 되고 진정 조국을 사랑허는 거란 말일세."

봉규는 그의 하는 말을 가만히 듣고 앉아 있는 사이에 일찌기 느끼지 못하던 것이 새삼스레 느끼는 듯 싶었다. 마음은 유난히 설레어진다.

창섭이는 자기가 하는 말을 그럴싸하게 듣고 있는 그의 다소곳한 태도를 눈치 채고서 더욱 힘을 얻어 말한다.

"여보게, 우리가 지금 손에 들고 있는 이 훌륭헌 원호 물자를 생각해 보란 말야. 멀고 먼 나라들에서도 적을 어서 물리치고 평화를 위해 하루 속히 승리허라구 싸우는 조선 인민을 이처럼 도와주는데 우리가 어떻게 생산을 덜 내고 견디겠나. 깊이 생각해 보게, 오늘 낮에도 여러 동무들이 말하지 않던가."

봉규는 고개를 폭 숙인 채 곰곰이 생각하다가 속에 있는 말을 처음으로 털어 내놓으려고 간신히 입을 떼였다.

"나도 틀려먹은 줄은 잘 알어…."

"알면서도 웨 못 곤치나? 깨닫고 알았으면 직시 고치려고 애써야만 허느니."

"그렇게 못 허는 게 내 병통이라니까."

"노력허면 안 될 리 없어. 자네도 나만치 어지간한 고집이야 그 고집을 옳은 데로 돌리면 퍽 좋은 결과를 가져오는 법이니 내일부터라도 열을 부쩍 내서 일해 보자구. 자, 그만 일어나 함께 가세."

"먼저 가게. 난 좀 더 앉았다 가겠네."

"또 고집야. 어서 일어나서 같이 걸으면서 이야길 좀 더 허세 그려. 죽은 놈 생각하다 짧은 밤 길바닥에서 새지 말구."

창섭이는 봉규의 겨드랑이를 추켜세워 가지고 나란히 서서 걷기 시작하였다. 사면은 고요하다. 둘의 가벼운 발자국 소리만이 원쑤의 폭격에 폐허가 된 거리로 울려 퍼진다.

창섭이는 봉규와 헤여져 혼자 걸으면서 오늘 밤 그의 태도가 약간 달라지는 듯한 데 무한한 기쁨을 느꼈다.

'어서 나날이 달라져 속히 딴사람처럼 됐으면!'

장마때 사태 나듯 무연탄이 허물어진다.

창섭이의 억센 손아귀에 쥐여진 곡괭이가 쉴새없이 올라갔다 내려갔다 할 적마다 탄무지의 사태이다. 시꺼먼 탄벽이 힘껏 틀어쥔 곡괭이 끝에 내리찍혀 보잘것없이 와르르하고 무너진다.

수승식 채탄법에 가장 능수인 창섭이의 솜씨에는 탄벽이 오래 견디지 못하고 양켠 마구리와 천판이 보잘것없이 푸썩푸썩 주저앉는다.

　그가 섰는 앞뒤로 덩어리 섞인 무연탄이 순식간 그들먹하게 들이쌓인다.

　봉규는 채 삽질할 사이가 없어서 내려지는 탄을 주체 못 한다.

　그러나 창섭이는 돌아가는 기계처럼 여전히 곡괭이질을 계속한다. 힘차고 억세게 들이캐만들어 간다. 그의 둥글넓적한 얼굴에서는 연해 구슬 같은 땀방울이 비 오듯 한다. 그러나 땀을 씻으려고도 않고 줄기차게 곡괭이만 들었다 놓는다.

　봉규는 곁눈으로 기운차게 내리치는 그의 탄 캐는 모습을 다만 어안이 벙벙해 물끄러미 바라보았다. 여간 사람으로서는 따를 수 없을 것 같다. 과연 벼락같은 선산이다.

　"참말 일꾼이야. 우리 탄광에선 좀 체로 당할 사람이 드물어."

　봉규는 이렇게 감탄하지 않을 수 없었다.

낙탄된 것이 수북히 쌓였다.

대여섯 차는 넉넉히 됨직하여 보인다.

창섭이는 곡괭이를 옆에다 기대세우고 잠간 숨을 돌린 다음, 여별로 있는 각삽을 집어 들였다. 그는 아무 말 없이 봉규와 엇비스듬히 서서 수북히 쌓인 탄을 퍼 옮기기 시작하였다.

"여보게 그만두게. 내 혼자 헐 테니. 그처럼 세차게 힘을 쓰고도 맥나지 않나? 좀 더 쉬기나 해. 어서."

봉규는 이와 같이 창섭이의 삽질하는 것을 한사하고 말렸다.

"괜찮어. 내 념려는 말구 자네 헐 일이나 허게."

창섭이는 웃는 낯으로 한 번 흘깃 쳐다보고는 삽질을 더 다그친다.

봉규는 자기의 할 일을 진심으로 도와주는 창섭이 앞에 섰기가 참말로 부끄럽다. 억세게 탄을 허물어 내던 그가 얼마 쉬지도 않고 금시 삽을 들고서 줄기차게 탄을 퍼 옮기는 모습이 봉규를 위압하면서 한편으로 무한 감탄케 하였다.

그래 한참 동안 곰곰이 생각하여 보았다.

봉규는 마침내 남을 도와주기 좋아하는 창섭이의 아름다운 마음씨를 자기도 본받아야 하겠다고 속으로 다지면서 탄을 수북수북 퍼 옮겼다.

어제 밤 창섭이가 여러 차례 거듭해서 간곡히 부탁한 말이 방금 곁에서 나는 듯 귀에 쟁하다.

'창섭이처럼 착실하게 일하자! 다른 사람들을 위해 남만치 열성껏 탄을 캐자!'

봉규는 탄을 한 삽 듬뿍 퍼서 억세게 밀쳤다. 또 한 삽 잔뜩 퍼서 힘차게 앞으로 내쳤다.

채탄 브리가다의 이 달 들어서 두 번째의 세포 총회 때다.

창섭이를 비롯해 선동원과 복례는 각기 일어나 열렬한 토론을 하였다.

그들은 한결같이 얼마 남지 않은 5.1절을 앞두고 기어이 승리의 기를 쟁취하도록 비상한 노력을 할 것이며 다른 달보다도 더 우수한 성적을 내여 중산 경쟁의 성과를 빛내고야 말겠다고 저마다 결심을 다졌다.

창섭이는 아직 노동당원이 아닌 박봉규의 교양을

위하여 앞서 보다 더 한층 노력하겠다는 것을 한 가지 더 첨부해 토론하였다. 그동안 좀 달라지기는 했지만 계속해 그를 교양하지 않으면 안 될 일이었다.

복례는 금년도 전체 책임량을 두 달 당기여 2월 7일, 위대한 사회주의 10월 혁명 기념일 안으로 달성하자고 결성한 것을 옳게 접수하고 자기 맡은 책임량과 자기 브리가다의 것을 반드시 넘쳐 실행하며, 나아가 모든 여성들을 고무 추동하여 그 기일 내에 어김없이 보장하고야 말겠다고 굳은 결의를 표명하였다.

오늘도 복례는 열의를 내여 쉴새없이 일하고 있다.

그는 지금도 빈 차를 속히 밀고 와서 쇼트판에 들이대었다. 줄대서 떨어지는 탄덩이가 궤짝 속에서 덜그덕거리며 요란스럽게 소리를 낸다.

낮대거리와 중대거리의 교대 시간이 되여 창섭이 브리가다원은 모두 밖으로 나왔다. 그들은 나오는 길로 오늘의 작업 비판회를 가지려고 민주 선전실 안으로 몰려 들어갔다.

용준이는 밖으로 막 나오려다가 창섭이와 마주쳤

다. 그는 의기양양해 가지고 창섭이를 마구 놀려댄다.

"그렇다니까, 욕심꾸러기가 왼통 급수 많은 사람만 몰아가지고 있어 줄창 이겼지, 무슨 딴 재간으로 이긴 줄 알어? 창섭 동무! 인젠 별수 없이 손들었겠다."

창섭이는 뱃심 좋은 태도와 아주 유한 음성으로 말한다.

"두고 봐야 알 일이지 지고이기는 건…. 어디 이 달이 다 갔나, 앞으로도 열흘이 더 남았는데."

"이 사람아, 보긴 뭘 봐? 자네 지는 걸 보란 말이야…. 보려거든 저기 붙은 생산 도표나 보게 그려."

"다 봤어, 권허지 않어두."

"보고도 그런 소릴 해…. 우리 브리가다에서 꼭 첫째를 해가지고 우승길 탈지 그건 채 몰라. 그러나 자네 네게 이길 건 뻔한 노릇이야."

리창섭 브리가다원들은 누구나 지독한 모욕을 당하는 것만 같아 속으로들 분해 견디기 어려웠다.

그러나 창섭이는 여전히 싱글싱글 웃는다.

"우리 질 때까지만 살게 그려."

"에이, 이 사람아, 그럼 날더러 쉬 죽으란 말이지?"

"그렇게 꼭 이길 줄만 알다가 큰 코 다치리…."

창섭이는 한바탕 너털웃음을 웃어댄다.

"어디 두고 보세." 하고 용준이는 그래도 우쭐거리는 걸음걸이로 선전실 문밖을 나서서 갱내로 들어갔다.

뒤미처 창섭 브리가다는 어느 때보다도 긴장된 가운데 저마다 흥분된 채로 작업 비판회를 가졌다.

용준의 모든 행동과 말은 여럿의 신경을 몹시 자극하여 놓았다. 얕잡아 보던 그의 태도에 대한 모욕감이 가셔지지 않았다.

이런 일이 있은 뒤로 창섭이는 물론, 두 곳 막장으로 갈라져 일하는 브리가다원 전체가 더욱 분발해 그날그날의 책임량을 훨씬 넘겨 생산하였다. 작업을 시작하기 30분 전에 미리들 나와서 그 날 작업 준비를 갖추는 데도 모두가 게으름을 피우지 않았다.

갱내에 들어가서도 저마다 꾸준히 일하였다. 누구나 몸을 가볍게 재빨리 놀렸다.

그 중에도 봉규의 일하는 태도는 놀랄 만치 변하였다. 삽질을 하는 손이 무척 빨라졌다. 그런데도 창섭이는 새새 봉규의 일을 도와 주었다.

이처럼 전체가 한사람같이 움직였다. 자기 맡은 일에 줄곧 열성을 내었기 때문에 창섭이의 믿었던 바와 말한 그대로 앞섰던 용준 브리가다를 며칠 안 가서 쉽사리 뒤로 물리쳤다.

그러나 창섭이는 이것에 만족하지 않았다.

창섭이가 세 번째 탄차를 밀고 밋밋하게 경사진 그 앞에까지 이르러 권양기 와이야 줄에다 탄차의 고리를 걸고 막 움직이려 할 때, 정전이 되었다.

소리가 요란스럽던 선풍기와 압축기는 일제히 뚝 서버렸다.

갱내는 자는 듯이 고요해졌다.

창섭이와 복례는, 바른편 막장에서 일하던 동무들이 가스 냄새에 참고 견디다 못 해 나오므로 그들과 휩쓸려 밖으로 나왔다. 그런데 뒤따라 곧 나오리라고 믿었던 봉규가 한참이나 지나도록 눈에 띠우지 않는다.

창섭이는 암만 생각해도 의심쩍어 다시 갱도내로 급히 뛰여 들어갔다.

왼편 막장 어구로 잡아들자마자

"봉규 동무!"

창섭이는 커다랗게 불렀다.

아무런 대답이 없다. 불길한 생각이 머리에 퍼뜩 떠오르자 가슴이 덜컥 내려앉는다.

목청을 돋우어 다시 한 번 소리를 질러 보았다. 여전히 아무런 대꾸가 없다. 갱내는 바늘이 떨어져도 들릴 만치 고요할 뿐이다.

창섭이는 더 빨리 걸어서 막장 가까이 갔다.

봉규는 쓰러져 있는 것이었다. 안전등 불빛에 비친 그의 얼굴은 백지장같이 해쓱하다. 몸을 만져보니 더운 기운이 돈다. 한결 마음이 놓였다. 그러나 암만 흔들면서 불러 보아도 움직이지 않는다. 자세히 보니 그의 손에는 곡괭이 자루가 꼭 쥐여져 있다.

창섭이는 봉규를 들쳐 업고 밖을 향하여 급히 걸었다.

창섭이는 그를 업은 채 간신히 굴 밖으로 나왔다. 바람이 휙 끼치니 금방 토할 것 같다. 속이 메스껍고 골치가 아파서 한참 휴게실에 누워 있었다.

까무러쳤던 봉규는 얼마 만에야 소생되었다. 창섭이를 위시해 모든 동무들은 진정 그를 반기며 다정스레 들여다보았다.

봉규는 창섭이가 없는 사이에 이미 낙탄된 것을 다 퍼서 옮겼다. 그는 또 곡괭이를 집어들고 탄을 캐기에 너무나 골몰해 냄새나는 것도 느끼지 못하고 일을 하다가 마침내 까무러치고 만 것이다.

봉규는 얼굴이 부석부석해가지고 그 이튿날도 일찌감치 나와서 전과 다름없이 일에 열중하였다.

이에 격려된 복례는 다른 날보다 더욱 신바람이 나 무거운 탄차가 한결 가벼워진 듯 기운차게 밀며 내달렸다. 그의 머릿속에도 아까 갱밖에서 본 가지가지의 새로운 것들이 쉴새없이 번뜩인다. 참으로 기쁜 마음이 용솟음쳐 오른다.

민주 선전실 안에 붙은 생산 도표에는 리창섭 브리가다가 다른 브리가다들보다 붉은 선이 제일 높이 올라갔다. 채탄 브리가다 중에서는 맨 앞장을 섰다.

갱내 들어가는 바로 옆 언덕받이에 서있는 커다란 벽보판 영예란에는 〈자기의 책임량을 135%로 넘쳐

생산하고 있는 리창섭 브리가다의 모범을 따르자!〉
고 큼직하게 써 붙여 있다.

　그러나 창섭이는 마음을 놓지 않고 더욱 힘차게
내뻗쳤다. 그의 뒤를 따르는 여섯 동무들도 일매지
게 일손을 늦추지 않았다.

　5.1절을 앞둔 사흘 전에 리창섭 브리가다에서는
이 달 책임량을 완수하여 마침내 승리의 기를 세 번
째 쟁취하게 되었다.

1953. 7.

『윤기정 현경준 단편소설집』(1953) 수록본

# 미치는 사람

## 1

아무리 속아 산다는 세상이기로 '요같이 속이고 요같이 가증하게도 속아 산다는 말이냐?'

김철은 그래도 오늘 안으로 무엇을 찾을까 하고 무슨 직업을 행여나 붙잡을까 하고 온종일 쏘다녔으나 역시 전일과 마찬가지로 빈주먹만 쥐고 자기 집 대문 안을 들어서며 무엇을 한껏 원망하는 듯이 힘있게 부르짖었다.

오늘 아침에도 집밖을 나올 때에는 온갖 희망을 한아름 안고서 나오기는 나왔으나 이제 와서는 모두다 절망의 구렁텅이로 보기 좋게 빠지고 말았다.

그래 말이 안나올 만치 기가 막힐 지경이다.

'오늘이 아니면 내일이야 설마 무슨 빛이 안 보일라고… 조그만 벌이라도 생길 터이지.' 하고 서울바닥을 미친개 모양으로 허구헌날 쏘다녀 보았으나 오늘까지 밥벌이를 붙잡지 못하고 헛수고만 하였다. 가는 곳마다 모조리 거절을 당하였다.

신문배달부가 되겠다고 몇 군데나 찾아가서 몇 번이나 말해 보았으나 지금은 빈자리가 없다고 번번이 거절을 당하였다. 어떤 때는 영구한 직업이 아니라도 하루 벌어서 하루 먹겠다는 생각으로 개천 고치는데 가서 감독인 듯한 일본사람을 보고 자기도 좀 써달라고 간청하듯이 말해 본 적이 있다. 그때에 일인은 한참 아래위를 훑어보더니만

"당신 같은 사람이 이런 일을 할 수 있겠소? 우리는 같은 삯을 주겠는데 당신 같이 약한 사람은 도저히 쓸 수 없으니까 아니 되겠소… 더구나 손에 못하나 아니 박힌 사람이…."

하고 대번에 거절을 당하고 말았다.

과연 그는 다른 사람한테 약한 자로 아니 보일 수

없을 만치 되어 있다. 잘 먹지를 못해 빼빼마르고 색에 골아서 얼굴빛이 죽은 사람같이 창백하였다.

그가 색에 골은 것도 무리는 아니다.

사람이 구차해서 점점 가난뱅이가 될수록 성욕은 모르는 사이에 더 한층 날뛴다. 그것은 있는 놈들의 할 일 없어 주색에 빠지는 거 와는 전혀 다른 것이다. 김철이도 모든 것을 주리는 대신에 × 하나만은 배불릴 수 있었다.

화가 나서 돌아다니다가도 이 냉랭한 세상에서 받다보지 못하던 위안을 아내에게나 받아볼까 하고 그의 품안으로 기어든다.

어떤 때에는 아무 죄도 없이 고생살이를 하는 아내가 불쌍하고 측은해서도 자연히 가깝게 하고 만다. 며칠 전에도 냉방에서 자게 된 때가 있었다. 그때에 자기는 참다못해 아내의 손을 꽉 쥐며

"이 추운 날 냉방에서 어떻게 잔단 말이오?"
하고 동정하는 듯이 말했다. 그러나 한옆으로는 부끄러워 견딜 수가 없었다. 그러나 아내는 해죽이 웃으며 들릴락 말락하게

"둘이 꼭 끼고 자죠"

하고 머리를 푹 숙인 일이 있다. 이와 같이 김철은 ××생활에 사로 잡히고 만 것이다.

자기와 같은 없는 사람들에게는 아무런 동정 …릴 곳 만한 생활 ××××× ×× ××××× ××× ×××× ×××××× 살아 있는 동안 자기의 아내조차 없고 보면 하루라고 살지 못할 것 같이 생각된다. 그래 삼십이나 되어 낳은 어린 자식 보다가 아내를 더 한층 중히 여겨왔다. 그렇다고 어린 것한테 미래의 희망을 아니 붙인 것은 절대로 아니다.

살림살이가 구차해짐을 따라 그처럼 좋아하던 술조차 이즈막 와서는 여간 줄이지 않는다. 요 며칠 동안은 술 한 잔 입에 대지 못하였다. 술은커녕 담배조차 굶었다. 이와 같은 모든 사정이 없는 자기로 하여금 무의식중에 사람을 잘게 만든다. 아무리 큰 이상, 큰 포부를 가졌다 하더라도 생활이 절박하면 절박할수록 주위의 사정이 점점 적은 사람을 만든다.

오늘 아침에는 잡힐 것조차 없어서 솥에 쌀이 들어가지 못하였다. 어제 저녁에도 며칠을 두고 선술집에 들어가 술이나 먹을까? 담배나 살까? 하고 몇 번이나 망상거리던 돈 십전으로 호떡 두 개를 사다가 하나씩 먹고는 냉방에서 세 식구가 그대로 자고 났다.

이태 동안이나 두고 잡혀 먹어 왔으니 있던 물건이 화수분이 아닌 다음에야 한이 있을 것이다. 그것도 팔기나 하였더라면 몇 달 동안은 있던 물건으로 더 살아나갔을 것이다. '그러나 설마 잡힌 것을 잃어버리도록 직업을 못 붙들라구. 어떻게든지 돈벌이를 하면 곧 찾지' 하고 오늘까지 잡혀 먹어왔다.

세상은 이와 같이 모든 일에 자기를 속여만 왔고 자기는 세상한테 오늘 내일하고 지금까지 속아만 살아왔다. 시원하고 넉넉한 세상이 자기 앞에도 닥쳐올 듯 하지마는 아니 그것을 믿지마는 그동안에 살아갈 일이 걱정이다.

걱정이라느니보다도 굶어죽고 얼어 죽지 않으면 안 될 지경이다. 이만치 그로서는 막다른 골목을 당도하였다.

아침밥도 안 먹고 안 먹은 게 아니라 없어서 못

먹고 집을 나와 버렸다.

"오늘 안으로는 무엇이든지 낙착이 나겠지. 그 일도 있고 하니까."

이와 같이 입안으로 중얼거리며 길을 걸었다. 늦은 가을이 지나고 초겨울이 되어 땅 위에는 누른 잎, 붉은 잎 낙엽이 뒹굴고 머리 위로는 날카로운 바람이 쌕쌕하고 소리치며 지나간다.

풀이 하나도 없고 때가 낀 모시 홑두루마기를 아직까지 입고 머리에는 내버려도 집어가지 않을 만한 허술한 모자를 쓰고, 발에는 몇 군데를 가죽으로 기웠는데도 그래도 한두 군데 찢어진 고무신을 신고 자기 집 동구 밖을 지나 큰길로 나왔다. 이와 같이 남루한 의복을 입어 거지꼴을 하고 다니니까 그전에 알던 사람들도 다들 멀어졌다. 지금같이 하지 않고 돌아다닐 때에도 어려운 살림살이를 하여 나가는 줄 아는 사람이면 반드시 자기를 대하기 싫어하였다. 물론 어려우니까 돈 같은 것을 취해 달라면 성이 가실 테니까 보고도 못본 체 하는 것이 제일 상책이라고 외면을 하고 지나가는 것이 틀림 없었다.

김철은 그런 모욕을 당하고 생각할 때마다 끝없이 분하였다. 다만 돈 한 가지로 해서 뭇사람들에게 천대를 받고 모욕을 당하는 생각에 몇 번이나 이를 갈아부쳤는지 모른다. 얼마전까지도 알 만한 친구를 찾아가서 입에서 차마 안 나오는 구구한 소리도 하여 보았다. 그럴 때마다 자기의 하는 일이 죽기보다도 싫었지마는 굶게 된 때에야 어찌할 수 없었다. 그나마 한두번은 얻어다 먹기도 하였고 취해오기도 하였지마는 한사람에게 세 번 이상만 가면 그때부터는 있고도 없다는지 다들 따는 모양이었다.

그런 쓰라린 경험이 있은 뒤로는 굶으면 앉아 굶어죽겠다는 결심을 하였다. 그러나 명국의 집에 가서만은 밥도 얻어먹고 쌀되도 얻어왔다. 명국은 자기 혼자서 벌어가지고 여러 식구가 근근이 살아가는 터이지마는 김철이가 찾아가면 반드시 밥을 먹이고 어떤 때는 돈, 돈이 없으면 쌀이라도 준다.

그렇지만 이즈막에는 그를 자주 찾아가지 않았다. 그도 넉넉한 사람(넉넉한 사람이면 그럴리도 없겠지만)이면 모르거니와 한 달에 불과 한 삼십원쯤 받아 가지고 여러 식구가 겨우 연명들만 해가는 터인데. 자기가 한끼를 배불리고 보면 그 이면에는 반드시 한두사람이 배를 곯게 되리라고 생각하였기 때문에 그 집에 자주 가지 않는다.

그러나 명국은 똑같은 처지에서 우는 자기가 찾아갈 때마다 진심으로 맞아들였다. 그리고 지금 명국이가 다니는 인쇄소에 자기를 집어넣어 주려고 애를 무진 써왔다. 그렇지만 쉽사리 궐이 나지 않았다.

어떤 때는 있던 사람이 나가서 빈자리가 없지도 않았지마는 직공인 그의 몸으로서는 제일 첫째 권리에 눌려 어찌할 수 없을 때도 여러번이었다.

"며칠 전에 있던 사람 하나가 나가서 지금 운동중이니까 이번에는 꼭 될 듯 하네…. 그러니 내일쯤 들려보게."

이런 말을 어제 아침에 명국이한테 들었다. 그래 김철은 자기 집을 나올 때에 오늘 해 안으로 그의 공장을 찾아가리라고 마음먹었다.

## 2

"이번에도 또 실패일세… 공장장의 조카가 시골서 서울로 나왔다나. 그래 그 사람을 쓰게 되었어… 참 번번 그래서 미안하이."

"뭘 천만에… 자네야 미안할 게 무엇인가."

입으로는 이와 같이 말하였으나 속으로는 얼마나 실망하였는지 모르겠다. 두 어깨가 힘없이 축 늘어졌다. 이 세상이 새삼스럽게 원망스러웠다. '일을 하려도 나에게는 왜 일을 주지 않나? 오늘 당장이라도 나에게 일만 준다면 뼈가 부러지고 살이 녹아나더라도 열심으로 일을 할 터인데 왜 가는 곳마다 나에게는 깡그리 직업을 주지 않는가?' 하고 그 공장문을 나와 버렸다.

지나는 길에 마지막으로 ○○일보 판매부에 들렀다. 다른 신문 판매부에도 아까 다 들러 보았으나 전과 마찬가지로 궐이 안 났다고 한다. 그래 지금도 응당 안 되려니 하면서도 요행수를 바라고 열기 싫은 문을 조금 주저주저 하다가 간신히 열었다.

"또 그 일로 오셨구료? 그런데 아직까지도 자리가 나지 않았소이다."

주임인 듯한 사람이 미리 알아차리고 먼저 말한다.

"네, 그럼 요담 또 오죠."

김철은 이미부터 짐작하였기 때문에 그리 실망도 하지 않고 돌쳐나왔다. 걸어가면서 "오늘도 또 헛걸음이겠구나!" 하고 한숨 한번을 내쉬었다. 이런 때를 당할 때마다 살아보겠다는 생각은 한층 더 강해진다.

어느 길모퉁이를 돌아서려니까 너비아니 굽는 냄새가 코를 찌른다. 얼마 동안을 그 냄새가 자기의 오장 속으로 들어오는지, 자기의 몸 전체가 그 냄새 속으로 끌려 들어가는지 분별할 수 없었다. 발길이 저절로 냄새나는 곳까지 이르렀다.

선술집 안에는 사람들이 그득히 들어섰다. 술파는 계집의 요사스런 웃음소리와 술먹는 사람들의 질서 없이 떠드는 소리가 한데 어우러져 음악적으로 흘러나왔다.

유리창 안에 그득히 쌓인 여러 가지 안주가 눈에

보인다. 연기를 자욱하게 피우며 부글부글 구워지는 너비아니, 생선, 그외 여러 가지 안주가 먹음직하게 눈에 띈다.

걷던 걸음을 딱 멈추고 서서 여러 가지 음식으로 두 눈이 쏠리고 말았다.

식욕이 불같이 일어나 걷잡을 수 없다. 번연히 돈이라고는 엽전 한푼도 없는 줄 알면서 어느틈엔지 손이 슬며시 주머니 귀퉁이로 갔다. 가기는 갔으나 어제까지 남아 있던 돈 십전조차 없고 말았다.

이와 같이 어리석은 짓을 하는 동안에 발은 땅에 붙은 것같이 떨어지지 않고 눈에 띄는 것만은 미칠 듯이 먹고 싶다. 어느 순간에는 무섭고 두려운 생각조차 해 보았다.

'저 유리창을 막 깨뜨린 후에 집어가지고 달아나? 그래 집에 가 앉아서 맛있게 먹을까? 집어가지는 않더라고 저것들을 막 집어 먹기나 할까? 안 돼… 그러면 이와 같이 먹고 싶은 것을 어떻게 하나? 덮어놓고 쑥 들어가서 곱빼기로 한잔 먹은 뒤에 그전같이 석량이나 마른안주(안해주려고) 같은 것을 받지 말고 트

끈한 추어탕이나 한 그릇하고 너비아니 한점을 구워 먹을까? 그러자면 어디 돈이 있어야지…' 김철은 여기까지 생각하다가 하도 먹고 싶은데 끌려 술집 문앞으로 한걸음 다가서며 '에라 먹은 뒤에 누가 알든…' 하고 용기를 내다가 삽시간에 '아서라 참자… 돈 십전에 무전취식으로 경찰서 맛을 봐? 요까진 짓을 하고 감옥에 들어가 철창생활 한단말이냐? ××××××××××× ×지르지.'

이와 같은 생각이 술집으로 들어가려는 김철의 머릿속에 번개같이 떠올랐다. 그래 그만 단념하고 돌아서려 할 때에는 모든 것이 더 한층 먹고 싶었다. 그러나 돈이 없는 다음에야 아무리 먹고 싶어도 어찌할 수 없는 일이다.

다른 때에는 며칠씩 굶었어도 이처럼 먹고 싶지는 않았다. 오늘과 같이 술이 먹고 싶고, 밥이 먹고 싶고, 다른 모든 것이 이처럼 죽도록 먹고 싶었으면 지나간 날에 수없이 도적질이라도 하였을 터이다.

사실 도적질도 하고 싶고 다른 무슨 일을 ×××××××× ×××× 없지는 않았지만 자기 한몸이

××× 들어가는 날이면 아내와 어린 자식이 어찌 될까? 하는 생각에 몇 번이나 그런 마음을 먹었다가도 나중에는 단념하고야 말았다.

주린 사람이 먹을 것을 보고 이와 같이 죽도록 먹고 싶은 때에 다만 돈 한 가지가 없어서 피가 펄펄 뛰는 젊은 놈이 두 눈깔로 뚫어지게 보고도 못 먹게 되는 것이 다만 사람이 못생긴 데 있다거나 팔자를 그렇게 타고 나서 굶주리고 헐벗은 것이 아니라고 그전부터 생각해 내려오는 것을 이때에 다시금 생각해 보았다. 과연 자기가 이처럼 배가 고프고 아내를 굶기는 죄가 자기에게 있는 것이 아니고 다른 곳에 있다는 것을 생각할 때마다 두주먹이 힘껏 쥐어지며 몸이 부르르 떨린다.

'일할 자리를 찾아다니나 ××××××××× ×××××××?' 하고 소리를 커다랗게 질러 이 세상에 대하여 물어보고 싶다.

김철은 죽기보다 싫은 발을 떼 술집 앞을 떠났다. 또 다시 모든 것이 걷잡을 수 없게 먹고만 싶다. 밥, 술, 담배 이외에도 이름도 모를 여러 가지 음식이 있으면 있는 대로 얼마든지 먹고 싶다. 얼마 동안 걸어가다가 어스레한 길바닥을 더듬기 시작하였다. 담배를 며칠 동안 굶었기 때문에 담배꽁초가 혹시 떨어지지나 않았나 하고 찾음이다. 얼마만에 조그마한 탄지 하나를 발견하였다. 그래 두어모금 빠니까 입이 뜨거워 그만 내버렸다.

모든 것이 걸어가면 걸어갈수록 여전히 먹고 싶다. 만약 오늘같이 먹고 싶고 먹을 것은 없다면 죽고 말일이지 살지는 못하리라고 생각했다. 그리고 몸서리를 쳤다. 이러다가 아마 굶어죽나보다고 마음먹었기 때문이다.

'집안사람은 어떻게나 되었누? 지금까지 아무것도 먹지 못하고 있다면 들어가 무슨 얼굴로 대한담? 빈손으로 터덜거리고 들어만 가면 무엇하누? 도리어 안 들어가는 편이 낫겠지… 에라 차라리 죽어서 이 허잘 것 없는 세상을 잊자. 배가 고프면서 살아 무엇하나. 이와 같이 먹고 싶어두 어딜 가야 먹을 거라고는 털끝만치도 없는 놈이 더 살면 무엇하니?… 집이라고 찾아 들어가야 이처럼 배고픈 창자를, 허기진 속을 배불릴 수 있느냐? 뭘, 배고 파하는 불쌍한 인생의 처참한 꼴밖에는 아무것도 없을 터이지… 그렇지마는 굶어가면서라도 더 굳세고 더 강하게 살아보자. ×××× ××××× ××××× ×××××××××× 그동안은 어떠한 어려운 일이 있더라도 그것을 힘있게 이기고 살아보자. 어느때든지 ××××× ××××× ××××× ××× ××××××× 나로서는 그일을 앉아서만 기다릴 것이 아니라 하루바삐×××××××× ×××××××××× ××××××× ×× ××××××× ×××××××'

김철은 얼마 동안 죽어 버리겠다고까지 절망하다가 무슨 새로운 희망을 붙든 것 같이 부르짖었다.

×××× ××××× ××××× ××××× ××× ×××××다.

그동안 집에 있는 아내가 어찌나 되었누? 하는 궁금한 생각에 끌려 걷던 걸음을 좀 속히 걸었다. 어느덧 거리거리에 달린 전등에 불이 들어왔다. 먹고 싶은 생각이 조금씩 엷어지는 한옆에 '오늘도 또 속아 넘어가는구나!' 하고 일종의 알 수 없는 분노가 뜨겁게 마음 맨 밑바닥에서부터 걷잡을 새 없이 북받쳐 올랐다. 이와 같은 생각이 자기 집 대문 안을 들어설 때에 더 한층 강렬하게 움직여 아니 부르짖을 수 없었던 것이다.

## 3

굶어 늘어졌으려니한 아내가 오늘도 또 속고 들어오는 자기를 반갑게 나와 맞는다. 한옆으로는 마음이 놓이면서도 미안한 생각이 확하고 머리에 떠오른다. 온종일 터덜거리고 돌아다니다가 결국 빈손으로 돌아오고만 자기 자신이 끝없이 불쌍하기도 하고, 가엾기도 하고 빈충맞게 생긴 듯도 하다. 아내를 대하는 순간에 이제는 더 속아살 수 없다는 무엇을 반역하려는 강렬한 생각이 걷잡을 수 없이 치밀어 올랐다. 일을 저지르지 않으면 오직 죽음뿐이라고….

"머나 좀 먹었소?"

하고 아내의 두 손을 힘있게 꽉 쥐며 부드럽고도 정답게 물었다. 방안에서 나온 사람의 손이건만 죽은 사람의 손같이 싸늘하다. 아내는 좀 주저주저하다가

"네… 아까 무엇 좀 먹었어요."

아내는 대답하는 품이 암만 해도 진정같지 않다.

"그런데 무얼 좀 자셨어요?"

이번에는 아내가 묻는다.

"나 말이오? 나는 무엇을 좀 먹었지만 임자는 여지껏 아무것도 못 먹은 모양이구료?"

"왜 안먹기는요… 저도 먹었어요."

하고 아내는 종시 천연덕스럽게 먹었다고한다.

김철은 처음으로 아내를 속였다. 속이랴 속인 것은 절대로 아니다. 자기가 여지껏 아무것도 안 먹었다는 말을 하여 아내까지 괴롭게 하고는 싶지 않았다. 아내도 그런 생각이 들어서 자기를 속이는 것이라고 안타깝게 눈물겨운 생각을 하였다.

"어서 방으로 들어가시죠. 날도 퍽 찬데…."

며칠 동안이나 불 못 땐 냉방이 바깥보다 나을 것

은 없지마는 바람을 막는 데는 그래도 한 데 보다 나으리라고 방문을 열었다. 바깥보다 더욱 컴컴한 방안에서는 찬 기운이 휙 끼친다. 어린애가 어느 곳에 누워 있는지도 안 보인다.

"불이나 좀 켜지."

김철은 방안에 들어서며 이와 같이 말하였다. 뒤따라 들어오는 아내는 아무렇지도 않은 어조로

"석유도 없는가 봐요. 몇 번이나 켜두 자꾸만 꺼질적에는요…."

이 소리를 들을 때에 온몸은 지르르하고 가슴은 미어지는 듯하다. 갑자기 이런 살림도 살림이라고 붙잡고 앉았는 아내가 한량없이 불쌍해 못 견디겠다. 구차해 갈수록 점점 유유하고 너그러워지는 아내가 사랑스럽기도 하고 한옆으로는 어리석어도 보인다. 어느 때에는 아내의 너그러운 마음씨가 자기의 무능함을 한껏 비웃는 듯하였다.

둘이 다 아니 먹고도 먹었다고 서로 속였기 때문에 먹어야겠다는 말은 또다시 입밖에 나오지 않았다. 세식구가 컴컴하고 쓸쓸한 냉방에 나란히 누웠

다. 어린애는 몇 번이나 젖을 빨다 말고 괜히 칭얼거린다.

"종일 굶은 오장에서 젖인들 시원스럽게 나오겠니?"

김철은 드러누우며 입안으로 중얼거렸다. 속이 비어서 그런지 죽어라 하고 아예 잠은 오지 않는다. 드러누운 지가 한참 되었으나 두 눈은 컴컴한 가운데서 무엇을 찾으려는 듯이 점점 말똥말똥하여지고 정신은 갈수록 새로워질 뿐이다.

어느 틈에 아내의 코고는 소리가 어렴풋이 들린다. 온종일 굶고 어린 것한테 시달리기만한 몸이라 코고는 소리조차 피곤한 듯이 힘없게 들린다. 달이 뜨기 시작하는지 방안이 아까보다도 좀 환한 듯하다. 동네집 시계가 열둘을 칠 때에는 방안이 아주 밝아졌다. 행길로 난 들창에 달이 비쳤다. 김철은 드러누운 채 들창을 한참 바라보다가 이상스러운 회포에 싸여 벌떡 일어나 앉았다. 지나간 날에 달을 쳐다보고 시를 짓던 생각이 머리속에 떠오른다.

소설을 쓰던 생각이 난다. 문학가가 되려고 열심

히 책을 읽던 생각이 머리를 스치고 지나간다. 예술가로서 출세해 보려고 무한히 애쓰던 생각이 난다. 세월을 헛되이 보내지 않고 무엇이든 뜻있게 해보려고 머리를 무한히 썩이던 생각이 물레바퀴같이 휙휙 지나간다.

그러나 그것은 모두가 무참히 깨어진 과거의 기억뿐이다. 문학으로 출세하기 전에 가난이란 무서운 악마에게 사로잡히고 말았다. 이 세상에서는 아직 무명인 자기의 글을 알아주지 않았던 것이다. 지금도 그런 생각이 마음속에 사라지지 않았지마는 생활에 얽매여 무엇을 쓰려도 쓸 수 없고 쓴댔자 이 세상에서 무명인 자기의 글을 알아줄 이치가 없다. 그래 쓸 수도 없고 쓰지도 않는다. 사실 말하면 생활에 쪼들려 붓을 들 기분이 꿈에도 일어나지 않는다. 창에 비친 달빛은 세상 모르고 잠자는 모자의 얼굴에까지 비쳤다. 그 두 생명이 어쩐 일인지 지나치게 아름답게 보인다. 그래 무의식중에 허리를 구부려 두 얼굴에다가 번갈아가며 입을 맞추었다. 허리가 아파 다시 드러누우려 할 때에 무엇을 좀 먹었으면… 하는 생각이 불시에 치밀어 올랐다. 뒤를 이어 모든 것이 아까 길에서 같이 먹고 싶어 죽겠다. 암만 해도 허기증이 또 일어난 모양이다. 밥이라고는 그저께 저녁에 조금 먹고는 아니 먹어서 밥이 제일 먹고 싶다. 이러고는 살 수 없다는 생각이 신경을 날카롭게 찌른다. 무엇이든지 먹고는 싶다. 그러나 먹을 것은 없다. 전후좌우를 살펴보아도 먹을 거라고는 하나도 없다.

'내가 이렇게 막다른 골목을 당하였구나.' 하고 일어나려 하였으나 일어설 기운조차 없다. 그전에는 지금보다 몇 끼를 더 굶었어도 이렇지는 않았다. 일어나려고 하였으나 마음대로 되지 않은 것을 생각하고 자기의 몸이 이만큼 파리해진 것을 깨닫고는 한편으로 슬펐다.

'이렇게 자고난대야 내일 아침거리나 있느냐? 쌀 한줌 없다. 공중에 나는 새, 땅에 기는 짐승들도 날이 밝으면 무엇이든지 먹을 것이다. 부잣집 마룻구멍에서 잠자는 개도 눈만 비비면 우리가 먹는 것보다는 더 좋은 먹을 것이 얼마든지 있다. 그러나 우리 세 식구에게는 아니 우리와 똑같은 처지에서 헤매는 사람들은 그 이튿날 아침거리를 걱정하게 된다. 그중에서도 나는 더구나 절박하지 않느냐? 오늘 밤은 이와 같이 굶고들 자나 밝는 날에 먹을 것이 없다. 에라! ×××이다. 이제는 ×××밖에 다른 도리가 없다. 빼앗다가 ××××하거든 ××××× ×××오자…. 그래서 내일의 먹을 것을 만들어 놓고 무슨 일이든지 계획하고 직접 일을 하여야만 우리는 내일을 하루 바삐 오게 할 수 있다. 이런 때에 ×××하는 것을 뉘라서 ×라고 하려느냐?'

김철은 이와 같이 힘있게 부르짖었다. 두 눈에 무엇을 결심한 듯한 긴장한 표정이 떠돌아 눈동자는 더욱 반짝거렸다.

그래 더 생각할 나위도 없이 두주먹을 단단히 쥐고 위엄 있게 일어섰다.

가만가만히 두어 걸음 떼어 놓았다. 문고리에 손이 닿을락 말락 할 때에 고개를 돌려 세상 모르고 잠자는 두 생명을 내려다보았다. 그 자리에 그대로 주저앉으며 '차마 못하겠다.' 하고 입안으로 중얼거렸다. 당장에 먹을 것이 없어 굶어죽게 된 자기가 왜 이리 약자의 짓을 하나하고 약한 마음을 스스로 꾸짖었다.

'아무리 먹을 것이 없더라도 차마 도적질만은 못하겠다. 도적질이 나빠서 안하는 게 아니라 사랑하는 처자를 두고 차마 한 달 동안이라도 감옥에 들어가 철창생활은 굶어 죽을지언정 참말 못하겠다. 나 혼자 몸이면 무슨 일이든지 거리낌 없이 하겠다마는…' 하고 김철은 한참 동안 고개를 수그린 채 넋 잃은 사람모양으로 가만히 앉았다가 다시 입을 열어 '자살이다. 지금 나로서 자살을 할밖에는 다른 도리가 없다. 처자를 먹여 살리지 못하고 내 자신조차 이같이 배가 고프니 죽어 마땅하지…. 죽어서 모든 것을 잊어버리면 그만이다. 죽게스리 배고픈 것도 아주 잊어버리고 아내 자식 그 외에 모든 것을 잊어버리면 그만이다. 어서 죽어서 이 악착스런 세상을 하루라도 빨리 잊어버리자. … 그놈들의 꼬락서니를 안 볼 터이니 무엇보다도 좋다. 죽은 뒤에 누가 아니, 죽는 날이면 세상도 없어지는 날이다.

지금 나로서는 자살을 할밖에 다른 도리는 조금도 없다. 내가 죽으면 저것들이 불쌍하다 뿐이지… 애비와 남편을 잘못 만나 내내 고생만 하다가 나중에는 그나마 잊어버리고 이리저리 굴러다니며 빌어먹을 터이지…. 그러다가 어느 구렁텅이에서 죽어 까마귀떼의 밥이 되고 말 것이다. 그래도 모른다. 나 하나 세상에서 없어지면 뉘 알더냐? 어떻게 생각하면 지금 자살하는 편이 도리어 낫다면 낫겠지…. 요 놈의 세상에서 갖은 욕을 보며 살아가다가 내내 살지도 못하고 그에 굶어죽거나 얼어 죽는 것보다가 차라리 지금 죽어 없어지는 편이 훨씬 낫겠지…. 하루라도 모욕을 덜 당하고 덜 학대를 받고 지금 당장에 죽는 것이 사내답겠다. 학대를 받고 모욕을 당한다 하더라도 먹을 것만 있으면 이 다음날을 믿고 하루하루를 더 살려고 기를 쓰겠지마는 당장에 먹을 것이 없지 않느냐? 에라, 오는 앞날을 누가 알더냐? 지금 당장에 자살이다. 자살!' 하고 부르짖으며 자는 사람이 깰까 봐 염려하는 마음으로 조심성스럽게 방문을 바시시 연 뒤에 그만 바깥으로 나갔다.

# 4

'새끼조차 없구나… 그것도 모조리 주어 때버린 게지.' 하고 김철은 부엌에서 무엇을 찾다가 마당으로 나왔다. 마당으로 나와서도 무엇을 한참 동안 찾았다. 내내 새끼는 눈에 띄지 않는다. 얼마 동안 주저주저 하다가 '옳다. 빨랫줄이 있는 것을 그랬구나.' 하고 빨랫줄을 끊었다. 그것은 새끼보다도 튼튼한 삼줄이었다. 그래 그것을 손에 들고 한참 동안 망설였다.

뜰 한옆에 낙엽진 오동나무, 문고리, 부엌 한가운데 대들보, 이 여러 가지가 눈앞으로 휙휙 지나간다. 노끈을 한 팔에다 걸치고 힘없이 걸어 다시 부엌 안으로 가만가만히 들어갔다. 줄 한가닥을 그리 높지 않은 들보에 걸쳤다. 좀 약할까 보아서 다시 내려 세겹을 쳐가지고 먼저와 같이 걸쳐 놓았다. 그리고 펄썩 주저앉았다. 여섯 가닥으로 늘어진 끈을 두 손으로 만지작만지작하며 한숨 한번을 길게 내쉬었다.

다시 일어서서 그 끈에다가 목을 매기 시작하였다. 숨이 좀 가쁜 듯하다. 이대로 발을 오그리면 이삼분 안에 죽어서 뻣뻣한 송장이 되어 늘어질 것을 눈앞에 그려 보았다. 그러나 생에 대한 애착이라고는 털끝만치도 나지 않는다. 이 세상에 대한 미련이라고는 조금도 없다. 지긋지긋한 고생살이를 더 하지 않을 생각을 하고… 숨쉬는 것이 아까보다도 더 한층 가빠진다. 거친 숨소리가 역력히 귀속으로 들어온다.

　바로 이때이다. 멀지 않은 곳에서 당장 죽으려고 흉악한 짓을 하는 줄도 모르고 곤히 잠들어 있는 아내의 얼굴이 보인다. 다음에는 벙글벙글 웃는 아들놈의 얼굴이 나타난다. 삽시간에 자기가 죽으면 이 원수를 누가 갚아주나? 하는 생각이 머리에 떠오른다.

　'내가 이렇게 죽으면 세상 놈들은 그저 생활 곤란으로 자살하였다고만 신문지로 돌려보낼 터이지…. 생활곤란이 나면 벌써 죄가 이 세상에 있고 너희 놈들에게 있는 줄 모르고 모든 사람들이 그냥 넘긴다. 너희들 때문에 죽고 마는 것을 자살하면 다구만?…

자살이 아니라 너희들이 죽인 것이다.'

　이와 같이 힘있게 부르짖고 나서는 두 눈을 크게 부릅떴다. 단칸방에 추위를 못 견디어 사지를 옹송 그리고 드러누운 모자의 불쌍한 몸뚱이가 또다시 눈에 띄인다. '내가 죽은 뒤에 저것들이 장차 어떻게나 되누?' 하는 생각이 머리속에 번쩍 떠오른다. 자기가 죽은 뒤 그들의 모양이 가지각색으로 변하여 쉬지 않고 마치 꿈속 모양으로 어른거린다. 제일 첫째 이 집에서 내어 쫓기는 모양… 쫓겨나가서는 어린 것을 업은 채 먹기는 이집 저집으로 돌아다니며 얻어먹고 잠은 어느 움구석, 또는 남의 집 처마 끝에서 달달 떨다가 그대로 자는 꼴이 보인다.

　'아, 거지가 되었구나!'

　김철은 이와 같이 부르짖으며 온몸을 부르르 떨었다. 그리고 머리를 몇 번이나 내흔들었다. 부질없는 환영을 지워버리려고….

　어느 선술집에서 술따르는 계집이 아까 거지의 얼굴과 같다. 술 먹던 어떤 젊은 사람 하나가 낯익은 듯이 한참 들여다보더니만

"너 어떻게 여기와 있게 되었니?"

하고 물어본다.

"거지보다 나을까 하고 왔더니만 뭇사람들에게 어떻게 시달리는지 도리어 쪽박 속의 주먹밥만 못해요."

하고 상을 찡그린다.

"엎고 다니던 어린 것은 어찌 되었니?"

"말하면 기가 맥히죠.… 지난 겨울에 얼어 죽었답니다."

조금 전까지도 시시덕거리고 요사스럽게 웃던 얼굴에 눈물방울이 흘러내린다. 이런 광경이 또한 김철의 눈앞에 어른거린다. 이번에는 가슴이 뭉클해 견딜 수 없다.

어느 내외주점이 눈앞에 또 나타난다. 담배연기 자욱한 방안에 여러 음충맞은 사내들이 술상을 한가운데다 놓고 죽 둘러앉아서 막 노닥거린다. 그들 중에는 분을 하얗게 뒤집어 쓴 술따르는 계집 두서넛도 휩쓸려 앉아 있다.

아까 선술집에 있을 때보다도 더 한층 파리해진 아내의 얼굴을 그 계집들 가운데서 찾아낼 수 있다.

벌써 요부가 다 되었다. 담배를 피우며 누구를 홀리려는 듯이 눈웃음을 친다.

"너 왜 이리 오게 되었니?"

하고 어느 해끄무레한 사내 하나가 정다운 듯이 물으니까

"그 말 다해 뭘하게… 헤헤 말하자면 누구한테 속아서 삼백원에 팔려왔다우."

하고 옆에 앉은 사람한테 툭 쓰러진다.

"그럼 내 300원 해줄게 나하고 같이 살래?"

"적이나 좋을까."

하고 요사스럽게 선웃음을 친다.

김철은 자기의 고개를 강하게 흔들었다. 줄이 오그라들어 목은 당긴다. 그래 손을 대어 조금 늦춰 놓고는 아내의 일을 다시금 생각하기 시작하였다.

이번에는 아귀같은 계집들이 원숭이와 같이 창살 틈으로 제각기 내어다보는 어느 유곽이다.

안 들어가겠다는 사나이 하나를 한사코 끌어들이려는 여자 하나가 있다.

한참 동안 승강이하다가 아예 안 들어가는 남자를

보고 들릴락 말락 한 목소리로 애원하기를 시작한다.

"오늘밤도 벌써 열두시가 지났는데 여지껏 한사람도 치르지 못하였어요. 그러니 좋은 일 하는 셈치고 잠깐만 들어가 주세요. 오늘도 그냥 넘기면 주인한테 무수히 얻어맞는답니다."

"그런 것을 왜 이런 구렁이에 와있담."
하고 메다붙이듯이 통명스럽게 물어본다.

"누군 있고 싶어서 있나요. 오백원에 팔린 몸이 되었으니까 울며 겨자 먹기로 그날그날을 죽지 못해 살아가는 것이죠."

"무슨 까닭으로 몸이 오백원에 팔렸단 말이야?"

"어느 놈이 삼백원에 사다가 몇 달 데리고 살더니만 이백원을 이보고 이리로 팔았어요."

"삼백원에는 왜 팔렸었담?"

"그것도 내외주점 몸값이었더랍니다."

김철은 더 참을 수 없어 두 주먹을 불끈 쥐고 몸서리를 쳐가며 굳세게 부르짖기를 시작하였다.

'안 죽는다. 안 죽어… 내가 내내 안 죽는 게 아니라 ×××××××× 안 죽는단 말이다. ×××

×××××  ××××지만 죽을 수 없다. … 아니다. 나는 얼마 동안 더 살아 있어야 하겠다. 살아서는 ×××  ×××××××마. 너희들 때문에 내가 오늘날까지 나하고 싶은 대로 못하였다. 집안 식구 때문에 여러 사람들을 위하는, 반드시 해야만 할일을 감히 못했던 것이다. 내가 만약 죽어 없어지면 너희들이 왜 죽은지나 알 터이냐? 그리고 이 세상에서는 애비와 남편 없는 너희들이 산지사방으로 떠돌아다니는 것을 재미있게 보고 한 장난감같이 가지고 놀려고 할 뿐이다. 때로는 구박하며 못살게 굴 것이다. 너희들이 이런 학대를 받고 살아가는 것보다가 차라리 내 ×××××이 낫지 않느냐? 나도 나하고 싶은 대로 될 수 있겠고… 내가 지금 죽으려다가 죽지 않는 것은 생에 대한 애착이 있다거나 아직까지도 세상에 미련이 남아 있어서 그러는 것은 아니다. 절대로 그런 비루한 생각에 끌여 더 살기를 도모하는 것은 아니다. 내 앞에는 지금 나와 똑같은 사람들이 허덕이고 있다. 나는 그들을 위해 일하기 위하여 죽으려는 마음을 고쳐 먹는 것이다.' 하고

목에 걸렸던 여섯 겹의 삼줄을 풀었다.

'처자를 죽이는 놈이 이 하늘 밑에 또 있나?' 하고 못 죽이겠다는 생각이 들다가 다시 힘을 얻어 '아니다. 내가 그와 같은 이 세상에 없는 일을 감히 하느니만치 모든 일에 강해진다. 이전에 하지 못하던 일을 거리낌 없이 마음대로 할 수 있을 것이다. ××× 이 다 뭐냐. 감옥철창이 다 뭐냐? 밥을 달라고 싸우는 정의의 다툼 앞에는 생명도 아무것도 없다. 이제부터는 여러 사람을 위하여 싸우는 몸이 되자.' 김철은 무슨 의미 있는 듯이 이와 같이 열렬하게 부르짖었다. 또 다시 두 주먹을 힘 있게 쥐며 '나는 밝는 날부터 이 세상과 굳세게 싸울 작정이다. 이것이 나의 할 바 옳은 일이다.' 하고 웅얼거린다. 그전부터 마음속에 굽이쳐 흐르던 생각이 일시에 폭발하였다. 그리고 밝는 날부터는 이 땅덩어리 위에도 여러 사람이 기다리고 기다리던 정의의 준엄한 싸움이 반드시 벌어지고 말 듯하다. 김철의 손에는 어느 결엔지 녹쓴 식칼 하나가 쥐어져 있다. '죽이자! 지금부터 싸움이다. 오래 전부터 기다리고 기다리던 싸움이 지금부터 시작해 벌어진다. 이 보잘것없는 ×× 하나로 잠들었던 이 땅 위에도 장엄한 싸움이 비롯한다. 죽이자! 먼저 처자를 죽이고 그 다음에는 처자를 죽이게 한 그놈들을 죽이기로 하자. 추위에 떠는 뭇 생명에게 아침햇발을 쏘여주기 위하여…' 김철은 이와 같이 기운차게 부르짖으며 한 손에 식칼을 힘있게 쥔 채로 모자가 곤히 잠들어 있는 방안으로 들어섰다. '누구를 먼저 죽일까?' 하고 방안에 들어서면서 잠들어 있는 둘의 얼굴을 정신없이 내려다보았다. 칼을 든 손이 간기하는 어린애 손 모양으로 부르르 떨리기 시작하였다.

'이것들을 어떻게 죽이나?' 하고 두 눈을 딱 감았다. '머 망상거릴 거야 있나… 그저 두 번만 내리치면 고만인 걸.' 하고 마음을 단단히 먹은 뒤에 그들 앞으로 가까이 가 꿇어 앉았다. 아내의 목을 향하여 칼을 번쩍 들었다. 팔은 천근이나 매단 것같이 무겁기가 비할 데 없다. 어느 겨를에 올라가기는 갔으나 잘 내려오지 않는다. 아내의 얼굴을 다시 한번 내려다보았다. 정면을 향하고는 차마 죽일 수 없다. 칼은 다시 무릎 위에 힘없이 놓이고 말았다.

'기왕 결정한 바를 왜 이리 주저하나? 망상거릴 게 무엇이냐? … 내가 왜 이리 약한가? 오늘날까지 내 자신이 강하지 못한 탓으로 요지경인데 생명을 결단하는 마당에서도 또 약해진단 말이냐? 아서라, 강한 사람이 되자.' 하고 이를 악물었다. 이번에는 어린애 목을 향하여 칼을 번쩍 들었다. 그러나 차마 그대로 내리치지 못하고 한참 동안을 우두커니 앉았다.

자기의 귀중한 생명을 당장 머리 위에서 빼앗으려고 칼을 들었다 놓았다 하는데도 모자는 세상 모르고 잠만 잔다. 칼은 또다시 무릎 위에 놓이고 말았다. 김철은 마지막으로 얼굴들이나 자세히 보고 죽이겠다고 둘의 얼굴을 뚫어지게 들여다보더니만 고개를 내두르며 '아, 차마 못 죽이겠다. 어떻게 들어 있는 이것들을 죽인단 말이냐. 못 죽이겠다. 못 죽여… 그러면 어떻게 할 것이냐? 차라리 내가 죽자. 내가 이 칼로 죽어 이 세상을 잊어버릴지언정 이 칼로 저것들을 차마 죽일 수 없다.' 하고 그들을 등지고 돌아

앉았다. 칼을 들어 자기 목에 대었단 떼고 대었단 떼고 한다. '에라, 나 하나만 죽어버리면 고만인 걸…' 하고 칼 잡은 손에다가 모든 힘을 한데 모았다. 힘들여 쥔 칼! 그 칼에는 무엇이든지 베여질 듯하다. 칼에다 힘주고 나서는 '내가 지금 당장 죽는구나.' 하고 온몸을 자기도 모르게 부르르 떨었다.

삽시간에 '내가 죽으면 저것들이 어찌 될까?' 하는 생각이 곤두박질쳐 머리에 떠오른다.

거지년… 얼어죽은 거리송장, 술파는 계집, 밀매음, 색주가, 갈보, 코 떨어진 담쟁이, 이 모든 것이 질서없이 줄대 지나간다.

'설마 그렇게야 될라구. 젖이 있으니까 유모 노릇이라도 할 터이지.'

이와 같이 중얼거리며 한옆으로는 적이 안심하였다. 어느 순간에 그런 생각은 또다시 돌이켜졌다. '유모! 유모라는 것은 젖을 있는 놈의 자식한데 돈을 받고, 먹을 것을 받고, 아침저녁으로 빨리는 것이 마치 없는 놈의 피를 빨리는 셈이나 마찬가지다. 더구나 자기 자식의 배를 곯려가면서 돈이나 먹을 것을 받지 않더라도 집 없는 아이를 위하여 젖 있는 사람으로서 나누어 먹이는 일은 오히려 낫다. 그렇지마는 돈에 팔려서 먹기 위해서 그들에게 젖을 준다는 것은 두 눈을 뜨고도 어찌할 수 없이 피를 빨리는 셈이 아니냐? 유모는 차라리 거지만도 못하다.' 하고 다시 돌아앉아서 모자를 바라보았다. '어찌할 수 없다. 죽이는 수밖에는 다른 도리가 없다. 나는 너희들을 죽이고 싶어서 죽이는 게 아니라 내 자신이 너희들을 죽이게까지 만드는 이 세상과 싸우기 위하여 사랑하는 아내를 죽이고 철모르는 어린 것까지 죽이는 비극을 내 손으로 만드는 것이다. 애비를 조금도 원망 말아. 남편을 원망하지 말아라. 원망하려거든 차라리 주리게 하고 헐벗게 하는 이치에 어그러져 있는 이 세상을 원망하여라. 나는 너희들을 죽이게 한 이 세상과 싸우다가 ××맞고 ××맞어 ×××이로 최후의 죽음을 마치련다.' 김철은 아까보다도 몇 배 이상 기운이 나는 듯하였다. ×이려는 것을 어서 ×이고 날이 밝기 전에 ××을 일으켜 오늘날까지 어둠 속에서만 살아온 자기 몸뚱아리 위에다 눈이 부신 햇발을 ××터에 씌워 보고 싶다. 우리의 태양을 안아보고 싶다. 처자를 죽이고 어두컴컴한 거리로부터 밝은 날의 태양을 안으려 위엄 있게 걸어나가는 자기 자신을 눈앞에 그려볼 수 있다. 밝아오는 동쪽하늘을 쳐다보며 번쩍 들어 '싸우자! 어두운 밤이 차차 걷혀가니 어서 투쟁을 시작하자… 오고야 말 날은 반드시 올 것이다.' 이와 같이 산이 울리도록 씩씩하게 부르짖는 자기를 볼 수 있다. 김철은 여기까지 생각하고 끝없이 흥분되었다. 기운이 지쳐 정신이 아득아득하다. 기운이 없고 정신을 차릴 수 없는 것도 무리는 아니다. 몇 끼를 굶고서 죽기를 기쓴 사람이니 정신이 온전할 리 없다. 그래도. 한가지의 희망은 있다. 눈앞에 있는 두 생명을 ××× 옳은 ××을 시작할 기쁨의 희망이 있다. 자기가 한번 '××의 때가 왔다.' 하고 부르짖으면 온 세상이 흔들리고 이 땅덩어리가 뒤집힐 듯 싶다. 그래 이곳 저곳에서 '혁명이다!' '혁명이다!' 하고 뭇사람들이 노도같이 일어날 듯하다. 손에는 무엇인지 제각기 ××××고 갈팡질팡 쏘다니는 수많은 사람들이 눈앞에 끊이지 않고 어른거린다. 그들 중에는 자기도 있고 자기와 같이 배고픔에 울고 추위에 떨던 몇몇 친구들도 섞여 있고 명국이도 있다. 생명을 ×××고 날뛰는 엄청나게 많은 사람들이다. 김철은 일어섰다. 일어서서는 두 식구를 노려보았다. 아주 결심하고 칼을 번쩍 들어 찍으려 할 때에 아내가 몸을 가벼이 흔든다. 그대로 내려찍어도 좋았으련마는 어쩐 일인지 질겁을 하며 놀랐다. 그리고 한걸음 뒤로 물러섰다. 아내는 여전히 자는 모양이다. 다시 칼을 들었다. 그러나 칼은 감히 아내의 목 위에 내려지지 않았다. 김철은 이만치 약한 사람이다. '차마 죽일 수 없다. 오히려 내가 죽어 없어지는 편이 낫다. 나 하나 죽으면 그만인 걸 왜 이리 딴생각을 하나? 죄 없는 처자를 죽이는 놈은 이 세상 천지에 없다. 아무리 마음을 단단히 먹어도 내 손으로는 그와 같이 사랑하던 아내를 끝끝내 고생만 시키다가 차마 죽일 수 없다. 세상이란 다 무엇이냐?…' 하고 또 다시 돌아서서 칼에다 힘을 주고 목을 늘인 뒤에 칼을 겨누었다. 이 순간에 자기 아내가 잘 꾸며논 어느 부잣집 방에 앉아서 한번도 보지 못하던 아이에게 젖을 빨리고 있다. 머리를 흔들며 '안 된다. 나만 죽어서는 안 된다. 저 둘을 먼저 ×××이고 나머지 찔러죽으면 고만이다. 지금까지의 문제는 다 해결되었다.' 김철은 여기까지 생각하고는 몸을 떨며 다시 아내에게로 향하였다.

이번에는 칼을 두 손으로 잡아 힘있게 머리 위까지 쳐들었다. 두 눈을 딱 감은 채 내려치려 할 때에 아내는 두 눈을 부릅뜨고 쳐다본다. 벌써 착각이 생겼다. 사실 아내는 방금 옆에서 무슨 짓을 하려는지도 모르고 여전히 잠들어 있지마는 김철의 눈에는 그렇게 뵈었다.

김철은 몸서리치며 자기만 죽기로 단단한 결심을 하였다. 칼을 들어 자기의 목을 찌르려 할 때에⋯ 거지가 떼를 지어 몰려온다. 배가 고프니 밥을 달라고 울며 부르짖는다. 그들 틈에는 어린 것을 업은 자기 아내도 섞여 있다. ⋯분바른 계집들이 수없이 다가들며 아우성을 친다. 날 놓아달라고 자기 앞으로 줄 대어 몰려온다. 그중에서도 아내의 죽어가는 얼굴을 찾아낼 수 있다. 음충맞은 사나이들이 선웃음을 치며 뭇여자들을 농락하는 꼴이 바로 눈앞에 나타났다. 그 가운데에는 자기 처도 시달림을 받고 있다. 억지로 끌어다가 입을 맞추고 싫다는 것을 한사하고 허리를 껴안으며 몸을 부르르 떤다. 당장에 마음에 없는 그 무엇을 빼앗으려고 덤벼든다. 바로 이 마당이마음에 아닌 정조를 여지없이 짓밟히는 때이다. 김철은 칼을 번쩍 들어 모든 죄의 근원인 요놈의 ×××찍는 듯이 계집을 욕보이는 한 놈을 보기 좋게 찍었다. 피를 주르르 흘리고 거꾸러진다. 김철은 이때에 승리하였다는 미소를 긴장된 얼굴에 나타냈다. 그와 같이 놈을 죽인 뒤로는 그 따위 놈들이 수없이 음흉한 웃음을 웃어가며 앞으로 자꾸 달려든다. 방안은 그 따위 인간들로만 가득 찼다. 한옆에서는 아내도 그놈들에게 시달림을 받고 있다. 김철은 한참 동안 그놈들을 쫓아다니며 죽이려고 애썼다. 그러나 이제는 한 놈도 죽지 않고 그 수효가 분바른 계집 수효만치 점점 늘 뿐이다. 그들

남녀는 별별 흉악한 짓이란 흉악한 짓을 모조리하고 있다. 김철은 한참 동안 칼을 손에 든 채 방안을 헤매다가 분이 치밀어 올라 기가 꽉 막혀 그대로 그 자리에 쓰러지고 말았다. 그의 아내는 무엇이 쿵하고 쓰러지는 바람에 그적에야 소스라쳐 놀라 벌떡 일어나보니 남편이 한 손에 식칼을 쥔 채 기절하여 쓰러져 있음을 발견하였다. 마음 약한 자가 기절하여 넘어진 것을…

6

그뒤에 김철은 아주 미치광이가 되고 말았다. 아니 그로서는 바른 말을 하고 돌아다니는지는 모르지마는 온 세상 사람들은 그를 단순하게 미친놈이라고 이름 지어 주었다. 그러나 미친 그의 말 가운데도 간혹 건져들을 말이 없지 않았다. 그는 명국의 집에 붙어 있으면서 서울 바닥을 밤낮으로 헤매며 미친 소리 삼아 '안들 싸우려느냐? 어서 싸우자' 하고 이태 동안을 돌아다녔으나, 그러나 이 땅덩어리 위에는 아직까지 ×흔적이 없고 ×××× 소리가 일어나지 않았다. 그렇다고 오고야 말날이 아니 오고 그만 둘리는 만무겠지마는… 다만 그동안에 변한 것이라고는 그의 아내만이 어린 것을 데리고 마음에는 없으나 오직 먹는 것 하나 때문에 다른 사내를 얻어가고 만 것뿐이다.

1926. 2. 24 작
(『조선지광』, 1927년 6월~7월 발표)

# 봉변(逢變)

성칠은 술이 거나하게 취해가지고 사람이 드문드문 다니는 서울의 밤거리를 혼자서 걸어가고 있었다.

그는 어느 요리집에서 여러 친구들과 해가 있어서부터 먹고 마시기를 시작한 것이 자정이 넘어 새로 한시가 바라볼 때까지 진탕만탕 정신없이 먹고 놀다가 지금 첩의 집을 찾아가는 길이다.

'빌어먹을 자식들 인력거는 무슨 인력거야? 이렇게 걸어가도 잘만 가지는데', 발이 허청에 놓이는 것같이 조금 비틀거리며 분명치 못한 혀 꼬부라진 소리로 중얼거렸다. 아까 요리집 대문간을 나올 때에 여러 친구들이 인력거를 타자고 하는 것을 기생들만 태우게 하고 그들은 그대로 돌려보냈다.

인색하기 짝이 없고 돈만 아는 성칠의 본색을 이런데서 알아볼 수 있다. 어째서 그들과 어울려먹기는 먹었지만 요리집을 등지고 나올 때에는 어지간히 후회를 하였다. 그래 인력거를 타면 한두 사람도 아니요 여럿이니까 돈이 어지간히 들것을 생각하고 자기부터 걸어가기로 작정한 것이다.

　"고년, 소리도 잘 하더라"

　"고년, 어여쁘기도 하더라"

　그는 아까 요리집에서 지난 일을 낱낱이 머리에 그려보며 생각나는 대로 입버릇같이 웅얼거렸다. 그의 머릿속은 갈피를 잡을 수 없이 복잡해졌다.

　요리집에서 일어난 일, 어제 낮에 일어난 일, 이모든 것이 머릿속에서 미친듯이 곤두박질 치고 있다. 처음에는 밤에 지난 모든 그림자와 말소리와 노랫소리가 똑똑히 나타나고 들리고 하더니 나중에는 낮에 지난 일이 더욱 똑똑하게 그의 정신을 지배하고 있게 되었다. 그는 이따금씩 의미 있는 듯한 미소를 띄우며 낮에 자기가 저지른 일을 낱낱이 순서 있게 생각하기를 시작하였다.

어느 때인지도 모르고 곤히 자는데 첩이 무슨 잠을 이렇게 자느냐고 흔드는 바람에 깜짝 놀라 두 눈을 번쩍 떴다. 첩은 생글생글 웃으며 얼굴을 갸웃이 내리 굽어보고 있다.

"무슨 잠을 이렇게 주무시우? 지금이 어느 땐데" 하고 첩은 드러누운 사나이의 얼굴을 어루만지며 갖은 애교를 다 부린다.

"이건 왜이래? 남 잠도 못 자게 곤해 죽겠는데."

성칠은 귀찮은 듯이 좀 벗겨진 듯한 이불을 쓸어올리며 다시 눈을 감으려 하였다. 첩은 감는 눈을 손가락으로 비집으며 방싯방싯 입을 열었다.

"이건 부러 그러시우 오정친지가 상년 그러기에요. 어서 일어나 세수하시고 약주라도 한잔 잡수세요. 참 기가 맥여죽겠네. 무슨 잠을 여지껏 잔담."

"누가 잠잔다구 뭐라나? 나는 암만 자도 괜찮아 잠자다가 굶겨 죽일까 봐 걱정 퍽 하는구먼. 나는 잠을 잘수록 돈벌이가 되는 것이야."

"그것은 어째서 그렇단 말이요?"

"저런 못난 것 보아. 여태까지 같이 살아도 내라는

사람을, 아니 이 양반을 누구인지 모르는구먼….”

“모르긴 왜 몰라.”

“안다면 말해봐. 정말 아나 모르나.”

“삼십 넘도록 고생을 모르는 사람이지 뭘.”

“암 그렇지. 이렇게 누워먹는 사람인데. 또?”

“부모의 많은 재산을 물려가지고 돈을 물 쓰듯 하며 갖은 향락을 마음대로 다 해보는 팔자좋은 사람이지 뭐….”

“그러면 부모 때문에 호화로운 살림살이를 하고 온갖 호강을 다한단 말이지?”

“암 그렇구 말구.”

하고 첩은 깔깔 웃었다. 성칠이도 빙그레 웃으며 일어나 앉았다.

“그래, 지금은 내가 뭘 하는 사람인데?”

하고 여기저기 흩어져 있는 옷을 주섬주섬 거둬 입기 시작했다.

“뭘 하긴 뭘 하는 사람이란 말이요. 밤에는 술 먹으러 다니고 낮에는 이렇게 늦도록 잠자는 사람이지.”

“고거 참 큰일나겠네. 그래 내가 아무것도 아니

한단 말이야? 내 지금 이야기할 테니 자세히 들어 보란 말이지…… 내라는 사람은 밤낮으로 훌륭한 벌이를 하는 사람이란 말이야."

"내 참 우스워 죽겠네. 밤낮 잠만 자고 놀고 먹기만 하면서도 벌이를 한다구요?"

"그렇지 않고 뭐야? 시골 논 있는데 마다 장릿변을 놓고 서울서는 내돈을 쓴 사람이 마흔이 넘었단 말이야. 그러니 밤낮으로 쉬지 않고 느는 것이 돈변리 밖에는 또 어디 있어. 이러니 저러니해도 지금 세상에는 빚놀이밖에는 없어. 멀튼튼하기란 땅집고 헤엄치기지."

성칠은 한참 연설이나 하는 듯이 주절거리며 자기 위에는 이 세상에 아무도 없다는 듯이 깔딱댄다. 한참 동안은 흥청흥청하는 기분에 싸여 이 세상 모든 물건이 하나도 빼놓지 않고 자기를 위하여 있는 것같이 생각 든다. 눈에 띄는 것, 귀에 들리는 것이 모조리 자기를 기쁘게 하기 위하여 있는 것이라고 마음먹게 하였다. 마치 느긋하고 끈적끈적한 남이 맛보지 못하는 온갖 행복을 자기 혼자서만 느끼는 것 같다. 지금 같아서는 생전 슬픔이나 불행이 닥쳐올 것 같지 않다. 자기에게 딸린 사람 외에는 모두 사람 같아 보이지를 않는다. 돈만 주면 개, 돼지같이 부려먹어도 그들은 그저 굽실거리는 것을 눈앞에 그려보며 자기의 돈 많은 것을 자랑하는 듯이 기뻐하였다.

"돈만 가지면 무엇이든지 할 수 있다. 돈주면 귀신도 사귄다는데."

이것은 그에게 유일한 신념이요 여지껏 살아오는데 다시 없는 철학이다.

"어서 세숫물을 가져와."

하고 성칠은 거드름을 부린다.

"바깥도 그리 춥지 않은데 나가 씻구료."

"잔말 말구 어서 이리 들여와."

"참 팔자는 좋소. 이 더운 날 방안에서 세수하구."

"웬 잔소리야……어멈, 세숫물 이리 떠 들여오게."

"네."

하고 행랑어멈이 부엌에서 무엇을 하다가 대답하는 모양이다. 대답은 어멈이 했으나 물담은 대야를 들고 들어오기는 한 사십 넘짓한 이 집에 찻집 겸침모로 있는 여인네였다. 그는 그리 밉지 않게 생긴 숭글숭글한 부인이다.

그리 잘생겼다고 할 만치 미인은 못되지만은 어디인지 사람을 끄는 힘이 넘쳐흐른다.

성칠은 세수를 석삼년이나 하고 나서 밥 먹기를 시작하였다. 술을 마셔가며 밥 먹는 동안이 한시간이나 넘었다. 그는 밥을 먹으며 생각하던 일을 그대로 해보려구 첩에게 거짓말할 것을 궁리하고 있었다. 거짓말을 꾸미는 동안에 쉬지 않고 물대야를 들고 들어오던 그의 모양이 어른어른 나타난다.

자기 앞에 앉아서 갖은 아양을 다 부리는 첩과 마루에서 어른거리며 무슨 일인지 하는 찻집과 비교하여 보았다. 나이 어린 첩은 간드러지고 낙낙한데 비해서 그는 점잖고 웅심 깊은 맛이 있는 것이 어쩐지 마음을 간지리고 자기의 몸뚱아리를 부드럽게 안아줄 듯시피 생각든다. 어쩐 일인지 오늘에 한해서는 그에게로 마음이 걷잡을 수 없이 자꾸자꾸 끌린다. 그래 참다 참다 못하여 첩에게까지 거짓말을 꾸며서라도 자기의 미친 듯이 날뛰는 마음을 진정 시키려구 하였다.

"참 이봐 내 잊었구먼…."

하고 좀 어색한 듯이 말을 꺼냈다. 밥상을 한 옆에 밀어놓고 걸레를 집으러 윗목으로 가던 첩을 고개를 살짝 돌리며 사나이의 말을 자세히 들으려는 듯하다.

"뭘 말이요?"

"다른 게 아니라 오늘 큰집에 좀 가 봐…."

"왜 뭣 하러?"

"어제나 오늘쯤 꼭 한번 다녀가라는 것을 내 잊어 서."

"누가 그러드란 말이요?"

"내 큰마누란가 누군가 그러지."

과연 며칠 전에 자기가 본집에 갔을 때에 큰마누 라가 사는 집은 요새 한번도 안 오니 어쩐 일이요 하고 자기에게 물어본 일이 있었다. 그래 지금 그 말을 핑계 삼아서 묘하게 거짓말을 하였다.

그가 대낮에 일어나서 하는 일이라고는 대개 이런 일에 마음을 졸이고 머리를 쓴다. 온종일 술, 계집,

돈, 이런 생각을 빼놓고는 아무것도 없다. 그중에도 돈이 제일이다. 누군 사글세를 석달 동안이나 안 냈으니까 오늘은 가서 꼭 내쫓아야겠다. 누구한테는 돈변리를 받아야겠다. 누구 집은 경매에 붙여야겠다. 이런 생각이 온종일을 두고 머리를 지배하고 있다. 첩은 그의 말에 속아서 남편과 같이 집밖을 나왔다. 나오기는 같이 나와 가지고 첩은 큰집가는 길로 보낸 뒤에 성칠은 반대방향으로 얼마를 걸어갔다. 그는 걷던 걸음을 돌이켰다. 그래 오던 길로 다시 걸어오며 갖은 생각을 다 해 보았다. 집안에 홀로 남아 있는 숭글숭글하게 생긴 찻집의 얼굴이 눈 앞에서 왔다갔다 한다. 어서 가서 그를 껴안고 싶다. 이런 생각을 할 때마다 어쩐 일인지 가슴이 울렁거린다. 집 대문을 바라볼 때에는 울렁증이 한층 더하였다. 대문 안을 들어서니까 행랑방문을 풀석 열고 행랑어멈이 얼굴을 쑥 내민다.

'그는 금세 나가더니 왜 또 들어오누' 하는 듯한 이상한 눈초리로 자기의 얼굴을 바라보다가 열었던 방문을 도로 닫는다. 성칠은 중문 안으로 들어서서 마당을 지나 마루 위로 올라섰다. 자기가 찾는 사람은 건넛방에 있는 모양이었다. 그는 건넛방 문을 다짜고짜 열었다. 방 한구석에 앉았는 수수하게 차린 여인은 깜짝 놀라 눈이 둥그레졌다. 그는 방안으로 들어서서 무서워 벌벌 떠는 듯한 여인네 앞으로 가까이 갔다. 여인은 아무 말 없이 앉았던 자리로부터 가벼이 일어났다. 성칠은 일어선 그의 치맛자락을 부르르 떨리는 손으로 꼭 잡았다. 그 여인은 성칠의 손을 뿌리치며 거친 목소리로 말을 꺼냈다.

"점잖으신 양반이 이게 무슨 짓이에요. 바깥에 사람도 있고 한데. 그리고 아씨가 오시든지 하면 그게 무슨 모양입니까."

하고 바깥으로 나가려 하였다.

"아무일 없소이다. 뭐 잠깐 동안만⋯."

하고 그 여인을 끌어다 안았다. 얼마 동안은 방안이 고요해졌다. 다만 두 가는 숨소리만이 방안에서 높고 낮았을 뿐이다. 한 십분이 지난 뒤에 성칠은 건넛방에서 안방으로 건너왔다. 안방에 건너와 드러누운지 얼마 만에 또 한 가지 생각이 머리에 떠오르게 되었다. 이번에는 행랑어멈이었다. 아까 들어올 때에 방문을 열고 내어다보던 모양이 어쩐 일인지 이상하게도 자기의 마음을 끈다. 얼굴빛이 좀 거무스름하기는 하지만은 그래도 어디인지 아기자기하게 어여쁜 곳이 있었다. 행랑어멈에게는 그전부터 마음이 끌리게 되어 기회만 있으면 거의 만족을 채워 보려고 하던 차에 대문간에서 자기를 바라보던 얼굴이 어쩐 일인지 더 한층 자기의 마음을 미칠 듯이 끄는 것이다. 드러누워 그를 생각하느라고 한 삼십분 동안이나 마음이 어지간히 괴로웠다.

오늘에 한해서는 어쩐 일인지 다른 날보다 더 한층 미친 듯이 성욕이 날뛴다. 나중에는 참다못하여 또 한가지 계책을 생각하게 되었다. 이번에는 침모를 어디로 내어보내고 무슨 일을 꾸며 보려고 생각함이다. 그래 건넛방에 들어 앉았는 그마저 큰집으로 보내고 말았다.

"어서 가서 빨리 좀 오라구 하시우. 내가 급히 할 말이 있다구 곧 좀 오라구 하여주시오."

이런 말을 해서 찻집마저 이 집에서 내어 쫓고 말

았다. 이 집에는 이제 두 사람밖에 남지 않았다. 안에는 부리는 사람과 첩을 내어 쫓은 돈많은 성칠이가 있고 바깥방에는 뇌동하는 사내를 일터로 내어보내고 홀로 앉았는 한 이십 넘짓한 행낭어멈이 있을 뿐이다. 성칠은 그를 내어 보내놓고 곧 뒤미처 대문간으로 나왔다. 나와서는 두말없이 대문을 닫아 걸었다.

"대낮에 대문은 왜 거세요?"

하고 방문을 열며 주인의 상기된 듯한 얼굴을 이상한 눈동자로 쳐다 보고 있다. 주인은 대답할 생각도 하지 않고 행랑방으로 뛰어 들어가며

"애 사람 살려라 너 때문에 똑 죽겠다. 벌써부터 한번……"

하던 말을 다 끝도 내지 않고 그에게로 달려들었다. 그는 살짝 몸을 피하며

"이거 왜 이러세요?"

하고 가벼이 중얼거렸다.

"이거 왜이러다니? 넌 모르니…… 그러지 말고 이리 오너라."

하고 그를 끌어 당겼다. 그리고 껴안았다. 그는 그리 성도 내지 않고 드러누운 채 생글 웃었다. 그러나 그의 생각은 따로 있었고 성칠은 가슴에 파묻혔던 것을 그대로 풀 수 있었다. 그래 만족한 웃음을 웃으며 끝없이 기뻐하였다. 더구나 오늘에 한해 모든 것이 순조롭게 마음 먹은 대로 뜻한 대로 생각한 대로 되는 것을 머릿속에 그려보고 무한히 즐거워하였다. 모든 일이 오늘 일같이 되었으면 하고 마음으로 축원하였다.

행낭방문을 나올 때에 '오늘 참 운수 좋다. 마음 먹은 대로 되는구나' 하고 입안 말로 중얼댔다.

이런 모든 생각이 술취한 성칠의 머릿속으로 물레바퀴같이 휙휙 지나간다. 어느틈에 자기집 대문 앞까지 이르렀다. 행낭어멈이 잠 취한 눈으로 문 열어줄 일을 생각하고 또 한번 기쁜 듯한 웃음을 웃었다. 이렇게 술이 취하여 대문을 열라고 하면 언제든지 행낭어멈이 나와 열었다. 그때에 실눈을 하고 대문 옆에 박혀 섰던 그의 얼굴이 지금 또 나타난다.

'오늘은 내가 입을 맞추리라.'

이런 생각을 하며 행복이나 느끼는 듯이 빙그레 웃었다. 온 세상이 자기 하나만 위하여 있는 것 같은 생각이 마음 한옆에서 또 일어나기 시작하였다. 이런 생각은 하루 열두시로 일어나는 그의 버릇이다.

"문열어라"

성칠은 문을 흔들며 나직한 목소리로 불렀다. 두 번째 부르고 세 번째 부르려 할 때에 대문 안에서 행낭 방문을 여는 소리가 가벼이 흘러나온다.

"무슨 잠을 그렇게 자… 두번씩이나 불러도 모르고."

이와 같이 혼잣말처럼 입안으로 웅얼거렸다. 안에서는 들었는지 못 들었는지 아무소리가 없다. 다만 비짱여는 소리가 꿈속같이 들릴 뿐이다. 문만 열면 고년이 서 있으렸다 하고 또 한번 웃었다. 옆으로 비켜서는 그의 얼굴이 또 아른하고 나타난다. 비짱 열고 고리 벗기는 동안이 몇 해나 되는 듯이 왜 그렇게 지리한지 모르겠다. 긴긴밤을 날로 새는 듯싶다. 그리고 그의 얼굴이 어서 보고 싶어 죽겠다. 어느 틈에 대문이 열린다. 대문 옆에는 좀 컴컴해 자세히 보이지는 않지만은 분명히 어멈이 서 있었다.

대문 안으로 발을 들여 놓자마자 어멈의 얼굴을 어루만졌다. 그래도 아무 말 없이 서서 있을 뿐이다. 이번에는 더 가까이 다가서며 입을 맞추려하였다. 바로 이때이다.

한뺨을 불이 나도록 철썩 부친다. 성칠은 이제야 정신이 번쩍 났다. 그리고 자기가 잘못 본 줄 알았다.

"이놈이 환장을 했나 정말. 아마 눈깔에 뵈는 게 없나보다."

이 소리는 분명히 행낭아범소리였다. 성칠은 깜짝 놀라며 아까 낮에 지난 일을 알았으면 어떻게 하나 하고 몸을 부르르 떨었다. 아범은 성칠의 멱살을 잔뜩 잡으며

"이놈! 낮에 그 따위 짓을 하고도 무엇이 나빠서 또 이런 짓을 하니. 그렇지 않아도 지금까지 한잠도 안 자며 너 들어오기를 기다렸다. 그래 남의 계집을 마음대로 가지고 놀았어? 비록 없어서 남의 집 행낭살이를 하지마는 계집까지 빼앗길 사람은 이 세상에 생겨나지도 않았다. 그래, 네 집에서 행낭살이 하는 행낭어멈이 아니고 기생이나 색주간 줄 알았

드냐? 너 같은 놈은 법을 알아야 해. 세상 형편이 어떻게 돌아가는 줄도 모르고 천둥벌거숭이같이 막 날뛰는구나. 그저 네 앞에 굽실거리며 이래두 네 저래두 네 하니까 죽여두 살인도 없을 성싶으냐? 똑 한가지가 없어서 네 앞에서 굽실거리니까 아무렇게나 해도 괜찮을 줄 알고 나중에는 남의 계집까지 빼앗고 말았구나. 어디 견뎌보아라."

아범은 성칠의 멱살을 잡은 채 한참 동안 분이 치받쳐서 목이 미여가며 부르짖었다. 아범의 얼굴은 상기가 되어 얼굴은 물론이고 눈알까지 시뻘겋다.

멱살 잡힌 성칠은 얼굴이 새파랗게 질려가지고 아무 말도 못하며 끌면 끌리고 밀치면 뒤로 물러났다. 이런 일을 생전 처음 당하느니만큼 분하고 치가 떨리지만은 자기가 워낙 잘못한 일이니까 어찌 할 수 없음을 잘 알았다. 이 당장에 죽으라면 정말 죽지는 않지만은 하늘 꼭대기까지 노한 그를 위해서는 죽는 시늉이라도 해야만 될 형세였다. 그만치 성칠은 속이 상하고 정신이 아득아득하여졌다. 어제까지 나으리 나으리하고 쩔쩔 기던 놈이 지금 이 당장에 자기의 멱살을 움켜쥐고 개 꾸짖 듯 호령을 똑똑히 하는 것이 암만 해도 생시 같지 않고 무서운 꿈을 꾸는 듯하다. 그러나 꿈은 아니다. 틀림없는 생시인데 자기가 개같이 알고 소같이 부리던 놈에게 이런 생전 처음 당하는 모욕을 여지없이 당하는구나 하고 조금 분한 생각이 들었다. 설령 자기가 잘못했다손 치더라도 이렇게까지 심하게 자기를 다루고 과도하게 욕 뵈는 것이 분하다 못해 나중에는 죽여 없앨 듯이 괘씸하다. 그래 산산이 흩어진 정신을 가다듬어 한데 모으고 맥이 풀어질 대로 풀어졌으니 이를 악물고 전에 내어보지 못하던 힘 있는 용기를 내어 부르르 떨리는 입술을 간신히 떼었다.

"내가 좀 잘못했기로서니 이렇게까지 할게 무어 있나. 그러지 말구 이것을 놓게."

"뭐 어쩌구 어째?…"

아범의 부르짖는 말소리는 한층 더 날카로워졌다.

"그래, 너도 잘못한 줄은 아니?"

"나라고 잘못한 줄 모르겠나. 그렇다고 이렇게까지 심하게 할게 뭐 있나. 내 다 잘못한 노릇이니 이번 한번만 용서하고 이것을 놓아주게."

이렇게 애원하다시피 그에게 빌었다. 아범은 코웃음을 치며

"흥 무슨 어리석은 소리를 하느냐 말이다. 그래 일을 저질러 놓고도 잘못했다면 그만 일이 무사할 줄만 알았더냐?"

"그러면 어떻게 할 셈이냐?"
하고 조금 반항하는 기세를 나타내었다. 성칠이도 더 참을 수 없다는 듯이 어디까지 발악을 해보려구 생각하였다. 지금 당해서는 나중 일이 어찌될지도 헤아리지 않고 다만 아랫사람에게 욕을 보며 분함을 당하는 것이 마음에 충동을 강하게 일으켰다. 오늘날까지 가져오던 우월감이 일시에 깨어지고 마는 것을 생각하고는 참았던 감정이 일시에 폭발할 듯하다.

"어떻게 할 셈이냐고?……"

아범은 그의 말을 비웃는 듯이 되받아 물었다.
"너를 이 당장에 경찰서로 끌고 가련다."
"경찰서?"

그는 이와 같이 부르짖듯이 묻고는 몸을 가벼이

떨었다.

"그래 너같은 개, 돼지만도 못한 더러운 놈은 경찰서나 감옥 맛을 보아야 한단 말이다. 그래 남의 계집을 제 계집같이 상관하고도 무사할 줄만 알았던 것이 어리석다. 어서 나서라 얻어맞지 말고."
하고 성칠은 잡아 끌었다. 성칠은 죽을 힘을 다해가지고 뻗대었다.

이러는 사이에 주인아씨가 중문간에 나타났다.

"이거 웬일인가?"

아범은 그에게 말대꾸도 아니 하고 성칠의 뺨 한번을 보기 좋게 철썩 붙이며

"그래, 이놈 아니 가고 이렇게 앙탈만 할 터이냐?"

주인아씨는 이 광경을 보고는 몸서리를 쳤다. 그리고 분이 복받쳐 치밀어오른다. 눈에서는 현기가 난다.

"자네 미쳤나? 왜이래."
하고 중문 문지방을 넘어 대문 안으로 나섰다. 아범은 잡았던 멱살을 슬며시 놓으며,

"뭐 어쩌구 어째? 어디 다시 한번 말해 보아라. 꽃

213

향내 나는 걸….”

“별안간에 실성을 했나. 두 눈에 쌍거풀이 씌었나. 그래, 눈깔이 삐어서.”

하고 날카롭게 소리를 꽥 질렀다. 아범은 그에게로 달려들어 머리채를 잡으려다가 그만두고

“너는 명색이 뭐냐? 기껏해야 이놈의 첩년이로구나. 그래 있는 놈의 첩년이라고 이렇게 막 반말이냐. 내 어제까지는 네 집에서 얻어 먹기 위해 그런 아니꼬운 소리를 들었다마는 이제는 더 듣고 이 집에 엎드려 있을 줄 아니. 나도 내일부터 사글세 집 세라도 하나 얻어가지고 살림살이를 가면 남한테 하대 받지 않고 사람답게 살 수 있단 말이다.”

하고 아범은 팔을 부쳐걷었다. 굵직한 팔뚝에는 시퍼런 힘줄이 울퉁불퉁 섰다. 힘세고 씩씩한 팔뚝이다.

“누가 그렇게 살지 말라구 말리나. 마음대로 살아보지. 그런데 무슨 일이야?”

“그래도 또 반말이냐?…… 아주 나같이 해라를 해라. 반말은 듣기가 지긋하다.”

“그렇게 하대가 듣기 싫거든 하루바삐 부자가 되

려무나."

하고 성칠의 첩은 반말을 해라로 고쳤다.

"뭐 어쩌구 어째? 누구는 잘 살구 싶지 않아서 잘 살지 않는 줄 아니. 다 팔자소관이지…."

하고 부쳐걷은 팔을 힘있게 휘두르며

"돈은 있다가도 없고, 없다가도 있지만은 이 든든한 팔뚝은 언제든지 있다. 이것만 있으면 나는 어느 때든지 벌어먹고 살 수가 있지만은 너희가 가지고 있는 돈은 내일이라도 없어지고 말면 굶어죽을 수밖에 다른 도리는 없지 않느냐? 지금 당장에 잘 산다구 없는 사람을 너무나 없이 여기지 말아라. 나는 내일이라도 아니 이 당장에라도 나가서 이 팔로 벌어먹을 수 있다."

이러는 사이에 성칠은 안으로 뛰어 들어갔다. 아범은 그의 뒤를 따라 들어갔다. 마당은 마루 끝에 켜놓은 등불에 반사되어 환하게 밝다.

성칠은 마당 한가운데서 아범 손에 또 붙들렸다.

"이놈, 죄진 놈이 달아나면 어디로 가니 더 경치지 말고 나 가자는 대로 가자. 그래 못가겠니?"

"못 가겠으니 어떻게 할 테냐. 하고 싶은 대로 해보아라. 너한테 죽기밖에 더 하겠니."

"애, 요놈 보아라. 이렇게 억지를 쓰면 모든 일을 모면할 줄 아니? 요 한매에 때려 죽여 없앨 놈 같으니…."

"어디 죽여보아라."

하고 성칠은 아범 앞으로 탁 달려들었다. 그의 머리가 아범가슴에 부딪쳤다. 아범은 그의 뺨을 수없이 갈겼다. 성칠이도 달려들어 발길로 차고 때리기를 시작하였다. 한참 동안 한데 어우러져서 후닥닥거렸다. 그의 첩은 싸우는 좌우 옆으로 쌀쌀거리고 돌아다니며 무슨 일로 이러느냐고 애가 말랐다.

그들은 싸우니 대답할 사이가 없었다. 아범은 몇 번이나 그에게 물렸다. 물릴 때마다 '아야야' 소리를 질렀다. 성칠은 그의 힘있는 팔뚝으로 얻어맞을 때마다 킥킥 소리를 쳤다.

싸우는 바람에 마당 한구석으로 몰려갔다. 그곳에는 장작이 쌓여 있었다. 아범은 그 가운데서 장작한 개비를 뽑아 들었다. 그것으로 머리를 한번 후려 갈겼다. 성칠은 그 자리에 그대로 주저앉았다. 아범은 고양이가 쥐 물려 달려들 듯이 성칠에게로 달려들어 뺨 한번을 힘있게 후려 갈겼다. 그의 코에서 새빨간 선지피가 주르르 흘렀다. 그 피가 마당을 물들이기 시작하였다. 아범은 전쟁 나갔던 병정이 승전고를 울리고 개선가를 부르며 의기양양하게 걸어가듯이 마당을 걸어 나와 바깥으로 나왔다. 그는 확실히 승리하였다는 무한한 기쁨이 마음 한구석에서 용솟음쳐 넘쳐흐르고 있었다.

이 집에 찻집겸 침모로 있는 부인은 마루 한 귀퉁에 서서 이 모든 광경을 낱낱이 보고 있었다. 그의 마음 속에는 갈피 잡을 수 없는 기쁨이 하나 가득차있다. 먹고 살기 위해서 몸까지 더럽힌 생각을 하고 분함에 못 이겨 한잠도 자지 못하다가 그런 재미있는 일을 눈앞에서 당당보고는 무한히 기뻐한 것이다.

1926년 6월 22일

(『생(生)의 성(聲)』, 1928년 3월)

# 사생아(私生兒)

"어머니, 저어 정옥이는 가방매고 학교에 가."

아침밥을 먹고 좀 가삐서 방바닥에 그대로 드러누워 있던 경애의 가슴은 이 소리에 바늘로나 찔리는 것처럼 뜨끔하였다.

'저게 머 내 자식인가 아무 때든 제 애비가 찾아가면 고만일 걸' 하고 아주 정떨어지는 생각을 하다가도, 아무리 외할머니가 흠살궂게 하고 엄뚜드린다 하더라도 외삼촌의 변변치않은 벌이로 겨우겨우 입에 풀칠만 하다시피 살아가는 외가라 밥먹을 때면 눈칫밥을 먹이는 것 같고 조금만 시침한 소리를 들어도 눈총을 받는 것 같아 아무튼 제 간줄기에서 딸려진 자식이라 가슴이 뭉클하고 두 눈에서 더운 눈물이 핑 돈다. 그럴 적마다 시골 제 애비한테로 당장 내리쫓고 싶은 생각이 불현 듯 났다. 허나 몇 번 편지로 데려 내려가라고 하여도 지금 같이 사는 새로 얻은 여자가 뭐라고 했는지 더 좀 맡아두라고 하면서 종시 안 데려갈 뿐만 아니라 혜숙이년조차 한사하고 외할머니를 떨어지지 않으려고 하며 어머니 역시 외손녀에게 애미 이상으로 정을 쏟아 사부주가 드러맞어 오늘날까지 미적미적거려 내려온 것이다.

한달 동안을 두고서 학교논란을 신이기듯 논이기듯 하다가 건넛집, 혜숙이의 동무요 같은 동갑인 정옥이만이 학교에 들어가게 되고 혜숙이는 민적이 없어서 그만 미끄러져 버리고 말았다. 그래 개학날인 오늘에 정옥이가 호기 있게 우쭐거리며 학교에 가는 꼴을 혜숙이가 바깥에 놀러 나갔다가 부러운 듯이 한참 동안 넋잃고 바라보다 말고 안으로 뛰어들어와 무슨 신기한 것이나 발견한 듯이 또는 하소연 하는 듯이 어머니를 불러 정옥이가 학교 가는 것을 말한 것이다.

드러누웠던 경애는 일어나 앉으며 방문둑겁다지

에 기대 선 혜숙이를 바라보았다. 제또래를 둘셋씩 윽박지르는 왈패요 부끄럼과는 아주 담을 쌓고 누구 앞에서나 깔딱대고 수선만 피는 말괄량이로 소문난 혜숙이지만 지금만은 평상시와 걸맞지 않게 새치무례한 그 모양이라든가 얼굴에는 밖에서부터 부러워하던 기색이 아직까지 가시지 않은 것을 본 경애의 가슴은 전기나 통한 듯이 찌르르하게 쓰라렸다. 그 모양이 측은하고 가엾어 보였다.

"이제 너도 학교 보내주마."

"뭘, 거짓말… 난, 다 안다."

"알기는 뭘 다 알어."

"할머니가, 너는 민적이 없어서 학교 못 들어…."

"예이 요년! 꼴베기 싫다. 어서 나가 놀아라."

경애가 이렇게 소리를 버럭 지르는 바람에 가뜩이나 서먹서먹하게 서서 풀없이 하던 말을 다 마치지도 못하고 무안당한 사람처럼 슬며시 돌아서서 방문 밖으로 나가는 뒷모양을 물끄러미 바라보던 그는 억제할 수 없는 더운 눈물이 앞을 가려 그만 고개를 돌이켰다.

경애는 참으로 진정할 수 없는 자기의 가슴을 두 손으로 지그시 누르고 있다가 자기 자신도 모르는 사이에 이따금씩 꿈틀거리는 만삭된 배 위로 슬며시 손이 내려가 옷 위로 통통한 배를 어루만지니 기막힌 생각이 더 한층 복받쳐 올라 방 한구석에 볼품 없이 쌓아 논 이불귀퉁이에 픽 쓰러져 얼굴을 폭 파묻고 흑흑 느껴가며 울기를 시작하였다.

어린 것 하나도 부모를 잘못 만나 남과 같이 먹이지도 못하고, 입히지도 못하는 것도 원통하고 원통한데 더구나 가르칠 시기에 가르치지 못하고 배울 때 배워주지 못하고 그만 때를 놓쳐 눈뜬 장님을 만들고마는 비극을 눈앞에 뻔히 보면서 빚어내고 있는것도 사람으로서 그 태도 뜻 있는 부모로서 차마 못 볼 노릇인데 지금 이 뱃속에 들어 앉은 새로운 생명조차 불운한 혜숙이와 마찬가지로 똑같은 경우를 만들 성싶으니 차라리 두 생명이 함께, 아니 자기만 죽는 데도 뱃속의 것은 저절로 힘 안들이고 죽을 것이니까 당장 죽어 없어져 버리고 싶은 생각이 불현 듯 난다.

경애는 구차한 집안에 태어나서 자시로 가난한 살림살이에 찌들고 게다가 첫 번 만난 남편과 처음부터 서로 성미가 맞지 않아 겉으로 남보기에는 정답고 구순한 듯 해도 실상은 밑으로 흐르는 알력이 있어 그게 큰 원인이 되어 결국 헤어지고 말았지만 그와 살림이라고 할 때도 비할 때 없는 갖은 고생을 다 하였고 지금 같이 사는 둘째 번 남편과도 단칸방을 얻어 가지고 망측하게 살림이라고 버린거 조차 지탱할 수 없어 혼자 아이날 수 없다는 핑계로 자기 혼자만 오라범집에 더부치기로 와 있는 신세이지만 지금처럼 죽고 싶은 생각은 한번도 해본 적이 없을 뿐 아니라 이처럼 섧게 울어본 적도 일찍이 없었다.

비록 개인 생활로는 궁하나 오직 강하고 씩씩하게 조금도 지지 않고 희망에 살면서 남을 위하여 사회를 위하여 명랑한 명일을 위하여 맘과 몸을 정성껏 받쳐 온 것의 보수라고는, 애당초부터 보수 같은 것을 바라고 한 노릇은 아니지만, 지금 와서 자기 자신을 돌이켜보매 애쓴 보람이란 오직 그들의 아내가 구식이라는 이유, 또는 이상이 안 맞는다는 조건으로 민적도 가르지 않고 엉거주춤한 채 그대로 헤어져 있는 사나이와 단지 이상이 같고 사회적으로 하려는 일과 하는 일이 같음으로 그것을 더 크게 생각하였기 때문에 개인 문제를 그리 대수롭지 않게 여기고, 두 번 다 예식도 하지 않고, 민적도 따지지 않고 어린 걸, 낳아 사생자 그대로 어물어물 그저 살아본 것이 결국 애비다른 민적상에 오르지 못하는 사생아를 이미 하나, 그리고 머지 않아 또하나를 만들어내는 기막힌 기계. '눈물겨운 비극을 빚어내는 애미로서 자식에게 대하여 차마 못할 노릇을 시키는 망쇠년이 되고 말았구나' 하고 마음먹으매 이 사실은 가난보다도 더 앞으로 죽음보다도 더 쓰라리다 서자로라도 입적을 시켜가지고 데려다가 공부를 시키도록 만들었으면 좋으련마는 무슨 심사인지 그는 그렇게 하기를 즐기지 않았다. 그리하여 지금 생각하고 보니 '자기는 오직 과도기의 한낫 희생밖에 더 안 된 가엾은 여성이 되고 말았구나' 하는 안타까운 심회에 못이겨 더 한층 소리를 높여 울었다.

한시 한때를 쉬지 않고 애를 부득부득쓰며 고생살

이를 고생으로 여기지 않고 가난과 싸우면서 그래도 여러사람을 위하여 무엇을 해보겠다고 하루를 살아도 뜻있게 살아보겠다고 악파듯 갈팡질팡 헤매던 여자의 몸으로서 힘에 벅찬 과거를 더듬어 올라가보니 지금의 자기 처지와 환경이 새삼스럽게 더욱 외로운 듯 하고 쓸쓸해져 마음이 점점 부지할 수 없게 군성거려지며 천갈래 만갈래 생각이 어수선하게 꼬리를 물고 머리에 떠오른다.

서로 동지라고 부르던 여러 사내 동무들은 모조리 자기의 주위를 떠나고 말았다. 그와 한번 갈린 뒤로, 사실 그와 내가 헤어지고만 것은 누구나 뜻 밖으로 생각하였을 것이고, 속모르는 사람은 병들어 죽게 된 더구나 갈 곳도 변변치않은 불쌍한 남편을 배반하였다고 천하에 죽일년이라고 욕할 것은 정한 노릇이다. 더구나 동지애로 만나 갖은 고생을 다 겪어가며, 참 그때를 돌이켜보면 눈물겨운 일이 한두 가지가 아니었으니 쌀이 없으면 나무가 없고, 나무가 없으면 쌀이 없으며 반찬이라고는 상 위에 두가지를 올려놔 보기가 드물고 밖에 나갈래야 입을 옷이 없어 한달이고 두달이고 간에 죽치고 들어앉아서도 본래 한낱, 시시거리는 소리 한번 들어보지 못하던 여러 동무들이라 아주 갈리고 말았다는 소문을 간접으로 듣거나 자기한테 직접 듣고는 모두가 뜻밖으로 알았을 것이다.

그리하여 어떤 동무는 길에서 보아도 외면을 하고 누구는 편지로 욕을 써 보내기도 하고 누구는 자기를 모델삼아 소설로 여우같은 년이라 하였고, 누구는 서방에 미쳐서 보고, 약해진 남편을 박차 버렸다고 소문을 내기도 하였다. 나는 그때에 남편이 병들었다고 그를 내댓든가? 아니다. 병들기 전에 갈리기로 작정되어 그로 말미암아 더 컸을는지는 모르지만! 그러나 자기는 오늘날까지 아무러한 변명이고 간에 하려고 애쓰지 않았다. 한편으로는 그러한 비난을 받는 것이 당연하다고 생각하였기 때문이고, 또 한가지는 우리들 사이를 잘 알아 갈리지 아니치 못할 부득이한 사정과 서로 양해하고 헤어지게까지 이르는 경우를 아는 사람은 잘 이해할 것이고 또 누구보다도 당자가 더 잘 알 것이니까 구태여 누구에게 대해서나 변명하려 하지 않았다.

단지 섭섭한 것은 그처럼 친하던 여러동무들이 이제는 아주 딴사람같이, 심하면 원수와 같이 영영 멀어지고 만것이다. 어째서 깊은 사정은 자세 알아보려고 하지도 않고 한쪽으로만 몰아쳐 죽을 년이니 망할 년이니 음란한 년이니 하고 비난만하는 까닭이 어디있는지 모르겠다.

이것도 아마 남자는 상처를 할라치면 사흘이 멀다 하고 후취 고르기에 골몰하는 대신 여자만은 과부로 일생을 살아야 옳은 일이고 뒷 공론이 없는 거나 마찬가지가 아닌가? 또는 여자 말은 단 한번이라도 다른 남자와 관계하면 죄가 되어도 남자가 탁 터놓고 첩을 둘셋씩 두는 것은 예사요. 하룻밤에 몇 여자와 오입을 하여도 무방한 것같이 그들도 이런 생각이 들어, 그리고 여자라고 한 손 치우쳐 가지고 자기만을 마음대로 찢고 까부르는 게 아닌가?

자기만은 발려내고 저쪽으로만 달려가는 이유가 어디 있는지 암만 알려도 도제 알 수 없다. 그로 말하더라도 자기와 헤어진 지 얼마 안 되어서 버젓하게 다른 여자와 관계를 맺고 있지 않는가? 선후를 말할 게 아니지만 자기보다도 먼저 그렇게 되지 않았는가? 그럼에도 불구하고 뭇 사람이 자기만을 나쁘다고 거들떠 보지도 않고 뒷공론을 맘대로 하며 있는 말 없는 말을 늘이고 보태서 흉한 소문만 내며 심지어 음란한 잡년으로 돌려 세상에 거처를 못하게 만드는 심사를 암만 애써 알려고 해도 모르겠다.

아무리, 남의 흉이 좋아라면 신이나 보기를 일삼고, 남의 말하기를 알뜰히 좋아하는 세상이지마는 이번 일은 과시 야속하고 억울하였다.

자기가 만약 돈 있는 사람과 관계를 해가지고 살림을 벌였더라면 이번에는 나 아는 사람이란 사람은 모조리 타락한 년이니 허영에 뜬 여자니 돈없는 사내를 박차고 봉을 물었느니 그렇게 고생을 하더니 이제는 호강을 좀 해보려구 장쾌서방을 얻었느니 하고 갖은 잔소리를 지금보다 몇배 이상으로 찌지고 발리고 빈정거리고 욕하고 심지어 비단옷을 입고 길거리 가는 자기를 만나면 동물이라고 온몸에다 서슴지 않고 끼얹었을 것이다.

사실 그러한 유혹이 아주 없지도 않았다. 한때는 그런 일이 있기 때문에 여러 동무들 사이라든지 또는 헤어지기로 작정한 뒷일이지만 갈라고만 그에게까지 의심을 산 적도 있었고, 자기 자신도 한때는 솔깃해 하여 고생살이에 진절머리나서 이럴까 저럴까 하고 망상거려 본 적도 사실 없지 않았다. 허나 그때는 세상의 여론이 어려운 것보다도 자기의 양심이 허락지 않았다. 그렇지만 몇몇 동무는 그와 헤어질 무리에 내가 돈 있는 그이에게로 가려는 마음을 먹고 그와 아주 헤어지려는 심산이라고 믿은 사람도 없지는 않았다. 영영 갈리고만 그로서도 그처럼 생각했을런지 모른다. 대개는 그렇게 생각들하였을 것이다.

지금 생각하면 오히려 그렇게 했던 편이 내 자신을 위하여서는 좋은 일이오 영리한 짓이 되었을런지도 모른다.

먼저 살림살이와 똑같은 길을 되풀이하듯이 밟아온 궁한 생활! 예전처럼 입고 나갈 옷 한가지가 변변치 않아서 한동안씩 죽치고 들어 앉았는 가엾은 신세라든지, 당삭이 닥쳐와도 포대기 한입, 살낏한 낫, 기조기 하나 장만하지 못하였을 뿐 아니라 해산 제구는 물론이요 미역 한오라기 준비해 놓지 못한 이 궁상을 생각할 적마다 무능한 남편이 원망스럽기도 하다. 일주일 전부터 돈 십원 구하러 다녀도 어제까지 빈손 쥐고 풀없이 돌아오는 남편이 사실 가엾기도 하고 밉살머리스럽기도 하였다. 새삼스럽게 돈의 필요를 절실히 느끼게 되어 아차 실수하였구나 돈 있는 그 사람과 결혼을 했으면 이런 고생을 또 안할 걸! 아무리 훌륭한 생각을 품어 남을 위하여 일하고 사회를 위하여 몸을 바치려고 하나 당장 먹지 않고, 입지 않고, 또한 살아가는데 반드시 알아야만 할 것은 쓰지 못하고서 어떻게 살림을 지탱해 나갈 재주가 있느냐? 하지만 자기로서 돈 있는 사람을 얻으면 허영에 들뜬 년이라고 침뱉을 것이요, 비록 가난 하나 서로서로 이해가 있고 그래도 뜻있게 살아보겠다고 살림살이를 벌이면 안으로는 궁기가 끼어 고생을 떡 떼먹듯 하고 밖으로는 그년이 서방에 기사가 나서 폐인같은 병든 남편을 떼쳐

버리고 되는 대로 날 탕패 서방을 맞았다고 변보듯 흉보듯 떠들어대니 도대체 어떻하란 말인지?

도제 갈피를 잡을 수 없는 것이 요지막 자기의 심경이었다. 또 한가지 야속하고도 섭섭한 것은 먼저 남편과 자기의 둘 사이를 누구보다도 자세히 잘 아는 계성 씨가 정초에 자기 어머니께 세배차 삼년만에 비로소 처음 찾아온 때 자기를 보더니 그의 태도와 말씨가 아무리해도 서먹서먹한 품이 그 전과 판이하게 달라 이상한 눈치를 보이면서도 종시 지금 남편과 자기의 사이를 모르는 척하고 내색도 내지 않았다. 자기와 단 둘이만 앉아서도 다른 이야기만 하였지 지금 남편에 대한 말은 한마디도 끄집어내지 않았다.

이년 만에 거기서 나와 며칠 안 되었지만 발이 너른 그로서는 자기들의 나이를 그처럼 전혀 모를 리 없건만 어쩐 일인지 끝끝내 화제에 올리지 않는다.

사실 그때 자기로서는 지금 우리들의 사이를 자초지종 낱낱이 이야기하고 싶었다. 먼저 남편과 서로 갈려야만 될 경우에까지 이른 부득이한 사정을 알

알이 샅샅이 아는 그에게 지금 새로 얻은 남편의 이야기를, 그와 어찌되어서 서로 살게까지 되었다는 말을 자세히 하고 싶었으나 그는 우리들이 지금 살림하고 있는 줄을 번연히 아는 듯하면 서로 끝끝내 그 말만은 입밖에 내지 않고 그대로 돌아가 버렸다.

그 뒤에는 길거리에서도 한번 만나보지 못하였다. 물론 어머니댁에도 그후에는 다시 찾아오지 않았다고 한다.

자기를 오해하고 여러 가지로 도와주어 사실 친오빠 이상으로 또는 신뢰할 만한 동지로 굳게 믿던 계성 씨조차 자기를 오해하고 다른 사람과 마찬가지로 내버리는구나 싶어 야속한 마음이 들었다. 자기를 다른 사람들처럼 욕하고 비방하고 헐뜯지는 않을 터이지만 자기를 자주 만나지 않는 것만은 여간 섭섭하게 여겨지지 않는다.

그러던 차에 바로 요 며칠 전 계성 씨한테서 편지 한장이 왔다. 물론 어머니집으로 온 것이다.

엎드려 이 생각 저 생각하면서 느껴가며 울고 있던 경애는 불현 듯 그 편지가 다시 보고 싶어 어느 책

틈에 끼워 있던 것을 찾아 내려고 머리를 들며 앉은 채 미적미적 책놓인 앞으로 가서 있음직한 책갈피를 뒤적인지 얼마 만에 그 편지를 찾아내 가지고 먼저 앉았던 자리로 다시 돌아와 읽기를 시작했다.

너무나 적조하였습니다. 어머님과 오빠 두 분 다 안녕하십니까? 풍편에 듣자니 또 어머니댁에 가 계신다고요. 그리고 입고 나갈 치마하나 저고리 한 입 변변히 없어서 오래 외출도 못 하셨다구요. 언뜻 생각하니 박해 군과 살던 그 시절을 또 되풀이하시는 거 같애 그때 지내시던 일이 눈앞에 환하게 살아납니다. 그때도 장하였지만은 지금도 역시 장하십니다. 이 말을 절대로 빈정대는 허튼 소리로 오해 하지 마십시오. 내가 오래간만에 경애 씨에게 편지를 쓰게 된 것은 꼭 한가지의 부탁이 있는 까닭입니다. 명심해 들어주십시오.

박해 군과 살던 때보다 몇 곱절 고생살이를 하더라도 유봉 군과는 또 헤지지 마십시요. 끝끝내 갈리지 마시오.

그 이유는 이러합니다.

내가 그 안에 있을 때 일이다. 경애 씨와 유봉 군이 같이 산다는 것을 처음 알게 될 때 경애 씨가 실수하였다고 생각하였습니다. 유봉 군으로 말하면 이혼도 할 수 없는, 하려 들지도 않는 등처가였고, 게다가 나 알기만도 두 번씩이나 어떤 여자와 살림을 하다가 어느 편에 잘못이 있었는지 깨끗하게 갈리고 만 그가, 어느 때까지 경애 씨의 사랑만이 물리지 않고 싫증나지 않으리라고 누가 보증하겠습니까. 그래서 실수하였다고 생각하였던 것입니다. 그 뒤 거기를 나와서 몇몇 사람한테 들은 말인데 경애 씨가 뭘 보고 유봉 군 같은 인간을 택했을까 어디로? 보더라도 박해 군만 못하지 않은가. 재주로나 사회적 명성으로나 박해 군을 따를 수 있나…. 이렇게 저울질하기도 하고 또 누구의 말은 '머지않아 갈릴 것일세. 유 군이 본시 계집에 있어서 오래 살려는 성질이 아니며 설령 이번만은 오래살려는 마음이 있더라도 가난이 훼방 칠 것일세'. 이런 말을 들을 때 내 자신도 어느 편이고 일리가 있다고 생각하였습니다. 어떠한 트러블과 알력으로 헤어진다손 치더라도 경애 씨가 앞으로 영원히 독신생활을 하지 않는 이상 세 번째나 사내를 공공연하게 걸어드렸다면 나부터라도 음분한 여자로 생각해 평소에 존경하던 마음이 없어질 것이며, 세상사람들은 반드시 갈보와 같다느니 노나지 같다느니 밀매음과 마찬가지니 하고 멸시하며 욕하고 흉보면서도 그들은 서로서로 은근히 경애 씨를 호리려고 유혹의 손을 펼른지도 모릅니다. 두렵지 않습니까? 무섭지 않습니까? 만약 경애 씨 편에서 유봉 군을 박차는 날이면 이번에는 틀림없이 궁한 살림과 그처럼 씩씩하게 싸우다가 아무리 강한 척해도 약한 여자라 여지없이 가난에 패북한 걸로밖에 더 알려지지 않습니다. 그렇게 된다면 애당초에 먼저번 경험도 있고 하니 유봉 군 같은 구차한 사람을 구할게 아니라 이렇게 말하면 성격상 결함으로 맘이 맞지 않아 참고 견디다가 헤어진 줄을 번연히 알면서 남을 놀리느라고 일부러 그런다고 하실는지 모르지만 크면은 베천하는 부호, 그렇지 않다면 적어도 의식주에 그리 궁색지 않은 사람을 구하여 몸을 맡길것이지 이상이니 주의니 하고 껄떡대다가 개인생활에 있어서 가뜩 잘못해 여자로서 자칫하면 저지르기 쉬운 몸까지 망치고 마는 정말 남한테 손가락질을 받으며 타락의 길을 걷게 된다면 전후를 한번 깊이 생각해 볼 일이 아닌가 합니다. 만일 그렇게 사람으로서 아주 타락해 버리고 만다면 차라리 개인 생활이나 유족하게 호강스럽게 하다가 일생을 마치는 편이 훨씬 낫지 않습니까. 허나 경애 씨는 물론 이 길을 취하지 않으실 줄 믿습니다. 그래서 애초에도 돈 없는 유봉 군을 취한 줄 나로서 짐작하는 바이니 유 군이 사실 세상에서 아는 바와 같이 하잘 것 없는 변변치 못한 사람이요 무능력자라고 손가락질을 하더라도 둘 사이만이 서로 지혜를 주고받고, 공부하고 연구하고 또는 가난과 싸우면서 참, 경애 씨는 몇차례나 직업 부인이 되었던 경험이 있지 않습니까…. 그러니 두사람이 아무 짓을 해서라도 다만 뜻있게 살기 위하여 하나가 죽기 전에는 행여 끝끝내 헤어지지 마십시오. 부탁입니다.

편지를 단숨에 내리읽고 난 경애는 저번 처음 읽

을 때에는 모두가 옳다고 생각하였지만 지금와서 다시 읽어보니 헤어지지 말고 끝끝내 살라는 구절이 몹시 온당치 않았다. 허나 마지막 〈하나가 죽기 전에는〉 한 구절만은 퍽 맘에 들었다. 쉽게 죽으라든가, 자결하라는 의미는 아니었지만…. 전에는 또 다시, 자기가 오래살면 살수록 교육 못 시킬 성한 불구자를 하나씩 더 늘릴 뿐이 아닌가 하고 생각해 보니 자지러지게 몸서리가 처진다. 그렇다고 편지 말 맞다나 지금 남편을 또 버리고 다른 사내를 차마 또다시 얻을 수 없는 노릇이다. 그래 손에 들었던 편지를 꾸깃꾸깃해 손아귀에 넣고서 무엇을 결심한 듯이 윗니로 아랫입술을 지그시 악물어 편지든 채 주먹을 힘 있게 쥔다.

마침 이때에 마당에서는 어머니와 오라범댁 목소리가 난다. 우물로 김치거리를 씻으러 나갔던 그들이 이제야 돌아온 모양이다.


그 뒤 사흘 만에 경애는 아들을 낳았다. 그리하여 어린애도 별 이상 없이 날로 충실하고 산모도 약한 품 봐서는 퍽 건강한 편이다. 젖도 나올 만치 나왔다. 아이 아버지는 물론이고 첫 번으로 외손자를 본 어머니와 오라범 내외도 다들 좋아하는 모양이다. 혜숙이년도 얼굴에 갓난애 귀애하는 기색이 떠나지 않았다. 그러나 경애만은 조금도 기쁘거나 좋은 줄 몰랐다. 아들이라는 사실이 그로 하여금 더 한층 마음을 괴롭히고 그늘지게 하고 초조하게 만들 뿐이었다.

이따금씩 며칠 전 혜숙이가 학교에 못 가 하소연하던 말 소리가 귀에 징한 듯하고, 어미핀잔에 멀쑥해서 풀없이 쫓겨나가던 그 가여운 뒷모양이 당장 보는것처럼 눈앞에 선하게 떠오른다.

그럴 적마다 반드시 핏덩이 어린 것을 물끄러미 내려다보며 가벼운 한숨을 길게 내쉬지 아니치 못하였다. 그리고는 괴로웠다. 가슴이 아팠다. 끝없이 우울해졌다.

속모르는 집안 식구들은 단지 산후에 몸이 불편해서 기색이 좋지 못한가보다고 생각할 뿐이었다. 날이 지나감에 따라 어린 것이 커갈수록 경애의 숨은 고민도 남몰래 커갔다.

두이렌가 지나고 삼칠일이 머지 않은 어느 날 밤이다.

경애는 모진 맘이 들었다가 무엇에 놀란 것처럼 소스라쳐 버렸다. 불현 듯 이미 결심한 바를 당장 실행하고 싶은 강렬한 충동이 억제할 수 없이 복받쳐 오른다.

내가 죽으면 애미 없는 이 핏덩이가 뭐되니 하고 안타까운 생각이 들자 죽고 싶은 마음이 좀 잦아지는 것 같다. 다음 순간!

'뱃속에 끼고 죽인 것보다는 낫지.'

이렇게 입안으로 가만히 중얼거리며 벌떡 일어났었다. 윗목에서는 그의 어머니가 혜숙이를 끼고서 세상 모르고 코를 드르렁 드르렁 곤다. 쌕쌕하고 가벼운 숨을 내쉬며 곤히 자는 혜숙이를 바라다 볼 때 불시에 측은한 생각이 걷잡을 수 없이 치밀어 오르면서 두 눈에는 더운 눈물이 핑돈다.

'몹쓸 애미도 많다.'

자기도 모르게 저절로 이런 말이 입밖에 나왔다.

그리고는 가벼운 한숨을 좀 길게 내쉬었다. 경애의 눈은 다시 어린애에게로 돌려졌다. 죄없는 어린 생명이 자기 죽은 뒤에 즉시 죽지 않고 내내 산다면 갖은 고생을 다 하겠구나 하는 생각에 기가 막혔다. 가슴이 뭉클해지고 현기증이 나타난다. 그래 두 손으로 두 눈을 가리고서 잠깐 진정한 뒤에 머리맡에 놓인 만연필과 편지를 집어 들었다. 벽에 기대앉아 한쪽 다리를 무릎 위에다 올려서 꺾고 왼손에는 편지를 낳다. 그리고 바른손에 든 만연필을 편지지 위로 올렸다. 그는 이리하여 지금 유서를 쓰려는 심산이었다. 넋 잃은 사람처럼 한참 동안 멀거나 앉아서 무엇을 생각하는 듯 하다가 마침내 한자도 쓰지 못하고 그대로 만연필을 방바닥에 놓는다.

그가 처음 생각하기는 세사람에게 한 장씩 쓰려고 마음먹었다. 한 장은 지금 남편에게 그리고 또 한 장은 먼저 남편에게 다음 한 장은 계성 씨에게……이렇게 생각했다가 속이 떨려 안 써질 뿐 아니라 죽은 뒤에 세상이 뭐라든, 또는 제 자식들을 어쩌든 뉘 아니 하는 마음이 들어 유서쓰려는 것을 그만두기로 작정하였다. 그리하여 편지지마저 내려놓고서 잠든 어린 것의 얼굴을 또다시 유심히 들여다 보았다. 때마침 싱긋싱긋 웃으며 배냇짓을 한다. 지금의 그 웃음은 경애에게 있어서는 칼날이었다. 가뜩이나 미어지는 듯한 그의 가슴을 더 괴롭게 만드느라고 사정없이 에이는 듯한 날카로운 비수와 마찬가지였다. 경애는 강잉히 쓰라린 가슴을 억제하면서 깨지도 않고 포근히 잘 자는 어린애 입에다 젖꼭지를 틀어 넣었다. 마지막으로 젖 한모금이라도 먹여 보겠다는 애미로서의 안타까운 생각에….

경애는 다시 일어나서 혜숙이 옆으로 가까이 가 앉았다. 이 날 이때까지 고생만 시키던 변변치 않은 애미지만 당장 무슨짓을 하려는지? 전혀 알지 못하고 세상 모르며 잠만 자는 딸년이 무척 측은하였다. 눈칫밥을 먹여가며 옷 한자기를 남과 같이 해 입히지 못하고 외가에서 잔뼈가 굵어진 혜숙이를 내려다 볼 때 경애의 가슴은 저리고 앞이 터지는 것 같다. 눈물 방울이 이내 양쪽 볼 위로 주르르 흘러 옷 깃에 떨어진다. 그는 손등으로 두 눈을 비빈 뒤에 허리를 약간 굽혀 혜숙이 이마 위에다 해쓱한 그의 입술을 좀 떨리는 그대로 가만히 갖다댔다.

금시로 눈물이 또 쏟아질 것 같아 자는 얼굴에 눈물 방울이 떨어지면 누가 보기 급하게 고개를 들었다.

이번에는 손으로 도화빗같이 발그스름 꽂힌 혜숙이의 한쪽 볼을 살짝살짝 문질러 보았다. 그는 그때만치 자식에게 대하여 그윽한 애정을 느껴본 적은 일찍이 없었다. 어머니로서의 자식에게 대한 지극한 애정은 그의 죽을 결심을 약간 무디게 만드는 것 같은 느낌을 잠깐 맛보았다. 허나 그의 한번 굳은 결심은 용이하게 풀어질 줄을 몰랐다.

경애는 벌떡 일어섰다. 서서는 자기 어머니를 내려다보며 이내 걱정만 시키다가 마지막에는 어머니 앞에 자결하는 망난이같은 불효의 딸년을 용서해달라는 듯이 두 손을 마주잡고 합장배례나 하는 것처럼 공손히 그리고 정성껏 묵례를 하였다. 그리고나서는 두 어린 것을 번갈아 내려다 보았다. 그의 두 눈에는 또다시 눈물이 스물거려 앞을 가린다.

경애는 방문을 열려고 문끈을 잡고서도 또다시 고

개를 돌이켜 곤히 자는 두 생명을 정이겨운 안타까운 눈초리로 차례차례 둘러보았다. 경애는 자기도 모르게 몸서리를 쳤다. 소름이 쪽끼친다. 이것은 죽음의 공포를 느낌이었다. 이때에 더구나 자기를 붙들기만 하면 아무리 철썩같은 결심을 하였더라도 안 죽을 성싶었다. (사실 요때만 피하면 그로 하여금 자살을 내내 면하였을른지도 모르는 것이다.) 그런 생각이 들자 어머니가 깨지 않고 그대로 자기만 하고 있는 것이 무척 야속하였다. 원망스러웠다. 경애는 한동안 주저주저 하다가 방문을 살그머니 열고서 마루로 나가 방문을 다시 닫으려다가 방안에 누워있는 어머니의 얼굴로부터 혜숙이의 얼굴! 그리고 아랫목에 동그마니 혼자누운 어린 것의 꼴을 차례로 쏘아 보았다. 자기의 숨소리가 자기 귀에도 역력히 흥분된 모양이다.

그는 눈물이 어리어 더 들여다 볼 수 없다. 그래 이를 악물고 방문을 소리없이 살며시 열고서 마루 끝으로 사뿐사뿐 걸어왔었다.

경애는 며칠 전부터 유념해 두었던 양잿물 담긴

탕깨를 마룻구녕 한편 구석에서 손쉽게 집어 들었다. 그리하여 그는 마루 끝에 걸터앉아서 이것저것 생각할 나위도 없이 덩이가 풀어져 물이다 된 것을 그대로 들이 마시고 말았다. 그 양잿물은 아이 낳던 전날 빨래를 하려고 그의 어머니가 혜숙이를 시켜 사온 것인데 아이를 낳기 때문에 오늘까지 빨래를 못해 그 양잿물이 그대로 있는 것이다. 그것도 사위한테서 십전을 얻어 사온 것이었다. 얼마 지나지 않아서 경애는 외마디 소리를 버럭 지르고 마루 위에 쿵소리를 내며 나가 자빠졌다. 이 바람에 꿈속에서 헤매이고 있던 집안 식구들은 모조리 놀라 깨었다. 그래서 제일 먼저 그의 어머니가 뛰어 나왔고 뒤미처 건너방에서 그의 오빠와 오라범댁이 눈이 휘둥 그레 뛰어나왔다. 혜숙이도 어쩐 영문인지 모르고 할머니를 부르며 마루로 나왔다. 오직 핏덩이만이 깨지 않고 여전히 자고 있을 뿐이다. 밖으로 나온 그들은 마루 끝에 놓인 탕깨를 보고 경애가 양잿물을 먹었다는 것을 직감하였다. 경애는 벌써 혀가 오그라져 말을 못하고 먹은 양잿물이 속으로 퍼져 곤두박질을 치기 시작하였다.

그의 어머니는

"이게 웬일이냐! 이게 웬일이냐!"

할 뿐이었다.

그의 오빠는 부지를 못해 몸을 비비꼬는 경애의 머리를 들고 어머니와 오라범댁은 한다리씩 들어서 건넛방으로 들여다 눕혔다. 그래도 조심성스러워 그들은 어린애 있는 방을 피한 것이다.

경애는 여전히 펄펄뛰며 두 주먹으로 쾅쾅소리가 나도록 가슴을 두드린다. 어머니는 며느리를 시켜 비눗물을 풀어오라고 재촉하고, 아들에게는 어서 빨리 의사를 좀 청해 오라고 일렀다. 그들이 다 나간 뒤에 자기만은 안절부절 못하고 온 방안을 미친 사람처럼 날뛰며 헤매는 딸의 손을 잡고서 같이 따라다니며,

"이게 웬일이냐! 이게 웬일이란 말이냐!"

할 뿐이다. 이 광경을 한구석에 서서 바라보는 혜숙이는 다만 엄마와 할머니를 번갈아 부르며 무지듯키 울고만 있을 뿐이다.

얼마 동안에 둘이서 입을 벌리고 비눗물을 퍼 넣었다. 뒤미처 검붉은 피를 토하기 시작하였다. 그리고 더욱더욱 차마 보고 들을 수 없는 고민을 계속하였다. 조금 지나니 기운이 지쳐서 아까처럼 펄펄 뛰지는 못하고 그대로 축늘어져 오직 사람으로서 차마 들을 수 없는 신음하는 소리만이 차차 높아갈 뿐이다. 피는 여전히 계속해 토하고 있다.

얼마간 지나고 의사가 왔다.

이미 쏟아논 피와 진구좇는 것을 엉거주춤하고 서서 내려다 보고는 너무 많이 먹어서 손댈 길이 없으며, 매우 구하기 어렵다는 말을 연해하면서 대강대강 의사의 본분을 다하는 척만 하고 그만 돌아가고 말았다.

경애가 양잿물을 먹은 지 이틀만에 스물다섯을 일기로 그의 몸은 이상을 이루기 전에 다만 공부 못 시킬 눈뜬 장님인 사생아를 둘씩이나 남겨 놓고, 혀가 오그라져 아무에게도 유언한마디 못하고서 그만 원통히 죽고 말았다.

이리하여 그는 과도기에 완전히 희생되고만 것이

다. 지루한 과도기를 하루라도 속하게 막아 보려고 자기 자신이 남자만 못지않게 애쓰며 날뛰다가….

1936. 6. 9.
(『사해공론』, 1936년 9월)

# 아씨와 안잠이

"여보게 게 있나? 세숫물 좀 떠오게."

여태까지 세상 모르고 자거나 그렇지 않으면 깨서라도 그저 이불 속에 드러누워 있을 줄만 안 주인아씨의 포달부리는 듯한 암상스런 음성이 안방에서 벼락같이 일어나 고요하던 이 집의 아침공기를 뒤흔들어 놓았다.

"내! 밥퍼요."

새로 들어온 지 한달 쯤밖에 안 되는 노상 앳된 안잠재기가 밥 푸던 주걱을 옹솥 안에다 그루박채 멈칫하고서 고개를 살짝 들어 부엌 창살을 향하고 소리를 지른다.

"떠오고 나선 못 푸나 어서 떠와 잔소리 말고."

먼저보다도 더 한층 독살이 난 째지는 듯한 목소리였다. 어지간히 약이 오른 모양이다.

"내 곧 떠 들여가요."

젊은 안잠재기는 이렇게 대답하고 나서 바로 옹솥 옆에 걸린 그리 크지 않은 가마솥 뚜껑을 밀쳐 연 다음 김이 무럭무럭 나는 더운 물을 한바가지 듬뿍 떠가지고 부엌문턱을 넘어설 제 슬며시 골이나 해 가 일고삼장해 똥구멍을 찌를 때까지 잘 적은 언제 고 이렇게 물이 못나게 재촉할 적은 언제고 하고 혼 자 입 안으로 가만히 중얼거렸다.

얼굴이 비치도록 길이 번들번들 들은 뒤주와 찬장 사이 틈에 끼워둔 놋대야를 집어가지고 급하게 재 촉하는 품 봐서는 바가지의 물을 그대로 불까 하다 가 혹시 먼지라도 뜰라치면 가뜩이나 심사가 뒤집 힌 판이라 더욱 펄펄뛰며 **쨍쨍**거릴까 봐 얼추라도 한번 부시려고 마루 끝으로 나오니 마루 끝으로 나 오니 마루 반을 넘어 들이비친 가을볕으론 유난히 **쨍쨍**하고 두꺼운 광선이 잘 닦아 번쩍거리는 대야 에 가 반사되어 으리으리하게 번쩍거린다.

"뭘 그렇게 꿈지럭거려 굼벵이 천장하듯 어서 들여오지 않고."

안방에서는 여전히 톡 쏘는 듯한 아씨의 날카로운 음성이 또 화살처럼 안잠재기의 귀를 따갑게 드리쏜다.

"내 지금 곧 들여가요."

안잠재기도 약간 짜증이 난 듯한 말씨였다. 허나 남한테 맨 목숨이라 꿀꺽 참고서 안방미닫이를 조심성스럽게 연 다음 간반통 이간이나 되는 덩그런 방 한가운데다가 물대야를 갖다 놓고 나니 아랫목 쪽으로 혼자 오도카니 앉아 있는 삼십이 될락말락 한 어느 모에 내놓든지 미인이라고 할 만한 제법요 염하게 생긴 주인아씨가 뾰로통한 얼굴을 해가지고 살기가 등등한 눈초리로 안잠재기를 갈아 마실 듯이 노려보면서

"자네꺼정 내 속을 태나, 왜 그리 꿈지럭거려…… 에이 화나 죽겠네 죽겠어. 자네마저 내 맘을 편치 않게 해주려거든 오늘이라도 썩 나가게 썩 나가."
하고 대야를 와락 잡아 당기다가 물이 좀 방바닥에

엎질러졌다.

공연히 생트집을 해가지고 사람을 들볶는 것이 몹시 배리가 꼴려 견디다 견디다 못해 여볏 입에서 뭐라고 말대답이 터져나올 듯한 것을 삽시간에 생각을 돌려 꿀꺽 참았다. 요 때만 지나 성깔이 꺼질라치면 그야말로 정답게 살을 비어 맥일 듯 하고 싹싹하기 봉산 참배 같은 아씨의 성미를 들어온 지 얼마 안 된 터이지만 잘 아는지라 가슴에서 금방 불덩이가 치밀어 오르는 것을 꿀꺽꿀꺽 참고서 윗목 한구석에 틀어 박힌 걸레를 얼핏 집어다가 방바닥에 튄 물방울을 그저 잠잠히 훔치고만 있었다. 아무 죄 없이 뿌옇게 몰려댄 안잠재기가 아까 푸다가 내버려둔 밥을 마저 푸려고 부엌을 향하여 발을 옮기면서

하루 이틀 밤도 아니고 사흘 저녁씩이나 나가 잤으니, 그것도 딴 계집에 미쳐 다니는 줄 번연히 아는 아씨로서 골을 내는 것은 그럴 법도 한 노릇이지만 제 남편 안 들어온 화풀이를 나한테 하는 것은 여간 거북한 일이 아니며 살이 내리도록 성가신 노릇인 걸 하고 생각한 다음 상을 약간 찌푸렸다.

부엌으로 들어간 그는 밥을 다시 푸면서 자기 신세를 생각하고 주인 아씨를 동정도 하였다가 주인 나리를 까닭없이 미워도 했다가 또는 이 세상의 마음이 군성거려지더니만 나중에는 걷잡을 수도 없고 부지할 수도 없이 머릿속이 산란해진다. 첩에 미쳐서 들들 볶다 못해 마침내 몹시 때리기까지 해 이루 형언할 수 없는 갖은 학대를 다 하다가 종당 내어쫓 다시피한 자기 남편을 생각하니 이가 갈리도록 지겹다. 밉살머리스럽고 원망스러운 놈이 어디서 뒈 졌다는 소문만 들어도 당장 미친년처럼 네 활개를 쩍 벌리고 가로뛰며 세로 뛰면서 손뼉을 치고 춤을 출성싶은 충동을 가끔 느끼며 내려왔다. 지금도 이런 마음이 꿈틀거리고 어른거리기 시작하니 주인나리로 해서 속을 썩이고, 역정이 나고, 포달을 부리는 게 끝없이 얄밉더니만 오히려 불쌍하고 측은한 마음이 슬며시 들어 마침내 동정이 걷잡을 새 없이 걸린다.

　주인아씨는 아침을 한 술 뜨는 둥 마는 둥 하고서

여태껏 주인나리의 그림자도 나타나지 않은 집을 등지고서 어디론지 나가버렸다.

그가 집밖을 나갈 때 안잠재기를 보고 아까보다는 적이 누그러진 말소리로 여보게 여지껏 "○○ ———여보게 여지껏 안들어 오실 적에는 오늘도 해 전에 들어오시긴 틀릴 성싶으이만 혹시 나 돌아오기 전에 오시거들랑 내가 그러드라고 이 집을 하직하고 영영 어디로 가버린다고 하시며 나가셨다고 여쭙게. 어쩌나 꼴을 좀 보게."

이렇게 말하는 아씨는 그래도 쓸쓸한 기색이 가시지 않은 얼굴에다 억지로 미소를 머금는 듯 강잉히 웃었다. 이처럼 하고 나아간 주인아씨가 눈에 밝히고 약간 걱정이 되는데다가 자기 신세를 곰곰 생각하니 도제 일이 손에 잡히지 않았다. 찜질을 하려해도 맥이 풀려서 걸레나 행주가 그대로 물이 주르르 흐르고 비누질을 좀 해볼 참으로 일감을 무릎 위에다 놓고도 한 손에 바늘을 쥔 채 바람벽을 넋 잃은 사람처럼 한참씩 멀거니 바라보고 앉았기를 여러 차례 하였다.

아씨가 정말 아주 안 들어오시면 어쩌나… 나도 죽어 이 세상을 잊어버리겠다는 마음을 먹기도 한두 번이 아니었지만 아씨야말로 홧김에 참 정말 어디 가 죽지나 않으실까? 성질이 팔팔한 양반이라 앞뒤 일을 생각지 않고그만 어느 물에 빠져죽거나 어디 호젓한 산 같은 데로 올라가 목이라도 매달어 죽지 않을까?

이렇게 끔찍스런 생각을 하다가 불시로 머리를 홰홰 내두르며, 아냐 아냐 뭘 설마 죽기까지 할라구 그렇게 사람이 쉽게 죽으래선 내가 벌써 죽어 없어졌게. 아씨로 말하면 뭬 부족해 죽어. 남만치 호강을 못하나, 돈을 맘대로 못쓰나 열의 한가지라도 부족한 게 있어야 말이지… 옳지 단지 삼십이 넘도록 남녀간에 아이를 하나도 낳아보지 못해 나리가 자식 본다고 이즈막에 공연히 바람이 좀 나서 며칠씩 나가자는 것이 흠이라면 흠이고 탈이라면 탈이지. 그리고는 뭐 맘 상할게 있어야 말이지… 또 그렇지 나리가 난봉을 좀 부리기로 지금 같아서는 아씨를 내댈거 같지도 않고 좀 체로 구박할 것 같지도 않은데 공연히 아씨

가 그 모양이야. 나는 여태껏 그만치 금실 좋은 내외
는 처음 봤으니까…… 그런데 괜히 아씨는 양광에
자드래기가 나서 이러니저러니 하는 게야… 요렇게
재미가 깨가 쏟아지는 살림과 그처럼 위해 주는 남편
을 두고 죽기는 뭘 죽어. 아니 왜 죽어… 남이 죽이려
구 들더래도 기쓰고 살려들 걸 뭐.

　이렇게 한참 동안 입안으로 웅얼거리면서 여러 가
지 생각을 이리저리 되슬려먹고 앉아 있다. 대문이
찌걱하며 누가 들어오는 듯도 하고 또는 마당에서
사람의 발자국 소리가 나는 듯도 싶다. 얼마 안 가
서 주인나리가 마당에서 인기척을 내는 것 같다. 좀
재바르게 건넛방 쌍창 미닫이를 득——열고서 마당
을 내다보았다. 허나 마당에는 이미 반해가 넘어서
서 그늘 반 양지짝 반이 뚜렷이 이층져 있을 뿐인데
오직 해에 비쳐 별처럼 반짝이는 무수한 모래알 뿐
이다. 그는 가슴이 선뜩해 좀 급히 미닫이를 도로
닫았다.


　전차를 타고 다니기는 했지만 한강철교로 청량리

로 장충단공원으로 그리고도 부족해서 남산공원까지 휘돌아 진종일 쏘다녔기 때문에 이제는 제법 기운도 없고 다리도 몹시 아프다. 안잠재기 혼자만 맡기고 나온 집안이 궁금하지 않은 바 아니지만 오늘 하루는 될 수 있는 대로 집 생각을 잊어버리고 좀 유쾌히 놀려고 애를 썼다.

해가 뉘엿뉘엿해 방금 서산을 넘으려는 이때까지 아침도 변변히 먹지 못한 사람이 물 한모금 안 마시고 돌아다녔기 때문에 아무리 화에 들뜬 사람이기로 허터증과 기진맥진까지는 모르지만 어지간히 지친 모양을 자기 자신으로도 넉넉히 깨달을 수 있었다. 나날이 변해가는 대경성을 내리 굽어보며 산보하는 젊은 남녀가 쌍쌍이 몇 축인지 모르게 자기 앞을 지나칠 적마다 속마음으로 일변 부러운 듯 일변 암상을 내면서 지친 다리를 반쯤 끌며 예전 총독부 자리 앞을 지나 내려와 본정 통으로 들어섰다. 다리도 아프거니와 시장기가 치밀어 올라 견딜 수 없어서 그전에 남편과 자주 다니던 정유사 식당 안으로 아는 집 들어가듯 조금도 서슴지 않고 쑥 들어서니 저녁 때가 돼 그런지 좀 체로 빈자리가 눈에 띄지 않는다.

그래 잠깐 멈칫하고 선 채 두 눈만 이리저리 굴리고 있으려니까 안내하는 사람이 가까이 오더니만 한구석으로 인도를 한다. 그는 인도자의 뒤를 따라 꼭 한자리 남아 있는 곳에 가 털썩 주저앉고 말았다.

하얀 에이프런을 두른 시중드는 소녀 하나가 앞에 와 서서

"뭘 잡수시렵니까?"

하고 공손히 묻는다.

"정식

"양식이죠?

"……………"

이번에는 그렇다는 뜻으로 고개만 약간 끄덕였다. 배가 어지간히 고팠던 그는 차례로 갖다놓은 음식을 순식간에 개눈감추듯 다 먹어 연해 빈 접시만을 만들어 놓곤하였다.

그가 다시 길거리로 나올 때는 제법 어둑어둑해져 전등불빛이 제대로 바로 뵈게 되었다. 조선은행 앞

까지 나와 전차를 잡아타고 부리나케 집엘 당도해 중문 안을 들어서자마자 제일 먼저 눈이 가기는 마루 끝이었다. 암만 눈여겨 살펴보아도 나리의 구두는 커녕 구두그림자도 없는지라 미리부터 그러려니 짐작했으면서도 ○○○ 두 눈에 쌍심지가 벌컥 올라 쨋쨋한 목소리로

"아니 그저 안 들어오셨나?"

하고 벽력같이 고함을 친다.

"네 안 들어오셨어요."

건넛방에 있던 안잠재기가 얼떨결에 대답하면서 마루 끝으로 나온다.

"여보게 난 저녁 먹었으니 자네나 어서 먹게… 그리고 혹시 나리가 밤늦게라도 들어오시거든 내가 아침에 나가 안 들어왔다고 여쭙게. 행여 지금 다녀나갔다는 말은 하지말구 아침에 이른 대로 꼭 그대로 여쭤… 난 늦게나 그렇지 않으면 내일 들어올 테니. 그리 알게."

마루에도 올라오지 않고 마당에 선 채 이 말 한마디를 남기고서 그만 대문 밖으로 사라진 다음 안잠

재기는 또다시 혼자 남아 멀거니 마루 끝에 선 채 대문켠을 바라다보면서

"흥, 집안 꼴 잘———된다. 아씨마저 놀아나는 모양인 걸 그래. ○속 좋다."

하고 의미모를 웃음을 한번 씽긋 웃고는 돌아선다.


컴컴한 밤거리를 한참 걸으니 마음이 낮보다도 더한층 공중에 뜬 것 같다. 사실 집밖을 나오기는 나왔으나 갈 데가 만만치 않다. 서울 바닥에 탐탁한 일가 하나 없고 통사정할 만한 친한 동무 하나 없는 그로서는 언뜻 머리에 떠올라 찾아갈 만한 집이 변변치 않았다. 그래 고적한 신세임을 새삼스럽게 더한층 느끼게 되었다.

"에라 오래간만에 극장에나 가볼까?"

이렇게 생각했다가 그것도 마음에 탐탁히 끌리지 않아! 가뜩 속에서 화가 치밀어 죽겠는데 뭇사람들이 와글와글 들끓는 극장엘 어떻게 가… 조용한 데만 찾아다녀도 머리 골치가 아프고 정신이 헛갈리는데 이처럼 뇌까리고서 극장가고 싶은 마음을 그

만 죽여버리고 말았다.

그럼 어딜가면 좋담! 에라 밤새도록 길로나 이렇게 헤매지… 홍, 지금쯤은 술이 거나하게 취해가지고 막 노닥거리겠다. 그리고 어느 년이든 끼고 누워서 잘 놀른지도 모르지. 이런 소리를 입안으로 가벼이 중얼거리면서 눈앞에 자기 남편이 얼굴도 뚜렷이 나타나지 않는 어느 계집과 서로 얼싸안고 뒹구는 꼴을 그려보다가 고개를 내흔들며 그 약오르는 그림자의 모습을 지워버리려고 애를 섰다. 분한 마음, 질투하는 생각에 암상도 나고 약도 오르고 나중에는 남편이 끝없이 밉살머리스럽기도 하다.

오늘 저녁처럼 이렇게 남편을 미워해본 적은 일찍이 없었다. 그럴수록 마음은 지향할 수없이 군성거려지며 부지할 수 없게 달뜨기 시작한다. 우중충한 가을의 밤거리를 혼자서 걸을수록 그 도수는 점점 더해갈 뿐이다.

길 가는 생판모르는 사나이라도 눈을 주기만 하면 자기도 선뜻 눈을 맞추고 싶은 일찍이 꿈에도 먹어보지 못하던 추잡한 마음이 어느 한구석에서 고개를 들기 시작한다. 내가 미쳤나? 실성을 했나? 무슨 객쩍은 생각을 해… 아무리 남편이 딴 계집에 미쳤기로서니 이렇게 부르짖다시피하며 먼저 먹은 온당치 못한 그 생각을 누르려고 애썼다. 허나 온당치 못하게 마음먹은 것을 짓누르려고 애써본 동안은 잠시였다. 남편의 품안이 그리워지고 며칠 동안 대면 못한 남편의 얼굴이 그리울수록 시기와 질투하는 마음은 걷잡을 수없이 불기처럼 활활 일기 시작하였다.

으스러지게 껴안아 주던 남편의 팔뚝이 생각키매, 그 두 팔이 지금쯤은 어느 년의 알몸뚱이를 휘어감고 있을 생각을 하니 분심에 가슴이 울렁거리고 아래 윗 이가 마주칠 만치 원망스러워 도제 참을 수 없다.

여라 떡으로 치면 떡이요 돌로 치면 돌이지 별 수 있니, 제 배짱이 그렇게 꽂힌담야….

이렇게 마음이 자기도 비뚜러지고 보니 언뜻 이런 생각이 난다. 오래 전부터 단골로 다녀 아주 친숙해진 방물장사 노파가 번개처럼 머릿속에 번듯 떠오른다. 능갈친 노파의 행동이라든지 지나치게 수단 있는 말솜씨로 보아 수헐내기가 아닐뿐더러 그냥 방물장사로만 돌아다니는 노파가 아니라는 것을 벌써부터 눈치 채고 짐작해 내려왔지만, 직접 자기보고는 이상한 말 한마디 수상한 눈치 한번 보인 적이 없었지만, 이웃의 소문을 들을라치면 그는 확실히 뚜쟁이인 것이 분명하였다.

그 어느 때인가 꼭 한번 이런 일은 있었다. 마침 집에 아무도 없고 자기 혼자만 있어 더할 나위 없이 조용할 때 방물사 노파가 지나가는 말처럼

"아씨 지나실 길 있거든 제집 한번 들러 주세요. 사는 건 망칙하지만 다리라도 쉬 가시게."

이렇게 없는 정이 있는 듯이 그때 말하던 생각이 이제 머릿속에 문뜩 떠오른다. 아이 참 그이 집이 어디랬던가? 고개를 갸우뚱하며 두 눈을 사르르 감고서 옛 기억을 불러 일으키려 애썼다. 옳지 옳지 사직정 ○○번지라구 그랬어. 틀림없이 거기랬어 지금 찾아가면 있기나 있을까?

얼마만에야 겨우 생각난 듯이 이렇게 입안으로 가

벼이 웅얼거리며 발길을 돌이켜 가던 길을 외서 아까보다 좀 신이 난 **빠른** 걸음걸이로 어슴푸레한 밤길을 걸어가고 있었다. 어느 구멍가게에서 성냥 한 갑을 사가지고 집집마다 문패를 상고해 가며 그이 집을 찾기 시작하였다. 번지가 순서 있게 내리 멕혀 온 걸로 보아 대여섯 집만 더 가면 그 노파의 집이 되려니 하고 마음먹고서 걸어가는데 그 집일 듯 성싶은 대문 앞에서 사람의 그림자 하나가 나타나 어른거리는데 남자는 아니고 여자임에 틀림없다.

아무리 자세 보아도 젊은이는 아니요 늙은이가 분명한데 더욱 거리가 가까울수록 노파인 것이 완연하다.

그이는 키가 큰 편인데 밤이 돼 저래보이나 하고 마음먹으며 더 가까이 오기를 기다렸다.

얼굴모습을 자세히 알아 볼 만치 둘의 거리가 가까워지고 보니 자기 집에 다니는 그 노파보다도 더 늙고 게다가 키는 아주 땅딸보인 생판 딴사람이었다. 그래서 어째 서운한지도 모르게 그저 서운한 생각이 들며 지나쳤다. 당장 그 노파가 나오던 집 대문 앞까지 이르러서 걸음을 멈추고 성냥을 드윽 그어 문패를 찾았다. 한 자 틀리지 않는 사직정○○번지다. 이집이 분명하구나!

힘 안 들이고 집 찾은 것이 신기한 듯이 생각하면서 대문을 지그시 밀쳐보았다 문소리 찌걱하고 나는 바람에 안에서

"거 누구요?"

하고 소리를 버럭 지른다. 틀림없는 그 노파의 낯익은 말소리였다. 시집갔던 새댁이 오래간만에 친정집에 발을 들여 놓자마자 어머니의 음성을 처음 듣는 것처럼 반가웠다.

"네, 저에요."

어마지되 불쑥 이렇게 대답하면서 대문을 지나 중문 안으로 썩 들어섰다.

어디를 가려는지 방금 옷을 갈아입은 거추를 하던 채 그대로 마루 끝에 나타나 수선을 피며 엉너리를 부린다.

"내 원, 이게 누구요 이건 참 뜻밖이구료. 어서 이리 좀 올라오슈."

"올라가도 괜찮습니까?"

"괜찮지 않구…. 늙은이 두 양주만 사는 집에 어떻단 말이요. 아무 염려 말고 어서 이리 올라 오슈 그런데 대관절 이 밤중에 웬일이요?"

"그저 지낼 길에 들렀어요."

하면서 유난 다니던 사람처럼 조금도 서슴지 않고 마루 위로 성큼 올라선다.

그래 노파의 뒤를 따라 건넛방으로 들어가 앉았다. 능청맞은 노파는 그의 말에 벌써 반 짐작은 하였다. 이 밤중에 생전 와보지도 않던 집을 궁극스리 찾고 찾아서 올 적에는 무슨 심상치 않은 일로 해서 말하자면 여자로서 흔히 화나는 일로 말미암아 들뜬 마음을 저로서도 걷잡지 못하고 이 늙은 것을 찾아온 것이 분명하다 생각한 다음 함정에 제 발로 기어 들어오다시피 한 짐승을 놓치지 않으리라고 정신을 바짝 차리는 한편 또한 자기의 짐작이 십 분 자신 있는 듯이 "뭐 화나는 일이 있는 게지." 하고 노파의 하는 말이 바로 가슴 정통을 알관역 맞추듯이 덜컥 들이 맞히는지라 정신이 오싹할 만치 선뜩하면서도 자기가 이미 마음먹은 오늘 하룻밤을 긴장된 가운데 마음을 조이며 그래도 자기 남편한테 맛보지 못하는 느긋한 쾌락과 아기자기한 기쁨을 맛보게 되는 노파의 이상한 눈치와 허튼 수작이 오히려 반가웠다.

"화는 무슨 화요 그저 놀러왔죠."

이렇게 대답하는 것이 얼떨결에 나와 자기 집에도 몹시 어색하게 들렸다.

그리고 다시금 생각해보니 먼저 자기의 한 말과 외착이 나는 것을 깨달았다. 먼저는 그저 지낼 길에 들렀다고 했는데 지금은 놀러왔다고 했으니 암만해도 선후가 동떨어지므로 노파의 기색을 넌지시 살폈다. 아니나 다를까 능구렁이 다된 눈치 빠른 노파는 되레 이편 거동을 흘깃 쳐다보더니 벌써 그만하면 다 짐작해 알아 차렸다는 듯이 주름잡힌 앞모습과 눈언저리에 의미 있는 미소를 띠우며

"아유 그러면 마침 잘 됐수… 여기서는 재미나게 같이 놀 사람도 없구, 또 잘된 일이 하나 있는 것은 내가 지금 옷을 갈아입고 막 나가려는 판인데 이렇

게 뜻밖에 찾아와 누가 지시한 것처럼 마침 만나게 된 것은 아마 이것도 인연이가 보니 두말 말구 날 따라 나수.”

“어디로요?”

“가보면 알지 뭐——— 지금 막 누가 와서 부탁하게 어디 가서 누구든 하나 데리고 부탁하고 간 이 집으로 갈 작정이었소. 헌데 천만 뜻밖에 임자가 하늘에서 선녀가 하강하듯이 때마침 찾아온 것은 암만 생각해도 오늘밤에 어느 누구와 연분인 듯 싶으니 두말말구 날 따라 나서우… 참 잠깐만 기다리유. 내 안방에 건너가서 갈아입던 옷을 마저 깡그리고 나오께.”

노상 얼굴에 만족한 웃음을 감추지 못하다가 이런 말을 남겨놓고 안방으로 건너갔다. 안방에선 영감쟁이의 말소리가 두런두런 난다.

얼마 지낸 뒤 둘이서 좀 컴컴한 그집 대문간을 나올 때 뒤에선 노파가

“아마 나리가 속을 좀 썩이는 게지?”

하고 불쑥 묻는 말에 뭐라고 대답을 해야만 좋을지

얼핏 말이 잘 안 나와 그만 말문이 막히고 말았다.

"젊은이들이란 체격 쉬운 일입니다."

노파는 자기 말에 아무 대꾸가 없으니까 잼처 이번에는 혼자 말처럼 이렇구 저렇구들 하는 것이 남녀간에 젊어서 한때 으례 할 짓이라는 듯이 웅얼댄다. 그러나 노파의 그 음충맞은 말이 자기 귀에 조금치나 거슬리거나 불쾌하게 들리지 않는다. 오히려 구수하게 들릴 뿐이었다. 그래 잠잠히 노파의 뒤를 따르기도 하고 혹은 나란히 서서 아까 모르는 집을 찾아 더듬어 오던 길을 천천히 걸어가고 있었다.

꼬불꼬불해 몹시 조잡한 골목을 이리저리 아로새겨서 어느 다 쓰러져 가는 초가집 대문 앞에 당도해 가지고 노파는

"여보 날만 따라 들어오."

하며 자기 집 들어가듯 조금도 서슴지 않고 대문 안으로 썩 들어선다.

행랑방을 아랫방처럼 꾸민 문간방 덧문이 슬며시 열리며

"아웃님이요? 이리 들어오슈. 퍽 속하게 오시는구료."

이렇게 말하는 사람은 아까 방물장사의 집을 찾을 때 바로 그이 집에서 나와 가지고 자기 옆을 지나가던 키가 무척 작은 바로 그 노파다. 이제야 모든 연극 속을 대강 짐작하면서 그 방 안으로 들어섰다.

"속하구 말구 여부지사가 있우… 그 이야기는 천천히 할 심 잡고서… 대관절 어느 방이요?"

"바로 안방 내줬지."

"그런데 아주 새물창이라지."

"우리 집은 처음이지만 보아하니 아주 오입쟁이입니다. 이것도 문청있나 봐."

하고 나중 말할 때에 손가락을 동그랗게 만들어 보인다. 그리고나서는 일찍이 보지 못하던 아주 똑딴 미인의 환한 얼굴을 넋을 잃고 물끄러미 바라본다.

"그러면 와서 기다린 지도 퍽 오래 됐을 듯하니 어서 데리고 들어가 보시구료. 일각이 여삼출 걸."

방물장사는 이렇게 말을 내며 둘의 얼굴을 번갈아 쳐다본다.

"그럼 그렇지…. 나구 안으로 좀 들어갑시다."

하면서 주인 노파가 일어선다. 그는 절에 간 색시모양으로 두근거리는 가슴을 억제하면서 잠잠히 노파의 뒤를 따랐다. 방문 미닫이나 쌍창에나 할 거 없이 손바닥만한 유리조각하나 안 붙인 안방 앞으로 가까이 왔다. 구랑신같은 미닫이가 주인 노파 손에 밀려 슬며시 열린다. 새삼스럽게 더 울렁거리는 가슴을 어쩔 줄 모르며 마치 꿈속을 헤매는 듯한 이상 야릇한 마음으로 노파의 등 뒤를 따르던 그는 별안간 질겁을 한다. 정신이 아찔할 만치 자지러지게 놀라며 발을 멈추고 말았다.

이처럼 얼굴까지 저상을 하도록 놀란 까닭은 덩그렇게 빈 간반이나 되는 방안에 오도카니 혼자서 고개를 숙이고 앉았는 사나이는 자기 남편임에 틀림이 없었던 때문이다. 그래서 조금만 정신을 차리지 않았다면 외마디 소리를 버럭 지르고 그 자리에 그대로 나가 자빠졌을지도 모른다.

모두가 조금 전보다도 더욱 꿈 속같이 생각된다. 그만 돌아서서 뺑손이를 쳐 도망질할까 하다가 삽시간에 한가지 계교가 머릿속에 떠오른다. 이런 경우에 임시응변이라든가 또는 여자의 얄은 꾀란 실로 묘한 것이었다.

옳지 이렇게 하면 꼭 속아 넘어가지 하고 생각한 것은 불논 집에서 "불이야!" 하며 도적이 매 드는 격으로 외려 발악을 할 심산이었다. 뒤집어 흥으로 "아니 여보!"

째지는 듯한 여자의 날카로운 음성이 죽은 듯이 고요하던 방안의 공기를 보기 좋게 뒤흔들어 놓자 어떻게 생긴 여자가 들어올까? 하고 호기심에 끌려 마음조리면서 앉아 있던 방안의 사나이는 쨋쨋한 여자 음성에 깜짝 놀라 고개를 번쩍 들어 방문 쪽을 바라보매 또 한번 잼처 놀라지 않을 수 없었다. 금시로 얼굴빛이 해쓱해지며 저으기 당황해 어쩔 줄 모르는 모양이 완연하다.

"흥 좋소. 이 따위짓 하느라고 사흘나흘씩 집에 들어오는 것도 잊어버렸었구료? 참 장하우… 내가 그집엘 잘두 찾아갔지 뭐 키든가 봐."

사나이는 더 생각할 나위도 없이 며칠 동안을 자기가 집에 안 들어가니까 지랄 발광을 하다 하다못해

저 극성이 지금 자기가 여기 있는 줄을 어떻게든 수
소문 해가지고 자기의 부정한 행실을 꼭 잡으려고
연극을 꾸며 가지고서 막 들이치는 줄로만 알았다.

"여보 제발 창피하니 고정하구서 그만 집으로 같
이 갑시다. 모두가 남부끄러운 일이니."

"뭣이 어쩌구 어째요? 남부끄러운 줄을 다 아는
양반이 이런 더러운 짓을라구. 나를 남의 계집으로
만 여기고 데리구 자구료. 이렇게 하면서 나는 의
계집보다 뭐 날 거 있우?"

사내가 아주 한풀 죽어 흠씬 누그러지는 바람에
이쪽에선 반자야 얌다고 한층 더 뛴다.

주인노파는 어쩐 영문인지 전혀 알지 못해 어안이
벙벙한 낯을 해가지고 얼빠진 사람처럼 그들 옆에
멀거니 서서 있을 뿐 아랫방에 홀로 남아 있던 방물
장사는 별안간 안방에서 떠들썩하는 바람에 안마당
으로 난 창문을 방긋 열고서 귀를 기울여 자세 들으
니 암만 해도 심상치 않은 일이 일어난 것이라고 마
음 먹혀지매 어쩐지 잠시도 머물러 있기가 겁이나
그만 꽁무니 뺄 생각이 불현 듯 난다.

옳지 바로 사내로구나. 남편이 남의 계집에 눈을 떠가지고 눈 오는 날개 싸다니듯 하니까 오늘저녁엔 꼭 붙들어볼 작정으로 사내 뒤를 밟아 이 집 앞까지 쫓아와서 동정을 살피다가 쥔마누라가 우리집에 오는 그 뒤를 따라 와가지고 밖에서 그의 돌아가기를 기다리다가 그이 발뒤꿈치 뜨기가 무섭게 우리 집으로 들어온 게나 아닌가? 그럴른지도 말과 생전 와보지도 않던 집을 뜻밖에 찾아온 것은 필유곡절한 일이야… 그리고 그처럼 순순히 뒤를 따라온 것만 보더라도 제 사내를 꼭 한번 붙들어 보려는 계교였어. 틀림없이 그런 노릇이야… 에이 무서워라 돈 몇푼 얻어 먹으려고 여기 있다가는 늙은 게 제 명에 못 죽게 자식도 없는 년이 뼈도 못추리게 여기까지 생각하고 보니 등골에서 진땀이 흐르며 금시로 앞이 캄캄해져 더 있을래 더 있을 수 없어 슬며시 일어나 대문간 쪽으로 난 덧문을 소리없이 열고 나와 발소리를 될 수 있는 대로 죽여 가며 가만가만 대문 밖으로 나가 버렸다.

사내를 앞세우고 마치 개선장군이나 된 것처럼 의기양양하게 그래도 얼굴 한구석에는 여지껏 독살이 꺼지지 않은 채 꽤 이슥해진 밤거리를 걷고 있었다. 아내가 몇 번이나 좀 으슥한 곳에 당도하여서는 남편의 비위를 들컹거렸으나 종시 꿀먹은 벙어리 모양으로 아무 대꾸가 없었다. 그래 아내도 맞장구쳐 주지 않는 남편의 짓이 무한히 밉살머리스럽기도 하고 또한 분하기도 하였지만 하는 수 없이 서로 잠잠한 가운데 어느덧 자기집까지 당도하였다. 벼락같이 대문 흔드는 바람에 안잠재기가 자던 눈을 비비며 닫아 건 문을 열어주니 벙어리들처럼 아무 말들이 없는 주인 내외는 그만 안방으로 들어가 버린다. 안잠재기는 자기가 자던 건넛방으로 들어가면서 주인내외의 이야기안하는 눈치를 이상스럽게 생각하다가. 필시에는 어디서 만나가지고 대두리가 나도록 싸운 게라고 마음을 돌쳐 먹었다. 숨소리를 죽이고 안방 쪽으로 귀를 기울여 무슨 소리가 나기만 기다리고 앉아 있다. 한참 동안 죽은 듯이 고요하던 안방에서 제법 높고도 거친 목소리가 난다. 전

에 없이 괄괄한 그 음성은 틀림없이 주인나리의 못
소리였다.

"아까는 하도 창피해서 할 말을 다 못했지만 그래
나는 남의 계집을 보려구 그집엘 갔지만 임자는 뭣
하러 갔었우?"

"옳지 이제 할말이 없으니까 날 처죽여라는 셈으
로 누구를 넘겨잡는 모양이구료. 흥 내게 딸린 염탐
꾼이 얼마나 되는 줄 알우? 방물장사니 화장품장사
거니 피륙장사거니… 이렇게 뭇동 있우 난봉꾼 남
편을 둔 년이 그만 것쯤 못 삼어낼 낸 줄 알우? 어
림없이 나도 난봉을 부리려면 벌써 옛날에 무척 부
렸우. 허지만 당신 하나만 바라고 그렇게 못한 것이
지금 생각하면 내가 병신이야 뭐 아주 바보지… 그
러나 임자가 정그래만 봐. 낸들…"

"여보 그만 두 내가 다 잘못했으니 어서 자기나
합시다."

"남의 계집을 못 봐 직성이 안 풀려서 어떻게 잠
이 오겠우."

"에이 객쩍은 소리 그만하구 어서 자."

"퍽 분하겠우 퍽 분해."

"그래두 잔소리야."

안방은 다시 고요해졌다. 조금 있다가 전등불 끄는 소리가 날 뿐.

건넛방에 홀로 앉아 그들의 말소리를 하나도 빼지 않고 귀를 소승겨 자세 자세 듣고 있던 젊은 안잠재기는 한숨 한번을 가벼이 그러나 길게 내쉬며 오늘날까지 이를 갈아 부치고 원수처럼 생각하던 자기 남편의 얼굴 모습을 눈앞에 그려보려고 무한 애썼다. 허나 그의 그림자는 아예 나타나지 않는다.

밖에서 문 흔드는 바람에 근두박질을 해 나가느라고 막 우버서붙어 싸늘해질 대로 싸늘해진 이부자리 속으로 기어들어가면서 또 한번 가벼운 한숨을 내쉬고 사지를 웅크린 채 역시 싸늘한 베개에다 하염없는 눈물이 금방 쏟아질 듯한 얼굴을 폭 파묻어 버린다.

(『조광』, 1937년 7월)

# 앞날을 위하여

## 1

천구백 이십 칠년 ○월 ○○일 밤이다!

북쪽에서 떠난 기차는 남쪽을 향하고 줄달음친다. 한여름 동안 시골 서울로 돌아다니며 자기가 반드시 해야만 할 일을 위하여 고달픈 몸을 쉬지도 않고 여러 가지 방식으로 굳세히 싸우다가 개학할 날이 훨씬 지났음으로 다시 조선 땅을 등지고 동경으로 향하는 영호도 이밤 조선의 한복판을 뚫고 지나가는 기차에 자기 한 몸을 내어 맡겼다. '독행! 이번에는 동경까지 독행이냐? 나올 때는 동행이 너무 많아서 걱정이더니……'

이런 생각이 머리에 떠오를 때마다 서울에 남아 있는 동지들의 얼굴이 더 한층 그리웁다. 몇 시간 전 경성역에서 의미있게 작별한 여러 동지들의 얼굴이 휙 지나간다. 기차가 떠나기 조금 전 박 군의 하던 말이 지금 당장에 또다시 옆에서 일러주는 것 같이 생각된다. 손이 아프도록 쥐인 악수! 열정의 떠는 듯한 음성! 찔림을 받을 만한 내용의 말! 그때에 영호는 너무나 감격에 넘쳐 두 눈에 눈물이 핑 돌았다. 그리고 그러한 동지를 자기가 갖게 된 것을 무한히 기뻐 아니할 수 없었다.

"여보게 영호 군! 지금 자네의 가는 곳이 동경이니만치 사명이 중대하니… 가장 유리한 싸움터란 말일세. 일본 어느 동지는 하루 24시간을 모조리 계급전을 위하여 자기 한 몸뚱아리를 바치겠다고 하지 않았나? 우리도 그만한 각오는 가지고 있어야 하지 않은가? 영호 군! 우리는 더 한층 남 다른 처지에 있으니까… 믿네. 영호 군 나는 그대가 씩씩하게 싸워줄 것을 믿는단 말이야. 어련할 것은 아니지만."

박 군의 이와 같은 의미심장한 말이 떨어지자마자

기차는 움직이기 시작하였다. 어떠한 동지는 소리를 질렀다. 어떠한 동지는 모자를 벗어서 정신없이 휘두른다. 어떠한 동지는 손수건을 힘있게 흔들어 준다. 한 떼의 동지들은 진행하는 기차를 얼마 동안 쫓아오면서

"건투!"

"건투!"

"영호 군! 건투를 비네."

"동지의 건투를 비네."

이와 같이 고함쳐 부르짖었다. 이때에 영호는 박군과 같은 수많은 동지를 갖게 된 것을 더 한층 기뻐하면서도 한 옆으로는 책임이 강하지 않은 것도 아니었다.

이런 생각을 하는 동안에 '독행'이라는 생각은 잊어버렸다.

# 2

어둠을 뚫고 진행하는 기차는 그예 어둠을 정복하고 말았다. 먼동이 트기를 시작하자 기차는 더 한층 줄달음질 치는 것 같다. 일초라도 더 속히 태양을 맞이하기 위하여 앞으로 앞으로 돌진하는 기차나 어둠 속에서만 살아온 사람들이 우리의 태양을 안아 보려고 차나가는 것이나 한가지라고 기차 안에서 밝아오는 창밖을 내다보고 있는 영호는 빙그레 웃으며 생각하였다. 시뻘건 태양은 동편 하늘을 물들여가며 수평선 위로 차츰차츰 떠오른다. 영호는

태양을 바라보며 힘있게 부르짖는다.

"착취의 날! 압박의 날! 저주의 날은 또 왔구나. 그러나 우리에게는 투쟁의 날이 또 온 것이다."

영호는 기차에서 내려 연락선으로 옮아탔다. 한 귀퉁이에 자리를 정하고 막 앉으려고 할 때 저편에서 "얘… 조선의 루나찰스키! 김영호 군!" 하고 소리를 지르며 걸어오는 한 젊은 사람이 있다. 영호는 약간 놀래하며 그를 바라보았다. 그 사람은 별사람

이 아니라 동경에서 사귄 동지 정일이었다. 그는 동경에 있어서 당당한 투사이다. 성격이 쾌활하고 사람으로서 흠이 없이 좋기 때문에 누구에게나 호감을 준다.

"난 누구라고 어서 이리와 같이 앉으세…."

"고맙네."

"그런데 같은 차를 타고 오면서도 못 만났네 그려."

"웬걸 나는 어제 내려 와가지고 부산에 볼일이 있어가지고 오늘 타게 된 것이야."

"내 어쩐지… 그렇지 않아도 혹시 아는 사람이나 있을까 하고 차칸마다 자세히 살펴보았으나 아는 사람이라고는 한 사람도 없어서 내내 독행을 하였지."

"뭘 나도 독행을 하였는데."

둘의 이야기는 잠깐 동안 끊겼다.

"영호 군 그래 문예 강연 성적이 어떠하였나?"

"물론 가는 곳마다 성황이었지… 그러나 얼마만한 효과가 났는지는 나로서도 모르겠어."

"그런데 자네는 고향에 가서 얼마만한 조직을 하

고 어떻게 투쟁을 하였나?"

"투쟁! 조직! 말하지 말게나 나 한 몸에 따라다니는 놈이 두셋씩이야… 참 기막히데 작년보다도 몇 배 이상이야. 하는 거라고는 신간회 지부 조직하는 데 좀 참여하였지. 그리고 동척이민반대대회를 오군(五郡) 연합으로 개최하려다가 중지를 당하고만 것뿐이야."

이때 배는 움직이기 시작하였다. 두 젊은 사람은 말없는 가운데 서로 힘있게 악수하면서 굳세게 차고 나갈 것을, 목숨이 살아 있는 날까지 맹세하였다.


3


영호와 정일 두 사람은 배에서 내려 다시 기차를 탔다. 한번 쉬고 세 번 쉬고…… 열 번 쉬고 스무 번 쉬고 하는 동안에 싸움터 동경 땅은 점점 가까워온다. 기차가 대판역에 와 닿았을 때 정일은 영호를 보고 이와 같이 말하였다.

"영호 군 좀 미안하네만은 나는 여기서 내려 한 이틀쯤 묵어가야만 하겠네."

"왜?"

"볼일이 좀 있어서…."

"예이 이 사람 볼일은 무슨 볼일."

"정말이네 이 사람."

"아마 연인이 이곳에 있는 게지. 암 연인을 만나보는 것도 볼일은 볼일이니까."

"사실도 몰라가지고 그렇게 빈정거릴 일이 아니야… 대관절 자네 대판 구경하였나!"

"아니, 그렇게 지나다녀도 한번 내려본 적이 없어."

"그러면 이번에 나와 같이 내려서 구경이나 하고 또다시 동행이나 하지 않으려나."

"자네 말대로 하는 것이 좋기는 하지마는 연인과 연인이 만나 재밌게 노는 것을 방해한다면 미안해서…."

"차차 내 사정 이야기를 할 것이니 어서 같이 내리세."

"이번 행사에 두 사람에게 미움 받는군…."

하고 영호는 정일이 뒤를 따라 정거장 밖으로 나왔다. 아무 말 없이 걸어 나온 정일 군이 양복 속주머니에서 무엇인지 훌척훌척하더니 뜯어본 편지 봉투 한장을 내어 보인다. 편지한 사람을 보니 '대판 ○○제사공장내' 영호의 머릿속에서는 아래와 같은 생각이 번뜻하고 떠오른다.

"옳지 그러면 연애의 상대자가 여직공이로구나."

영호는 다음 줄을 다시 훑어보았다.

'정자로부터'

정자라고 했을 적에는 일녀(日女)인가보다. 또 몰라 조선여자가 일본 이름을 지어가지고 쓰는지도… 여기까지 생각하다가

"여보게 정일 군 자네 대판 몇 번이나 들렀었나?"

"나는 이번이 처음이야."

"정말?"

"그럼 정말이지."

"그러면 이 여자를 다른 곳에 있을 때 사귀었던가?"

"이 여자가 누구인 줄 알고 그래…."

"누군 누구야 연인이지."

"허허……. 내 누이동생이야."

"뭐?"

영호는 의외인데 놀라지 않을 수 없었다.

"영호 군 내 사실 이야기를 자세히 할 테니 좀 들어주게… 내가 동경으로 건너온 지 다섯 해만에 비로소 올해에 집이라고 찾아 들어가니 살림살이는 엉망이고 누이동생은 작년 봄에 대판으로 건너가서 자주 편지가 있더니 벌써 석달 동안이나 두고 편지가 뚝 끊겨서 죽었는지? 살았는지 모르겠다고 늙은 부모는 울며 불며 야단이시겠지. 그래 내가 이번 지나는 길에 먼저 있던 공장에 그대로 있는지 없는지 알아보마고 그러고 집을 떠나 나와서…."

"나는 그런 줄도 모르고 꼭 속았지."

"어쨌든지 이 공장으로 찾아 가보세."

두 사람은 서투른 발씨로 전차집 앞까지 왔다.

# 4

공장으로 찾아 가기는 갔으나 정의 누이동생을 만나지 못하였다. 감독의 말을 들으면 석달 전에 이 공장에서 나가가지고 이곳에서 좀 떨어져 있는 시골 가서 살림을 하고 있다는 말을 풍문에 들었다고 한다. 그래 그 주소를 어렴풋이 들어가지고 두 사람은 그리고 향하였다. 해가 아주 늦어서야 목적지에 이르렀다. 아주 조선 농촌이나 다름없는 시골이다. 찾으려는 집은 내일 찾기로 하고 먼저 밥집을 찾아서 들어갔다. 이날이 마침 이곳 촌민대회였다. 두 사람도 저녁을 먹은 뒤에 이 모임에 참여하였다. 모인 사람은 이삼천명이 넘도록 대성황이었다.

어언간 대회는 시작되었다. 한사람이 나서더니만
"여러분 오늘밤에 우리가 촌민대회를 연 까닭은 우리 동네나 이웃동네나 가속도로 인구가 늘기 때문에 작년이나 올 같은 풍년에도 굶는 사람이 많습니다. 다시 말하면 이 근처가 해마다 구차해 도태해 가니까 그 대책을 강구해서 이 문제를 해결하지 않으면 아니 되겠습니다. 그래서 오늘밤에 촌민대회를 열고 여러 고명한 분을 청하여 어떻게 해야만 좋을 것을 들어서 우리 촌민의 사활문제를 해결하고자 합니다."

손뼉을 귀가 떠나가도록 친다. 옳다고 소리 지르는 사람도 있다. 먼저 사람이 내려간 지 일분이 채 못 되어서 신사풍인 한사람이 젊잖게 걸어 나와서 여러 사람을 향하고 날아갈 듯이 예를 한다. 여러 사람은 또다시 손뼉을 친다.

"여러분! 이 사람은 대판에서 철공장을 경영하는 송목무태랑(松木戊太郎)이올시다. 나는 어려서 부모가 다 죽었습니다. 그래 갈 때 올 때 없는 고아가 되어 어쩔 줄을 모르다 어떻게 어떻게 굴러서 조선 땅으로 가게 되었습니다. 처음에는 과자 장사도 하고 장난감 장사도 하다가 차차 돈이 모이기에 못(釘)장사를 하였지요. 그래 한 십년 동안 총독부 은행… 등등이 적극적으로 도와주기 때문에 철물상으로 칠팔십만원 가량을 모아가지고 오년 전에 대판으로 다시 건너와서 철공장을 내어 제조품을 지금도 자구 조선으로 들여보냅니다. 그러니 여러분도 이곳에서 좀 궁색하거든 두말 말고 조선으로만 건너가시오. 장사를 해도 조선 땅에 가야 손쉽게 돈을 잡고 월급생활을 하더라도 조선 땅에 가야만 ○내가며 넉넉하게 살 수 있습니다. 일본사람 쳐놓고는 조선과 장사해서 돈 못 모은 사람이 한사람도 없습니다. 아직까지 조선 가서 장사하다가 망했다는 사람은 한사람이라도 듣도 보도 못하였습니다. 또한 순사가 되어서도 월급 육 칠 십원 받기는 쉬운 일입니다. 게다가 조선말이나 약간 하면 이삼십원씩은 월급 이외에 더 받으니 잘만 하면 월수입 백원은 걱정 없습니다. 어디 순사만 그런가요. 관리쳐 놓고 누구나 조선 말만 하면 이삼십원, 고등관이면 사오십원씩도 받는답니다. 그러니 구차한 일본사람 쳐놓고 조선으로 가지 않는 것이 도리어 가석(可惜)한 일이요. 나는 마지막으로 여러분께 부탁할 것은 내가 지금 한 말을 널리 선전해서 우리 어려운 동포들을 하루바삐 구차한 구덩이에서 건져냅시다."

영호와 정일이는 기가 막히면서도 귀를 기울이고

들을 말이었다.

어느덧 또다른 사람이 말을 시작하였다.

"나는 조선총독부에 있다가 올 봄에 내무성으로 옮겨온 봉장정일(鳳場正一)이라는 사람이올시다. 이번에 지방마다 돌아다니며 조선이민 모집을 합니다…."

이때에 영호의 머릿속에 아래와 같은 신문기사가 갑자기 떠오른다.

〈조류(潮流) 같은 일본이민, 칠만호 또 이주설. 백의(白衣)의 농민은 갈 곳이 어디냐?〉

○월 5일 오전 9시 동경 수락정 전중수상 궁랑(宮郎)에 열린 인구식량문제 조사회 간사회 석상에서 각 식민지측의 간사로부터 각기 그곳 사정을 보고하였는데 조선측으로의 ○○농무과장으로부터는

"조선 땅에 일본 내지 이민은 속속히 보낼 필요가 있다. 그것은 현재의 산척지는 약 이십만 정보임으로 약 칠만호의 이민은 넉넉히 시킬 수 있는 까닭이다."

영호는 몸서리를 치며 '벌써 실지로 착수를 하였구나…' 하고 웅얼거렸다. 또 언제인가 아래와 같은

신문기사를 본 생각이 번개 같이 떠오른다.

"백의인! 이중○○으로 착취와 압박을 당하는 백의민족!! 금춘 이래로 서북 간도 이주자(유랑인)가 3만여 명이나 된다더라."

쫓겨 가는 놈, 내몰고 고기 앉는 놈. 이 모두가 몇 놈의 장난인 것을 잘 알고 있다.

두 젊은 사람은 이곳에 더 머물러 있을 수 없게 되었다. 그래 불쾌한 이자리를 떠나나와 정한 숙소로 향했다. 그들은 말 없는 가운데 재각기 무슨 생각을 깊이 하며 가만가만히 걸어 들어간다. 숙소로 돌아와서는 잠 한잠 자지 못하고 그대로 밝혔다. 아침도 먹는 둥 마는 둥하고 찾아야 할 집을 찾아 나섰다.

세 시간 후에 찾으려는 집을 찾았다. 그러나 만날 사람은 만나지 못하였다. 그 근처 사람에게 들으면 한 달쯤 살다가 어디로 갔는지 모른다고도 하고 누구의 말을 들으면 며칠 있다가 어느 유곽으로 간다고 하고 하룻밤 사이에 사라졌다기도 한다. 그래 두 사람은 허방만 하고 다시 대판역으로 발을 옮겼다.

# 5

두 젊은이는 동경으로 돌아온 지 채 한 달도 못되어 두 번이나 감속을 당하였다. 한번은 〈조선총독정치폭압반대동맹연설회〉 시에 연사가 되었다는 까닭이요 또 한번은 〈진재(震災)동포추도회〉 때문에 예비검속(팔십여 명 중)을 당하였다는 말을 조선 있는 동지들에게 알려 주었다. 그래 조선 있는 동지들에게서는 아래와 같은 의미의 서신이 영호에게 도착되었다.

"김영호 군! 동지의 건투를 빈다. 끝끝내 굴하지 말고 싸워나가자! 그러면 오고야말 날은 반드시 오고야말 터이지… 누구가 이 의연한 사실을 부정하겠는가. 동지여! 우리의 날이 오는 때까지 굳세게 싸워다우!! 이곳은 조직도…"

이러한 글을 영호 자신이 대할 때마다 용기는 일층 더 났다. 그래 때때로 아래와 같이 부르짖었다.

"나의 생활은 오직 투쟁의 역사를 쌓을 뿐이다."

(『예술운동』, 1927년 11월)

# 양회굴뚝

## 1

〈동아제사공사〉 마당 한가운데 하늘을 뚫을 듯이
괴물처럼 높다랗게 솟아 있는 양회굴뚝에서는 연
사흘째 연기가 나지 않았다. 하루도 쉬지 않고 열두
시간 이상씩을 시커먼 연기를 토하던 이 굴뚝이 편
안히 쉬고 있다는 것은 참 이상한 일이다.

"뛰— 소리가 안 나서 때를 몰라 안 됐군."

"철매가 날아오지 않아서 살겠는데."

"쉬 끝장이 나지 않으면 밥거리가 걱정이야."

이 제사공장 근처에 살고 있는 사람들의 이야기다.

## 2

오정 부는 소리가 멀리서 어렴풋이 들린다. 그러나 이 공장의 싸이렌은 울지 않는다.

카이제루 수염을 뻗친 얼굴이 우락부락하고도 시커멓게 생긴 키다리 공장 감독이 기숙사 근처에 나타났다. 가뜩이나 험상궂은 상판대기에다 식혜 먹은 고양이 상을 하고….

"감독이 또 온다."

여직공 하나가 이와 같이 속삭였다. 다른 여공들도 그쪽을 바라보았다.

"다들 식당으로 모여라."

감독의 거칠고도 탁한 커다란 목소리가 불안에 싸인 기숙사 방마다 퍼졌다.

"빨리빨리 나오너라!"

감독은 또 한번 재촉하였다. 여공들은 네다섯씩 떼를 지어 식당으로 몰려가고 있다.

식당은 벌써 앉을 자리가 없이 삼백명 여공으로 꽉 찼다. 어쩐 일인지 밥과 반찬이 다른 때보다 투철히 낫다. 잡곡이 섞이지 않은 순전한 쌀밥과 반찬이 네 가지씩이나 되는데도 생선 토막까지 있는 것을 보면 기숙사가 생긴 이후로 처음 되는 일이다.

밥을 반쯤이나 먹었을 때 식당 서쪽 문으로 사장이 들어와 조금 높은 곳에 가 올라선다. 그 뒤로는 부사장, 지배인, 공장장, 직공감독, 사무원들이 조심성스럽게 따라 들어왔다. 밥 먹던 여공들의 눈초리는 일제히 그들에게로 쏠렸다. 사장은 잠깐 동안 무엇을 생각하는 듯 하더니 얼굴에 약간 웃음을 띠면서 무거운 입을 열었다.

"여러분! 미안하지만 한 오분 동안만 나의 말을 들어 주시오. 우리공장에서 이처럼 불상사가 일어날 줄은 꿈에도 생각지 못하였소이다. 무엇이 부족하고, 무엇이 못마땅해서 며칠씩 일을 안 하느냐 말이요. 이처럼 맛있는 음식을 주고 편안히 잠잘 자리를 주고 하루 몇 시간씩 글을 가르치고 그리고도 다달이 돈을 모아 시골집에 보내지 않소. 이 세상 사람들이 낙원 낙원하고 낙원을 찾으려고 애쓰지마는 우리 공장이야 말로 과연 낙원이란 말이요. 깊이 생각해 보시오. 먹는 게 걱정이 되나 입는 게 걱정이 되나 잘데가 걱정이 되나. 그리고도 돈을 모으게 되니 여러분이야말로 참으로 복을 많이 타고난 분들이라고 아니할 수 없소이다. 일전에 일하는 시간을 두 시간씩 늘이고 그전에 주던 일급에서 사분의 일을 깎는다고 공포한 것은 금년 들어서부터 돈이 귀해지고 매사 물건이 잘 팔리지 않으니까 우리 공장에서도 어찌할 수 없이 그렇게 작정한 것이나 다시 돈이 흔해지고 모든 물건이 잘 팔리게만 된다면 다시 그전대로 만들어질 것을 왜 쓸데없이 이러니 저러니들 하고 승강이를 하느냐 말이요.

또 집에서 다니는 분으로 말하더라도 그렇지… 우리 중역회에서 처음 생각하기는 일백여든명 중에서 반 이상을 덜려고 하였지마는 그래도 인정에 그렇지 않아서 시간은 마찬가지로 두 시간씩 늘이고 일급만은 일원이면 삼십 전씩을 깎기로 한 것인데 그들이 오히려 고맙게 생각지 않고 어쩌니저쩌니들 하고 들어오지들 않으니 괘씸하지 않소… 우리 공장에서는 그런 의리를 모르는 사람들은 다시 한사람이라도 일을 시키지 않을 작정이오. 그러니 여러 분들도 공연히 뻗대다가 후회들하지 말고 지금부터라도, 아니 점심 먹고 조금 쉰 뒤에 그전과 같이 일을 시작하여 주기를 바라는 바이요."

사장은 말을 마치자마자 밖으로 나갔다. 그의 뒤를 따라 들어오던 때나 마찬가지로 다들 나갔다. 이 구석 저 구석에서는 웅얼대고 수군거리고 입을 비쭉거리고 밥을 다시 먹고, 이와 같이 제각기 다른 행동을 갖는다. 그러나 마음만은 조금도 흐트러지지 않았다.

"우리들 하는 일이 그렇게 편한 줄 아나베… 오뉴월 염천에 끓는 물을 앞에 끼고 앉아서 손을 잠가 보라지. 하루도 못 배길 걸…."

"하루는커녕 단 한시간이라도 견뎌보래라."

"그러게 이곳이 살기 좋은 낙원이라지 흥!"

"말 마라, 부모 봉양하려고 청춘을 썩히는 낙원이란다. 뭘 아니…."

"후회 내쫓기기밖에 더하겠니? 내쫓기면 다른 공장으로 가지. 그것도 안 되면 집으로 내려가서 그리운 부모를 만나고 보고 싶던 동생들을 안아보자!"

"시간은 한시간을 늘여도 안 되고, 삯전은 한푼도 내려도 일을 할 수 없다."

"하루에 열세시간 열네시간씩이 부족해서…."

"부족하게 더 늘이지. 우리들의 몸뚱이가 강철로 된 줄 아나 봐."

여공들의 입에서 이런 소리가 쉴새없이 터져 나온다.

삼백명 여공의 마음은 지금 와서 누구나 그 매듭을 용이하게 풀 수 없이 되었다.

"이번 작정된 대로 일을 하면 나는 한달 먹는 밥 값밖에 안 되는 걸 어떻게 해… 옷은 뭘로 해입고, 석달 넉달만에라도 얼마씩 집에 보내던 돈은 어디서 나서 보내나."

"그러게 말이다."

"그렇기 때문에 일을 안 하는 게 아니냐. 그리고 집에서 다니던 동무들이 다와서 일하기 전에는 이 안의 우리들은 일하지 않는다고 그러지 않았니?"

바로 이때다. 험상궂은 키다리 감독이 식당 안에 다시 나타났다.

"떠들지 말어! 그래 아까 사장께서 말씀하신 대로 밥 먹고 조금 쉬어서는 다들 일 할 터이지… 왜 대답들이 없어? 한시간이라도 일을 하지 않으면 너희들에게 손해야!"

여공들은 죽은 듯이 앉아 있을 뿐이다.

감독은 좀 화가 난 목소리로

"왜 대답이 없느냐 말이야?"

"감독, 어떻게 일을 하란 말입니까?"

한구석에서 조금 떨리는 듯한 앳된 목소리가 터져 나왔다.

"어떻게 일을 하다니? 오 알았다. 알았어. 그것은 한번 결정한 것이니까 다시는 고칠 수 없는 일이야."

감독의 말이 떨어지자마자 여공들은 일제히 일어나서 아무 말 없이 식당 밖으로 나가려 한다.

이 때에 감독은 두 눈을 부릅뜨고 소리를 벼락같이 지른다.

"일하지 않는 사람은 오늘 저녁부터 목을 자른다. 그러니 생각대로 하여라!"

# 3

사흘이 지나고 나흘째 되던 날도 공장 굴뚝에서는 연기가 나지 않았다.

오늘도 이른 아침때부터 높이 솟은 굴뚝만 쳐다보고 있는 사람이 이 동리만 하더라도 한 두 사람이 아니다. 그들의 마음은 어제보다도 더욱 초조해질 뿐이다. 가무는 날 농부가 하늘만 쳐다 보듯이 굴뚝에서 연기가 나기를 마음 졸이며 기다리는 사람들은 자기의 딸이, 자기의 누이동생이, 고치와 싸우는 어린 여공이다. 그들이 일을 그치고 며칠을 쉬게 될 때에 넉넉지 못한 살림살이를 하는 집과 집에는 불안이 떠돌기 시작하였다.

이제와서는 집에서 다니는 여공들이 일을 더하고 삯전은 적게 받겠다고 하더라도 공장에서는 일을 시키지 않기로 작정한 것을 다 알게 되었다. 그렇기 때문에 더구나 기숙사에 있는 여공들이 일을 하고 안 하는 게 궁금증을 일으키는 것이다.

세시 가량이나 되어서 명숙이 집에는 경순이와 혜

경이가 찾아왔다.

"명숙아, 무슨 소식 좀 들었니?"

"우리들을 어떤 일이 있든지 다시 써주지 않는다는 것은 알고 갔지…."

"그래, 그 소리는 어제 들었어… 그런데 기숙사 안의 소식을 들었느냐 말이야."

"어제 저녁부터 밥을 주지 않는다더라. 어쩌면 그러니 사람들이…."

"밥을 주지 않으면…."

"그러니까 굶어죽지 않으려면 일을 하란 말이지 뭐냐."

그들은 마루에 걸터 앉아서 공장 전경을 내려다보며 조금 상기된 얼굴로 이야기를 주고받고 한다.

"혜경아 이번 일이 쉽사리 끝날 것 같지는 않은데 집안일이 참 걱정이다. 어떻게 했으면 좋겠니?"

"너만 집안이 걱정되겠니. 나도 그렇고, 경순이도 그렇고 아니 우리 몇몇만 곤란한게 아니라 이번 일을 당한 이백명 가까운 동무들이 다 똑같을 것이 아니냐? 생각하면 참 기가 막힐 일이다."

"기다려보자. 기숙사에 있는 그들이 어떻게나 하고 굴뚝에서 연기가 나게 하나. 끝장을 보자. 그녀들이 지면서라도 눈물을 머금고 일을 하게 될지… 그렇지 않고 끝까지 버티다가 나중에 이기고 날지… 모두가 기다려 볼 일이 아니겠니. 그리고 우리들을 저버리고 안 저버리는 것도 그때에야 알 일이다."

"저버릴 때 저버리더라도 우리들은 끝까지 그들을 믿어야만 한다. 꼭 믿어야 한다."

"그들은 우리들 이백명의 살림살이를 우리들보다 더 잘 안다. 구차한 사람들이 구차한 사람을 알아주는 거야. 뭐 아니….”

"그렇기 때문에 끝까지 믿자는 말이다. 이번 일에는 그들이 꼭 이기고 우리들이 이기고 만다. 두고 봐라."

셋의 얼굴은 긴장될 때로 긴장되었다. 경숙이가 이제야 생각난 듯이

"그래 다섯시야. 우리가 길에서 세시 채 못되는 것을 보고 왔으니까."

"참, 다섯시에 모이기로 하였다지!"

"아마 네시는 되었을 걸… 지금쯤 떠나야 대갈 텐데. 명숙아, 어서 같이 가자."

"애들아. 참 미안해서 똑 죽겠다."

"무엇이 그렇게 미안하냐?"

"점심 대접도 못하고…."

"우리 요새 어디 점심 먹드냐? 별소리 말구 어서 가보자… 흥, 벌이는 못하고 먹는 거는 다 찾아 먹어."

세 처녀는 명숙이 집 대문 밖을 나와서 씩씩한 걸음으로 목적지를 향하고 걸어들 가고 있다.


4


달조차 없는 그믐밤이다. 자정이 지난지도 이미 오래인 때라 이제는 사람의 자취가 아주 끊어졌다.

조심성스런 발소리…

한 개의 그림자가 가시철망 가까이 이르렀다. 그

그림자는 확실히 사람이다. 머리를 땋아 늘인 여성이다.

그중 쉬운 곳을 골라서 철망을 넘기 시작한다. 등 뒤에는 그리 나무가 많지 못한 산 앞에는 공장 전체의 뒷모양, 그중에도 건조실과 기관실이 희미한 전등불에 비쳐 마치 안개 속에 파묻힌 것 같이 어렴풋이 보인다. 한길이나 되는 가시 철망을 무사히 넘었을 때 저쪽에서 어느 때든지 징만 박힌 신발을 신는 순시의 구둣발 소리가 들린다. 소스라쳐 놀랐다. 머리끝이 쭈뼛하고 가슴이 두근거린다. 다시 돌쳐서서 철망을 넘으려고 손과 발을 빠르게 철망에다 대었다.

'아니다. 한번 넘어 오기가 어려운 것을 내가 왜 이러나?'

이런 생각이 머리에 번쩍 떠올라 다시 돌쳐서서 잠깐 몸 숨길 곳을 살펴보았다. 조금 둥성이진 곳을 찾아가서 몸을 착 붙이고 엎드렸다. 손을 가슴에다가 대어 보니 새가슴같이 빨딱빨딱하고 숨이 몰아쉬어진다. 이때가 바로 순시의 발소리가 가장 가깝게 들린 때이다.

다시 일어서서 숨을 휘하고 내쉴 때는 벌써 순시의 자취가 아주 사라졌을때이다.

목욕하는 곳을 지나고 굴뚝을 지나서 기숙사 가까이 이르렀다. 방방이 불은 꺼져 있다.

'똑 똑…'

뒤뜰 창을 가만히 두드렸다. 아무 소리가 없다.

"다들 자니?"

나직한 소리로 물었다. 방안에서 부스럭 하더니

"안잔다. 누구냐?"

"나는 경순이다."

"경순이? 몇호실이냐?"

"아현 사는 경순이야."

"앞으로 와서 들어오녀라. 우리들은 다 안 자고 있다."

컴컴한 방 안에는 한사람 늘어 꼭 열사람이 되었다.

"경순아, 너 어떻게 들어왔니?"

"철망 넘어 들어왔단다. 막 철망을 넘고 나니까 순시가 오겠지."

"들키기만 하면 큰일 난다. 그렇지 않아도 이놈의 소문이 밖에 나갈까 봐서 우리들까지 저의 집엘 가지 못하게 한단다. 그러니 네가 들어온 것을 알아봐라."

"그런 줄도 알지만은 꼭 너희들을 만나야 하겠으니까… 참 불을 좀 켜라."

"기름을 준 지가 이틀이 되었단다."

"기름조차 안 내주다니, 쌀도 안주면서…."

"쌀은 오늘아침까지 꿔줘서 해먹었지마는 낮부터는 우리들이 굶을 작정하고 있단다."

"그렇게 꿔줘서 빼앗고 줘도 ×××하서 어떻게 하니…."

"아니다. 우리들은 결심하였다. 이번 일이 끝나기 전까지는… 그래 저희들도 겁이 나는지 오늘 저녁에 모여서 의논들을 한다더라."

경순이는 감격에 넘쳐 가슴이 뭉클함을 느꼈다. 그리고 눈물이 날 만치 고마웠다.

"애들아! 나는 이것을 너희들에게 전하러 왔다."

경순이는 자기 품속에 간직했던 봉투 한 장을 꺼

내어 맡기고 일어섰다.

"경순아, 조심해서 잘 나가거라."

"염려 말아. 잘들 도와다구… 부탁이다. 여러 동무의 부탁이다."

이러한 말을 남기고 그는 무사히 가시 철망을 다시 넘었다.

봉투 한 장을 받은 이 방안의 아홉명은 궁금하기 짝이 없다. 참다못해 하나가 입을 열었다.

"어느 방에 초가 있을까?"

"이틀 동안에 다 켜버렸겠지. 남았을라구, 얘."

"않아서 말만 하면 소용 있니? 내 나가서 구해보마."

그중에 나이 많이 먹은 계순이가 초를 얻으러 밖으로 나갔다. 여덟 명은 그가 돌아오기를 기다리고 있다.

얼마 후에 한치도 못되는 초 한토막과 성냥을 얻어 가지고 돌아왔다. 한사람 손에서는 봉투가 찢기고 그 속에서 종이 한 장이 나왔다. 그리고 또 한사람의 손에서는 촛불이 켜졌다.

기숙사에 계신 여러분 형님께 삼가 올립니다.

모든 것을 생각하시고 ××××라고 얼마나 고생들을 하십니까? 형님들의 모양을 눈앞에 그려볼 때에 가슴이 미어지고 주먹이 힘있게 쥐어질 뿐입니다.

여러분 형님께서 지금 밖에서 헤매고 있는 거의 이백명이나 가까이 되는 우리들을 내내 저바… (이하 5행략)


## 5


기숙사에 있는 삼백명 여공의 한데 합친 힘은 무섭고도 컸다. 삼백명 중에 이백오십명 이상이 숙련 직공인데는 회사로서도 어찌할 수 없었던지 마침내 ××××로 돌아가고 말았다. 그중에는 ××××한 것이 더 한층 힘을 얻게 된 것이다.

닷새 만에 처음으로 괴물 같은 양회굴뚝에서는 시커먼 연기가 다투어가며 퍽퍽 쏟아진다.

싸이렌이 운다.

며칠 안 듣다 들어서 그런지 그전보다 더 한층 강하게 귀를 찌른다.

이리하여 오백명의 여공들은 웃는 낯으로 다시 고치와 싸우며 실을 뽑게 되었다.

1930. 6. 2.

(『조선지광』, 1930년 6월 발표)

# 어머니와 아들

## 1

기차를 지나 〈후미끼리〉 서소문 네거리로 나서니 휘모라치는 매서운 바람이 더 한층 살을 애인다. 열한시에 떠나는 막차가 끊겨 마포에서부터 쉬엄쉬엄 걸어왔으니 생각할 나위도 없이 자정이 되려면 머지 않았으리라. 더구나 금년에 여덟 살 나는 어린 놈을 이끌고 노리장화로 걸었으니 열두시가 혹시 넘었을는지도 모른다. 좀 비탈진 언덕을 걸어올라 가면서

"다리 아프지 않니?"

"아버지는?"

"나는 안 아프지만."

"나도 안 아프다"

"참 장사로군 그래."

말이 여덟 살이지 잔망한 품이 숙성한 여섯 살 됨직하다. 동짓달이 생일이라는 한가지 이유도 없지는 않겠지만 그보다도 돌 안 되어 어미의 따뜻한 품 안을 떠나고 어린 것의 생명수인 젖을 어미가 가지고 가버렸다는 것이 그를 내내 연약하게 만든 더 큰 원인이 안 될 수 없다.

문이 헐려 터전만 남은 마루턱까지 이르렀다. 아까부터 별 하나 없이 찌푸린 하늘에선 눈발이 잡히려는 지 갈수록 찬바람만 분다. 네거리가 되어 그런지 회오리바람이 인다. 그들은 마포서 사는 큰집엘 다니러 갔다가 지금자기 집으로 돌아가는 길이다.

"춥지 않니?"

"아버지는?"

"좀 춥다."

"그러면 나도 좀 추워."

"흥! 싱거운 새끼 같으니라구. 남 흉내만 내……."

하고 매우 인자한 눈초리로 아들의 얼굴을 물끄러미 내려다본다.

"아버지! 저어 나 짜-켈 하나만 사주 웅?"

"그래라. 이번 간조 타거들랑 사주마."

"꼭 사줘야 허우 아버지."

"웅 꼭 사 주구 말구."

뭣인지 콧잔등이를 스치는 것 같더니 약간 착끈하다. 잼처 손등이 두 군데나 착끈착끈하다.

'옳지. 거예 눈이 오나보다. 아마 올해는 이게 첫눈이지.'

이렇게 마음먹는 동안에 벌써 눈발이 두 눈에 완연히 띨 만치 풋득풋득 흩날린다.

"아버지! 눈이 오나봐."

"그래 눈이 온다. 어서 빨리 가자. 웅! 눈이 퍼붓기 전에…."

둘의 걸음걸이는 좀 빨라졌다. 종종 걸음을 걷기 시작한 것이다. 얼마동안 걸어 가다가 아버지는 발을 멈췄다. 아들도 따라서 딱 서고 말았다.

"복아! 너 이 골목 생각나니?"

아들은 고개를 좌우로 살래살래 흔든다.

"저기 저 집이 예전에 우리가 살던 집이야."

서소문이 헐린 터전에서 얼마 안내려와 바른편 골목 안을 손가락질 하면서 심상찮은 어조로 말한다.

"저 기와집 말이유?"

"아니다. 그 다음 초가집 말이다."

"아주 납작한 집?"

"그래, 그 집에서 너를 낳았단다."

"나를?"

이상한 눈초리로 아버지의 얼굴을 눈발이 쉴새없이 흩날리는 사이로 유심히 쳐다보고 있다. 그들의 등 뒤에선 자동차가 두 대씩이나 엔진 소리를 요란히 내면서 지나간다.

"나를 누가 낳았수?"

"누가 낳긴 누가 낳아 네 엄마가 낳지."

"그럼 엄마는 지금 어디로 갔우?"

"죽었대두 그래…… 어린애가 왜 그렇게 정신이 없니. 까마귀 고기를 먹었느냐."

금시로 태도가 매몰스럽게 변해지며 입으로는 짜

증을 내는 듯 약간 성낸 음성이었으나 칠년 동안을 이내 자식을 속여 내려오는 터이니 아무리 내색을 안 내려해도 양심에 찔려 마음속으론 고개가 저절로 숙여진다.


## 2


이 세상에서 둘도 없이 여기며 지극히 사랑해 내려오던 아내를 인정사정없이 내 쫓고 말던 날 밤도 지금처럼 첫 겨울 쓸쓸하게 눈 내리는 한 밤중이었다. 첫 아들까지 낳아준 사랑스러운 아내를 집에 혼자만 남겨두고 닷새 동안을 외방에 가있게 된 것은 정말 안심치 않은 일이었으며 진실로 애태울 노릇이었다. 간혹 가다가 밤일을 한 적은 있었어도 온밤을 통째 나가 자본 일이 없던 그로서는 그럴 법도 한 노릇이었다. 볼일이 순조로 되어 예정보다 이틀이나 빠르게 집을 향하고 허우단심에 돌아왔다. 반가이 맞어 줄 아내의 얼굴을 눈앞에 연연히 그려가

면서……. 닫아 건 문을 팔이 아프도록 수없이 디립
따 흔든 끝에 간신히 안에서 인기척이 났다.

"누구요?"

약간 떨리는 듯한 아내의 음성……

"누군 누구야 나지. 무슨 잠을 그렇게 잔담. 내원."

"복이 아버지세요?"

"그래 어서 문이나 열어."

비짱과 고리가 벗겨지며 문이 열렸다.

"무슨 잠이야. 스무 번은 더 불렀구면."

"첫잠이 꽉 들어서 아주 몰랐어요."

"그럴 테지. 어린 걸 데리고 온종일 시달렸으니까.
참 어린 건 잘 있지?"

"네……."

왜 이렇게 일찍 오느냐고 묻지 않는 것이 좀 괴이
쩍은 생각이 들었지만 방으로 들어가서나 물어 보
려나 하고 마음먹으며 침침한 마당을 지나 마루 위
로 올라섰다. 어쩐 일인지 가슴이 선뜩해진다. 좌우
를 두리번두리번 살피다가 방문을 열고서 방안을
들여다 보았다. 아내도 마루 위로 따라 올라와가지

고 남편의 등 뒤에 섰다.

"날이 이렇게 추운데 어린 걸 왜 윗목에다가 뉘였어?"

아내는 잠깐 주저주저 하더니만

"방바닥이 너무 뜨거워서요……."

둘은 방안에 들어와 앉았다. 그의 손은 아랫목 요 밑으로 들어갔다.

"뜨겁긴 뭐 뜨거. 이리 와서 좀 넣어 보라구."

아내는 마지못해 남편 시키는 대로 하였다.

"언제는 이만한 방바닥에 어린거 안 쟀나."

"아마 그동안에 식었나 봐요."

아내의 어색한 말소리는 확실히 떨려나왔다. '요게 나를 속이지나 않나? 세상 여자가 간혹 하는 버릇을 요것도 빼놓지 않고 나 놀래 행실을 부리지나 않나? 아마 얼굴값을 하나보다.' 이렇게 마음먹으면서 방안을 군데군데 은근히 살폈다. 이렇다 할 만한 아무런 자취가 없다. '별 이상이 없는 것을 공연히 의심 하였구나' 하고 자기 마음을 스스로 꾸짖었다. 의심한 것을 뉘우치던 마음이 체 가시기도 전에 그

의 두 눈에는 낯설은 물건이 뚜렷이 나타났다. 적이 놀라는 기색으로

"이 재는 무 재야? 틀림없는 권련 잰데. 그래, 나 없을 적에는 담배를 피우나?"

"…………"

아내는 별안간 저상을 한다. 그리고 아무 대꾸가 없다.

"왜 대답이 없어? 먹는다든 안 먹는다든 양단 간에 말이 있어야지 안해?"

고개를 수그린채 앉아 있는 아내는 여전히 아무 말이 없다.

그는 방바닥에 흩은 담배 재를 손끝으로 비비면서

"그만 뒤 다 알았어…."

무섭게 부릅뜬 두 눈에선 사람을 사를 듯한 화염이 솟아지기 시작하였다.

그는 벌떡 일어나 죽은 듯이 가만히 앉았는 아내를 쏘아보며

"바로 말해. 한대에 쳐 죽이기 전에…. 어디다 숨겨 놓았니? 부엌이냐? 헛간이냐? 그렇지 않으면 뒷

간이냐? 바른 대로 말해라. 내 그놈과 맘놓구 잘 살도록 마련해주마. 진정이다."

바로 이때 밖에서 대문 열리는 소리가 난다.

"네 귀에도 저소리가 들릴 테지? 별안간 벙어리나 귀머거리가 되지 않은 다음에야…."

그는 미닫이를 드윽 열고서 발바닥으로 재빠르게 대문간을 향해 뛰어 나갔다. 대문만 활짝 열렸지 사람의 그림자는 어디로 사라졌는지 찾을 길이 없다. 그래 그는 하는 수없이 대문도 안 닫고 그대로 들어왔다. 아내는 폭 엎드려 흑흑 느껴가며 울기 시작하였다.

"울기는 왜 울어? 너무 좋아서. 내가 알까 봐 조마조마하다가 이제는 꺼리던 사람이 알게 됐으니 그만이지. 그리고 이렇게 된 바에야 그놈이 누구인지 내 굳이 알려고도 듣지 않을 터이고 하니 이 밤으로 그놈을 따라가거라. 어서 빨리…."

"…………"

"냉큼 일어나지 못 하겠니! 꼴 보기 싫다. 잠시도 머무르지 말고 냉큼 나가거라."

아내는 울음 섞인 음성으로 애원한다.

"환장을 해 그랬으니 이번 한 번만 용서해 주셔요. 네! 죽을 죄라 잘못했으니 제발….."

굳은 결심을 한 그의 음성은 갈수록 침통해질 뿐이다. 일찍이 보지 못하던 위엄조차 나타난다.

"안 될 말이야, 내가 그처럼 믿었던 것만이 분하고 침통하지. 지극히 사랑했더니 만치 또한 그만큼 밉다. 때리고 싶다. 죽이고도 싶다. 하지만….."

"네 때려 주세요. 힘껏 맘껏 때려주세요. 피가 철철 흐르도록 때리시더라도 나가라고만 말아 주세요."
하고 그의 앞으로 대든다.

"아니 천만에. 때리려면 벌써 때렸게. 평시에도 남한테 손찌검 한번 안하던 내가 더러운 네 몸에다가 이손을 댈 성싶으냐? 내어 쫓는 나를 원망말구 네 죄를 뉘우치면서 어서 바삐 나가! 당장에….."

"이 어린 걸 어떡하란 말입니까?"

"어린 걸 아끼고 생각하는 년이면 그 따위 행실을 할라구…… 어린애는 걱정 마라. 내가 소매 동냥을 해서라도 버젓하게 잘 키워 놀 테니."

아내는 젖꼭지를 빼들고서 어린 것의 입에다 대려고 한다.

"안 된다. 안 돼. 내가 몰랐으면이어니와 내가 안 이상에는 더러운 피가 굽이굽이 흐르고 있는 그 오장 속에서 나오는 불결한 젖을 한 방울 이라도 먹이고 싶지 않다. 객쩍은 짓 하지 말고 어서 속히 나가라고."

"네! 이것만은 나로서 마지막 소원이니 단 한 모금이라도 먹이게 해 주세요."

"안 된다니까 그래.… 내 성미 뻔히 알지? 한번 안 된다면 세상없는 일이 있어도 안 되는 거야. 잔소리 말고 어서 이 집밖을 썩 나가거라."

아내는 하는 수 없이 훌쩍훌쩍 느껴 울며 이미 와서 쌓인 깨끗한 흰눈을 밟으며 방금 펄펄 날리는 눈송이를 맞아가며 깊어가는 밤거리를 홀로 천천히 걸어서 정처 없이 어디로인지 자취를 감추고 말았다.

그날 밤이 마치 칠년 동안을 지내온 오늘밤과 흡사하다. 옛 기억을 더듬으며 가만히 서있는 동안에 발 밑에도 흰눈이 쌓이고 공중에선 끊일 새 없이 눈발이 펄펄 날리고 있다.

그는 다시 발길을 돌이켜 걷기를 시작하였다. 복이는 어째서 아버지가 한참 동안 넋을 잃고 서서 있었는지, 또는 무슨 영문인지도 모르고 아버지 하라는 대로 그의 옆을 따랐다.

눈은 여전히 퍼붓고 호젓하고, 고요한 밤거리는 끝없이 쓸쓸하기만 하다.


## 3


어느 담 모퉁이에가 기대서서 꼬박꼬박 졸고 있던 여인네 하나!

눈을 밟는 발소리가 빠드득 빠드득하고 나는 바람에 눈을 게슴츠레하게 떠가지고 무엇을 찾으려는 듯이 두리번 두리번한다. 양복쟁이 신사 하나가 태평통 쪽에서 서소문 쪽을 바라보고 휘적휘적 걸어 올라온다.

"여보세요. 저 좀 보세요."

양복쟁이는 짐짓 놀라는 모양으로 멈칫하고 딱 서
고 말았다.

담에 기대섰던 여인은 그의 앞으로 가까이 다가서
면서 의논성스럽게

"잔돈 가지신거 있거든 십전만 주고 가세요."

"……………"

그 남자는 불시에 놀란 가슴을 진정 못하였는지
어리둥절해서 말대꾸를 얼핏 못한다.

"십전이 못 되면 오전이라도."

약간 여위긴 했지만 그래도 고은 티가 가시지 않
아 꽤 이쁘장해 보이는 얼굴에 미소를 띠운다.

"대관절 당신이 사람이요? 뭐요?"

그는 세상 사람들이 흔히 말하는 여우나 귀신한테
홀린 듯만 싶어서 그러는지 이렇게 말 한마디를 하고
나서 여자의 얼굴을 뚫어질 듯이 유심히 쏘아본다.

"호호 호…… 별 소리를 다 듣겠네. 돈이 없거든
거저 없대…… 여기가 무슨 골목인지 모르는 모양
이군 그래…… 이러는데야 이러는데"
하면서 자기의 손가락으로 왼편 팔대기를 쿡쿡 쑤

시는 시늉을 해 보인다.

그는 그제서야 알아 차렸다는 듯이 걸음을 좀 빨리 걸으면서

"별 미친 것도 다 보겠다. 그래 침 맞으라고 이 귀한 돈에 십전씩, 오전씩 줘?"

여자는 여전히 뒤를 따르면서

"니가 미쳤지 내가 미쳤어? 흥 중독된 것은 미친 것보다 덜한 줄 아나베… 얘! 그러지 말고 내말 좀 들어봐. 침 맞으라고 이 귀한 돈을 누가 주느냐구 그랬지? 그러면 나하고 하룻밤 자자꾸나. 그래도 직성이 안 풀리겠니?"

그는 말대꾸도 아니 하고 줄달음을 쳐 뺑소니를 한다. 할 수 없이 둘의 거리가 너무 멀리 떨어지고 보니까 이제는 할 수 없다는 듯이 어느 담벼락엔가 풀 없이 기대서면서

"또 틀렸구나. 또 틀려!"

이렇게 입안으로 가벼이 웅얼거린다.

얼마 안가서 두 눈을 또다시 스르르 감는다. 조는지 자는지(좀 비스듬히) 선채 끄덕질을 한다. 연해

321

사람의 발자취 소리가 귀에 어렴풋이 또 들린다.

눈을 번쩍 떴다.

옳지 이번엔 얌전하게 뵈서 동정을 좀 사야겠다고 마음먹고서 사람이 가까이 오기를 기다렸다.

"여보세요. 저 좀 보세요."

길 가던 사람은 우뚝 섰다.

"불 못땐 냉방에 저녁도 못 먹은 어린 게 셋씩이나 웅크리고 자는 걸 보고서 차마 견디다 못해 미친 년처럼 뛰어 나왔으니 좋은 일 하시는 셈치고 아니네 식구 살리시는 셈치고 몇 십전이라도 주시면 감사 하겠습니다."

"듣기에 사정은 딱하우만 마침 가진 돈이라고는 동전 몇푼밖에 없는 걸요."

하면서 양복바지 뒷주머니에 손을 넣어 흠척흠척 하더니만 삼전인지 사전인지 있는 대로 톡톡 터는 모양이다. 손에 쥔 돈을 여자에게 주려고 좀 가까이 다가서서 얼굴을 흘긋 보더니만 내밀었던 손을 자라모가지처럼 멈칫하면서

"응 아편쟁이로구나. 난 뭐라구…… 아니 그런데

그렇게 양잘감스럽게 거짓말을 해? 아무리 거짓말이 너희들의 다시없는 생명이지만."

이 광경 이 대화를 또다른 두 그림자가 한편 벽에 우두커니 서서 보고 듣고 있었다.

"동전 몇 푼이나마 아깝거든 가지고 집에 돌아가서 염병 밑천이나 해라."

"이 주리 때 밀 년이! 슬며시 악담을 하네 그려." 하며 달려들어서 한대 갈기려는 기세를 보고 여자는 휘돌쳐 서서 발을 재게 떼 놓았다. 이통에 두 그림자와 몹시 부딪치고 만다.

좀 작은 그림자 하나는 눈이 와 쌓인 길바닥에 가보기 좋게 낙장거리로 쓰러지고 매를 피해가던 아편쟁이는 금방 쓰러질 듯 쓰러질 듯 비틀거린다.

그는 아들을 일으키기 전에 당장 쓰러지려는 여자의 한편 팔을 붙잡았다.

얼굴과 얼굴은 마주쳤다. 두 사람은 서로 소스라쳐 외마디 소리를 칠 만치 놀랐다. 너무나 뜻밖이기 때문이다. 고요한 밤공기를 흔들어놓을 만치 '철썩' 하고 뺨을 후려갈기는 소리가 요란스럽게 났다. 그것은 뒤에서 욕을 먹고 분해 쫓아오던 그 사람의 엄파같은 손을 빌기 전에 아이 아버지는 넘어진 자식의 앙가품을 한 것이다.

"한번 더 때려 주세요. 아니 얼마든지 당신 손에 맥이 풀릴 때까지 실컷 갈겨 주세요 네!"

여자의 새되고 쨋쨋한 마치 대쪽을 쪼개는 듯한 음성이었다. 뒤에서 쫓던 사람은 길바닥 위에 넘어진 어린애를 안아 일으켜 놓고서 어안이 벙벙해 그들의 거동만 살피고 서서 있을 뿐.

"더 때리라구 많이? 더 때릴 필요는 없어…… 그만 하면 어린애 넘어뜨린 분풀이는 되니까."

하면서 어린 것 옷에 묻은 눈을 털기 시작하였다.

"어서 가자. 과히 다치지나 않았니?"

"무르팍이 아퍼."

둘은 휙 돌쳐서서 한발자국을 냅드려할 때

"여보세요 이왕 만난 김에 날 죽여주고 가세요! 네! 당신 손에 죽는다면 죽어서도 아무 여한이 없겠어요…."

"…………"

무언! 그래도 걸어만 간다.

"여보세요! 개가 복이 아닙니까? 단 한번 만이라도 좋으니 손목을 좀 쥐게 해주세요."

그는 홱 돌이키며 매서운 눈초리로 여자의 얼굴을 당장 갈아 마실듯이 노려보면서

"무슨 객쩍은 소리를 해! 얼토당토않은 소리를……. 복이는 벌써 죽은 지 오래야."

여자는 적이 놀라는 표정으로

"네? 그러면 쟤는요?"

"지금의 아편쟁이가 팔년 전에 낳은 복이는 벌써 죽어 없어졌구 갖은 고초를 다 겪으면서 칠년 동안 내 손으로 손수 키운 복이는 네 보란 듯이 살아 있다." 하면서 발을 빨리 떼어 놓는다. 다시는 뒤도 안 돌아다보며 걷기만 해 오직 거리만 점점 멀어질 뿐 아니라 자욱하게 눈 내리는 뿌연 속에 잠겨 둘의 모습이 희미해질 뿐이다. 그 여인은 미친 듯이 쫓아가면서

"복아!" "복아!"

하고 연해 부른다.

창자 속에서 구비게 울어 나온 듯한 좀 처량한 목

소리가 눈 내리는 고요한 거리의 죽은 듯이 잠잠하던 쓸쓸한 공기를 뒤흔들어 놓는다.

실성한 사람처럼 두 팔을 벌리고 그 둘의 뒤를 따라가면서

"복이야!"

"복아!"

하고 애처롭게도 외친다. 하얗게 눈이 덮인 길바닥 위에 몇 번인지 모르게 엎드리고 고꾸라지고는 또 일어나 비틀거리며 쫓아가면서 아들의 이름을 헛되이 높다랗게 불렀다. 오장육부에서 끌어 나오는 안타까운 부르짖음이었다.

아들의 손을 이끌고 줄달음치다시피 앞만 바라보고 빨리 걸어가던 그는 무슨 생각을 했는지 홱 돌이키면서 무엇인지 여자 앞으로 팽개치고는 아까보다 더 빠른 걸음걸이로 재친다.

엎드러지며 곱드러지며 앞서 간 사람만 쫓아가던 그 여인은 주춤하고 서서 뭘까? 하고 생각에 깊어 보니 그것은 지갑이다. 얼마가 들었는지는 몰라도 손에 만져지는 품이라든가 또는 흔들어보니 소리가

분명히 남으로 돈이 들어 있는 것만은 틀림없는 일이라고 언뜻 생각된다.

이걸 열어볼까?

이런 생각이 머리에 떠오르다가 삽시간에 마음을 돌이켜 먹고서 다시 몇 발자국 앞으로 뛰어 나가며 손에 쥐어진 지갑을 어린 복이가 아버지 손에 매달려 끌려가는 그쪽을 향해 힘을 다해가지고 팽개쳤다.

그리고 나서

"아하! 내 몸이 이 지경만 안 되고 그이를 만났더라면 복이를 다시 나에게 내 맞겼을는지도 몰라…… 내가 생각해도 열 번 백 번 죽일 년이유. 돈보다도 복이의 손목 한번만 만져보게 해주지 않구."

이렇게 원망하듯 웅얼거린다. 그리고 더 따라갈 기운조차 이제는 지쳤는지……. 한참 동안을 멀거니 섰다가 또다시 발을 떼 놓면서

"복아!"

"복아!"

하고 목청을 높여 자취조차 아주 사라진 아들의 이름을 미친 듯이 불렀다.

그리고 그 둘을 어디까지 쫓아가 붙들고야 말려는 듯이 퍼붓는 눈을 온 몸에 맞아가며 앞으로 앞으로 비척거리면서 줄달음쳐 나간다.

『풍림』, 1937년 2월

# 의외

어느 해 이른 봄날 저녁때이다.

나는 동지 군을 만나보려고 CK동을 향하여 무심히 걸어가고 있었다. 나는 길을 걸으면 간혹 고개를 수그리고 걷는 버릇이 있다. 그래 이 날도 한참 동안 고개를 수그린 채 걸어가다가 다시 숙였던 머리를 든 때에 나는 이상한 것을 발견하게 되었다. 내가 이상한 것을 발견하였다는 것은 별다른 것이 아니라 어느 집 대문 안에서 비척거리고 나오는 한사람의 거지이다. 나의 눈 속으로 들어온 그의 모양은 이루 형언할 수 없을 만치 남루한 의복, 말이 의복이지 갈갈이 찢겨 있어서 군데군데 살이 나온다. 추악한 얼굴이다. 지나간 겨울 동안에 한번도 세수를 아니한 듯한 새까만 얼굴이지만은 어디서인지 많이 본 듯한 낯익은 얼굴임이 틀리지 않는다. 더구나 약간 얽은 것이 나의 옛 기억을 새롭게 하여주었다. 그는 틀림없이 석복이 아버지였다. 그도 십년 전에 보던 나를 알아 차렸는지 외면을 한다. 나는 그의 앞으로 가까이 가서

"이게 웬일이슈"

하고 입을 열었다. 여기까지 이르게 되니 그도 하는 수 없이 나의 얼굴을 좀 부끄러운 듯이 쳐다본다.

그는 지금으로부터 꼭 십년 전에 우리 집 건너편 쪽에서 살았다. 그의 직업은 인쇄소 직공이요 식구는 일곱 식구였다. 늙은 어머니 한분과 아내와 열두 살을 맨 위로 남녀자식이 넷이나 되었다. 그의 나이는 근 사십이나 되었으나 기골이 장대한 까닭인지 남이 따르지 못하는 기운이 있다. 이러함에 불구하고 지금 거지가 되어 문전걸식을 한다는 것은 참말 의외다.

"대관절 왜 이 모양이 되셨수?"

하고 두 번째 물었다.

"말 말우… 공장에서 어뜻겨가지고는 다른 벌이를 붙들려가 벌이는 종시 못 붙잡고 병만 붙들었다우. 그래 이 지경이 되었으면서도 얼른 죽지도 않고."

"어린 것들은 어떻게 되었소?"

"더러는 죽고 더러는 남 주었다우. 그리고 어머니는 사년 전에, 석복애미는 제작년 겨울에 모두가 ××려 죽고 ××죽다시피 되었다우."

나는 거지되는 경로를 처음 알게 된 것도 아니다마는 나의 앞길, 이와 ××××에 있는 ××사람들의 앞길을 이 당장에 생각해 볼 때 얼음물이나 온몸에 퍼붓는 듯이 저절로 몸서리가 처진다. 나는 나의 가진바 얼마되지 않는 총재산을 털어서 한때의 밥이라도 사먹으라고 주었다. 그는 어느새 골목으로 들어선다. 나는 그의 그림자가 사라질 때까지 뒷모양을 정신없이 바라보고 서서 있었다.

나는 다시 걸어가면서 여러 가지 생각을 걷잡을 새 없이 하게 되었다. 그는 젊어서 뼈가 부러지도록 일하였다. 그러나 병들고 늙어 갈 때에는 거지의 몸이 되고야 말았다. 이것이 일한 대가였던가? 부모와 처자는 ××죽이고 ×××××× 산 자식은 팔아먹게 되는 것이 우리가 살아가는 ×××라고 생각할 때에 나의 ××× 나도 모르게 저절로 쥐어진다.

"×××××은 오죽×××××"

나는 이와 같이 입안으로 아니 부르짖을 수 없었다.

그날 밤 안으로 나는 L, K, C, H, P 등 여러 동지를 만나 저녁때 만난 그의 이야기를 하고는 ××× ××××××하였다.

『조선지광』, 1928년 4월

# 이십원

## 1

봄이다.

고양이가 양지쪽에서 연해 하품을 하고 늙은이 볕
발을 쫓아다니며 허리춤을 홈척거리면서 이 (蝨)사
냥을 골몰히 하는 때가 닥쳐왔다. 젊은이들은 공연
히 사지가 느른하고 마음이 까닭없이 군성거리는
시절이 찾아왔다. 밖에서는 마치 겨우내 꽝꽝 얼어
붙었던 시냇물이 확- 풀려가지고 콸콸거리며 소리
쳐 흐르듯이 뭇사람들의 와글와글하고 떠드는 소
리, 몹시 시끄러운데 쨍쨍한 볕이 우유빛 유리창을
들이비쳐 진찰실 안은 유난히 밝다.

이 안에서 삼십이 될락 말락한 젊은 의사 P가 하루 진종일 눈, 코 뜰 새 없이 병자들한테 시달리고 나면 저녁때에는 마치 졸경을 치고난 사람처럼 머리가 핑핑 돌아가고 사지가 솜피듯 피는 것 같다. '이래서야 사람이 살 수가 있나. 돈도 소중하지만…' 세수를 하고 나서 담배 한 개를 피워물고 앉으며 입버릇처럼 매일같이 하던 말을 또 되풀이 뇌까리곤 하였다.

그로 하여금 한때 운이 트여 한번 남부럽지 않게 잘 살아 보라고 재수가 좋은지? 남한테 엎혀 있다가 비로소 작년 가을부터 처음으로 개업한 이래 원근의 환자들이 마치 조수때 물밀려들 듯이 몰려왔다.

하루에도 몇 백번인지 모르게 청진기를 귀에다 끼었다 뺏다 하고 또는 앙가슴을 두드리는 둥 눈을 까뒤집는 둥 헛바닥을 들여다보는 둥 맥을 짚어보는 둥…… 이렇게 정신없이 갈팡질팡 쉴새없이 허둥대다가 정한 시간보다도 한 시간이나 더 늦게야 겨우 사람이 빌라치면 그제야 숨을 좀 돌리고 정신을 가다듬게 되는 것이다.

이즈막에는 때때로 괴로운 생각이 들다가도 예금

통장에 잔고가 나날이 붓는 것을 대할 적에는 그 괴롭던 생각도 씻은 듯 부신 듯 어디로인지 사라지고 만다. 또는 밤이 될라치면 술을 마시고 때때로 색다른 계집을 품안에 안아 볼 수 있는 것으로 직업의 권태와 낮에 피곤을 잊으며 한편으로는 남이 맛보지 못하는 느긋한 행복을 혼자만 느끼는 줄 여기고서 몸을 소승겨가며 끝없이 기뻐하며 내려왔다.

그래 다른 데는 돈 한푼에 치를 부르르 떨었지만 술이나 계집등사에 들어서는 몇 십원쯤은 아까운 줄 모르고 퍽퍽 쓰는 버릇이 아주 그의 마음속에 자리를 잡게 된 지 벌써 여러 달 전이다.


## 2


P는 안에 들어가 저녁밥을 먹고서 병원 사무실 방으로 나왔다. 이방은 말이 사무실이지 실상은 서재처럼 꾸며놓고 좀 스스러운 손님이나 정다운 친구들을 맞이하는 특별 응접실이다.

금자백이 책이 엄청나게 많이 밖을 내다보는 책장을 등지고 의자에 혼자 걸터앉아 책을 지멸스럽게 읽지도 않으면서 공연히 책장만 훌훌 넘기다가 마주벽에 걸린 둥그런 전기 시계를 쳐다보고는

'이제야 저밖에 안 됐어?'

하는 듯이 자기의 회중시계를 꺼내본다.

'흥, 오늘 시간은 붙들어 맸나 웬 셈이야….'

이렇게 중얼거리면서 번쩍번쩍하는 금시계를 역정 내는 듯이 도로 양복 주머니 속에다 넣고서 벌떡 일어나 그리 넓지 못한 방안을 왔다갔다한다.

'이제도 이십분이나 더 기다려야지.'

숙였던 고개를 들며 과연 사람 기다리기란 차마 못 할 노릇이란 듯이 입 안으로 웅얼거렸다. 얼굴을 약간 찌푸리면서…. 밖에서 복도를 걸어오는 사람의 발자국 소리가 난다. '옳지 시간 전에 오나보다.' 이렇게 생각하고서 얼핏 먼저 앉았던 자리로 돌로 와서 좀 점잖게 앉았다.

"똑똑 똑똑…."

노크하는 소리에 P의 가슴은 두근거리기 시작하

였다.

"누구요? 들어오시오."

확실히 속에서 제법 떨려나오는 음성이다.

"들어가도 괜찮은가."

P가 바랐던 여자의 목소리가 아니라 남자의 음성이 들리지 않았다. 한 번도 보지 못하던 미지의 여성의 곱고도 아름다운 그런 음성이 아니라 일상 듣던 남자 중에도 드물게 걸대가 크고 무뚝뚝하게 생긴 C의 탁하고도 거친 말씨였다. 닫혔던 문이 열리며 사람 하나가 나타나니 아니나 다를까 과연 키가 후리후리하고 얼굴이 우락부락하게 생긴 C였다.

"난 누구라고."

P의 태도는 확실히 그 전과 달랐다. 둘의 사이는 남과 유달리 친하였으므로 오늘처럼 이렇게 탐탁지 않게 대하는 걸 처음당하는 C는 좀 불쾌한 낯으로,

"난 누구라니? 그러면 다른 사람을 기다리고 있구먼 그래…… 도로 감세가."

P는 좀 당황하게

"아냐 이 사람아 이리 앉게 앉어."

"가야겠네. 주인이 반기지 않는 객은 되고 싶지 않으니까."

"또 빙퉁그러진 소리한다. 그러지 말구 이리와 앉어."

"그럴 것이 아니라, 여기서 지금 기다리는 사람이 있거든 솔직하게 다음날 만나자고 하게. 우리 둘 사이에 그만한 통사정 못 할배 아니니…… 그렇지 않다면 내 기분을 잠시라도 상해준 대신 술이나 한잔 받아 주게나 그려."

C도 먼저보다는 다소 눙치는 기색이다.

"술? 암, 술 받아 주고 말구… 오늘 밤 내가 장가만 들게 된다면 한 턱 단단히 내지."

"장가라니? 이 사람아 공연히 마담한테 볼기 맞으려고 그래…."

C는 아주 감정이 누그러져 너털웃음을 연해 웃어가며 P가 앉았는 맞은편 의자에 털썩 걸터앉는다.

"이 사람아 그렇게 큰소리 내지 말어. 뒷집 내무대신 귀에까지는 안 들이겠지만 저 건너 편에 들었는 간호부나 약제사 귀에 들리리…."

"들으면 어때. 자네가 난봉이라는 것을 몰라야 말이지 아주 낮에 난 도깨빈데."

"또 험구 연발이다. 자네 험구 때문에 내 키가 이렇게 안 자란 거야."

"그런 객쩍은 소리는 집어치고 본 줄거리로 들어가세. 그래 오늘 장가들 여왕님을 여기서 맞으려는데 심술궂은 무사처럼 이 흉악한 악마가 불의에 침입해서 낭판이 떨어졌다는 말이지."

P도 뱃심 좋게 싱글싱글 웃으면서

"간단히 말하자면 자네 말과 방불하지."

이 말을 듣던 C는 의자에서 벌떡 일어나며,

"이키, 남의 저객말구 얼핏 가야겠구만 어여쁜 여왕님께까지 악마대접은 받고 싶지 않으니까. 헌데 대관절 어떤 부류에 속하는 여자인가?"

"나도 아직 모르지 코빼기도 모르는 여지이니까."

"이건 아주 연애인 걸 그래…… 코빼기도 모르는 여자가 어떻게 찾아온담. 아주 숫기 좋은 초모던걸인 걸 그래. 아마 넉살좋은 광해(江華) 여자인 게지."

"내 실토로 이야기할 테니 그리 좀 앉게 어제 K

군이 오래간만에 찾아왔기에 어디가 술 한잔씩 먹
지를 않았겠나 그래 둘이서 반취나 되었을 때쯤 해
서 K 군이 농담처럼."

"자네 오입 한 번만 하려나."
하기에 처음에는 나도 지나가는 웃음의 말로
"어디 중신들데 있나."
하고 껄껄 웃었더니 그는 아주 정색을 해가지고,

"내일 저녁 아홉시 반 정각에 훌륭한 미인 하나를
보낼 테니 맘에만 들거든 이십 원만 주고 한 번 데
리고 자라고 하데그려 그래 서로 헤어질 때 그가 꼭
그 시간에 대가도록 할 테니 조용히 만나서 어디 보
든지 데리고 가라고 신신 당부를 하지 않던가 그래
서 지금 기다리고 앉았는 판이야."

"아니 K가 그런 소리를 해? 아주 뚜쟁이 다 됐구만
그래. 그렇게 하면 소개비는 얼마나 먹는다든가?"

"난들 아나. 그저 일종의 호기심에 끌려 자세한
말은 묻지도 않았네…… 헌데 자네도 이왕 왔으니
같이 선을 보세."

"뭐? 자네 좋은데 내가 무슨 아랑곳이야. 못 있겠

네 못 있겠어 어유 시간이 다 됐구먼그래. 그럼 요
담 또 만나세."

"아니 그렇게 아니라 이 윗 방으로 가서 불을 끈
채 가만히 열쇠구멍으로 여기를 내다보고 있는 것
도 한낱 흥미 있는 일이 아니겠나."

"이것은 아주 연극 같은 장난인 걸 그래. 어디 자
네 말대로 해볼까. 혹시 K와 같이 오면 그의 상통도
볼겸 또는 그 훌륭한 미인이라는 고등 밀가루의 낯
짝도 배견할 겸…."

"쉬, 어서 저리 들어가게. 신발 소리가 날 적에는
아마 오나보이."

"보다가 눈 꼴 틀리면 막 뛰어 나오네."

"아서 이 사람아 우리들이 다 나간 그 다음에야
가게."

"내 꼴만 올리고 말이지?"

C는 아까 들어오던 문에서 좀 비스듬이 난 문을
열고 그의 자취를 감추었다.

# 3

양약 냄새가 코를 찌르는 캄캄한 방에 C혼자 허리를 구부리고 엉거주춤한 채 서서 골똘히 열쇠구멍을 들여다보며 있다. 문 열리는 소리가 좀 희미하게 들렸다. C는 손으로 한 눈을 가려 애꾸눈처럼 만든 눈을 더욱 똑바로 뜨고서 '어떤 잡년애' 하고 속으로 생각하였다. 앉았던 P가 일어선다. 응접실 드나드는 문은 열쇠구멍에서 안 보이기 때문에 누가 들어왔는지 몰라 C는 잠깐 동안이지만 마음이 초조해 졌다. 문 열리는 소리가 난 지 얼마 안 가서 사람의 그림자 하나가 P의 앞에 나타났다. C는 눈 한번 꿈쩍거리지 않고서 뚫어질 듯이 새로 나타난 사람의 모습을 상고하였다. 아무리 아래위를 치뜨고 내리 훑어도 호기심이 꿈틀거릴 대로 꿈틀거려 나중에는 공연히 마음이 조마조마 해가지고 기다리던 미지의 밤 여왕은 아니었다. 언뜻 뒷모양만 보고도 K 군이 틀리지 않는다는 것을 잘 알 수 있었다. 고개를 이리 돌이키니 무쪽같이 생긴 얼굴 파닥지에 울퉁불퉁 내 솟은 여드름 투성이가 오늘은 더 유난히 누추해 보인다.

P와 K의 말소리가 은은히 들린다.

"왜 혼자만 오나?"

"아냐. 오기는 같이 와가지고 밖에서 한사코 안 들어 오는구만 그래…"

조금도 부끄러움이 없이 서슴지 않고 하는 말소리였다.

C는 숨을 죽여 가며 바늘하나 떨어지는 소리까지 놓치지 않고 자세히 들으려는 듯이 귀를 기울이고 눈을 흡뜨며

'사람이 어쩌면 저 지경이 됐을까? 아주 철면피가 다 됐는 걸 그래…… 예이, 내가 그를 사귀었던 것이 불명예로군' 하고 생각할 즈음에 P의 말소리가 또 들린다.

"아무 상관없다고 그러게. 나 혼자만 있는 방이고 또는 벌써부터 기다리고 있으니 아무 염려말구 들어오도록 하게."

"아무도 없을 테니까 혼자 들어가면서 혼자 들어

가기 싫거든 나와 같이 들어가재두 한사코 안 들어 오면서 어디 다른 데로 가서 만나도록 하자고 디립따 조르네 그려. 그래 하는 수 없이 자네 의향을 들어보고자 나만 들어온 게야. 뭐 아무튼지 여기서는 놀지 못 할 것이니까 어디 한 군데를 자네가 정하면 그리 가라고 이르지…… 거기가 만나봐서 맘에 안 들면 그대로 헤어져도 무방하니…… 허나 한번 보면 홀딱 반하고야 말 걸세."

P는 고개를 약간 숙인 체 K의 하는 말을 들으려 무엇을 생각하는듯 하더니만 고개를 이편 열쇠 구멍 쪽으로 흘긋 돌리더니 다시 무슨 생각을 또 한다.

C는 이 광경을 내다보면서

'옳지 내가 여기 숨어 있으니까 이럴까? 저럴까? 하고 망설이는 게지…… 나만 여기 없었어 봐 저렇게 생각할 나위도 없이 K하라는 대로 했을 텐데. 저 입에서 뭐라구 말이 떨어지누?'

이렇게 생각하고 있는 동안에 P는 또다시 이쪽을 흘긋 보더니만

"먼저 약속한 대로 하지…… 한번 다시 나가서 이

렇게 말하게 그려 아무도 없는 으쓱하고 조용한 방에 만날 사람 혼자만 있으니 괜찮다구 말해보게. 그러면은 이번에는 자네가 들어와보고 나갔으니까 자네를 믿고 들어올 것이니….”

“어디 그래볼까”

K는 다시 밖으로 나갔다. P는 이쪽을 향하고 빙그레 웃는다.

C는 문을 열고서 나갈까 하다가 혹시 그들이 곧 들어와 마주치면 모처럼 인연극이 깨지기도 하겠고 또는 P 군에게 못할 노릇을 시킬 것 같아 그만 나가고 싶은 충동을 억제하고서 구부렸던 허리를 폈다. 그동안 허리가 꽤 아파 주먹을 쥐어가지고 허리께를 툭툭 치며 서서 있었다. 귀는 여전히 이웃방 쪽에다 기울이고서…….

얼마 만에 문 여는 소리가 난다.

C는 기겁을 해 열쇠구멍으로 한쪽 눈을 갖다 대었다.

C는 자기의 손끝으로 눈을 부빈 다음 다시 열쇠구멍으로 저편 방을 내다보았다. 처음에는 자기의

눈을 의심하여 눈까지 부볐지만 다시 보고 자세히 보아도 그 여자임에 틀림없었다. C의 정신은 갑자기 얼떨떨해졌다. 그리고 공연히 분한 마음이 든다.

그래도 무엇이 부끄러운지 머리를 수그린 채 가만히 서서 아무말이 없는 그 여자는 확실히 털끝만치도 의심할 나위 없이 지금 바로 그 옆에 좀 어색한 듯이 서있는 K가 일년 전부터 데리고 사는 정자(靜子)였다. 정자는 인물이 고운 탓으로 한때는 북촌서 그 중 큰 O카-페 여급들 중에 가장 인기가 높았었다. 그 때에 C도 정자와 여러 번 자리를 같이해 밤 늦도록 술을 마신적이 있었다. 그러다가 하루는 길가에서 K 군을 만나 그를 따라서 새로 살림을 꾸몄다는 집을 가보니 거기에는 뜻밖에 정자가 주부 노릇을 하고 있었다.

K의 말에 의하면 바로 한 달 전에 아주 곤경에 빠진 자기 집안을 모조리 시골로 내려보내고 돈백원 남는 걸로 여기 이렇게 벌써부터 둘이서 꿈만 꾸던 것을 시원하게 이룬 것이라고 대단 기뻐하는 모양이었다. 그때에 정자도 어지간히 만족한 기색이 얼

굴에 떠돌고 있었다.

반찬을 새로 장만해 가지고 저녁밥을 해내는데 연해 생글생글 웃으면서 몸을 제비처럼 부린다. 그때 C의 눈에도 이 세상에서 가장 행복스러운 신혼 초에 젊은 부부처럼 부럽게 보였다.

C가 그 집을 떠나 나올 때 둘의 사랑이 지금처럼 영원히 변치 말기를 마음속으로 은근히 빌었다. 그 뒤로는 그들의 소식을 전혀 모르다가 지금 이 광경을 당하고 보니 하도 어이가 없어서 기가 막힌다.

C는 참다참다 못해 그만 문을 열려고 자기도 모르는 사이에 손이 사기로 만든 손잡이께로 갔다. 손잡이를 잡은 손이 부르르 떨렸다.


4


P가 막 그 여자를 바라보고서,
"그리 좀 앉으시죠."
하는 말이 채 떨어지자마자 별안간 요란스럽게 큰

소리가 나며 몹시 노해 가뜩이나 우락부락한 얼굴을 더욱 험상궂게 해가지고 K와 그 여자를 잡아먹을 듯이 노려보며 내닫는 사나이는 평소에 심술궂기로 유명한 C였다.

P도 놀라기는 했지만 그보다도 K는 저 상을 해가지고 어쩔 줄 모르며 여자는 소스라쳐 놀라가지고 그만 줄달음질을 쳐서 밖으로 나가버렸다.

"에이 더러운 새끼 같으니… 무슨 짓을 못해 당장 데리고 사는 여자를…."

C는 이렇게 성낸 소리로 부르짖으며 K의 앞으로 달려들어 그의 뺨을 보기 좋게 철썩 부쳤다.

그는 그 자리에 폭 거꾸러진다.

C는 잼처 그의 어깨를 발길로 걷어차면서

"이 개같은 자식! 내일부터 길에 나다니지 말아. 내 눈에 띠면 눈까지 부정해진다."

K는 고개를 들면서

"잘못됐네."

"잘못? 너도 잘 잘못을 가릴 줄 아니? 이 개, 돼지 같은 녀석아."

하고 손을 높이 들어 면상을 또한번 후려 갈겼다. K의 코에선 새빨간 선지피가 주르르 흐른다. 그는 다시 폭 고꾸라지고 만다. 지금까지 황소처럼 날뛰는 C의 거동만 넋 잃은 듯이 물끄러미 바라보고 있던 의사 P는 C가 또다시 발길로 쓰러진 K를 내리 찍으려 할 제 가로 막으며

"이사람 그만두게…… 다 내 잘못이지."
하고 그를 가로막으며 말렸다.

C는 옆에 걸린 모자를 띠어 쓰고 휙 돌아 서면서
"죽어라. 그대로 엎드려져 죽어. 너 같은 인간은 죽어 없어지는 것이 신세 편하다."
하고 그만 밖으로 나가 버린다.

방 안은 폭풍우가 지나간 다음처럼 고요하여졌다.

다만 K의 가녈픈 울음소리만이 이 방안의 적막을 깨뜨릴 뿐.

# 5

"누구를 원망 하겠나 이렇게 얻어맞아 싸지. 하도 궁하기에….”

"예이, 이사람 아무리 궁하기로서니 그런 일이 어디 있나?”

세면기에다가 피묻은 얼굴을 씻으면서 비로소 K가 먼저 입을 여니 P도 그의 말 대구를 한 것이다. 두 사람이 다시 아까 야단나던 방으로 돌아왔을 때 P는 좀 부은 듯한 K의 얼굴 바라보며 의미모를 웃음을 빙그레 웃었다. K도 덩달아 쓰디�쓴 웃음을 매우 어색하게 싱그레 웃는다. 이렇게 하여 도회의 봄밤은 바야흐로 깊어만 간다.

1936. 10. 19.
(『풍림』, 1936년 12월)

# 자화상

## 1

내가 그림을 시작한 지 그럭저럭 십년이란 세월이 흘러가매 없는 살림을 억지로 쥐어짜 그린 그림이라 그다지 적지는 않았다. 그래 수 삼년 전부터 나의 미술생활을 이해하는 친한 친구 간에 몇번이나 나를 위하여 나의 개인전람회를 암암리에 계획하는 것을 눈치 챌 적마다 나는 한사코 그들을 말렸다.

세상에 내놓기는 아직 미숙하다는 것이 언제든 유일의 구실이었다. 허면 그들은 '어느 때가 와야 익숙해지느냐'고 반문한다.

'이만 하면 하는 자신이 있기 전에는' 하고 나는

빙그레 웃는다. 그러면 그들도 하는 수없이 계획했던 것을 중지해 버리고 만다. 그리고 나면 반드시 선전에 출품하기를 권하였다. 나는 그것조차 즐기지 않았다. 그리하여 여러 친구들이 나를 가리켜 괴벽한 성질을 가진 사람이라고 만나서나 또는 뒷공론을 하는 줄 나도 잘 알고 있었지마는 사실 그들은 내 그림을 어떻게 보고 어떻게 생각해 그러는지는 몰라도 나 자신으로는 여러 사람 눈앞에 내놓을 시기가 아직 아니라고 굳은 신념을 가졌기 때문이었다.

이래 내려오다가 처음으로 정물 한장을 선전에 내어 논 것이 특선이 되었고 특선 중에도 평판이 가장 좋았기 때문에 만나는 친구한테마다 치하를 받았었고 또 어떤 친구한테는

"이제도 미숙인가? 그래도 자신이 없나?"

하고 정에 겨운 빈정거림을 받았다.

그들 사이에는 또 개인전람회 이야기가 이번에는 아주 구체적으로 도는 모양이었다. 그들의 서두는 품이 규모가 크게, 꽤 굉장히 벌릴 모양이었다.

나로서는 이번이야말로 말릴 수는 없었지마는 그

리 왁자지껄 떠들고 싶지는 않았다. 그리하여 그들과 여러차례 다툰 끝에 서울 어느 조그마하고 얌전한 찻집에서 일주일 동안만 열기로 작정되었다. 그 찻집주인으로 말하면 미술뿐만이 아니라 음악 또는 문학에도 이해를 가지고 있는 사람이다. 그전에는 한때 희곡도 썼고 시도 썼다고 한다. 그와 내가 사귀기도 그 찻집이었지만 사람된 품이 지나칠 만치 드문 호인이라 사귄지 불과 이년 동안에 무척 친한 사이가 되었다.


## 2

나의 개인전람회를 개최한 사흘째 되던 날 저녁때이다. 찻집 주인은 나의 화실(화실이래야 가는 오리목에다 서푼널로 돌려막고 솜씨없이 짠 유리창을 간간히 박고 누비생철로 지붕을 덮은, 바람만 좀 세게 불어도 흔들거리는 빈약한 곳)을 방문하였다. 나는 반가이 그를 맞아들였다. 그는 나의 얼굴을 대하던 맡에 의미 모를 웃음을 연해 웃는다.

"오늘 뭐 좋은 일 있나?"

하도 이상해서 나는 이렇게 물었다.

"나는 좋은 일 없어. 자네한테 있지."

그는 여전히 웃으며 말한다.

"백원짜리 한 장 팔렸나?"

"나도 낼부터 찻집 그만두고 그림 그리겠네."

"그리고 싶으면 그리게나 그려. 그런데 어째서 그래?"

"참 자네 자화상 안 팔려나?"

"그것은 별안간 왜 물어 안 팔려고 사십여 점 중에서 그거 하나만 값을 안 멘 게 아닌가. 왜 누가 사자나?"

이렇게 묻고 나서는 잠깐 생각해 보았다. 세상 사람이란 누구나 이상한 것을 좋아하고 신기한 것을 쫓고 남이 말하면 굳이 하고 싶은 생각을 갖는 것이 좀 비뚤어진 듯도 하지마는 한 옆으로는 사람의 상정인 듯도 싶다. 하필 안 판다는 것을, 그 안 판다는 것이 이상스러 굳이 사겠다고 하는 것도 아마 사람의 상정인가보다.

"그것만은 그릴 적부터 안 팔기로 작정하였지만 지금도 그렇고 앞으로도 변함없이 그럴 걸세."

"자네의 결심이 그렇다면 어쩔 수 없는 일이지만 사려는 사람이 하도 열심이기에 한번 의견을 물어본걸세. 나도 자네가 안 팔려기에 값을 안 맨 것인 줄 짐작했으면서도 하도 간청하기에, 또 저편이 여자인데도 마음이 안 끌린 게 아냐…"

나는 여자라는 말에 가슴이 선뜩했다. 어떤 여자길래 다른 그림 다 제쳐놓고 하필 내 자화상을 사자는가 하고 이상스럽게 여기지 않을 수 없다.

내가 무엇을 좀 생각하고 있는 듯한 기색을 본 그는 내가 먹은 마음을 돌리지나 않을까 하고 말을 꺼내는지는 몰라도 그의 어조는 확실히 나의 굳은 결심을 듣고 대꾸할 적보다는 좀 신이 난 듯하다.

"팔고 안 파는건 별문제로 하고 그여자 하는 짓이 하도 이상하니 내 자세한 이야기를 합세… 바로 어제 오후 두시가 지나 세시가 채 못되었을 때 쯤해서 보지 못하던 얌전하게 차린 여자 혼자 들어와 한편

구석에 가 앉으며 홍차 한잔을 청하더니만 다시 일어서 벽에 걸린 그림을 차례차례 열심히 보아가다가 자네 자화상 앞에 이르러는 한참 동안 딱 서서 그 그림을 뚫어질 듯이 유심히 바라보는 품이, 내가 억측이었는지는 몰라도 그의 표정이 어쩐지 감개무량해 하는 듯하게 보이데. 그 포즈라든지 그 눈동자, 그 표정은 화가가 아닌 나라도 곧 그 여자를 그리고 싶은 충동을 받았네. 처음 들어올 적부터 미인이라고 속으로 생각 하였지만 그리고 섰는 동안에 그의 균형을 잃어버리지 않은 몸맵시, 갸름한 판에 콧날이 오똑 서고 두 눈에 영채가 도는데다가 살결이 곱고도 흰 얼굴에 나도 모르게 한참 동안 취하였네. 사실 드문 미인이데. 그 여자는 퍽 오래 그 앞을 떠나지 못하다가 무슨 생각을 하였는지 다른 그림은 더 볼 생각도 하지 않고 획 돌아서더니 좀 빠른 걸음으로 그만 나가버리지 않겠는가…."

"아니 청해논 차도 안 마시고."

나는 이렇게 물었다.

"그런 의외행동에 나도 놀랬지만 다른 손님들도

저으기 이상한 기색으로 서로들 한참 수군거리데. 그래 나는 오늘 자네가 오면 그 이야기를 하고 한턱 받아먹으려고 마음먹었지만 종시 자네는 오지 않고 어제 그때쯤 해 그 여자가 또 문에 나타나지 않던가? 나는 내 눈을 의심하였네. 여우나 허깨비한테 홀린 듯한 생각이 나서 눈을 똑바로 뜨고 정신을 바짝 차리고 섰으려니까 그 여자가 가까이 와서, '어젠 미안했습니다. 좀 흥분해요. 어제 찻값이 얼마죠?' 하며 손가방에서 자그마한 지갑을 꺼내더니만 일원 한 장을 내어 놓기에 나는 '잡숫지 않은 것을 뭘.' 하고 굳이 사양했더니 '오늘은 꼭 먹고 갈 테니 고히 한잔과 케익-을' 청하데. 그리고는 또 자네 자화상만을 유심히 바라보고 있더니 차와 케익을 갖다놓니까 나를 그리 앉으라고 하더니만 저 그림은 어째서 값을 안 땠느냐는 말로부터 살 수 없느냐는 말을 끄집어내 가지고 나중에는 얼마가 되든지 꼭 사달라는 부탁을 받고서 손님이 좀 뜸하기에 아이 놈만 맡기고 온판일세."

그는 이렇게 말하는 동안에 나의 얼굴을 몇번인지

357

의미 있게 쳐다보는 품이 그전에 무슨 로맨스가 있거든 숨기지 말고 말해주게 하는 기색이었다. 허나 나는 사실 나의 그림을 그처럼 열심히 사겠다고 할 여자는 한사람도 없다.

로맨스라고는 첫사랑을 속삭일 제뿐이었는데 그것도 얼마 안 가 실연의 상처를 되직하게 맛본 나로서는 그 뒤부터 여자를 가까이 하기를 즐겨하지 않아 이렇다 할 로맨스도 사실 없다. 있다면 나를 배반하고 간 첫 연인인 영애뿐인데 그가 이제 와서 나의 그림을 사려고 할 리가 없다.

우리들 셋의 사이를 갈라논 사람도 영애다. 친구라기에는 너무나 친했던 셋의 사이를, 하나는 원수로, 또 하나인 자기 오빠와는 사이가 어근 버근하다가 아주 떨어지게 만든 것도 그 여자였다.

영애의 오빠와 영애의 첫 남편 되었던 경호와 영애의 첫 연인이었던 나와는 중학교 동창이었다. 물보 셀 틈 없는 셋의 두텁던 우정은 영애가 나를 배반하고 돈 있는 경호한테로 가던 날부터 여지없이 깨어지고 말았다.

그 뒤 나는 그렇게 생각 않지마는 영애의 오빠인 영식은 나를 만나기 싫어하였다. 간혹 길가에서 만나더라도 겸연쩍어하는 기색으로 긴 이야기를 피하였다. 하루는 병원에서 나를 찾는 사람이 있다기에 가보니까 폐병으로 다 죽어가는 영식이가 내 손을 잡고 "모두가 미안하이. 누이 하나 잘못 둔 죄로 그렇게 친하던 우리들의 사이가 원수같이, 또는 아주 남처럼 되다니… 내 누이는 허영만 알고 예술은 모르는, 말만 사람이지 돌맹이나 목깨비 같은 물건일세. 나는 그렇게 된 이후 한시 한때라도 자네에게 대하여 진심으로 미안한 생각이 떠나본 적은 없네.

　나의 생명이 이제 얼마 남지 않았네. 내가 지금 원통한 것은 내가 가진 바 예술적 천분을 다 발휘하지 못하고 이대로 죽는 것을 한하네. 한 개의 소설다운 소설을 써보지 못하고 죽지나 않을까 하고 수년 전부터 애써왔네. 지금 생각하면 그렇게 애쓴 것이 죽음을 더 속히 하는 원인이 아니었던가 하면서도 몇 개의 작품을 발표하게 된 것을 생각하면 당장 죽는대도 도리어 기쁜 생각이 드네. 자네도 물론 미술가로서 일생을 마칠 줄 믿기 때문에 내가 죽으려 함에 당하여 한가지 기쁜 소식을 전하려고 자네를 찾은 것일세. 허물하지 않고 와준 거 대단 고마우이. 조금 전에 처음으로 찾아온 누이를 곧 쫓아버렸네. 그동안에도 한번 안 만났네. 참 기쁜 소식 한가지 전한다고 그랬지? 부귀를 자랑하고 돈 쓰는 것으로 뽐내던 경호는 미두에 망하고 아편으로 해서 일전에 죽었네. 허나 자네의 예술은 날로 성장하지 않나. 나도 자네의 예술생활에 박자를 맞춰 위대한 예술, 큰 걸작을 쓰고야 말겠다는 예술적 야심을 한때도 버리지 않고 지내왔지만 그 뜻을 이루기전에 나는 먼저 죽고마네. 원통하이. 분하이…."

영식은 여기까지 이르러 말라서 보기 흉하게 여원 두 볼에는 눈물이 주르르 흘렀다. 그날 밤으로 영식이는 자기의 천분을 끝끝내 발휘하지 못하는 것을 유한으로 품고 또 예술을 이해하지 못하는 자기 누이를 원망하면서 죽고 말았다. 그 뒤에 영애는 남의 첩으로 들어갔다는 소문을 들었다. 그러한 영애가 나의 그림, 더구나 나의 초상을 사려 들 리 없다.

"또 오거든 안 판다고 하더라고 그러게."

"그는 그럼세마는 한번 오게. 전람회 안 할 적보다 더 발이 뜨니 웬 셈인가?"

"쉬 한번 나감세마는 자주 가기는 싫으이."

"그림은 안 팔더라도 그 여인을 한번 만나보고 싶지 않은가?"

"우연히 만나면 만나도 일부러 기회를 만들어 만나고 싶지는 않으이."

"자네 같은 소리도 하네. 자 또 만나세."

그가 돌아간 뒤 나는 저녁밥을 먹고 거리로 나왔다. 하나 찻집은 들리지 않았다.


3


오늘은 어제보다 좀 이르게 찻집주인이 또 찾아왔다. 나는 물론 어제 이야기의 연장인 것을 짐작하였다. 나의 예상은 틀리지 않았다.

"여보게, 오늘 그 여자가 또 와서 어떻게 됐느냐고

묻기에 안 판다고 하더라니까 약간 실망하는 기색이 보이더니 여기 그 중 값 많이 맨 것보다도 이백원 더해 오백 원이라도 낼 테니 한번 더 가 교섭해 달라고 애걸하다시피 하는 것을 그대로 못한다기가 박절한 듯해서 주소를 가르쳐 드릴 테니 직접 가서 말해 보라고 하니까 잠깐 머뭇머뭇하더니 '그렇게는 할 수 없어요.' 하고 약간 얼굴을 붉히겠지. 어제부터 자네가 무엇을 감추는 줄 알았지만, 말 않은 걸 구태여 묻기가 싫어서 안 물었지만 그렇게 보니까 필유곡절한 일이라 생각하매 그 숨은 비밀을 알고 싶데나그려. 그래 한 가지 계교를 냈지. 될지 안 될지는 장담 못해도 한번 가서 오백원에 교섭은 해볼 테니 그와 대면할 수 없는 이유를 말해 달라고 하지 않았나. 그랬더니 그는 한참 동안 망상거리다가 어쩔 수 없다는 듯이 '당신만 아시고 말하지 않으신다면' 하고 다지겠지. 그래 나는 속으로 딴 배포를 차리면서 입으로만 '네. 그러지 않았겠나… 이 사람아, 이만 하면 생각이 있겠지. 더 시치미를 떼지 말게'."

"이 사람아, 뭐 말이야?"

나는 사실 그의 말 의미를 잘 이해하기 어려웠다.

"아주 죄다 말해야만 항복하겠나?"

"그래 그 여자가 뭐라던가?"

"자네야말로 질기둥처럼 퍽 질깃질깃하이… 이것은 내가 안 하겠다고 약속한 말인데 하는 수없이 하는 거니까 그 여자한테 대해서는 죄가 안 되네."

"잔소리 그만하고 그 여자하던 말이나 어서 하게."

"첫 연인이라고 하대. 이래도 시치미를 떼나?"

나는 사실 의외에 놀랐다. 그리고 그가 또 찾아 온 것이 분했다. 그래 좀 노한 말소리로

"그런 부질없는 교섭, 또 오지 말게. 내가 한번 결심한 것을 오백원은커녕 오천원, 오만원인들 먼저 뜻을 굽힐상 싶은가?"

"아니 이 사람, 그렇게 노할 게 아니라 냉정히 생각해 보게. 내가 오늘 온 것은 그럼 사고 파는 교섭이 아니라 자네가 나한테 오늘날까지 속여 온 첫사랑 로맨스를 듣고자 함일세. 우리들 사이에 그것도 듣고자 함일세. 우리들 사이에 그것도 듣고 싶어하는 것이 잘못인가?"

"아니, 자네 말도 그럴듯하이. 그 이야기는 차차 서서히 하기로 하고 도대체 그 여자가 내 초상화를 사려고 하는 까닭이 어디 있을까?"

"자네에게 그래도 미련이 있는 게지."

"미련? 미련이 있다면 그런 구실을 삼아서라도 나를 찾아올 것일세. 허나 이것은 내 미술생활을 모욕하는 심사에서 나온 가증한 짓일세. 네놈의 그림을 돈만 있으면 이렇게 살 수 있다. 네 그림이 소용돼 사는 게 아니라 돈의 힘으로 네 정력, 네 소위 예술을 거리낌없이 사가지고 내 마음대로 찢으려면 찢고 불사르려면 불사르도록 할 수 있다는 것을 나에게 보여주려는 것일세. 그렇게 하는데는 다른 그림보다도 내 초상화가 더 필요하지 않은가?"

나는 흥분되어 부르짖듯이 말했다. 그는 즉시 돌아갔다. 나는 생각하면 생각할수록 모욕을 당한 듯해 분하다. 그 여자는 틀림없이 영애다. 그가 사실 영애라면 다소 안온해진 내 마음을 어째서 또 흔들어 놓나? 나는 아무리 호의로 해석하려 해도 그가 내 그림을 사려고 하는 심사를 알수 없다. 영애는 죽은 자기 오빠의 말마따나 허영의 뭉치요, 예술을 모르는 사람이다. 그런데 그에게 어째서 내 미술품이 필요하냐. 그리고 하필 내 초상화가 필요하냐? 돈을 아끼지 않고 내 초상화를 애써 구하려는 심사는 암만 생각해도 모를 일이다.


## 4


그 이튿날 찻집 주인은 또 찾아왔다. 그의 말을 들으면 그 여자가 와서 천 원까지 초상화의 값을 붙여도 자기의 힘으로는 안 될 테니 직접 만나서 담판해 보라고 하니까 '마음은 간절해도 면목이 없어 못 가겠다'고 하면서 그중 비싸게 맨 그림 한 장을 사가지고 갔다고 하며 내 손에 백원짜리 석장을 쥐어주고 갔다. 나는 그 돈을 쥔 채 고개를 숙이고 한참 동안 생각하였다.

"맘은 간절해도 면목이 없어 못 만나겠다."고 하더란 영애의 말이 진심에서 나온 말이라면 내 초상화를 그처럼 사고 싶어한 것도 날 본 듯이 걸어놓고 보려는 안타까운 심정에서 나온 짓이 아닐까 하고 생각해 보았다.


## 5


오늘은 전람회를 마치는 날이다.

찻집 주인은 새벽같이 해쓱한 얼굴을 해가지고 달려 들었다.

"이렇게 일찍이 웬일인가?"

하고 내가 묻는 말에 그는 좀 가쁜 숨을 몰아쉬며

"웬일이 다 뭔가? 자네 대하기가 미안하이. 어떻다고 말했으면 좋을지 모르겠네."

"이 사람아, 왜 그러나?"

"그 자화상이 말일세."

"그래."

"간밤에 어느 놈이 들어와 가져갔네 그려."

"아니 또 다른 건?"

"그것만 없어졌으니까 이상하지. 뭐 묻지 않아도 그 여인이 시킨 짓이지. 그래 자네하고 의논하고 곧 도난계를 하려네."

나는 한참 동안 묵묵히 서서 곰곰 생각해 보았다. 나는 그 여인, 나의 첫 연인인 영애의 짓이라고 짐작했다. 짐작만이 아니라 확실하다고 단언을 내렸다.

"여보게, 도난계할 거 없네. 나를 욕뵈려면 벌써 불 아궁이나 똥둑간에 처박아 버리고 말았겠지만 그렇지 않고 내가 그를 몹시 미워하고 원망하다가도 간혹 즐겁던 첫사랑의 행복스럽던 시절을 생각하듯이 그도 나와 같은 마음이 어느 한 귀퉁이에 남아 있다면 사람으로서 그 귀한 마음을 내 하잘 것 없는 예술로나마 갚는다는 의미로 내 초상화를 그 여자 몸뚱이에다 아니라 마음에 선사하려네."

그는 저으기이 안심한 듯이 돌아갔다. 나는 붓을 들어 어제부터 그리기 시작한 캔버스 위에다 대기 시작하였다.

(『조선문학』 속간, 1936년 8월 발표)

# 적멸

## 1

"선생님! 오늘은 토요일이니까 병원엘 일찍 갔다 와야겠는데 어쩌나 그동안 심심하셔서… 내 얼핏 다녀올게 혼자 공상이나 하시고 뭐 계세요, 네."

명숙이가 이렇게 말하면서 영철이 머리 맡에 놓인 아침에 한금밖에 아니 남았던 물약을 마저 먹어 빈 병이 된 걸 집어가지고 밖으로 나가버렸다.

영철이는 명숙이가 하루 건너 여기서 오리나 되는 병원으로 약을 가지러 가는 때면 아닌 게 아니라 주위가 갑자기 쓸쓸해져서 견딜 수 없었다. 진종일 꼬박이 누워 있어야 찾아 오는 사람이라곤 하나도 없다. 오직 명숙이 하나만이 자기 옆에서 모든 시중을 들어 줄 뿐이니 병으로 앓는 것보다도 사람의 소리, 사람의 모습이 무한히 그리워 그것이 더 한층, 병들어 누워 약해진 자기의 마음을 속속들이 아프고 저리게 한 적이 많았다.

오늘도 명숙이가 나간 다음 죽은 듯이 고요해진 텅 빈 방안에 홀로 누워 두 눈을 떴다 감았다 하면서 그의 돌아오기를 기다리기가 과시 안타깝고 지루하였다. 가만히 드러누운 채 곁눈질로 방안을 둘러보니 문틈으로 스며들어오는 햇살이 그나마 눈부시게 하며 발 얕은 네모진 책상 위에 나란히 놓인 두 개의 채색칠한 사기 화병에는 일전에 명숙이가 병원에 갔다가 돌아오는 길에 꺾어온 진달래와 개나리꽃이 섞여서 꽂혀 있는데 약간 시들기도 하였고 더러는 낙화가 져 하얗게 빨아 덮은 책상보가 색실로 수놓은 것 같이 보인다.

모란봉을 바라보고 떼를 지어 올라가는 꽃놀이꾼들의 흥에 겨워 웅얼대고 지껄이는 남녀의 음성이며 또는 발자국 소리가 길에서 이따금씩 일어나 귀를 스치고 지나가면 뒤미처 좀 조용해진 듯 하자마자 겨우내 꽝꽝 얼어붙었던 대동강의 얼음이 봄을 맞아 녹고 풀려서 이제는 바위 언저리와 돌부리에 그루박 지르듯이 부딪치는 크고 작은 파도 소리가 제법 요란스럽게 들려온다.

병은 덧나든 말든 당장 밖으로 뛰어나가 산으로, 들로 치달아 내리달아 두활개를 쩍 벌리고 마음껏 힘껏 달리고도 싶고 맨 밑바닥까지 거울 속처럼 환히 들여다 보이는 맑고 맑은 강물에 뛰어들어 팔과 다리에 맥이 풀리고 기운이 지쳐서 허덕거릴 때까지 헤엄치고도 싶다.

허나 마음 내키는 대로 해서는 하루의 생명도 더 부지해 나갈 수 없는 자기의 몸뚱아리인 것을 돌이켜보매 눈물겹게도 짐작하게 되매 갑작스레 짜증이 난다. 몸부림이라도 치고 싶다.

봄을 맞이한 우주에 가득 찬 뭇생명이 죽으려다 소생하여 그 기쁨을 못 이겨 마음껏 날뛰는 듯한데 자기 혼자만이 움막 같은 음침한 단칸방 한 구석에 죽치고 누워서 오직 죽을 날짜만 기다리고 있는 듯한 것이 한량없이 애닯고도 서글퍼서 소리쳐 엉엉 울고 싶은 생각이 복받친다.

그러나 이제는 눈물조차 말라 붙었는지 수월히 눈물도 안나고 다만 두 눈이 보숭보숭해질 뿐이다.

'아무튼지 살아나자! 그래 어서 그전에 하던 일보다 몇 곱절 더 잘해서 보는 사람으로 하여금 눈부시도록 하고 싶다.'

마음속으론 이렇게 생각하고 귀로는 밖에서 때 만난 대자연이 꿈틀거리고 사람들이 움직이는 소리를 마치 꿈속에서나 듣는 것처럼 어렴풋이 들으며 두 눈을 멀뚱멀뚱 뜨고서 천장만 멍하니 치여다보고 있노라니 지나간 날의 모든 기억이 두서없이 툭툭 튀어 나오기도 하고 뭇추억이 꼬리를 물고 잇대 일어나 나중에는 갈피를 잡을 수 없을 만치 머릿속에서 뒤재주치기도 한다.

또는 엊그제 지난 일처럼 뚜렷뚜렷하게 눈앞에 어른거리기도 한다. 더구나 병든 후에 동무들을 다 빼앗기고만 일이며 그 중에도 서울서 이리로 내려온 뒤에 일어난 거의 1년 동안의 여러 가지 일이 머리에 똑똑히 떠오른다.


## 2


경성역을 떠나 봉천으로 가는 급행열차 속 어느 삼등실 안이다. 한쪽 의자에는 영철이가 독차지해 가지고 가로누워 있고 바로 맞은 편 의자에는 형식이가 걸터 앉아서 창밖을 내다보기도 하고 혹은 드러누워 있는 영철의 핏기가 하나도 없는 해쓱한 얼굴을 물끄러미 내려다보기도 한다.

더위가 한고비 넘어서서 열어 논 창문으로 서늘한 바람이 솔솔 들어오기는 하나 그래도 차안은 훗훗한 기운이 떠돌아 무더운 품이 좀체로 가실 것 같지 않다.

이런데도 영철이는 담요를 한 자락 깔고 또 한 자락은 덮고 누웠기 때문에 앉을 자리가 붐벼서 띄엄띄엄 서서 가는 사람이 꽤 많은데도 누구 한사람두 눈이 폭 꺼지고 뼈만 앙상하게 남아 병색이 얼굴에 박힌 영철이를 잡아 일으키려들지 않았다.

밤차도 아닌데 혼자서만 드러누워 있는 것이 서서 가는 여러 사람들한테 여간 미안한 일이 아니었지만 지금 자기로서는 어쩔 수 없는 사정이었다.

"참말로 미안한데 섰던 사람들한테… 병이 들면 염치부터 없는 놈이 되는 게야."

하고 영철이가 저으기 불안한 기색으로 나직이 말하니 창밖을 내다보고 있던 형식은 고개를 돌이켜 그의 얼굴을 물끄러미 내려다보며 말대꾸를 한다.

별소리를 다 하는군.

"그래 지금 자네로서 미안이구 염치구 그런 걸 가릴 형편이 되나?"

"몸뚱아리야 병들었지만 맘이야 어디 가나… 조금만 웬만 하면 일어나 앉겠는데."

"그런 쓸데없는 객쩍은 소리 그만두고 가만히 드러누워 있게 이 사람아!"

형식이는 이렇게 핀잔주듯 말하고서 다시 창밖을 내다 보고 있다.

형식이 바로 옆에 앉았는 사람도 가로 누워 있는

자기를 유심히 바라보며 저으기 동정하는 기색이 그의 얼굴에 역력히 나타나 있다.

'내가 왜 이렇게 가엾고도 불쌍한 인간이 되고 말았나? 이 모양으로 앓기만 하다가 여생을 마치면 어쩌나?'

하고 속마음으로 생각해보매 가슴이 뭉클해지고 약간 몸서리가 쳐진다.

"이토록 앓다가 낫는다면 그야말로 기적이야… 아하! 이러다 죽으면 어떡하나?"

하고 가벼운 한숨을 좀 길게 내쉬었다.

병들어 죽게 된 몸을 이끌고 이렇게 친구를 찾아간댔자 그에게 일일이 신세만 질 뿐이요 귀찮음만 끼칠 것을 번연히 알면서 그가 몇 차례를 편지로 정양도 할 겸 내려오라는 말에 쫓아서 염치 불구하고 지금 그리로 내려가는 것이 여간 꺼림칙하고 불안한 생각이 드는 게 아니지만 한편으로는 서울을 한시라도 떠나게 된 것이 무슨 무거운 짐이나 잔뜩 졌다가 벗어 논 것처럼 서운하면서도 마음이 거뜬하고 후련해져서 와글와글 들끓는 뭇사람들의 소리라든지 덜컥거리며 구르는 기차 바퀴소리라든지 또는 차가 정거장에 닿아 머무르고 떠날 적마다 몹시 덜 그럭거려 온몸이 유난히 흔들려도 그다지 괴로운 줄을 모르고 다만 마음 상쾌하게 누워 있었다.

차가 한창 살 닿듯 달아날 적에 흔들리는 것은 오히려 느긋한 쾌감을 주는 듯하다. 그래서 잠이나 청하는 사람 모양으로 두 눈을 스르르 감고 있으니 머릿속이 갈수록 맑아지는 것 같다.

무슨 사건으로 해서 시골로 거지반 다 잡혀 내려가 자기가 경성역을 떠날 때 그곳까지 배웅 나온 동무라고는 불과 몇 명이 못 됐다.

그래 그런지 그들의 얼굴이 더욱 유난히 정답고도 인상 깊게 휙휙 지나간다. 그 중에도 집에서부터 따라나온, 어떠한 일이 있든 골내는 법이 없는 너무 지나치게 호인인 작은 처남의 그 숭굴숭굴하게 생긴 얼굴이 더 한층 뚜렷이 나타난다.

차간까지 자기의 몸을 부축해 가지고 형식이가 미리 들어와 잡아논 자리에 조심성스럽게 눕히고나서 그의 두 손으로 자기의 한 손을 힘있게 꽉 쥐며 좀 무거운 말씨로 "부디 조섭 잘해가지고 곧 병을 놓도록 하우. 그리고 서울 오거든 명숙이도 있고 하니 집에 자주 들우. 아주 발을 끊지 말구…."

이렇게 말하는 작은 처남의 눈에는 눈물이 어렸다.

자기도 어쩐지 모르게 눈물이 글썽글썽해서 그만 앞을 가리고 만다.

그래 그의 말대꾸는 하지도 못하고 다만 손을 꼭 쥐고 있었을 뿐이었다.

오륙 년 동안이나 살아온 자기 집이나 마찬가지였던 그곳을 영원히 떠나 나올 제 '다시는 이집에 발을 안 들여 놓겠다.'고 굳은 결심을 한 자기였으니 그가 아무리 그처럼 말한다고 자기가 먹은 마음을 속여서라도 "암 들리구 말구" 할 수도 없는 노릇이었고 또는 그렇다고 딱 잘라서 "못 들리겠네"라든가 "안 들리겠네" 하고 자기의 결심한 바를 나타내려도 여태껏 오륙년 동안 신세만 지고 그리고 자기에게 대하여 끔찍하게 굴던 정리로 보든지 또는 당장에 진정으로 정답게 말하는 데는 차마 그 말이 입밖에 나오지 않았다.

그래서 아무 말도 못하고 다만 그의 손을 힘껏 쥐었을 뿐이다.

'불 없는 화로요, 딸 없는 사위랬는데 차라리 죽어 없어졌으면 어쩔는지 몰라도 죽은 게 아니고 사정 파의로 갈라서게 된 이상 장인 장모를 찾을 필요도 없겠고 또는 당장 갈 데가 마땅치 않아서 그 집에 머물러 있는 동안 자기의 꼴이 보기 싫어 도제 집엘 들어오지 않고 일정한 곳도 없이 떠돌아다니던 아내였으니 내 뭣하러 그 집을 다시 찾아갈까? 숙이만은, 병든 자기 몸조차 주체할 수 없는 딱한 사정이므로 어쩔 수 없는 노릇인데다가 더구나 어린 게 외할머니를 떨어지지 않고 외할머니 역시 숙이를 떼기 싫어해서 마침내 그대로 맡기고 나왔지만 마음에는 여간 꺼림칙하지 않다.'

남들은 생기 있게 차간을 왔다갔다도 하고 또는 소리쳐 웃어가며 원기 있게 이야기들을 하는데 삼십도 못된 젊으나 젊은 놈의 몸으로 죽은 사람처럼 풀기 하나 없이 혼자만 가만히 누워 있는 자기 신세를 생각하매 어처구니가 없다.

'어쩌다 내가 이처럼 됐나?' 하고 입안으로 웅얼거리고 나니 자기도 모르는 사이에 눈물이 핑돈다.

약간 애달파진 심정을 억제하고서 요지막 지내온 자기 자신을 돌이켜 보았다. 여지껏 반생을 살아오는 동안에 서울을 떠나기 전 두달 동안처럼 죽음과 삶의 중간에서 헤매인 적도 없었으며 또는 몸의 아픔과 마음의 괴로움을 그처럼 맛본 적도 없었다.

그러나 그뿐이랴. 매일같이 만나던 여러 동무들이 일제히 자기와 떨어져 시골로 내려가던 날부터 갑자기 주위가 한량없이 쓸쓸해졌다. 그래서 날을 거듭할수록 그처럼 끝없는 외로움을 느껴본 적도 일생을 통하여 처음되는 일이었다.

병 도가를 맡았거나 병 무역을 했는지 그전보다 자주 일으키는 위경련의 발작, 만성 맹장염의 재발, 게다가 각혈까지 하게 된 폐병⋯ 이렇게 여러가지 병세가 퍽 위중하게 번갈아가며 생명을 뺏을 듯 하였다.

그런데 오 륙 년 같이 살던 어린것까지 있던 사랑하던 아내와 헤어지기를 아주 작정하고 나니 아무리 마음을 강하게 먹자면서도 도제 서운하고 허전 허전해 견딜 수 없으며 또는 미련이 아예 가시질 않아 맞아 맞아 하고 이를 깨물어도 문득문득 그를 생각하게 되어 여간 마음을 괴롭힌게 아니었다.

허나 아내는 어느 일가집에 가 있다고 하면서 종시 집에 돌아오지 않았다.

그가 집에 돌아오지 않는 것은 자기더러 어서 어디로든지 나가 버리라는 거나 마찬가지였다. 그래 하루라도 더 머물러 있기가 바늘방석에나 앉은 것처럼 무한히 괴로웠으나 그렇다고 다른 데로 갈 데도 마땅치 않고 또는 병세가 좀체로 고개를 수그리지 않아 차일피일 하다가 그래도 아주 쾌하지 못한 몸을 간신히 이끌고 이제야 바늘방석에 드러누운 듯하던 그 집을 떠나 나오고 만 것이다. 그래서 한편으로는 서울을 떠나는 것이 섭섭하면서도 또 한편으로는 여간 시원하게 생각키는 게 아니다.

영철은 올 봄에도 이 차를 타고 평양에 간 일이 있었다. 그때에는 바로 지금 맞은편에 앉아 있는 형식 군의 아내가 죽었다는 뜻밖의 전보를 받고서 부리나케 내려갔던 것이다.

갑작스레 그때 생각이 머리에 떠올라 멀거니 창밖을 내다보고 앉았던 형식이가 어쩐지 쓸쓸해 보이며, 그의 기색이 어딘지 모르게 죽은 아내를 생각하고 있는 것처럼 보인다.

"여보게 뭘 그렇게 생각해?"

영철은 드러누운 채 이렇게 물었다.

"생각은 무슨 생각!…"

형식은 얼굴에 약간 미소를 띠우며 말대꾸를 한다.

"영애 씨 생각을 하고 있었지 뭐야."

"그까짓 죽은 걸 생각해 뭘하게. 벌써 다 잊어버렸네… 아마 자네야말로 또 혜순 씨를 생각했던 게지."

"아냐."

"뭘 아냐. 자네가 그러니까 남도 그런 줄 알고 그러지 뭐야."

"정말 아니래두 그래."

"이 사람아. 단념하게, 단념해. 아주 남된 이상에야 생각한들 무슨 소용 있나. 몸만 축나지… 미련이 남아 있을수록 맘만 상하네."

잠깐 동안 둘이 다 잠잠히 있었다. 제각기 무슨 생각을 하는 모양이다.

"형식이, 참 자네는 어떻게 생각하나? 죽어서 아주 없어져 버리는 편이 더 쓰라릴까? 그렇지 않고 생이별하는 것이 더 쓰라릴까? 어느 편이 더하다고 생각하나."

"그것은 앞앞이 당한 자기 일이 더하지 뭐… 자네는 자네가 당한 일이 더하고 나는 내가 당한 일이 더하지 별수 없어… 이거야말로 뭐니뭐니해두 속일 수 없고 숨길 수 없는 사람의 맘이야."

"아니 그거야 물론 그럴 테지. 하지만 자네가 맛본 쓰라림과 내가 당한 쓰라림의 그 정도를 제삼자가 헤아려본다면 어느 편이 더할 듯하냐 말이야?"

"죽는 경우로 말하면 그 당장에는 슬프기도 하고 안타까웁다가도 속삭히면 차차 잊어버려지네. 이 세상에서 아주 없어졌거니 하고 단념하게 되니까 말이야. 이것은 내 경험에 의해서 말일세. 하지만 자네처럼 생이별을 하게 된 경우에는 차차 날이 갈수록 더 생각나서 용이히 잊어지지 않을는지도 모르지? 그것도 새로운 애인이 생기기전까지 말이야.”

하고 형식은 의미 모를 웃음을 빙그레 웃는다. 영철이도 따라 웃으면서,

“이 앞으로 내게는 연애고 결혼이고 간에 절대로 있을 수 없네. 폐병쟁이한테 달려들 여자도 없겠고 설령 있다손 치더래도 내 자신이 피할 작정일세. 그처럼 믿었던 혜순이가 무슨 트집을 잡아서라도 그예 가버리고 말었는데. 더구나 이해가 있다는 그로서도 말이야… 한데 어떤 여자가 나와 일생을 같이 할 성싶은가? 뻔한 일이지. 갈릴 적마다 쓰라린 경험만 하나씩 더할 뿐이야 뭐.”

“어디 두고보세. 자네 말대로 되나 안 되나.”

형식은 이렇게 말하고 나서 창밖을 또다시 내다보고 있다.

차는 여전히 바퀴소리만을 덜커덕거리면서 전속력을 내며 달리고 있다.

영철이 머릿속에는 유치장 안에 옹기종기 웅크리고 앉아 있는 여러 동무들의 모습이 번갈아가며 떠오른다. 해쓱한 얼굴! 땀이 배고 때가 끼어 허술해

진 옷을 입고 앉아들 있는 모양! 머리가 자랄 대로 자라 보기흉한 그들!

별안간 마음이 퍽 우울해진다. 가슴이 뭉클하다 못해 나중엔 아프다.

자기도 병들어 눕지만 않았다면 지금쯤은 어느 감방 안에 들어 앉았으려니 하고 생각하매 차라리 그들처럼 그렇게 된 편이 훨씬 나으리라고 마음먹어진다. 어쩐지 그들에게 대하여 참으로 미안한 생각이 들어 부지할 수 없을 만치 여간 괴로운 게 아니다.

'잘들이나 있나? 몸들이나 성한가? 찌는 듯한 더위를 그 안에서 지새느라고 얼마나 고생들을 하고 있나. 더구나 여기보다 더 더운 남쪽 고장에서 어떻게들 지내나?'

그들의 안부가 이처럼 염려도 되고 그리고 또는 사건이 어떻게나 되나? 뭐 쉬들 돌아오게 될 테지… 또 몰라 몇은 더 고생하게 될지도… 설마 그렇게야 될라구.

이렇게 사건의 낙착이 장차 어찌나 될까? 하는 초조한 생각과 걷잡을 수 없는 조바심이 연달아 일어난다. 모두가 궁금해 죽겠다.

　나도 당연히 그들과 함께 고생을 해야만 할 것인데. 아니 자기로 말하면 오히려 그들보다 더 한층 고생을 해야만 마땅할 텐데 하고 마음먹으매 살이 떨리고 가슴이 저리도록 비길 데 없이 괴로워 참으로 견딜수 없다.

　"여보게 형식이!"

하고 약간 떨려 나오는 목소리로 불렀다.

　"왜 그래? 뭐 먹고 싶은가?"

　"아냐. 시골 내려가 있는 그들을 생각하니까 가슴이 아파 견딜 수 없네 그려. 흥! 어서 하루바삐 죽든지. 그렇지 않으면 얼핏 나아서 그들과 함께 유치장 신세를 져야 마음만은 편할거 같으이."

　"그건 그럴 걸세. 나로서도 지금 군의 괴로운 심정만은 잘 알고 있네… 참 잘들이나 있는지?"

　일상 활발하던 그 얼굴에도 구름이 끼는 듯 우울한 기색이 떠돈다. 그의 마음속에도 보이지 않는 불쾌한 그늘이 소리 없이 꾸물거리는 모양이다.

　영철은 자기의 심란해진 정서와 괴롭고 불안한 기

분을 억지로라도 진정하려는 듯이 두 눈을 슬며시 감는다.

차는 어느 역에 와 닿았는지 딱 섰다. 와르르와르르하고 사람들이 떼를 지어 내리는 소리! 우당퉁탕하고 오르는 소리! 객차 안과 창밖에서 무슨 소린지 하나 알아들을 수 없게 제각기 떠드는 소리… 이 모든 소리가 한데 어우러져 한참 동안 야단법석들이다.

"어딘가?"

"사리원이야."

"벌써? 거운 다왔구만 그래?"

두 사람은 이렇게 주고받았다.

정거했던 기차가 처음에 가만가만히 움직이기를 시작하더니만 차차 있는 속력을 다 내는 것처럼 몹시 빠르게 목적지를 향하여 앞으로 앞으로 쉴새없이 달리고만 있다.

# 3

평양역에 내린 둘은 마중 나온 두 사람과 함께 자동차를 타고서 그길로 중앙병원이라는 그리 크지 않은 곳으로 가서 즉시 입원하게 되었다. 그것도 물론 이리 내려와서 정양이나 하라고 몇 번 편지한 병호의 주선이요 그의 호의였다.

형식은 그날밤을 병원에서 영철이와 함께 자고서 그 이튿날로 여기서도 백 리가 넘는 자기 집으로 내려갔다. 그 후로는 병호만이 사흘에 한번이나 나흘에 한번씩, 그것도 아주 잠깐 동안 들러갈 뿐이었다.

이처럼 사람들이 그리운 채 며칠을 병원에서 혼자 지냈다.

하루는 간호부가 갖다 주는 신문을 받아보니 서울에 몇몇 남아 있던 동무들마저 시골로 잡혀 내려갔다는 기사가 실려 있었다. 이 기사를 읽고 난 영철의 머리는 갑자기 긴장되고도 혼란해지면서 가슴이 울렁거린다.

'사건이 확대되는구나. 이래서는 좀체로 끝이 안 날

게 아닌가? 그리고 그 예 일을 당하고들 마나보다.'

이렇게 속으로 생각하고 보니 그들에게 미안지심이 새삼스럽게 더 한층 복받쳐 오른다.

손에 쥐어져 있는 신문을 옆에다 팽개치면서 '예이, 오늘밤이라도 죽어서 모든 것을 잊어버렸으면 참 좋겠다.' 하고 부르짖듯이 웅얼거렸다. 사실 어쩔지 자기 자신으로도 모를 만치 괴로워 못 견디겠다. 곤두박질이라도 치고 싶고 바깥으로 막 뛰어나가고 싶은 생각도 불일 듯 일어나 미칠 것 같다.

조금 지난 뒤 마치 얼빠진 사람처럼 맞은편 벽만 멍하니 바라보고 앉았으려니까 딸깍하고 문 여는 소리가 난다. 얼핏 문있는 쪽을 바라보니 간호부가 조심성스럽게 들어온다. 그래 침대 앞으로 가까이 오더니 겨드랑이에 끼웠던 체온기를 꺼내보더니만 퍽 놀라는 기색으로

"아니 웬일이세요? 아까보다 열이 퍽 많이 올랐으니… 뭣에 흥분하셨나요?"

저기 근심스러운 빛이라든지 부드럽고도 정다운 말씨는 완전히 직업 심리를 떠나서 한 개의 거짓없

는 인간으로 병든 자기를 가엾게 생각하고서 진정
으로 대해주는 것 같았다.

"그렇게 열이 대단히 올랐어요?"

"네 이것 좀 보세요. 삼십팔도가 넘지 않았나…
아까보다 거운 일도 반이나 더 올라갔는데요."
하면서 체온기를 눈앞에 가까이 갖다댄다.

"참 그렇군요. 무슨 생각을 하다가 좀 흥분했더니
만…"

"네, 어쩐지… 그처럼 흥분해서는 안 돼요. 병이
얼핏 나시려면 절대 안정이 필요하니까요. 여러가
지 객쩍은 생각으로 머리를 너무 쓰신다거나 공연
히 맘을 상하셔서는 병에 대단 해롭습니다. 앞으로
는 주의하셔야 해요."

"네."

이렇게 주의하라고 간곡히 주의를 시키면서 생그
레 웃고는 밖으로 나가 버린다. 간호부가 사라진 뒤
에 텅 빈 병실 안은 다시 고요해졌다. 하얗게 새로
회칠을 한 천장 한가운데 오두마니 매달려 있는 전
등불만이 오직 홀로 누워 있는 자기의 고적을 섣불

리 위로나 해주려는 듯 할 뿐이다.

이따금씩 유리창 밖에서 곱고도 가늘게 은은히 들려오는 베짱이와 귀뚜라미의 구슬프게 우는 소리가 초가을밤 쓸쓸한 기분을 한층 더 자아낼 뿐이다.

'아하 구슬픈 밤이다. 끝없이 처량한 밤이다. 벌레 소리를 들으니 더욱 쓸쓸하구나….' 입 밖으로 소리 날 만치 웅얼거렸다.

반듯이 누웠다가 몸을 뒤쳐 모로 누우면서 눈을 꼭 감고 잠을 청했다. 갈수록 주위가 허전허전해 아예 잠은 오지 않고 간혹 무서운 생각조차 든다.

진정으로 사람이 그립고 뭇동무들이 간절히 생각난다. 헤어진 아내가 그립기도 하고 그전에 알던 여자며 또는 이름도 모르고 낯도 모를 지목할 수 없는 여러 여성들이 눈앞에 어른거려 정신을 현황케 한다. 수많은 여자들이 자기의 외로움을 위로해 주려고 가까이 가까이 몰려오는 것 같기도 하다.

여러 동무들의 얼굴이 뚜렷뚜렷하게 나타난다. 그럴수록 더욱더욱 쓸쓸한 생각만 들 뿐이다.

'유치장! 그래도 그 안엔 사람들이나 있지. 이렇게

혼자 있는 것보다는 차라리 유치장 신세를 지는 편이 훨씬 낫지 않을까?' 하고 마음먹어도 보았다.

이렇게 고생고생 하다가 어느 틈엔지 어렴풋이 잠이 들었다.

얼마 못가서 뭣에 놀란 사람처럼 소스라쳐 깨어 눈을 번쩍 떠보니 싸늘한 바람만 떠도는 텅빈 병실 안이 아까보다도 더 한층 적적하고 허순허순해 금방 소리쳐 울마치 못 견디겠다. 그래 벌떡 일어나 앉았다. 닫은 유리창문이 가볍게 흔들리는 소리가 난다. 그럴 적마다 좀 싸늘한 바람이 뺨을 소리 없이 스치고 지나간다.

'오늘밤도 이 모양으로 또 밝히나부다.' 하고 생각하매 갑자기 몸서리가 쳐진다. 다시 드러누워서 빨리 잠들어보려고 무한히 애를 썼다. 애를 쓰면 쓸수록 잠은 멀리멀리 달아나버리고 만다.

이처럼 잠이 안 와 때때 고생고생 하기는 비단 오늘밤뿐이 아니라 이리 온 뒤로 며칠에 한번씩은 반드시 잠 못 이루어 여간 애태운 것이 아니었다.

## 4

어느 날 오전이다.

영철은 변소엘 가려고 침대 위에 일어나 앉았다.

유리창 밖을 내다보니 누렇게 단풍들었던 나뭇잎
새가 바람에 날려 공중으로 떠올라 가기도 하고 또
는 바람결을 쫓아 이리저리 나부끼다가 땅으로 곤
두박질해 떨어지기도 한다. '가을도 어느덧 다 지나
갔구나.' 하고 입안으로 웅얼거리며 침대 아래로 내
려섰다. 다른 날보다 유난히 마음이 상쾌하다.

실내화를 끌고서 밖으로 나가 제법 긴 복도를 천
천히 걸어 변소 있는 쪽으로 갔다.

처음 입원할 적보다 병세는 적이 덜하여졌다. 그
래도 하루에 한두 차례씩 피를 뱉긴 하지만 맹장염
은 주사와 찜질로 이제는 아주 아무렇지도 않게 되
었고 위경련도 입원한 지 며칠 안 돼서 단 한번밖에
발작하지 않았다.

며칠 전에 병호가 찾아와서 대동문밖 부벽루 올라
가는 길모퉁이 바로 강기슭에 새로 진 자그마한 집

한 채를 얻어 놓았다고 말하더니 어제는 와서 살림할 채비까지 약간 준비도 해 놓았고 시중들 사람도 하나 구했으니 내일 퇴원하는 게 어떻겠느냐고 물었다. 영철은 퇴원이라는 그 말이 어찌나 반가운지… 그리고 어떻게 기쁘고도 좋은지 펄펄 뛸 것 같았다. 그리하여 오늘 오전 중에 퇴원하기로 결정하고 헤어졌다. 변소엘 다녀서 다시 돌아와 보니 그동안에 병호와 또 다른 동무 하나가 와 있다.

"오늘 퇴원한다지? 병이 그만 해서 퇴원하게 되니 무엇보다 고마우이."

한 동무가 진심으로 이렇게 말하면서 자기의 손을 잡아 흔든다.

"자네들이 염려해준 덕분이지. 더구나 병호 군의 힘이 아니면 꼭 죽었지 별 수 있나."

영철은 이렇게 말하면서 자기 바로 옆에 놓인 교의에 걸터 앉은 병호를 진정으로 고마운 듯이 감격한 눈초리로 바라보았다.

"별소리를 다하는군 그래. 병이 나려게 낫지 내힘이 무슨 내힘이야. 객쩍은 소리 말구 어서 퇴원할 준비나 하세."

하고 병호는 앉았던 의자에서 벌떡 일어나더니만 추릴 건 추리고 버릴 건 버리고 한데 모을 건 모으기 시작하였다.

"여보게 그만두게. 내 함세."

하고 영철은 불안한 듯이 말하였다.

"자네야말로 옷이나 갈아 입고서 가만히 앉았게."

병호는 이렇게 말하면서 하던 일을 여전히 부지런하게 한다. 또 한 동무는 병호와 함께 퇴원 할 준비를 했다. 병호는 대강 걷어쳐 놓고 나서 밖으로 나갔다가 한참만에 돌아왔다. 아마 회계를 막음하고 돌아온 모양이다.

병실 안에 있던 세 사람은 병원 복도를 지나 현관까지 나와서는 제각기 신발장에서 신을 찾아 신고 대문밖에 기다리고 서있는 자동차에 올라들 탔다.

영철은 차안에 비스듬히 기대앉아서 유리창 밖을 내다보았다. 병원 전체가 눈 속으로 들이비친다. 벽돌로 지은 이층 집이 자기가 지금까지 생각해 내려오던 바와같이 무덤 속처럼 쓸쓸한 집은 아니었다.

자기가 몇 달 동안을 거처하던 이층 동쪽 모퉁이 병실 유리창에는 햇발이 비쳐 눈이 부시다. 밖에서 보기엔 그다지 음산하고 쓸쓸한 곳 같지는 않게 생각된다. 지금까지 지긋지긋하게 생각해 내려오던 곳이지만 마침내 떠나게 되고 보니까 싫으면서도 정이 들었던지 마음 한구석에 서운한 생각이 슬며시 일어난다.

자동차가 움직이기 시작하더니만 큰길을 쏜살같이 빠르게 달린다.

길 좌우를 내다보니 오래간만에 세상구경을 해 그런지 모두가 퍽 이상스럽다. 사람들도 이상스럽고 자전거, 자동차, 전차, 소, 말, 가게… 모조리 눈 거슬리게 보일 뿐이다.

어느덧 대동문을 지나서 바른편에 유유히 흐르고 있는 대동강을 끼고 한참 올라갔다. 별안간 차가 우뚝 서자 세 사람은 일제히 내렸다. 바로 강 언덕위에 외따로 집 한 채가 오두마니 있는 앞이었다. 생철로 덮은 일각대문을 지나 안으로 들어와 보니 서울집 본새처럼 지어논 방 한칸, 마루 한칸, 부엌 한

칸… 이렇게 매 한칸 집인데 방과 마루의 뒷창이 강쪽으로 향하여 났다. 방에 앉았거나 마루에 앉아서 창문만 열어 놀라치면 바로 눈앞에서 대동강 맑은 물이 가로질러 흐르는 게 보이며 쉴새없이 들리는 그윽하고도 한가한 물결 소리조차 혹은 높았다 혹은 낮았다 하면서 귀를 스친다.

영철은 마루와 방안을 거닐면서 연해 '정양하기엔 훌륭한 곳인 걸… 참 좋은 곳이야.' 하고 어지간히 마음에 드는 듯이 연해 기뻐한다. 그리 넓지 않은 마당에서 한 오십 넘짓해 보이는 여인네 하나가 개숫물 통같은 것을 들고서 왔다 갔다 한다. 물어볼 것도 없이 이 앞으로 밥도 지어주고 빨래도 해주고 시중도 들어줄 사람이거니 하고 짐작하였다.

## 5

석 달 동안이나 병원에 있다가 강기슭 외따로 있는 이 집으로 옮아오게 된 이후 날이 갈수록 고적하고 쓸쓸하기도 여전하며 사람들이 그립기도 병원에 있을 적이나 매 한가지였다. 이 집에서 그리 멀지 않게 떨어져 산다는 시중드는 여인은 저녁밥만 해치우면 그의 집으로 자러갔다. 그래 밤이 되면 바람 소리와 물소리만이 오직 혼자 누워 뒹굴고 있는 자기를 벗해줄 뿐이다.

낮에는 그래도 밥해주는 사람이 있어 덜 적적하고 덜 심심하지만 밤이 되면 홀로 있기가 과연 쓰라린 일이었다. 아직도 피를 뱉는 남들이 꺼리는 병인지라 어쩌다가 이곳에는 많지도 못한 동무들이 간혹 한둘 찾아 왔다가도 자기 곁을 가까이 하기를 꺼리는 듯하면서 곧 가버리곤 하였다. 이런 형편이니 밤이 돼야 혼자 있을 수밖에 별다른 도리가 없었다. 정밤중이 되어 잠은 오지 않고 혼자서 죽은 듯이 가만히 누웠으려면 덧문을 후려 갈기는 모진 바람 소리에 몸이 으쓱해서 어깨를 소승기면서 소스라쳐 놀라기도 하고 이따금씩 문풍지가 바르르 떠는 서슬에 머리끝이 쭈뼛해지며 간담이 서늘해지기도 한두번이 아니었다. 이러고 날라치면 신경이 바늘 끝처럼 날카로워진다. 금시로 눈물이 쏵쏟아질 것 같기도 하고 소리를 버럭 지르면서 밖으로 뛰어나갈 듯도 하다. 허나 이를 악물고 울음과 무서움을 참기도 여러차례 하였다.

무덤 속처럼 고요하고 쓸쓸하기 짝이 없던 병원을 진절머리 내다가 간신히 면하고 나니 병원보다 별로 신통치 않다. 아니 오히려 더하면 더한 이곳에서 그늘그날을 맞고 보내는 것은 생명이 붙어 있는 자기로서 참으로 못견딜 노릇이다. 그러나 갈 곳이 없는 몸이라 눈물을 머금고 이 집에 있을 수밖에 없다. 서울로 올라간댔자 반겨 맞아줄 이 하나 없고 하룻밤이나마 고달픈 몸을 편안히 재워줄 집조차 없으니 당분간은 죽든 살든 이 집에 머물러 있을 수밖에 없는 딱한 사정이었다.

편지라도 자주 왔으면 그래도 적이 위안이 되련만 잘해야 한달에 한두장 받아보거나 말거나 하는 형편인데 하루는 동경가 있는 잘 알지도 못할 어느 여성한테서 편지 한 장이 왔다. 겉봉을 보니 꽤 익숙히 듣던 이름이요 또는 자기가 동경있을 때 어느 모임에서 한두번 만나본 기억까지 어렴풋이 나기는 나나 서로 편지할 정도의 친분은 못된다.

'이 여자가 어떻게 내가 여기 있는 줄 알고 편지를 했을까?' 하고 이상히 생각하면서 아무튼지 자기에게 온 것이 분명하므로 봉투를 뜯기 시작하였다. 이 집 주소를 한자 틀리지 않고 똑똑히 아는 것은 과히 수수께끼 같은 이상한 일이 아닐 수 없다.

그래서 호기심이 복받쳐 세 겹으로 접은 편지를 재빠르게 펴가지고 읽어 내려갔다.

김선생님! 서신으로 처음 인사드립니다.

이렇게 아닌 밤중에 홍두깨 내밀 듯 불쑥 서신 올리는 것을 꾸지람 마시고 너그러이 용서해 주시기를 바랍니다. 객지에서 병마와 싸우시느라고 얼마나 고생으로 지내십니까?

선생님의 자세한 소식은 준영 씨한테 들어서 잘 알고 있습니다. 일상 혼자서 고적하게 지내신다는 것과 이즈막에는 경제상으로도 퍽 곤란하시다는 말을 전하시면서 절더러 될 수 있는 한도에서 경제적으로 얼마간이라도 보낼 수 없겠느냐는 문의를 일전에 서신으로 받았습니다. 그리고 사정이 허락할 수만 있다면 아무도 없이 고적하게 홀로 병들어 누운 가여운 동무 하나를 위하여 선생님 계신 곳까지 가서 단 며칠 동안이라도 간호해 드릴 성의가 없겠느냐고 하시며 선생님이 계신 주소까지 적어 보내신걸 보면 반은 의논겸반을 그렇게 하라고 명령하시듯 말씀하신 게 분명하였습니다.

선생님! 저는 이런 의미의 편지를 받고서 한참 동안 넋 잃은 사람처럼 멀거니 앉아가지고 여기에 대하여 곰곰 생각해 보았습니다.

제 힘자라는 데까지 경제적으로 도와 드린다는 것은 별로 문제 아니지만 인사조차 드렸는지 안 드렸는지 모르는 탐탁치 못한 성긴 사이요, 게다가 그분과 갈린지 불과 얼마 안 되는 때라 남들이 알더라도 어떻게 생각할지 모르니 그곳까지 가서 간호해 드린다는 것은 퍽 어려운 일이라고 마음먹으며 망설이고 망설이다가 다시 깊이 생각해보니 병은 위중하신데다가 동무들은 모조리 그 지경이 되고 혜순 씨와는 남되다 싶이 아주 헤어지시고 말아 끝없이 외롭게 되시고 마음 붙일 곳, 의

지할 때 하나 없는 선생님의 처지를 그 안에 계신 준영 씨로도 선생님을 아끼시고 진정으로 걱정하셔 자기가 역경에 있는 몸으로 한달에 단 한번밖에 편지쓸 자유가 없는 그분으로서 참 귀중한 서신을 제가 받게 된 걸 생각하니 갑자기 눈물이 날 만치 감격함을 느끼는 동시에 불시로 마음을 돌려먹게 되었습니다.

잡담제어하고 선생님이 계신 곳으로 달려가 단 하루라도 말벗을 해가며 시중들어 드리고 싶은 마음이 간절히 일어났습니다.

선생님! 제가 가도 관계치 않겠습니까? 선생님께서 오라고만 하시면 즉시 이곳을 떠나겠습니다. 만약 제가 가서 선생님께 혹시 상치되는 일이나 꺼리는 일이 있다면 거리낌 없이 말씀해 주세요. 그러면 저는 가지 않고 매삭 제 힘이 닿는 대로 약소한 돈이나마 얼마씩 보내 드리겠습니다.

아무쪼록 속히 반신주시기를 고대하면서 그동안 선생님의 병환이 더 쾌차하시기를 진심으로 빌고 있겠습니다.

동경서 은숙 올림

편지를 한숨에 다 내리 읽고 나니 마음은 든든해지고 후련하면서도 머릿속은 복잡해지기 시작하였다. 자기의 몸이 역경에 있으면서도 동무를 그처럼 간절히 생각해 주는 준영이의 두터운 우정이 눈물겹게 고마웠다. 그리고 잘 알지도 못하는 여자한테서 그만치 호의를 표시하는 걸 자기로서 받게 되는 것은 분수에 넘치는 일이라고 생각하매 한편으로는 감사하면서도 또 한편으로는 미안쩍어진다. 허나 지금 자기의 처지로서는 이것저것 가릴 때가 아니라고 좀 염치 불구하고 하는 심사를 가지고서 즉시 답장을 썼다.


6


그 뒤 일주일이 채 못돼서 동경 있는 은숙이가 아무 통지도 없이 영철이 있는 집에 그의 자취를 나타냈다.

밥해주는 여인은 뭘 사러 어디로 나갔는지 집에

없고 영철이만 미닫이를 닫은 채 방안에 누워 손에 다간 책을 펴들고 읽다가 잠이 어렴풋이 들락 말락 하는 판에 마당에서,

"김선생님 계세요?"

하는 쾌활하고도 명랑한 젊은 여성의 부드러운 음성이 들린다.

"네, 누구세요?"

하고 영철은 자리에서 좀 둔하게 일어나가지고 방문 앞으로 가는 동안에 '통치도 없이 동경서 그분이 나오나보다.' 하는 생각이 들매 영철의 가슴은 공연히 두근거려지며 누구냐고 한 자기의 말소리가 좀 어색하고도 약간 떨려나온 것을 자기 귀로도 역력히 들을 수 있었다.

미닫이를 열고 마루로 나가면서 마당 아래를 내려다보니 첫 겨울날로는 유난히 뜨거운 볕이 마당으로 하나 가득 찼는데 거기에 퍽 화려하게 차린 양장 미인 하나가 옆구리엔 윤이 번질거리는 손가방을 끼고 서서 있다. 단발을 한 새까만 머리 아래론 유난히 하얀 얼굴! 좀 갸름한 판에 오똑선 콧날! 눈으

로 사람을 쏘아보는 품이 매섭고 날카로운 듯 하면서도 어딘지 단정해 보이는 고운 눈짓! 입술연지를 두껍게 칠한 탓인지 선지 빛처럼 정열에 타는 듯한 새빨간 입술! 두볼도 화장한 덕분인지 상기나 된 사람처럼 도화빛같이 불그스름함을 역력히 찾아볼 수 있다. 그리고 목고개가 상큼하게 편데다가 호리호리하게 날씬한 키에 더구나 최신식 외투를 몸에 꼭 맞게 해 입어 어울림이 지나치도록 몸맵시가 나보인다.

방에서 생각하고 나올 적에는 동경서 은숙이가 통지를 한댔자 정거장까지 마중 나올 사람도 없을 듯하니까 그대로 엽서 한장 없이 온 게로구나 하였는데 나와 보니 그 차림차림이라든가 또는 얼굴모습이 동경서 한번인가 두 번인가 만나봐 자기 기억에 남아 있는 은숙이 같지도 않아 지금까지 자기가 상상하며 머릿속에 그리고 있던 그와는 너무나 거리가 멀다.

벌써 육칠년이나 지나간 노릇이니까 잊어버려 그런지는 몰라도 그의 얼굴 윤곽이라든가 모양을 아무리 보아도 일전에 뜻하지 아니한 편지를 하고 찾아 오겠노라고 한 그이 같지는 않다. 그리고 너무 지나치게 화려히 꾸민 것만 보더라도 자기로서 찾아오기를 은근히 기다리던 그 여성 같지는 않게 생각된다. 그래 잠깐 머뭇머뭇하다가

"어디 누구를 찾아 오셨나요?"

하고 물어 보았다. 마당 한가운데 우두커니 섰던 그 여자는 얼굴에 약간 미소를 띠고 마루 앞으로 가까이 걸어오면서

"원 선생님두 저를 몰라보세요? 저는 첫대 알아봤는데. 일전 편지로 실례한 조은숙이야요."

"네, 그러세요. 동경 있을 때 한두번 뵙기는 했지만 하두 오래돼 그런지 아주 몰라 뵙겠는 걸요. 어서 이리로 올라오시죠. 지금 오시는 길입니까?"

"네, 이번 특급차로 와가지고 막 내려 들어오는 길이야요."

"그런데 참 아무 통지도 없이 오세요?"

"통지하면 나오실 텝니까? 못 나오실 바에야…."

"제가 못 나가면 다른 사람이라도…."

"아니에요. 이렇게 불시에 침입하는 게 좋지 않아요?"

"하지만 저로서는 대단 미안한데요. 어서 올라오시죠."

"자동차 안에다 짐을 두고 들어왔으니까 나가서 들여오라구 이르구요."

은숙은 손에 들었던 핸드백을 마루 끝에 놓고 돌아서 굽 높은 구두를 제겨 딛는 듯이 사뿐사뿐 걸어 대문쪽으로 사라진다.

"미안하지만 안으로 좀 들여다 주셔야겠는데 어떡하나… 안엔 아무도 없고 병자 하나만 있어 그래요."

"네 괜찮습니다. 제가 들여가죠."

이런 말소리가 그리 똑똑지 않게 들리더니만 자동차 운전수가 앞을 서서 바른손엔 퍽 큰 트렁크 하나와 왼손에는 중치 트렁크 하나를 좀 힘겨운 듯이 들고 들어온다. 바로 그 뒤에는 은숙이가 자그마한 트렁크 한 개를 들고서 운전수를 따라 들어온다. 서슬 있는 값진 가죽가방 세개와 윤이 자르르 흐르는 여자의 하이카라 핸드백이 마루 위에 가게나 벌인 것처럼 쭉 벌려놓여 그것만으로도 조금 전까지 찬바람만이 소리쳐 뒹굴고 있어 음산하기 짝이 없이 살풍경같던 이 집의 공기를 뒤바꿔 놓기에 넉넉하였다.

이리하여 은숙이가 온 그 이튿날부터 그가 손수 밥을 짓고 설거지를 하고 피뱉은 타구를 가셔오고 또는 병원에 약을 가지러 다녔고 가게에 가서 모든 흥정을 해왔다. 이렇게 은숙이 자신이 모든 걸 손수 하는 것이 재미가 나고 흥에 겨운 모양이다.

그래 얼마 동안 시중들던 그 여인은 오지 않게 되어 한 여자의 그림자가 사라지고 다른 한 여자가 그 대신 자기 옆에서 넘놀기는 마찬가지였지만 어쩐 일인지 영철의 감정은 날이 갈수록 부드러워졌고 마음의 고적을 덜 느끼게 되었다.

겨울은 날로 깊어가지만 이 집과 영철의 마음에는 화창한 봄날이 찾아와서 아늑하고도 탐탁한 기분과 상쾌한 정서가 쉴새없이 떠도는 듯해 숨길 수 없는 기쁨이 용솟음친다. 그래 느긋한 행복을 끊임없이 흐트려 놓은 것 같고 또는 죽음의 구렁텅이에서 숨 가

뻔 듯이 허덕거리며 헤매이다가 삶의 희망을 바라보고 아니 벌써 그 희망 가운데서 노니는 듯도 싶다. 그래서 무한히 기쁜 마음이 때때 복받쳐 오른다.

'병을 아주 놓고서 살아만 난다면 죽게 되었다가 거듭난 값이 있도록 조선의 문화를 위하여 그전보다 몇 배 이상 노력을 아끼지 않으리라'고 영철은 굳게 마음먹기도 하였다. 그렇게 하는 것이 자기가 처음 뜻한 본의고 그리고 마땅한 일이며 또는 다시 살아난 값이 있게 될 것이라고 생각하매 어서 하루바삐 나아 성한 사람이 되고 싶었다. 죽을 날만 기다리게 된 병든 몸으로서 헛되이 살고 싶은 강열한 마음에 끌려 몹시 초조해졌다. 이래서는 병에 해로우려니 하면서도 걷잡을 수 없이 조바심하기를 마지 않았다.

이렇게 지내는 동안에 그의 병은 더할락 덜할락 하면서 몹쓸 추위와 싸우던 때는 어느덧 지나가고 안온한 봄이 산에도 찾아왔고 들에도 찾아왔고 강에도 찾아왔고 강기슭에도 외따로 있는 이 집에도 찾아오게 된 것이다.

## 7

　방안에 홀로 누워 지나간 날의 기억을 토막토막 머리속에 그려가며 있으려니까 밖에서 인기척이 난다. 아마 병원에 갔던 은숙이가 돌아온 모양이다.

　자기가 자는 줄 안 모양인지 발소리도 내지 않고 마루 위로 사뿐 올라 오더니만 미닫이를 가만히 연다. 그의 한 손에는 일상 하는 버릇으로 손수건에다 약봉지와 물약이 담긴 병을 한데 싸서 들었고, 또 한 손엔 막 피려고 드는 약간 불그스름한 빛을 띤 벚꽃이 한 묶음 쥐여져 있다.

　"난 주무신다구… 이 꽃 좀 보세요. 벌써 봉오리가 다 벌어지지 않았나…."

　은숙은 꽃다발을 자기 눈앞에 가까이 갖다댄다.

　"참 그렇구료. 어느덧 봄도 한창인 모양이죠? 벚꽃이 이처럼 오늘낼 간 만발하게 됐으니. 어쩐지 밖에 사람 다니는 소리가 전에 없이 요란스럽고 지런지런하더란요."

하고 좀 힘드는 듯이 자리에서 슬며시 일어나 앉았다.

"부벽루 쪽에서부터 울밀대 올라가는 길에는 사람
이 허옇게 널렸어요. 그리고는 꾸역꾸역 자꾸만 올라
가느니 올라가던 걸요. 끊일 새 없이 무척 많이 올라
가요. 아마 꽃구경도 요때가 한창인 듯 싶습니다."

은숙은 이렇게 말하면서 자기가 가지고 온 약들을
영철이 머리맡에다 갖다놓고 벚꽃은 책상 앞으로
가지고 가더니만 먼저 꽂혀 있던 꽃들을 두 병에서
다 뽑더니 병 두개를 다 가지고 밖으로 나갔다.

마당에다 물 쏟는 소리가 들리더니만 조금 있다가
맑은 물을 새로 담아가지고 다시 방안으로 들어와
서 먼저 꽂혀 있던 꽃 중에서 이미 시들어 볼품없이
된 것과 꽃이 떨어져 가장귀만이 성기게 된 것을 골
라내놓고 좀 싱싱한 것만 추려서 병 하나에다가 한
데 모은 다음 또 한 개에다가는 새로 꺾어온 벚꽃을
꽂아서 책상 한가운데다 놓는다. 그리고 나서는 흘
긋 돌아다보고 해죽이 웃으면서

"어때요? 선생님. 이만 하면 조그만 화류는 되죠?
네 그렇죠? 선생님."
하고 영철이 앞으로 가까이 다가앉는다.

"참 훌륭한데요. 꽃 꺾으신다구 수고 하셨겠습니다그려."

"아이 누가 꺾어왔나요."

"그럼요?"

"남이 꺾어 가는 걸 달래 왔어요."
하고 고개를 수그린다.

언제든지 그렇지만 자기의 각혈하는 것 같은 것은 조금도 거리끼지 않고 아주 문제도 삼지 않는 모양이며 털끝만치도 마음에 꺼림칙해하지 않는 것 같다. 그리고 이렇게 화창한 봄날밖엘 나가지 못하고 방구석에만 들어 엎드려 있는 병든 자기를 위하여 방안에서나마 꽃을 보라고 애써 남에게 얻어서까지 정성을 다하는 그의 맘씨! 그처럼 안타깝게 마음을 다하는 그의 행동에는 눈물날 만치 고마운 생각과 진정으로 감사함을 느끼지 않을 수 없다.

"은숙 씨의 모든 은혜를 어떡하나…."

"또 그런 말씀을 하시네. 은혜가 무슨 은혜라구…. 정 그러시면 난 싫어요. 오늘이라두 난 갈 테야요."
하고 성을 발끈 낸다. 일상 활발하던 그의 기색이

별안간 시치무례해진다.

"은숙 씨, 노하셨나요? 노하셨다면 다시는 그런 소리 안 하겠습니다. 하지만 저로서 어떻게 신세만 지고 있다는 그 생각만이야 한시라도 머리에 떠날 리가 있겠습니까."

"그런 객쩍은 생각마시고 어서 병환이나 속히 나실 도리를 하셔요. 선생님! 저는 이렇게 생각합니다. 남을 위하여 사회를 위하여 몸을 전수히 바쳐가며 일하다가 하루아침에 우연히 병들어 외로이 누운, 아무도 돌보는 이 없는 동무를 간호하고 위로한다든가 또는 제힘 미치는 한에서 물질로 도와드린다는 사실이 뭣이 은혭니까? 그리고 신세될게 어디 있습니까?"

"……"

영철은 뭐라고 대답해야 좋을지 몰라서 잠깐 망설이며 잠잠히 앉아 있었다.

은숙은 먼저보다도 더욱 힘있고 침착한 어조로

"하루라도 빨리 쾌차하셔서 그전 하시던 일을 다시 계속 하시는 것이 지금 조그마한 도움을 베풀어

드리는 갚음이 되겠지요. 제가 동경 있을 때 병호 씨한테서 온 선생님께 대하여 그처럼 정에 겨운 편지를 받고 처음으로 선생님의 의로운 처지와 딱한 사정을 비로소 알게 된 때 저의 가슴은 납덩어리나 내리 누르는 듯이 뭉클하고 찡하였습니다. 자기 몸을 돌보시지 않고 남을 위하여 사회를 위하여 길이 길이 내려갈 문화를 위하여 몸과 정신을 오로지 바치고 있는 이 시대의 젊은 사람들의 신상에는 어째서 이처럼 가여움만 따라다니나? 왜 불행하기만 한가? 내 몸을 돌아보시지 않고 하루를 살아도 뜻있고 값있게 살려는 그들이 호화롭고 행복 되지는 못할망정 왜 초라하기만 하고 궁색하기만 하고 가난하기만 하고 그리고 가지가지로 불행한 일만 맛보게 되는가? 하고 생각하매 어디까지 도와 드려야겠다고 마음먹으며 두 주먹은 힘 있게 쥐어지고 눈에는 더운 눈물이 저도 모르는 사이에 핑돌았습니다. 그래서 은연중 식으려던 저의 가슴의 젊은 피가 다시 불타기 시작하였습니다. 여기에 용기를 얻어가지고 선생님께 그런 대담한 편지도 하게 되었고 또는 선생님의 답장을 받자마자 잠시도 머무르지 않고 동경을 떠나서 이리로 선생님을 찾아온 것입니다. 이만 하면 저의 심정을 이해하실 테죠, 선생님!" 하고 영철의 얼굴을 쳐다본다. 그의 얼굴엔 적이 긴장된 빛이 떠돌았다.

"네, 잘 알았습니다. 저도 병든 이후 오늘날까지 아주 정신을 잊어버리고 죽게스리 앓던 때는 몰라도 그렇지 않고 제정신이 들어 있을 때엔 '어서 나아서 그전보다 몇배 더 일해 보겠다' 하는 생각을 안가져본 날이 별로 없었습니다. 그래서 병이 더 더치는 듯하면 '내가 이제는 죽는구나, 이 앞으로 할 일이 많은데.' 하고 마음먹으매 그것은 죽음보다 더 아프고 병의 괴로움보다 더 쓰라린 듯한 심회를 간절히 느꼈습니다. 사실 슬픈 일이었습니다. 이래 내려온 제가 지금 은숙 씨 하시는 말씀을 들으니 저의 마음은 더욱 굳세어진 듯하고 제가 앞으로 걸어 나갈 길을 참으로 이해하여주는 믿음성 있고 힘 있는 길동무를 얻은 것 같아 여지껏 해내려온 결심을 더 굳게 만들어주었습니다. 새로운 용기가 납니다. 은숙 씨! 앞으로 죽지만 않고 살아만 난다면야. 아니 꼭 살아납니다. 그래서 조선의 문화를 북돋고, 키우고, 발전시키기 위하여 머리를 쓰고 붓대를 놀리겠습니다."

영철이는 퍽 흥분되었다.

은숙은 고개를 숙이고 앉아서 영철의 하는 말을 다 듣고 나더니 좀 더 앞으로 가까이 다가앉으며 그의 앙상하게 말라빠진 가냘픈 손을 꽉 쥐고

"네, 꼭 그렇게 해주세요. 저의 소망이 있다면 오직 그것 뿐입니다. 오늘 의사의 말도 어제 진찰해 본 결과가 매우 좋다구 하던데요. 꽃필 머리만 각별 주의해서 아무 이상없이 무사히 넘기시기만 한다면 아주 병을 놓칠 수 있겠다고 해요. 제가 봐서도 이 즈음은 경과가 퍽 좋은 것 같애요."

사실 영철이 자신이 생각해 보아도 요즈음처럼 경과가 양호해진 것은 참으로 기적이라고 아니할 수 없다.

"제 맘으로도 차차 나가는 거 같애요. 오늘은 더구나 전에 없이 기분이 퍽 좋은데요. 아마 사흘짼가

나흘째 피를 안 뺄죠?"

"아이! 도섭스러라. 다시는 그런 말씀 아예 마세요."

하고 눈을 흘긴다.

"그런 소리하면 못 쓰는 법인가요?"

하고 영철은 빙그레 웃었다.

"병자 듣는 데나 또는 병자가 그런 말을 하면 안

된대요."

"입밖에 내지 않고 맘속으로 생각만 하고 있는것

도 안 되나요? 그래도 못쓰는 법입니까?"

왜 이리 빈정거리세요.

"네 그건 관계 없을 듯 합니다. 아이 참, 이야기

하느라고 까맣게 잊었네. 어서 약을 잡숫고 나셔서

점심을 하셔야죠."

하고 책상 한 귀퉁이에 놓인 유리 주전자를 밖으로

나간다.

은숙은 영철이가 약을 먹을 적마다 한번도 잊어버

리지 않고 반드시 물을 새로 갈아 떠왔다. 그래 지

금도 새 물을 뜨러 밖으로 나간 것이다.

영철은 아까 은숙이가 머리맡에 논 약봉지를 집어

서 헤쳐가지고 가루약 한 봉을 날손에 꺼내들었다. 그리고 멍하니 앉아 모든 일에 주의와 정성을 다하고 또는 정답고 친절하기 비할 때 없는 은숙이를 뼈에 사무치고 마음속에 깊이 스미도록 감사히 생각하면서

'아! 진실로 나의 생명의 은인이다. 이 신세를 나로서 어떻게 잊어버리겠는가. 살아나자! 아무튼지 어서 살아나자! 그래서 내가 바라고, 은숙 씨가 바라는 바와같이 어서 하루바삐 완인이 되어 내가 반드시 해야만 할 일을 속히 해보고 싶다.'

입안으로 이렇게 가벼이 부르짖었다.

그 소리는 자기가 듣기에도 힘과 열이 있었다. 영철은 삶의 희망을 붙안고 눈을 크게 떠서 책상 위에 가지런히 놓인 두 개의 화병과 거기에 꽂힌 울긋불긋한 색색이 꽃을 뚫어질 듯이 쏘아보며 앉아 있다.

1936. 8.
(『조선문학』 속간, 1936년 10월)

# 차부

## 1

갓난이 아버지는 해 저물 무렵에야 점심 겸 저녁 겸 얼러서 막걸리 한사발에 다 국 한 그릇을 받아먹은 것이 시장해 그랬던지 머리가 띵하고 눈이 개개 풀리기 시작해 전신이 착 까부러지고 꼬박꼬박 졸려옴을 견디다 못해서 한 칸이라고 해도 넓은 반 칸통밖에 안 되는 움파리같은 벽문방 한 귀퉁이에 쓰러져 세상 모르고 새우등 잠을 자다가

"인력거!"

하고 부르는 바람에 곤하게 들었던 잠을 소스라쳐 깨었다. 허나 자기 차례는 아니라고 스스로 짐작하

였다. 곁에 누웠던 춘보는 눈을 손등으로 비비며 잠이 덜 깬 목소리로

"네!"

하고 방문을 왈칵 열며 밖으로 나갔다.

갓난아버지도 겉묻어 일어나 눈을 손등으로 비비고 한편 구석 벽에 오도카니 걸려 있는 군데군데 찌그러지고 녹이 슬고 벗겨지고 게다가 장침 끝이 부러져 어느게 단침인지 장침인지 얼핏 알아볼 수 없는 먼지가 뽀얗게 앉은 사발시계를 쳐다보았다. 침 한 개는 한시를 가리키고 또 한개는 열두시를 가리키고 있다. 자정인지 새로 한시인지 얼핏 알아맞힐 수는 없어도 자정이 지난 것만은 틀림없다고 짐작하면서 속으로 '아차, 늦었구나.' 하면서 벌떡 일어나 선반에 얹힌 등을 집어 내렸다. 방문 옆에는 만춘이가 코를 드르릉드르릉 골며 동여가도 모르게 썩 잘 자고 있었다.

춘보 바로 다음 차례가 만춘이니까 그들과 자기만 남겨놓고 다른 네 사람은 의례히 버릇이 되다시피 한 밥벌이를 나간 것이다.

밖에서는 삯을 다투느라고 옥신각신한다. 꽤 한참 웅얼거렸는데도 그저 타는 기색이 없을 제는 이틀 만에 하나 걸린 손님이 재수 없는 김에 더 재수 없이 무척 인색한 사람이라고 생각한 갓난이 아버지는 좀 부아가 끓었다.

그래 한 손에 쥔 등을 더 힘있게 쥐며 방문을 내밀려 할 때 손도 채 대기 전에 저절로 왈칵 열렸다. 깜짝 놀라 눈을 크게 뜨고 밖을 내다보니 춘보가 우뚝 섰다.

"생전벌이는 못해먹어도 그 값에는 안 가요. 내 원 재수가 없으려니까."

춘보는 어지간히 속이 상한 듯이 좀 거친 목소리로 이렇게 메다붙이듯 하고는 방안으로 들어온다.

갓난이 아버지는 그대로 잠자코 나가려다가 이런 고비에 아무 말도 안하면 서운해 할까 봐

"어딜 가는데 얼마라게 그래?"

"제길할 거. 속상하네 속상해. 내 원 재수 없는 놈은 자빠져도 코가 깨진다더니 별게 다 걸려. 여기서 계동막바지까지 이십 전에 가잔다네. 그것도 과하다구

그래… 흥 39년 만에 하나 걸리는 게 요따위야."

하고 담배연기에 글어서 시커멓게 된 신문지로 바른 벽을 등지고 기대앉는다.

"그만두게. 곧 일원짜리 벌이가 걸릴는지 누가 아나."

갓난아버지는 이렇게 배속 유한 소리를 하고 밖으로 나왔다. 방 안에서는 여전히 혼자 투덜투덜한다. 춘보로서는 화도 남직하다. 바로 자기 다음 차례니까 어제 아침에 자기가 삼십전 받은 그것도 나흘만에 돌아온 벌이로 나갔다가 들어온 이후 지금같이 삯을 다투다가 그저 간 손님조차 한 사람도 없었다. 어젯밤에도 춘보와 만춘이만은 그나마 차례를 바라고 밥벌이도 나가지 못하였다. 실상은 나갔던 사람들도 너나 할 것 없이 허탕을 치고 돌아오기는 했지만….

갓난아버지는 오늘밤도 어찌될 줄 모르는 뜬벌이를 믿고서 허리를 굽혀 인력거 앞채를 잡고 그다지 신나지 않게 일어섰다.

## 2

'오늘이야 설마….'

이런 소리를 몇 번인지 입속으로 되풀이 하면서 힘없이 빈 인력거를 끌고 좁은 골목을 아로새겨 어슬렁어슬렁 걸어 나오던 갓난아버지는 첫 여름이지만 밤이 이슥해지니까 그런지 술이 깨느라고 그런지 약간 선선해짐을 느껴 어깨를 소승기며 온몸을 움칫하였다. 좀 추운 기운에 겉묻어 허기증도 연달아 난다. 허나 주머니 속에 돈이라고는 일전 한푼 없다. 아까 담뿍 오전 남았던 거로 막걸리 한잔을 먹었기 때문에….

큰길을 막 나서려니까 전차 하나가 동대문 쪽을 향하고 좀 빠르게 내려가는 것을 본 그는 아까 방안에서 본 시계가 한시가 아니라 열두시 막 지난 줄을 알 수 있었다. 넓은 길바닥을 나서보니 다른 날보다 유난히 거리가 휘황한 듯하다. 전등불이 어제보다도 더 많은 것처럼 무척 밝아 보인다.

마침 자동차 한 대가 무슨 괴물처럼 두 눈을 부라

리며 먼지를 날리고 이 세상에는 저밖에 없다는 듯이 호기 있게 지나간다. 그 뒤미처 연달아 둘 셋이 또 지나간다. 이번에는 반대편 쪽으로 기세 있게 커다란 소리조차 지르며 둘씩이나 줄 대 지나간다.

그는 한참 동안 얼빠진 사람처럼 멀거니 선 채 오고가는 괴물들을 시기하는 눈초리로 쏘아보았다. 그의 눈에는 자동차가 자기네 살림살이를 날로 못살게 구는 수수께끼같은 괴물로밖에는 더 달리 보이지 않는다. 그래 살기 띤 눈초리로 그 괴물들을 쏘아 보다가 대세를 짐작할 수 없다는 듯이 좀 실망하는 낯으로 다시 어슬렁어슬렁 빈 인력거를 끌면서 종로로 향하여 내려갔다.

청년회관 앞에서 내려가려니까 붉은 불을 단 전차가 웅장한 소리를 내며 전속력을 다하여 쏜살같이 지나간다.

'옳지, 이제는 우리 세상이다.'

막차가 내려가는 것을 본 그는 입 안으로 가만히 부르짖었다.

허나 한낱 불안은 마음 한 귀퉁이에서 고개를 든

다. 괴물들은 쉴새없이 그 전보다도 더 많이 왔다 갔다 한다.

그는 슬슬 걸으면서 머리를 들어 이리저리 둘러보니 자기와 같은 밥벌이꾼들은 그럼직한 곳이란 곳은 벌써 모조리 진을치고 서서들 있다. 으리으리하게 우뚝우뚝 솟은 양옥집, 거기다가 밝은 빛이 나다 못해 새파란 색이 나는 전등으로 꾸미고 또는 빨갛고 푸른빛 나는 실 같은 불이 얼기설기 얽혀 있고 오색이 영롱한 불이 번갈아가며 꺼졌다 켜졌다 하는 그 밑에 옹기종기 서서있는 인력거들은 마치 주춧돌 아래로 지나가는 개미처럼밖에 안 보인다.

때마침 반취나 된듯한 조선옷 입은이 하나가 약간 비틀거리며 마주 올라온다. 갓난아버지는 입을 열어 "타고 갑쇼." 하고 말을 건네려다가 저편에서 머뭇머뭇하는 것을 눈치 챈 그는 여기서 먼저 말 내는 것이 그리 이롭지 못할 줄 알고 그 사람의 거동만 은근히 살폈다.

그 사람은 잠깐 우뚝 섰다가 무슨생각이 들었는지 그대로 지나쳐 간다. 이렇게 된 바에야 이쪽에서도 말 건넬 시기를 놓치고 말았다. 그래 하는 수 없이 다시 어슬렁어슬렁 탑골공원 앞을 바라보고 내려가려니까 건너편 야시들도 벌써 걷어치우기 시작하였다.

이번에는 어지간히 취한 듯한 양복쟁이 혼자서 넓은 길이 좁다고 비틀거리며 올라온다. 그는 우뚝 서서 양복쟁이가 가깝게 오기를 기다려 좀 재바르게,

"타고 가시죠. 대단 취하신 모양인데요."

하고 허리를 굽혀 앞채를 땅에다 내려놓으려 할 때

"아따 니가 술 사주었니?"

하는 바람에 '이키, 또 틀렸구나.'

이렇게 속으로 생각하고 굽혔던 허리를 다시 펴면서

"대단 취하신 모양이니까 실수하실까 봐 타고 가시자는 거죠."

사실 말하는 소리 들어 봐서는 그다지 취하지 않은 모양 같다.

"권에 비지떡이라구 그럼 어디 타볼까. 참 삯을 정해야지. 저— 현저정까지 얼마줘?"

"처분해 주시죠."

"안 돼 안 돼. 가서 딴소리하는 걸."

"삼십전만 줍쇼."

"응 삼십전? 언문만 하지."

"언문이라뇨?"

그는 몰라서 되채 물은 게 아니다.

"이거 어디 백성야. 그래 언문도 몰라. 그러면 반이란 말도 못 알아먹겠구면, 십오전이란 말이야. 이 사람아."

"망령이시죠. 그돈 받고야 가겠습니까. 십리나 되는 데를!"

"그 사람 미쳤군. 젊은 사람이 망령이야. 안가면 그만둬라. 이렇게 인족거로 걸어가지… 술은 한숨인가 눈물이런가."

양복쟁이는 목청을 높여 노래를 빼며 뒤도 안 돌아다 보고 여전히 갈지자걸음으로 걸어간다. 갓난 아버지는 하도 어이가 없어서 그의 부러 비틀거리는 듯한 뒷모양을 물끄러미 바라보다가 쓰디쓴 웃음을 한번 싱긋 웃었다.

## 3

아무리 큰 길이라고 하더라도 차차 사람의 발자국 소리가 성기고 띄엄띄엄 짐을 벌이고 있던 장사꾼들도 짐을 걷어치우고는 집으로 돌아가 번거롭고 복대기치고 왁자하던 이 거리도 깊어가는 밤을 쫓아 점점 쓸쓸해졌다.

카페, 찻집, 빠―

이렇게 몇 군데 문 앞에 버정거리던 그는 마침내 우미관 골목 윗 모퉁이 무슨 회관이라고하는 카페 ―문전―보기 싫은 괴물도 둘이나 있고 동간들도 서넛이 서서있는 틈을 비집고 들어섰다.

처음부터 이 근처에 진을 칠 것이로되 조금 늦게 나온 탓으로 벌써 육칠명이나 이 언저리를 솔개미 모양으로 빙빙 돌기 때문에 할 수 없이 다른 곳으로 헛되이 돌아다니다가 다시 이곳은 찾아온 것이다. 이곳이라고 뭐 신통하랴 하면서도 전에 몇번 재미를 본 적이 있는지라. 혹시하는 요행수를 바라고 울긋불긋한 불빛이 은은히 흘러나오는 유리창문을 물끄러미 바라보고 서서 있었다.

안에서 떠들썩하더니만 양복쟁이 두 명이 밖으로 나온다. 뒤미처 얼숭덜숭하게 무늬논 옷 입은 어여쁜 아가씨 두 분이 문에 연해서 또 오라는지 뭐라는지 연지 두껍게 바른 입술을 제비모양으로 쫑긋거리며 하얀 손을 높이 들어 흔든다. 그들도 고개를 돌이켜 영어같은 소리를 던지고 달려드는 인력거꾼들을 귀찮은듯이 비키며 자동차 안에 몸을 실었다. 그들을 태운 자동차는 굉장한 승자 모양으로 소리를 내어 움직인 다음 먼지와 휘발유 냄새만 풍기고 유유히 차차 빠르게 달려 마침내 자취를 감추고 말았다.

갓난아버지는 이때처럼 자동차가 미운적은 일찌기 없다. 옆에 한대 남아 있는 것을 곁눈질로 흘겨 볼 때에 자기의 인력거라도 들어서 힘껏 메다치고 싶은 마음이 걷잡을 새 없이 복받쳐 오른다.

때마침 안에서 나올 손님을 재촉함인지 혼비백산할 만치 경적을 울렸다.

그는 불시에 꽥지르는 이 소리에 소스라쳐 놀라지 아니치 못하였다. 온몸이 졸아드는 것처럼 자지러졌다. 괴물은 당장 자기를 해치려는 줄 눈치채고 소리를 버럭 지르는 것 같았다. 그리하여 그는 맥이 풀린 채 어안이 벙벙해 가만히 서있었다.

얼마쯤 지난 뒤 또 안으로부터 떠들썩하는 소리가 나며 여러 그림자들이 어른거린다. 닫혔던 문이 소리도 안내며 열리더니 이번에는 조선옷, 양복서 꺼내 입은 축 셋이 세상만난 듯이 흥청거리며 나온다.

아까처럼 인력거꾼들은 그들 앞으로 모여들었다. 나오던 사람 중에 하나가 자동차 앞으로 가까이 다가서며 운전수에게 말을 건넨다.

"빈차요?"

"빈차는 빈차죠만. 손님께서 안 부르셨다면….."

"상관있소. 아모나 탑시다 그려."

"안 됩니다. 다른 차 부르시죠."

그는 더 말해야 소용없는 줄 짐작했던지 다시 돌아선다. 인력거꾼들은 기회나 만난듯이 좀 큰목소리로 제가끔

"인력거 타고 가시죠."

"세분이 타고들 갑쇼."

"타면 자동차 타지 인력거 안 탄다."

"요즘은 인력거가 되려 비싼 걸… 천천히 걸어들 가세."

"싸게 해드릴께 탑쇼."

하고 갓난아버지는 말을 건넨다.

"아무리 싸대도 자동차보다 더 쌀 수 없을 걸. 그래 더구나 셋이 탄다면."

"암 그렇구말구. 아무리 해도 오십전 안 들 수는 없을 테지."

하고 한사람이 이렇게 맞장구를 쳤다. 또 한 사람마저 그 뒤를 따라

"같은 오십전이면 난 자동차 타네. 누가 갑갑하게 인력거를 탄담. 자— 어서들 가세. 가다가 빈차 지나가거든 불러 타지."

이렇게 승강이를 하는 동안에 두축이나 그 안에서 나와 자동차나 인력거는 탈 꿈도 안 꾸고 그대로들 지나쳐 갔다. 이러니 저러니 하고 찧고 까불던 세 사람도 그대로 돌아가 버렸다.

뒤미처 나오기를 기다리던 자동차도 네 사람의 손

님을 싣고 네 대의 인력거를 빈정거리는 듯이 뒤로 남겨 논 채 의기양양하게 쏜살같이 닫는다. 네 동간은 숨기랴 숨길 수 없는 시기하는 눈초리로 차차 멀리 사라지는 괴물의 뒷모양을 쏘아보며 넋잃은 사람들처럼 멍하니 서있다. 아주 그림자까지 사라진 뒤까지도 그들은 멀거니 선채 용이히 고개를 돌릴 줄 몰랐다. 갓난아버지는 부아가 넘늘었다. 심통이 났다. 그래 전신을 탕탕 메다붙이고 싶은 생각이 든다. 신신치 않은 병문벌이가 그나마 한 달 전부터 차차 뜨고 하루 한 번씩 삯이 많으나 적으나 밥벌이가 걸려 뜬벌이라고 시작한 것이 도리어 정말벌이로 여기던 것조차 횡이틀 사흘씩 골방으로 건너뛰는 그 까닭이 자동차 값을 또 내린 때문이 확실하다고 그는 새삼스럽게 깨달은 듯이 느꼈다.

횡하니 쓸쓸해진 거리는 아까보다도 더 한층 사람의 자취가 뜨다. 나올 손님을 기다리는 이곳도 문닫을 때가 닥쳐온다. 허나 쏜살같이 닫는 괴물만은 여전히 이따금씩 내 세상이라는 듯이 왔다갔다할 뿐. 간혹 괴물들 틈에 끼여 먼지를 뒤집어쓰고 숨찬 듯이 헐떡이며 오고가고 하는 인력거, 부들부들 떨며 빠르지는 못하나마 앞으로 나가는 것 마치 뒤로 뒷걸음치는 것처럼 안타까워 보인다.

"타고 가십쇼."

불을 더러 끈 아까보다 좀 어슴푸레한 그 안에서 나온 두 청년은 대꾸도 않고 그대로 지나가 버린다. 곤드레만드레가 된 폼이…

"타고들 가시죠."

"안 탄다, 안 타. 사람이 끄는 걸, 사람이 타다니. 백제."

"야! 위대한 인도주의자여"

이렇게 빈정거리는 좀 커다란 목소리가 고요해진 밤거리의 쓸쓸한 공기를 여지없이 흔들어 놓았다.


4


갓난아버지는 마침내 믿었던 밥벌이조차 이틀째 허탕을 치고 병문을 향해 힘없이 돌아설 때 쓸쓸해진 밤거리와도 같이 서운하고 외롭고 쓸쓸하고 서글픈 생각이 마음속에 빈틈없이 스며든다. 털끝만치도 남한테 피침한 소리 아니 피침한 소리는커녕 일언반구의 위로나 동정하는 말만 듣는 대도 당장 눈물이 쑥 쏟아질 성싶다.

허나 외로이 밤거리를 오직 여러 전등불에 비쳐 때로는 크고 작고 어느덧 뚱뚱하고 홀쭉해지는 몇 갈래의 자기의 그림자만을 동무삼고 억제할 수 없는 처량한 심회를 억지로 누르면 맥 풀린 사람처럼 천천히 걷기 싫은 걸음을 걸었다.

"아버지, 저— 할아버지가 쌀 팔아 달라구."

몇 발자국 안 가서 갓난이의 음성이 이렇게 똑똑히 들리는 듯하다. 과연 내일 아침거리가 걱정이다.

많지 못한 찬밥 덩이로 하루를 연명해 온 절뚝발이 아버지는 어미 없는 손녀를 시켜 아침일찍 쌀 팔아 달라고 반드시 병문으로 내보낼 것이다. 쌀 팔아 달라는 어린 딸의 목소리가 자기 귀의 엉겁을 한 듯이 징하게 들린다.

그는 기가 막혔다. 가난한 살림살이가 지긋지긋 진

절머리가 난다고 하더니만 다섯 해 전에 두 살난 어린 것을 내버리고 온다간다 말 한마디 없이 도망가 버린 아내가 때로는 얄밉고 원망스럽다가도 밥 못 짓도록 궁이 낄 때에는 도리어 잘 가버렸다고 생각한 적이 한두 번 아니었다. 불시에 도망간 아내의 얼굴이 어른거리다가 문득 사라지고 갓난이의 해죽이 웃는 귀여운 얼굴이 뚜렷이 나타난다. 애미 정 모르고 할아버지 손에 자라난 불쌍한 어린것과 병신 홀아버지를 간혹 굶길 적마다 사내답게 떡 벌어진 기운찬 그의 가슴은 칼로 에이는 듯이 쓰라림을 맛보았다. 그는 또다시 내일 아침에 좀 말하기 거북한 듯한 어린 딸의 얼굴을 그려볼 때 새삼스럽게 그놈의 자동차가 무척 미웠다. 운전수조차 원수처럼 생각된다. 마침 자동차 한대가 지나간다. 그는 도끼눈을 뜨고 당장 쫓아가 이제는 아무짝에 쓸모없이 된 듯싶은 이 인력거를 들어쳐 보기 좋게 부셔 버릴 듯이 쏘아본다. 또 마음 한 귀퉁이에서는 큰 바위돌을 들어서 한숨에 힘껏 내려쳐 산산조각을 내어 가루같이 만들고도 싶고 또는 전기전대를 빼가지고 그놈의 괴물들을

433

닥치는 대로 모조리 때려 부수고 싶다.

그는 머리가 어찔하더니만 현기가 심해 한참 동안을 우두커니 서서 간신히 진정한 다음에 다시 걷기를 시작하였다.

'아차 내 잘못했다. 아까 먼젓 번 십오전이라도 받고 갈걸… 이런 판에 십오전이 어디냐.'

그는 언문만 하자는 그 사람 놓친 게 이제 와서는 적이 후회되는 듯이 입만으로 웅얼거렸다. 허나 어쩔 수 없는 깨진 파기라고 생각한 다음 고개를 숙여 땅만 굽어보고 걷는다. 그가 별안간 이렇게 하는 것은 그 자신으로도 헛짓인 줄 마음 먹으면서 그래도 혹시 하는 요행수를 바라는 때문이었다.

눈에 좀 이상스런 물건만 띠면 발부리로 건드려 보기도 하고 뭉개보기도 하고 지근지근 대보기도 하고, 넌지시 차보기도 여러 차례 하였다. 지갑 같은 것은 고사하고 돈이 든 듯한 것은 하나도 땅에 떨어져 있지 않았다. 이번에는 종이 부스러기를 눈여겨보았다. 그렇다고 십원이나 오원짜리는 마음도 못 먹었다. 기껏 일원짜리를 바랐다.

'다, 단 한장이라도 하느님 덕분에.'

그는 이렇게 정성껏 바라기를 마지 않았다. 허나 종시 그것조차 그의 안타까운 마음을 시원하게 풀어주지 못하고 말았다.

'제길 할 거. 내 왜이리 어리석은 짓을 해…' 입으로는 이런 말을 되풀이하면서도 먼저 먹었던 마음을 쉽게 흘려버리지 못하였다.

이번에는 '오십전짜리 한 푼이라도' 하고 아까만 못지않은 정성을 다해 찾기를 게을리 하지 않았다. 그리하여 얼마 걷지 않는 동안에 몇 번인지 모르게 생철 조각을 보고도 가슴이 선뜩하고, 맥주병 마개를 보고도, 돈인가 싶고 가래침을 보고도 집으려 하였다. 돈이 아닌가 하고 속을 적마다 가슴이 울렁거렸다. 근처에 아무도 없지만 아마 저게 돈이지 하고 마음먹을 적마다 누가 곁에서 보는 것 같아 가슴을 조이면서 두리번거렸다. '이러다가 정말 있으면 어떡하나.' 하고 죄진 사람처럼 얼굴을 붉히다가도 '종시 없으면 어쩌나?' 하는 분한 생각이 먼저 먹었던 마음을 보기 좋게 흘려버린다. 그래 그는 열심히 땅만 살피며 걸어간다. 이렇게 한참 동안을 걸었으나 오십전은 커녕 일전한푼 눈에 띄지 않는다. 바랐던 바는 갈수록 어그러지고 말았다. 일전도 못 줍는 주제에 이번에는 하는 수 없이 또 떨어져 십전이 되었다.

밝기를 기다리는 거리의 전등불은 잠 못 자고 애써 벌겋게 핏줄 선 두 눈으로 단 십전만이라도 얻어질까 하고 초조해하는 그의 모양을 비웃는 듯이 흘겨보고들 있다.

## 5

오늘 벌이가 헛되이 돌아감과 마찬가지로 요행수를 바라던 것도 허튼수작으로 돌아가 버리고 말았다. 그리고 보니 내일 아침거리가 정말 걱정이다.

외상은 막무가내… 그러면 누구한테 꾸어나 볼까. 그러나 될성부르지 않다.

여러 동간을 차례차례 손꼽아 보았으나 깡그리 남에게 돈을 취해 줄 만치 난 사람은 하나도 없다. 신신치 않은 벌이로는 밥 지어 먹기도 곤란한데다가 너 나 할 것 없이 제 인력거 가진 사람이라고는 하나도 없기 때문에 좀 주머니 귀퉁이에 언제가다 돈냥이나 남으면 빚 갚느라고 눈코 뜰 새가 없다.

인력거가 허술해진다거나 어디가 부러지고 깨져 고치거나 또는 부속품 같은 것을 사야만 할 때에는 그 돈이 없기 때문에 반드시 인력거를 잡히고 빚을 얻어 쓰는 것이 그들의 버릇으로 되고 말았다. 그리하여 너나 할 것 없이 빚구덩이에서 헤나질 못한다. 갓난이 아버지는 자기의 가엾은 신세와 불쌍한 집안 식구를 새삼스럽게 생각해 보았다.

이십 년 인력거꾼 노릇에 반반히 제 인력거 하나 가지지 못한 자기나 삼십년 목수 노릇에 집 한칸 가지지 못하고 남의 집 행랑방, 그나마 삼원씩 내는 사글세를 요새처럼 못 내면 나종판에는 집짓다 떨어져 부러진 다리를 부둥켜안고 굶어서 거리 죽음을 면치 못할 병신 아버지의 눈물겨운 모양을 눈 앞에 그려볼 때 숨이 막히고 기막히는 품이 당장 미칠 듯싶다. '인력거 끌다가는 굶어 죽겠다. 뭐든지 딴

노릇을 해야겠다.'

이렇게 외마디 소리처럼 소리 내 부르짖는 그의 눈앞에는 구루마 끌고 다니는 과일장사, 아이스크림장사, 얼음과자장사… 이처럼 여러 그림자가 번갈아 휙휙 지나간다. 그것도 밑천이 있어야 안하나 하는 생각이 들 매, 그 역시 허튼 수작이라고 고개를 내흔들었다.

이러고 보니 그로서는 막다른 골목을 당도한 듯한 느낌이 들어 한참 동안 곰곰이 이리궁리 저리궁리 생각하다가 마침내

'옳다. 도적질이다. 도적질밖에는 별 다른 도리가 없지 않으냐.'

하고 그는 사방을 휘휘 둘러보았다. 가슴에선 벌써 두방망이질을 하기 시작하였다. 약간 떨리는 몸을 억제하면서 어느 좁다란 골목으로 들어섰다. 무엇이 저쪽에서 바람결에 버석만 해도 소스라쳐 놀라 온몸에 소름이 끼치는 것 같고 자기의 그림자가 땅에 비낀 것만을 보아도 간담이 서늘해진다. 이런 비할 데 없이 불안한 마음을 오십 평생에 일찍이 한번

도 느껴본 적은 없었다. 인력거를 한참 동안 빨리 끌고 난 때처럼 숨이 점점 가빠지다가 종당에는 헐떡거려진다. 오늘날까지 갖은 고생을 다해 내려왔지만 이처럼 괴로워 본 적은 없었다. 그는 마침내 괴로움과 불안을 참다 못하여 굳게 먹었던 마음을 다시 돌이키지 않을 수 없었다. '차마 도적질은 못하겠다. 굶어 죽더라도 하기도 전에 이처럼 괴로울 제 훔치고 난다면 얼마나 마음이 볶일까?'

마음을 갈아먹은 뒤 얼마 동안 안심은 되었으나 허기 중에 눈이 컴컴해진다. 자기가 시장함을 이처럼 못 견디겠는 걸 생각하매 병신 아버지와 어린 딸년의 배고파하는 초조한 형상이 눈앞에 어렴풋이 나타나 그는 다시금 결심하였다. '에이 빌어먹을 거. 무엇이든지 훔치자.'

그는 미친 사람처럼 부르짖으며 어느 빈지드린 가게 앞에 우뚝 섰다. 몇 번이나 좌우를 둘러보며 죽을 힘을 다해가지고 빈지를 지근거려 보았다. 열릴 성싶지 않다. 그리하여 생각을 고쳐서 어느 집 담이라도 뛰어넘기로 하고 가게 앞을 누가 쫓는 듯이 좀 재바른 발씨로 그곳을 급히 떠났다.

얼마만에 전등불도 그리 없는 좀 우중충하고 으슥한 골목으로 들어섰다.

중턱쯤 오다가 어느 담모퉁이에 인력거체를 내려놓았다. 그러고 나서 무엇이 미심쩍은 듯이 이쪽저쪽을 휘휘 두리번거리고 나서 인력거 발 놓는 방탕 위로 올라서서 담 안을 넘어다 보았다. 그리 높지 않은 담이라 힘 안 들이고 손쉽게 넘어갈 수는 있지만은 넘어갈까 말까 하고 가슴을 귀로 들으면서 망상거리던 판에 별안간 어느 구석에선지 젖먹이 어린애의 바늘로 찌르는 듯한 울음소리가 자지러지게 일어난다. 그는 가슴이 덜컥 내려앉았다. 도적놈의 마음이라 인기척에 놀라기도 하였지만 그보다도 갓난이의 어렸을 적 울던 울음소리가 불시에 생각나서 더 한층 놀라고 만 것이다. 그래서 땅 아래로 얼핏 뛰어내려 인력거 체를 다시 잡으며 무거운 머리를 내저으면서 깊은 생각에 잠겼다.

혈속이라고는 오직 하나밖에 없는 어린 딸을 애미 없이 젖 없는 고생, 어멈그늘에서 자라지 못한 뭇설

움, 배곯고 헐벗은 설움, 이처럼 가지가지의 고생만을 시켜오다가 나중판에는 도적놈의 딸이라는 누명을 들씌워 주고 싶지는 않았다. 그리고 내일 죽을지, 모래 어떨지 모르는 병신 아버지에게 병신인 것도 불쌍한데 게다가 도적놈 병신 우에다가 덧붙여 주고 싶지는 않았다.

그리하여 그는 다시 들어오던 길로 돌아서서 맥풀린 다리를 힘없이 옮겨놓는다.

아무도 없는 갈수록 쓸쓸한 밤거리를 혼자서 얼빠진 사람처럼 걸어가는 것이 마치 꿈길을 걷는 것 같다. 이렇게 함참 걸어오는 사이에 그는 차츰차츰 세상이 모두가 귀찮은 생각이 든다.

'제길할, 나 한 몸 죽으면 고만이다. 죽은 담에야 누가 아나….'

다음 생각은 어떻게 죽을까 하는 것이다. 일상 하던 버릇으로 주머니에 손이 갔다.

'비상 사먹고 죽으려도 노랑전 한 푼 없다는 말이 내게 두고 맞았구나. 어쩌면 요렇게도 알뜰히 톡톡 털었니…. 설사 있더라도 지금은 살 수도 없다.'

그는 또 어떻게 죽을까 하고 궁리해 보았다.

'옳다. 물에 빠져 죽자. 춘보 녀석이 툭하면 나 한 몸이 한강수 깊은 물에 풍덩실 빠져 죽으면 그만인 걸… 하더니 이제 내 코에 닥쳤구나. 이 길로 한강 철교로 가자.'

그는 한강 가는 쪽을 향하고 얼마 동안 걷기를 재촉하였다. 기운이 점점 까부라져서 걸음조차 안 걸린다. 죽으러 가는 놈의 걸음걸이가 그리 활발하거나 빠를 게 없는데다가 허기증이 갈수록 심해져 그대로 자지러질 것 같다.

이렇게 걷다가는 밝기 전에 대갈 수도 없겠지만 더 걸을 수도 없다. 그래 그는 마음을 고쳐먹었다. 이번에는 목을 매 죽기로 결심하고 새끼를 이리저리 둘러 찾았다. 그것조차 눈에 띠지 않는다. 지금까지 걸어오던 길을 다시 돌쳐서서 얼마쯤 또 걸었다. 길 한모퉁이 나무가게 같은 곳이 눈에 띤다. 그는 그리로 발길을 옮겼다. 그리하여 그의 손에는 어렵지 않게 한 발 남짓한 좀먹은 새끼줄 한 오라기가 쥐여졌다. 허나 새끼 쥔손은 부르르 떨리기 시작하였다. 손만이 아니라 전신에 소름이 쭉 끼치며 사시나무 떨리듯 걷잡을 새 없이 막 떨린다.

그의 눈앞에 혓바닥을 기다랗게 빼물고 두 눈을 홉뜬 채 축 늘어진 자기 자신이 나타났다. 그래 자기도 모르게 외마디 소리를 지르며 질겁을 해 몸서리를 쳤다. 그 흉악한 모양은 여전히 눈에서 쉽사리 가시지 않는다. 오히려 더 똑똑하게 어른거려 어쩔 줄을 모르겠다. 절름발이 아버지가 한 손으로 송장을 붙들고 또 한 손으론 땅바닥을 너무 두드리며 기막혀 우는 모양, 뒤 미처 갓난이가 달려들며 송장을 얼싸안고 몸부림치며 느껴 우는 광경을 아무리 흘려버리려고 암만 애써도 도무지 흘려지지 않는다. 애쓰면 애쓸수록 그 보기 흉한 안타까운 광경은 더욱 똑똑해질 뿐이다. 그는 견디다 못해서 고개를 힘 있게 흔들면서

'못 죽겠다. 못 죽어. 의지할 데 없는 늙은 아버지와 철모르는 어린 딸년을 두고는 차마 못 죽겠다.' 라고 손에 쥔 새끼를 멀리 팽개쳤다.

## 6

한밤 동안 길에서 헤맨 갓난아버지는 몇 시간 지내온 일과 지금 자기가 서 있는 것을 꿈인지? 생시인지? 저승인지? 이승인지? 무엇이 무엇인지? 자기조차 잊어버리고 내일 하루 살 걱정을 하며 오도마니 섰다가 그대로 땅바닥에 펄썩 주저앉으며 아래와 같이 힘없이 부르짖었다.

'어떡하나. 어쩌면 좋은가.'

짧은 여름밤이라 어느덧 동편 하늘에는 먼동이 트느라고 훤해온다. 그는 땅바닥에 주저앉은 체 넋 잃고 얼빠진 사람처럼 차차 밝아오는 동쪽 하늘을 멀거니 바라만 보며 아래와 같은 말을 두 번째 힘없이 되풀이해 부르짖었다.

'어떡하나? 어쩌면 좋은가?'

1936. 5. 24.
(『조광』, 1936년 11월 발표)

# 천재(天災)

## 1

　가물에 비를 기다리는 농군의 마음이란 비할 때 없이 안타깝고 눈물겨운 일이다. 솔개미 그림자만 지지리 탄 땅위로 스칠라 치면 행여나 구름장인가 하는 무슨 기적이 아니면 요행수를 바라는 듯한 반갑고도 일면 조마조마한 생각에 끌려 뭇사람은 재빠르게 허공만 헛되이 치여다 본다. 다른 해 같으면 거의 두벌 김이나 나갔을 터인데 금년엔 어찌나 가물던지 초복이 가까워도 제법 모 한포기 꽂아보지 못한 이 근처 마을사람들은 불안에 싸여 있다.

　생전 비라고는 안 올 듯한 날씨가 거듭할수록 군

데군데서 일어나는 물싸움만이 더욱 소란해질 뿐이오. 오늘도 봉례네 집에서는 이른 아침밥이 끝난 다음 그의 아버지는 활등같이 굽은 등에다가 가래를 둘러 메고 개울로 나갔고 그의 어머니는 겨우내 눈이라곤 오지 않은 데다가 지독한 강추위로 해서 다 얼어 죽다시피 된 갈보리를 다른 식구들은 생각지도 않고 거들떠 보지도 않지만 먹이에 하도 궁하니까 그래도 좀 건져먹을게 있을까 하고서 낫을 들고 보리밭으로 나갔고 봉례의 남편인 갑룡이는 용두레질을 하려고 바로 자기가 부치는 논두렁 옆웅덩이로 나간 다음 봉례는 밥 먹은 설거지와 여기저기 귀살머리쩍게 벌려놓은 군지력이를 걷어치우는 동안 올봄에 겨우 백날 지낸 아들놈이 일곱 살 나는 제 누이에게 안겨서 젖 달라고 보채다 못해 나중에는 악파듯 우는 바람에 치우던 것을 건성건성 보살피고는 자지러지게 우는 어린애를 딸년 금순이에게서 받아가지고 마루 끝에 걸터앉아 젖꼭지를 어린애 입에다 물렸다.

구름 한 점 없이 내리쪼이는 이글이글한 햇볕이

온 마당으로 하나 가득차 뜨거운 김이 마치 불화로를 가까이 갖다대는 듯 확확 끼쳐 오른다. 더운 기운에 숨이 컥컥 막힐 지경이다. 봉례는 어린 것을 다시 금순이에게 업혀놓고 장독대 앞에 놓은 물동이를 집어 이고서 우물로 향해 나갔다.

바로 홰나무 아래 있는 우물두덩에는 크고 작은 동이와 방구리와 양철통들이 즐비하게 수없이 그러나 차례차례로 가지런히 놓여 있다. 먼저 온 사람들은 물을 찌느라고 우물 속에 들여다들 보고 있으며 아직 차례가 닥쳐오지 않은 사람들은 우물 언저리에서 버정대고 서서들 있다. 봉례도 머리에 이었던 그리 크지 않은 동이를 내려서 맨 꽁무니에다 갖다 놓고 이 동리에서 가장 친하게 지내는 자기 나이와 어금지금한 성복이 어머니 앞으로 가까이 다가섰다.

"이렇게 비가 안 오다가는 농사는커녕 먹을 물도 없어 말라 죽지들 않겠수? 성복이 어머니?"

봉례가 먼저 이렇게 말을 건넸다.

"누가 아니라우. 사람들이 그처럼 이악하고 극성스럽더니 하느님도 미워서 이제야 내남직 할 거 없이 다 죽이시려나 보… 참, 이 우물이 이렇게 말라 보기는 내가 이리로 시집온 뒤 아마 처음 되나봐.… 가만 있거라, 저 —바로 열다섯에 이곳으로 왔으니까 벌써 여덟해가 되는구료. 헌데 그동안엔 한 번도 이런 꼴을 본 적이 없수. 금순 어머니는 여기서 자라났으니까 잘 알겠구료. 그래 그전에도 더러 이런 물 난리가 있었수?"

"웬걸, 나도 철난 뒤로는 이 우물이 이처럼 말랐던 생각은 안 나는데 그러우… 어디 이렇게 물난리가 났다구."

"어쨌든 지독한 가뭄이요. 이제는 군데군데 후비적 거려논 웅덩이조차 고나마 아주 말랐다는구료. 아무리 가래질들을 해서 도랑을 깊이 파도 본바닥에 물이 있어야 말이지. 참 기막히고 딱한 일들이요. 이제는 못자리에 간신히 물을 대던 것도 그나마 먼지가 나겠구료. 오죽해 관청에서도 비만 오거든 줄모고 뭐고 그만 내버려두고 막 꽂아 나가라구 했답니다. 참 아까 어디 갔다 오다 보니까 금순 아버지도 웅덩이에 고이는 물이 신신치 않아서 용두레

자루만 쥐고 어이없이 멀거니 서서 계십데다.”

“어제도 온종일 용두레하고 씨름만 했지 논바닥으론 물을 불과 얼마대지 못했다고 그랬는데 오늘은 더군다나 안 그렇겠수. 이러다가는 말뚝모를 내다시피한 노루 꼬리만한 것 고나마 베 한틀 구경 못하려나보. 폼만 공연히 아였지….”

“우리 애아버지도 사흘째 내리두고 가래질만 죽도록 했다 뿐이지 실상 댈 물이 있어야 하지 않겠소. 그리고 도랑을 팔수록 물이 나서 논바닥으로 자꾸 물을 대야만 힘은 들어도 신이 날 텐데 그렇지 못하니까 가래질들은 하다 말고서 내 논 남의 논 할 것없이 쩍쩍 갈라지는 논바닥에 노랑꽃이 핀 모포기를 어안이 벙벙해 바라다보고만 서서들 있습데다. 정말 큰일들 났수. 내 남직 할 거 없이 빚은 태산같이 짊어지고 농사는 외패를 치면….”

성복 어머니는 이렇게 말을 하고난 다음 적이 불안한 기색을 얼굴에 나타낸다. 그가 가래질 이야기를 하는 동안에 봉례는 제대로 딴생각을 하고 있었다. 개울바닥으로 가래질을 나간 자기 아버지 생각

이 불현 듯 머리에 떠올라 물 뜰 차례도 아직 멀었고 해서,

"성복 어머니, 내 저 건너 개천에 좀 갔다 오리다."

"개천엔 별안간 왜 가려고 그러우?"

"집에 아버지도 가래질을 나가셨는데 어찌 됐는지 궁금하구료."

"가보기는 가보마는 거기도 별로 신통치 않으리다."

"아무튼 잠깐 다녀오겠수."

봉례는 머리에 썼던 수건을 다시 고쳐 매면서 우물 쪽을 등지고 천천히 걸어간다.


## 2


'어— 허! 하느님두 야속도 하시다!' 물이 아주 졸아붙은 개울바닥에 들어서서 한가운데를 우묵하게 파 도랑을 내느라고 가래질을 메기고 섰던 봉례의 아버지는 구름 한 점 없이 말쑥하게 개인 생전 비라곤 한 방울 안 올 듯한 하늘을 쳐다보다가 자기도

모르는 사이에 저절로 이런 말이 입 밖으로 스며 나왔다. 그의 말에 뒤를 따라 가래 줄을 잡아당기던 두 젊은 사람도 하던 일을 잠깐 멈추고 볕이 쨍쨍히 내려 쪼이는 하늘을 눈부신 듯이 쳐다 보면서

"비 내리시는 걸 아주 잊어버리신 게죠."

한 젊은이가 이렇게 말을 하니 또 한사람이 맞장구를 친다.

"오다가다 소나기도 안 와… 참 하느님도 망령이 나셔서 비 주시는 걸 잊으신 게야. 정말이지 사람이 이렇다면 쌈이라도 할 게야."

"그러게 말일세. 가물에는 산돌림도 없는가베… 이따금씩 한소나기 좍─ 좍 했으면 그래도 날 텐데."

봉례 아버지는 이런 말을 하고 나서 쉬었던 가래 자루를 다시 내민다. 두 젊은이도 거기 맞춰 느즈러졌던 줄을 또다시 잡아당긴다. 그래 깊이가 한자나 실히 되게 파내려가는 우묵한 도랑에서 모래 섞인 지직한 흙을 연해 끌어올리고들 있다. 허나 물은 바닥에 깔려서 이제는 스미는 물조차 신신치 않아 자작자작하게 겨우 시늉만 흐른다. 어제보다도 아니

아까보다도 흐르는 물은 깊이 파면 깊이 팔수록 점점 줄 뿐이다. 갈수록 기막힐 노릇이지만 그들은 한 방울 없이 졸아붙을 때까지 파보겠다는 듯이 잠시 한 때 게을리 하지도 않으며 그렇게 쉬지도 않고 부지런히 가래질을 하고 있다.

봉례가

"아버지!" 하고 부르며 달려든다.

그의 아버지는 가래질을 메기면서 고개만 딸에게로 돌려

"너 웬일이냐?" 하고 묻는다.

"아녜요. 그저 왔어요."

"그저 왔다니? 그게 무슨 소리야."

"물을 길러 왔는데요. 물꾼이 하도 많아서 한참 기다리겠게, 그저 설설 왔에요.… 어머나, 이렇게 깊이 팠는데도 요게 무슨 물이야 애개."

움쑥하게 파진 도랑을 어이없다는 듯이 들여다 본다.

"애 말마라, 비 안 온 품 봐서는 이것도 끔찍하지 뭐."

"요까진 물을 대가지고도 논바닥이 마르지 않을

까요?"

"마르는 데는 마르고 젖는 데는 젖을 테지."

"아버지! 논에도 물난리지만 우물에도 물난리야요."

"논도 논이지만 미상불 먹을 물도 걱정이다."

부녀가 이야기를 주고받고 하는 동안에 어디선지 별안간 고함을 질러 우는 여인네의 울음소리가 일어난다. 가래질하던 사람이나 봉례나 할 것 없이 일제히 고개를 이리저리 두리번거리며 울음소리 나는 곳을 찾는다. 비가 오기만 하면 당장에라도 모를 내려고 쟁기로 논바닥의 마른 흙을 울퉁불퉁하게 뒤집어 논 크고 작은 논배미 사이로 건너다 보이는 좀 동떨어진 저쪽 어느 못자리 근처에서 기막혀 우는 목멘 울음 소리가 끊임없이 들려온다. 봉례가 자세히 바라보니 그 못자리는 만복이네 못자리며 우는 사람은 만복 어머니다. 만복 아버지는 작년 겨울에 몇 해째 내리두고 앓던 해소병으로 그만 죽고 말았다. 그리하여 사십줄에 들어 과부가 된 만복 어머니는 죽은 남편으로부터 물려받은 것이라고는 아홉 살을 맨 위로한 만복이와 그 아래로 두 어린 것과 또는 앓느라고 진 이천냥이나 가까운 빚과 그리고 겨우 남의 논 열닷마지기 부치는 것뿐이었다. 참 칠순을 바라보는 시어머니가 또 한 분 있다.

만복 어머니는 하루에도 몇 차례씩 자기가 부치는 논으로 나와 매일 같이 졸아붙는 못자리 물을 어이없이 바라보곤 하였다. 숨통이 괴로울 만치 기가 막혔다.

오늘도 만복 어머니가 자기의 못자리를 나와보니 마른데도 그렇지만 이제는 아주 노랗다 못해(갈잎처럼 바삭바삭 피는 모포기와 마르다 못해) 쩍쩍 갈라진 못자리를 얼마 동안 넋을 잃고 서서 내려다만보고 있다가 하도 기가 막혀 볕이 불덩이처럼 내리쪼이는 논두렁 위에 그대로 펄썩 주저앉으면서 참고 참던 울음보가 한꺼번에 터져나와 그만 고함을 내놓은 것이다. 그리하여 한번 꺼낸 울음 끝이 울면 울수록 용솟음치고 또는 가슴속에 뭉치고 서렸던 여러 가지 설움조차 한데 터져나와 살마리 풀리듯 하는 모양이다.

봉례가 멀거니 서서 이 광경을 건너다보고 있으려

니까 그칠 줄 모르고 우는 그 처량한 울음소리에 곁
묻어 남이 먼저 울기를 기다리기나 했던 것처럼 이
쪽저쪽 먼데 가까운데서 혹은 사내의 울음소리 혹
은 여자의 울음소리가 처음에는 하나하나 나더니
이제는 여럿이 우는 소리로 변해가지고 헌데 어우
러진 안타까운 곡성이 바람결에 다 타 죽은 모포기
를 스치고 사면으로 흩어진다.

혹은 멀고 혹은 가까운 군데군데서 들려오는 가늘
고 굵고 높고 낮은 처참한 울음소리가 마치 한식날
이나 추석날 같은 때 성묘하러 산소에나 온 듯싶다.

봉례는 만들어 세운 사람처럼 딱 붙어선 채 두 눈
만 둘려가지고 여기저기를 두루 바라보니 어떠한
사람은 못자리에 들어선 채 "에구! 에구!" 하고 울
며 어떤 어머니는 노랗게 말라비틀어진 모를 쥐어
뜯으면서 "하느님 맙소사!" 하고 느껴 울며 어떤 여
자는 논두렁 위에 퍼더버리고 앉아서 "에고! 에고!"
하는 소리를 내어 울며 어떤 사람은 못자리에 주저
앉아서 복장을 두 손으로 두드리며 "어이! 어이" 하
고 운다. 가래질꾼들도 넋을 잃고 서서 울음소리를

듣는다.

마치 초상난 집처럼 제각기 목을 놓고 연해 울고 있는 이 광경을 봉례로서는 더 서서 귀로 차마 들을 수도 없으며 눈으로 차마 볼 수도 없어 그만 핵— 돌아서 치마끈을 집어다 눈물 어린 두 눈에다 비비며 아버지에게는 간다 온다 말도 않고 그만 아까 오던 우물길로 발길을 돌렸다.

끊임없이 들리는 뭇사람들의 처량한 울음소리를 귀로 들으면서 논두렁길을 가려 가는 동안 모두가 남의 일 같지 않아 자기 눈에서도 더운 눈물이 그리 슬픈 줄도 모르겠는데 어쩐 일인지 걷잡을 수 없이 샘솟듯 쏟아져 자꾸 앞을 가리므로 걷는 걸음조차 맘대로 안 걸린다.

3

기다리고 바라던 비는 그뒤 며칠이 지나도 종시 오지 않고 그저 가물기만 했다. 이제는 그나마 조금씩 군데군데 냈던 모조차 다 말라죽고 못자리에 꽂힌 모는 선 채 그대로 모조리 타 죽고 말았다. 그래 어제부터 면소에서는 메밀 종자를 나눠줄 테니 가져가라는 통지를 발했다. 벼 못 심은 논에다 그 대신 메밀이나 심어 먹으라는 서글픈 노릇이다. 하나 그냥 묵히느니보다는 낫다고들 생각하고서 면소로 가을에 갚아야 할 메밀 씨를 얻으러 여러 사람의 행렬이 길게 줄달았다.

봉례 아버지도 낮겨직해서 동저고리 바람에 농립모 하나만 쓰고 면소로 메밀씨를 얻으러 자기 집을 떠났다. 처음에는 사위더러 좀 다녀오라고 하더니만 어제 몽땅 베어온 보리를 날이 가물어 그리 말릴 것도 없고 해서 그냥 도리깨질을 하고 있으니까 일하는 사람을 가라기가 뭣해 그랬던지 자기가 다녀오겠노라고 하고서 마루 한구석에 틀어박힌 꺼멓게 그을은 부대를 집어 가지고 밖으로 나갔다.

혼자 도리깨질을 한참 신이 나서 하는 판에 울넘어에서 인기척이 나더니

"갑룡이 있나?"

하고 건넛마을 돌쇠가 마당으로 들어선다. 갑룡이는 하던 도리깨질을 잠깐 멈추고 웃는 낯으로

"돌쇤가. 어서 오게 …고까진데 건너오기 저렇게 땀이 비 오듯 하나?"

"아냐. 도랫말까지 갔다오는 길이야. 그런데 거 뭐 떨리는 게 좀 있나?"

"웬걸 가스랭이와 쭉정이 투성이지 낟알은 별로 없어… 참 거기 담배 있으니 앉아서 한 대 피우게나 그려. 땀도 돌릴 겸."

"피우지… 그런데 참 정말 큰일들 났어. 내남직 할 거 없이 보리조차 흉년이 들어서 양식은 벌써부터 떨어지고 이제는 연사조차 아주 글렀으니 가뜩이나 세상 인심이 갈수록 강박한데다가 그나마 가을에 가서 받을 턱이 있어야 양식이건 돈냥이건 간에 꾸어주든 빚을 주든 하지 않겠나… 흥 기왕 준 빚도 한 해 더 묵을 생각을 하고 벌써부터 배들을 앓을 걸 그래."

돌쇠는 자기 허리춤에서 곰방대를 꺼내 들고서 마루 끝에 가 걸터앉으며 옆에 놓인 희연 봉지 속에다

담배통을 쿡 집어 넣어가지고 한대 듬뿍 담아 성냥을 드윽 그어서 보기좋게 뻑뻑 빤다.

갑룡이는 다시 도리깨질을 하면서 말대꾸를 한다.

"제기, 없는 놈은 꼭 굶어 죽었지… 별 수 없이 꼭 굶어 죽었어. 우리네란 농사만 외패를 치면 무슨 용 빼는 재간이 있어야 말이지."

"설마 산 입에 거미줄 칠라구."

"설마가 사람 죽인다네. 하늘이 무너져두 솟아날 구멍이야 있다고 하지만 굶어 죽지 않고 살려니 그 고생이 오죽한가?"

"참 자네 낼부터 나하고 같이 일 가지 않으려나?"

"무슨 일인데? 어디야?"

갑룡이는 일자리가 있다는 바람에 귀가 번쩍 트여 한창 신이 나서 내리치던 도리깨질 조차 멈칫했다.

"한데 품값이 좀 적어서 나도 갈까 말까 하고 망설이는 판일세만… 저 동산골 큰내 있지 않은가 거기 철도 다리를 다시 놓는다는데 인부를 퍽 많이 쓴대. 허지만 연사가 아주 글러지니까 사람들이 암치 대가리에 개미 뎀비듯 엄청나게 몰려와서 하루에 겨우 삼십오전씩밖에 더 안 준대."

"그래도 놀고 먹느니보다도 낫지 뭐야 단돈 십전이라도 버는 거니까… 그러나 날마다 일이 차례에 돌아오기나 할까."

"그것은 염려 없을 듯 하이."

"어째서?"

"도랫말 이서방 있지 않은가 바로 그 사람이 감독 아래 도십장으로 있다니까 가기만 하면 일이야 걱정없이 하게 되겠지."

"그러면 낼부터 같이 가보기로 하세. 집에서 편둥편둥 놀기만 있으면 뭘 하나."

"어디 노는셈 잡고 며칠 다녀볼까."

"같이 다녀 보세나 그려."

"그럼 그러세. 여기서 삼십리 길이 꽉 되니까 낼 새벽에 일찌감치 우리 집으로 오게."

"꼭 가지— 아니 그런데 왜 벌써 일어서? 담배나 한대 더 피우지 않구."

"그만 가봐야겠네. 콩밭도 가꿔야겠구…."

"그럼 내일 또 만나세. 살펴 건너가게."

돌쇠가 간 지 얼마 안 돼서 물동이 인 봉례가 앞을 서고 그 뒤에는 그의 어머니가 따라 들어온다.

"그래도 뭐 좀 털리나?"

장모가 도리깨질을 연방하고 섰는 사위를 바라보면서 말을 건넨다.

"웬걸입쇼. 아주 센치 않은 걸요. 도제 여물었어야 말이죠."

갑룡이는 그만 도리깨질을 쉬고서 한옆에 놓인 갈퀴를 집어가지고 이리저리 흩어진 짚북데기, 쭉정이, 가스랭이, 그리고는 약간의 여문 낟알을 한데 긁어모으기 시작했다.

"장인께서는 어디 가셨나?"

봉례 어머니는 비를 가지고 한 귀퉁이에서부터 쓸어 들어온다.

"면소에 메밀씨 가지러 가셨어요. 절더러 다녀 오라구 하시더니만 지가 이것을 하니까 아마 대신 가셨나 봐요."

"잘됐네. 자네는 이것을 마쳐 놓고서 점심이나 좀 떠먹고 고추밭을 매 주게."

"네 그러죠."

둘이서 이렇게 이야기를 주고받으며 흐트러진 것을 부지런히 한군데로 모아 놓는다.

봉례는 또다시 빈 동이를 이고서 마당을 지나며 "어-이, 북더기 천지지 어디 낟알이라곤 벤벤하우, 어머니!"

하고 싸리 문 쪽으로 사라진다.


## 4


갑롱이는 돌쇠와 함께 한 열흘째 내리두고 채 밝기도 전 어두컴컴한 때 집을 떠나 동산골 공사장으로 일을 다녔다. 이 동리에서도 그 둘뿐만이 아니라 만춘이, 끝쇠, 또순 아버지 그리고 곰보 칠성이 이렇게 도합 여섯 사람이 매일같이 새벽밥을 해먹고 이십리 길이나 꽉 되는 곳을 사실 다리품 값도 못되는 삯을 받으러 그나마 벌이랍시고 열심히들 다녔다.

다른 해 같으면 김매기에도 바빠 집집마다 있는

사람들도 쩨는 판일 텐데 올해는 김을 매긴 커녕 논배미엔 푸른빛이라곤 강아지풀 하나 청개구리 한 마리 찾아볼 수 없이 되었다.

그들은 이런 처참한 논바닥을 밝은 날 뚜렷이 보기는 싫다는 듯이 컴컴한 새벽녘에 이 마을을 떠나 저녁 어둑어둑한 때에야 돌아들 온다.

오늘도 갑룡이가 세상 모르고 곤히 잠을 자다가 무엇에 놀란 것처럼 소스라쳐 깨었다. 처음에는 사지가 느른하다가 차차 온 몸뚱아리가 욱신욱신 쑤신다. 여러날째 내리두고 변변히 먹지도 못한데다가 고된 일에 시달려 곯는 줄 모르고 곯고 내왕 육십리 길을 걷기에 지쳐서 나날이 원기가 떨어질 뿐이다. 본시 실한 편은 못되지만 그렇다고 아주 약질도 아니다. 기운이 있고 뚝심이 있어서 약하지 않다느니보다도 강적이 있다. 어렸을 적부터 남의 집살이와 이내 눌러 이리저리 굴러다니는 머슴살이로 일이 아주 곬에 배서 촌가의 일은 그리 무섭고 두려울 게 별로 없다가 매일같이 먼 길을 걷고 힘 부치는 등짐을 연일 내리 져서 새벽녘 일터로 가려고 일어나려던 몸이 천근 같고 안 아픈데가 별로 없어 방바닥을 떨어지기가 죽기보다 싫었다. 헌데 오늘은 어쩐일인지 유난스럽게 한층 더하다. 그렇다고 지금 집안 형편으로 봐서는 하루라도 쉴 계제가 못된다. 그나마 벌이랍시고 없었다면 또 어찌 했을는지 모르지만 요새 같아서는 매일 살아가는데 그나마 한 보탬이 꽉 됐다.

갑룡이는 몸이 아프고 뼈가 쑤시는 것을 억지로 참고서 이를 악물고 간신히 일어나 채 밝지 않은 바깥을 내다보았다. 이 바람에 곁에서 코를 골며 세상 모르고 곤히 잠든 아내가 눈을 번쩍 뜨면서

"에구머니! 내가 잠을 지내 잤나베. 벌써 가실 때가 됐수?"

"샛별이 떴는 걸." 하고 밖으로 나간다.

봉례도 곁묻어 일어나서 마당으로 내려와가지고 군데군데 우그러진 허술한 생철대야에다 세숫물을 떠다 놓고서 다시 부엌으로 들어가 밥을 차리는 모양인지 무엇을 떨그덕거린다.

갑룡이는 두 손을 대야에다가 잠근 채 부엌편 쪽

을 바라보며

"뭐 남은 밥이 좀 있나?"

"한 덩이쯤 돼요. 참 어떻게 허우. 오늘은 가져 가실게 없어서…."

"그냥 가지 할 수 있나. 없는 걸 어째…."

"정 시장하거든 술이나 한잔 받아 자시구료."

"아무려나 허지."

갑룡이는 얼굴을 부지런히 씻는다. 봉례는 상을 봐가지고 부엌에서 나와 마루에다 갖다 놓고 어린애가 깨서 킹킹거리니까 방 안으로 도로 들어갔다.

어느 때는 안 먹은 게 아니지만 몸이 불편해 그런지 오늘 당해서 유난히 꽁보리밥이 첫술부터 씹는 대로 속으로 들어갈 편보다 되넘어올 편이 많다. 입 안에서만 깔끄럽게 왔다갔다 한다. 그러나 삼십리 길을 걸어갈 것과 힘든 일을 하지 않으면 안 될 생각을 하니 아니 먹을 수도 없는 노릇이다. 반찬이라곤 날 고추장 한가지밖에 없는 거로 반사발밖에 안 되는 밥을 겨우 반밖에 못하고 일어섰다.

어느 틈에 깨었는지 안방에서 마루를 내다보고 앉

았던 장모가,

"아니 고까진 걸 못 다 먹고 왜 남기나?" 한다.

"어쩐 일인지 안 들어갑니다 그려."

"왜 어디가 아픈가?"

드러누웠다 일어 앉으면서 다정스럽게 장인이 묻는다.

"몸이 좀 찌뿌드드해서요."

"거 안 됐네 그려. 그럼 오늘 하루 쉬지."

"과히 아프진 않으니까요. 가서 꿈쩍거리면 낫겠죠."

"고집부리지 말구 하루 쉬게, 쉬어."

"아버지 염려 마세요. 다녀오겠으니."

하고 아직 채 밝지 않아 어두컴컴한 마당으로 내려와 헛간 한편벽에 기대선 발채 얹힌 지게를 등에다 걸치고 밖으로 나갔다. 갑룡이는 장인장모를 부를 때면 장모님이라든가 장인님이라고 부르는 대신에 반드시 '어머니!' '아버지!' 하고 불렀다. 입으로만 건성 그러는 게 아니라 마음속에서 진정으로 우러나왔다. 사실 친부모같이 여기고 지성껏 섬겨왔다. 어려서 양친을 죄다 여읜 그로서는 그럴 법도 한 노릇이다. 세살 먹어서 아버지를 여의고 열한살 나던 해 봄에 어머니마저 돌아가고 보니 그의 갈 곳이라곤 오직 하나밖에 없는 시집간 누이의 집뿐이었다. 그래 할 수 없이 그곳으로 가던 날부터 산에 올라가 나무 해오기와 새끼 꼬기와 잔심부름하기와 여름이면 소 몰고 다니며 꼴 먹이기와 또는 해를 거듭함에 따라 논과 밭에 들어가서 꾀부리지 않고 남보다 부지런히 일하기를 좋아하였다.

이렇게 누이의 집에서 다섯 해를 있는 동안 엄할 때 엄해도 아끼고 웅심 깊은 아버지의 그윽한 사랑을 받는 대신에 볼멘소리와 시시로 부라리는 매부의 도끼눈을 맞아가며 또는 끝없이 자애로운 어머니의 귀염과 사랑을 받는 대신에 아무리 동기라 해도 시집가기 전 말이지 제 남편 제 자식이 생겨 암만 해도 한겹 가린 누이의 슬미지근한 곁 사랑을 받아가며 어려서 철모를 제 돌아간 낯조차 모르는 아버지보다 갓 돌아간 어머니의 그리운 생각이 어린 가슴에 서리고 맺혀 어머니의 사랑이 뼈에 사무치도록 간절하여 이구석 저구석에서 남몰래 소리없이 울기도 여러번 하였다. 또는 밤에 자다 간혹 흉악한 꿈에 가위를 눌려 허덕이다가 간신히 깨어 천 갈래 만 갈래의 생각과 여러가지 궁리에 다시 잠 못 이루고 고생고생할 때나 봄날 아지랑이 낀 먼 산을 바라보고 울긋불긋하게 꽃이 핀 동산을 지나갈 적이나 뭇벌레 처량스럽게 우는 가을밤 구름 한 점 없이 말쑥하게 개인 지극히 높다랗게 보이는 새파란 하늘에 뚜렷이 솟은 달을 치어다볼 때 어린 몸엔 가당치도 않고 걸맞지도 않는 긴— 한숨이 땅에 꺼질 듯하게 흘러나왔다. 그는 이렇게 다섯 해 동안을 신신치 않은 매부네 집에서 살다가 그나마 복에 닫지 않던지 누이마저 우연히 병들어 죽고 마니 그만 그 집을 뛰쳐나오고 말았다. 더 머물러있지 못했던 까닭은 첫째 자기 깐에는 지극히 정들었던 누이라 이구석 저구석에서 살았던 때 그의 모습이 선— 하게 눈에 밟히고 그래도 정답던 음성이 귀에 징— 하여 견딜 수 없었고 또는 누이 대신 들어온 새댁이 공연히 싫어하는 눈치라 그래서 그만 매부의 집을 그 해로 뛰어 나왔던 것이다.

그리하여 그 뒤로는 이리저리 떠돌아 다니면서 날품도 팔아 보았고 또는 어리다고 처음엔 반사경 주는 것을 받고 이삼년 지낸 뒤부터는 온 사경을 받으며 칠팔년 동안 머슴살이를 하다가 바로 지금 살고 있는 넘어 마을 그곳에서 그중 부자라는 오생원집에서 삼년을 내리 두고 머슴을 사는데 그의 참하고 부지런한 품과 더할 나위 없이 유순한 까닭에 자식이라곤 딸 둘밖에 낳지 못한 봉례의 아버지가 데릴사위로 삼은 것이다.

그래 외롭던 갑룡이도 이 집으로 온 뒤부터 장인 장모를 극진히 대하였고 숭굴숭굴하게 생긴 아내를 지극히 사랑하였다. 어느 누가 제 자식을 귀해하지 않으랴마는 자기자신이 아버지의 사랑을 받아보지 못하고 자랐느니만치 젊은 놈으론 걸맞지 않게 남들이 흉까지 보게스리 어린것들을 혹은 은근히 혹은 드러나게 남 유달리 살뜰히도 사랑해 왔다.

이래서 처가살이를 하는 동안에 여간 힘든 일이 있을지라도 힘든 줄 모르고 다만 즐겁고 기쁘게만 여기면서 게으름을 피거나 꾀를 부리지 않고 모든 것을 살박아 부지런히 일하여 왔다.


5


한나절이 되어 태양이 불같이 인정사정없이 내리쪼이는데 동산골 공사장 언저리에 허옇게 널린 일꾼들이 이편짝 저편짝 두 군데로 나뉘어 쉬지 않고 일을 하고 있다. 개천 속에서 둔덕 위로 올라갈 적에는 축축하게 물이 약간 섞인 불그스름한 진흙을 발채버린 지게에다 한짐 잔뜩 지고 언덕을 올라가서 한편쪽 웅덩이에 쏟아놓고 다시 내려올 때는 끝은 좀 무디게 삐죽하고 머리깨는 네모진 제법 큰 돌멩이를 두 세개씩 한짐 잔뜩 되게 짊어지고 내려들온다.

한편짝에 거의 백명씩이나 가까이 되는 일꾼들이 오르락 내리락하는 양을 좀 떨어진 먼데서 바라볼라 치면 마치 개미 거동하는 것처럼 보인다. 갑룡이는 새벽에 먹은 밥이 아예 못 먹게스리 실쭉해 그랬던지 그만 토라져서 점심때가 되어 다른 사람들은 뿔뿔이 헤어져 점심들을 먹고 있었으나 갑룡이만은 술 한잔 떡 한개 안 사먹고 그대로 어느 그늘진 데 가서 드러누웠다가 남들이 다들 일을 시작하니까 그도 죽기보다 싫은 것을 간신히 일어나 꾸물거렸다.

이따금씩 다리가 허청에 가 놓이는 것 같이 허청허청하고 약간 현기증도 일어난다. 그런 것을 억지로 참고서 다시 일을 시작한 후 몇 번을 간신히 오르내렸다. 반나절이 넘었으니 그대로 돌아갈 수도 없고 해서 죽을 힘을 다해가지고 돌멩이를 또 한짐 지고 내려와 한옆에 부려놓고 부삽을 집어들어 흙을 지게 위에다 퍼 담았다. 앞서보다는 적으면 적었지 많지는 못한데 지고 일어서니 아까보다 무척 무겁다. 하지만 다시 내려서 덜 수도 없는 노릇이라 그대로 앞선 사람의 꽁무니를 따라 언덕을 향하고 걸었다. 아마 언덕중턱쯤 올라왔을 때다. 별안간 정신이 아찔하더니 두 눈이 캄캄해지며 등에 진 지게도 벗어버릴 새 없이 그대로 그만 그 자리에 지게 작대기를 가슴에 걸친 채 푹 고꾸라지고 말았다. 하마터면 바로 그 뒤미처 올라가던 사람도 엎드러진 갑룡이에게 걸려 넘어진 그 위를 덮어누를 뻔한 것을 간신히 모면했다. 이 모양을 본 여러 사람은 와짝 달려들어 일변 지게를 벗기며 한편으로는 흙을 헤치는 둥… 이렇게 한참 법석들 한 후 그를 일으켜 앉히려고 했으나 까무러쳐서 인사 정신 모르는 모양이다. 얼굴에서는 새빨간 피가 흐른다. 어푸러지는 바람에 이마와 코를 긁혀 밀기도 했지만 그보다도 코피가 나는 모양이며 입술도 으스러진 듯하다.

이편짝에서 같이 일하던 돌쇠가 두 눈이 휘둥그레 가지고 달려오고 그 뒤미처 칠성이가 뛰어왔다. 그리고 도십장인 이서방도 달려들어서 누구는 물수건으로 피 흐른 얼굴을 닦기도 하고 누구는 물을 이마에다 적시기도 하고 어떤 사람은 연해 연방 부채질을 하기도 한다.

이런 야단법석을 치른 지 얼마만에야 까무러쳤던 갑룡이는 간신히 피어난 눈시울이 뻣뻣한 듯이 두 눈을 거러비켜 실눈을 뜬다. 이 모양을 내려다 본 돌쇠는 죽었던 사람이 다시 살아난 것처럼 기뻐하

며 그의 곁으로 가까이 가서

"정신 좀 채리게, 갑룡이!"

"으— 응!"

"이 물을 좀 마셔… 그리고 정신을 차리게."

하고 물그릇을 집어다 갑룡이 입에다 대어준다. 갑룡이는 두어 모금이나 벌떡벌떡 들이킨다.

"이젠 살았네. 살았어… 어디 몹시 아픈 데는 없나?"

"어떤지 모르겠어… 가슴이 좀 뻐근하긴 하구먼두."

"지게 작대기를 안고서 엎드러졌다니까 가슴을 다친게지."

"그래 그런지 가슴이 꽤 아픈 걸."

하고 다시 척 늘어진다. 이것을 바라본 여러 사람들은 갑룡이를 떠메다시피 해가지고 한편짝에다 갖다 눕혔다.

다른 사람들은 무슨 일이 언제 생겼느냐는 듯이 등에다가 제각기 한짐씩 잔뜩 지고서 여전히 언덕을 오르내린다. 해가 뉘엿뉘엿 서산을 넘을 무렵에야 겨우 정신을 차린 갑룡이는 돌쇠와 같은 동네 사는 여러 사람한테 번갈아가며 부축되어가지고 간신

히 자기집으로 돌아왔다. 그리하여 갑룡이는 그날
부터 병들어 자리보전하고 눕게 되었다.


## 6


농가에서 제일 치는 추석명절도 금년엔 매우 쓸쓸
하게 지나쳤다. 농군들의 일년 한때 맘놓고 즐길 팔
월가위를 그처럼 서글프게 지내고 난거와 마찬가지
로 한창 추수머리가 닥쳐와도 다른 해 같으면 태질
소리, 풍구질소리, 볏단 세는 소리로 온 동네를 떠
들썩하게 만들 텐데 마당질 하는 집 하나 없고 낟가
리 쌓이는 곳 한군데 없이 이마을 저마을 사람들의
마음은 오직 허순하고 서글프고 그리고 온 동리안
은 낙엽을 우수수 떨어뜨리는 가을바람처럼 쓸쓸만
할 뿐이다.

안 되는 놈은 자빠져도 코가 깨진다는 격으로 올
들어서 농사꾼들은 어느 누가 심사나 노는 듯이 죽
어라! 죽어라! 하는 판이었다. 지독하게 추운데다

가 눈조차 오지 않아 보리는 흉년지고 벼는 가물로 해서 못자리에 선 채 그대로 말라죽어 종자조차 못 건지고 메밀이나 심으면 먹을까 하고 씨앗을 얻어다가 심은 것이 이번에는 가물던 끝에 장마가 져서 가물던 옰으로 비가 하도 많이 와 메밀조차 시뻘건 대만 섰을 뿐이지 여문 거라곤 도제 없었다.

이렇게 올 농사는 야릇하게도 깡그리 안팎곱사등이로 오패로 치고 말았다.

초가을을 잡아들어서부터 점심은 제례하였지만 저녁조차 안 먹고 자고 난 봉례의 속이라 어린 것이 젖 안 난다고 찡얼거리며 하도 몹시 보채는 바람에 가뜩이나 가슴을 앓고 드러누었는 남편의 마음을 상해줄까 봐 그만 우는 어린 걸 휘둘쳐 업고서 대문 밖으로 나왔다.

흉년이 드니 살수 없는 무리들! 이 동리를 방금 떠나가는 가엾은 일행이 때마침 집 앞을 지나간다. 남부여대라더니만! 과시 문자 그대로 여인네는 봇짐을 이고 남정네는 보따리를 진 그 위에 인명 하나씩을 더 덧붙이기 했으니 여자의 등에는 젖먹이 어린 것이 업히고 남자가 짊어진 보따리 위에는 세살 밖에 안 돼 보이는 아이가 말이나 탄 것처럼 꺼불꺼불 달려가고 칠팔세 됨직해 보이는 사내 녀석 하나의 한 손은 자기 아버지의 손목을 잡고 또 한 손으로는 무슨 병같은 것을 들고서 어슬렁어슬렁 따라간다. 그들의 걸음걸이는 모조리 풀기가 하나도 없어 보인다. 이 광경을 바라보고 섰는 봉례의 가슴은 무거운 납덩어리나 내리 눌리는 것처럼 뭉클하고 뼈근하다.

오늘의 남의 일이 내일의 자기 일이란 말마따나 진정으로 남의 일같지 않게 보인다. 지금 당장 자기 형편으로 말하더라도 남편만 병들어 눕지 않았다면 그들이 정든 고향을 등지고 떠나가듯이 자기네도 벌써 이 고장을 떠나 서울로나 그렇지 않으면 다른 곳으로― 그래도 이 고장보다 나은 딴 곳을 찾아가고야 말았을 것이라고 생각된다.

앓는 남편을 끌고 어디로 가자니 난처한 일이요. 그렇다고 이대로 머물러 있자니 장차 먹고 살아갈 일이 난감하다. 이런 안타까운 생각을 하며 금시로 두 눈이 컴컴해진다.

봉례의 아버지는 벌써 한 달 전에 서울로 올라갔다. 흉년이 들었으니 본전은 못 갚더라도 이자만은 내라고 물이 못나게 악파듯 조르는 바람에 성화같은 빚 독촉도 성이 가시지만 이판에 한 식구라도 더는 편이 낫다고 하시며 서울 사는 아버지의 사촌 집으로 올라가셨다. 염치없지만 밥은 얻어먹고 무슨 벌이가 생겨 돈을 벌면 다소간 얼마씩이라도 집으로 부쳐주마고 희떠운 말을 하며 노자만 간신히 변통해 가지고 집을 떠났다.

떠날 때 서울 가서 벌이를 하든 못하든 간에 겨울이나 나서 내년 봄농사 질 때에나 내려오겠노라고 하고 떠나간 다음 그 뒤미처 보름이 채 못 되어 그의 어머니마저 여기서 한 팔십리 길이나 떨어져 있는 살림 형편이 좀 견딜 만한 큰 딸네 집으로 금순이까지 데리고 말하자면 얻어먹으러 간 셈이다.

그의 어머니가 떠날 때 돈냥이나 얻어 부치마고 장담하듯 말하더니 간지 닷새 만에 과시 돈 삼원이 우편으로 왔다. 그 돈으로 좁쌀과 다른 잡곡 섞어 좀 팔아놓고는 나머지 돈은 밀린 약값을 더러 갚았다.

봉례는 자기 남편이 앓아누운 동안 하루라도 속이 낫도록 할 양으로 입에 풀칠하는 것보다도 약 쓸 걱정이 몇 배 더하였다. 그래 여기 저기 별별 소리를 다 하고 외상으로 약을 지어온 것이 적지 않다. 젊으나 젊은 년이 차마 못 당할 무안도 하도 당해서 이제는 아무런 소리를 들어도 예사지만 더 안 주겠다고 버티는 데는 딱 질색이다 정말이지 이제는 그냥 가서 약을 외상으로 더 달랄 수는 없는 형편이다.

이처럼 막다른 꼴을 당한 봉례는 앓아 누운 남편을 대하기도 딱한 노릇이고 양식조차 떨어져 한두 끼 굶고 보니 젖이 안 나 보채는 어린 것의 가엾은 몰골을 차마 눈으로 볼 수 없어 그럴 적마다 죽고 싶은 생각이 문득문득 나서 밖으로 나온 것이 또한 정처없이 길 떠나는 기막힌 꼴을 보았을 뿐이다.

어느 틈엔지 등에 업혀 찡얼거리던 어린 것이 잠들었는지 아무 소리가 없으므로 봉례는 다시 발길을 돌이켜 안으로 들어와 방에다 뉘려고 방문을 열고 들어서니 아랫목 쪽에 눈을 감고 반듯이 드러누

웠던 남편이 눈을 뜨면서

"어린거 자나?"

"아마 자나보."

"거 젖이 안 나서 그렇게 칭얼대지?"

"젖이 아주 피껍데긴데 뭐."

등에 업혔던 어린애를 가만히 내려서 자리에 눕힌다.

"엊저녁도 안 먹고 잤으니 안 그렇겠수."

하고 떴던 눈을 다시 스르르 감으며 잼처 앓는 소리
를 한다.

남편의 앓는 소리를 듣고 앉았는 봉례의 가슴도
아프다 못해 저리다. 몇달을 앓고 드러누워 두 눈이
푹— 꺼지고 뼈만 앙상하게 남은 남편의 얼굴을 들
여다 보매 가엾고 측은한 생각이 슬며시 들어 눈물
이 핑 돈다.

"여보! 될지 안 될지는 모르겠소만 내 생각 같아
서는 그전에 함께 있었던 정리로 봐서라도 한번쯤
은 들어줄 듯하니 넘어마을 오생원댁에 가서 마님
뵙고 내가 이처럼 몸져누워 앓는단 말을 하고 생원
님께 여쭤 돈 오원만 얻어 주시면 약을 지어먹고 병

이 나아서 일어나는 대로 무슨 짓을 해서든지 곧 갚을 테니 죽는 사람 하나 살리는 셈치고 꼭 좀 얻어 줍시사고 여쭤보오."

갑룡이는 양식조차 한톨 없는 아주 막다른 꼴을 당하다시피한 궁색한 지경을 어떻게 모면하나 하고 곰곰 생각한 끝에 그전 머슴살이 하던 오생원 댁에 가 돈을 좀 돌려오라고 아내에게 이르고 나서 머리맡에 놓은 물그릇을 집어 두어 모금 마신다.

"나도 벌써부터 그런 생각이 있었소만 하도 구두쇠니까 말품만 팔릴까 봐 엄두를 못 냈었수. 이제 말이지만….

"아무튼지 가서 마님께 간청이나 좀 해보구료."

"가보기는 가보리다마는 줄 사람이 질겨야지. 그 말 못할 딱정떼가 애걸하는 본으로 돈을 꾸어 줄까 싶지 않우."

"되든 안 되든 허행하는 셈만 잡고 한번 가보구료. 모처럼 청이니까 마님은 되도록 힘쓰시리다."

"그럼 어디 허설수로 가나볼까."

하고 앉았던 자리에서 일어난다.

"어린애 깨기 전에 얼핏 다녀오."

"네! 곧 오지 뭘 하러 오래 있겠소."


7


봉례는 넘어마을 오생원집을 향하여 좀 바쁜 걸음걸이로 발을 재게 옮겨놓았다. 울퉁불퉁한 논틀 밭틀을 걸어가면서 또는 소나무가 바람결에 쏴— 하고 들리며 낙엽 진 가랑잎이 이리저리 뒹구는 중간 고개를 넘으며 가리를 잡을 수 없는 여러 가지 생각에 봉례의 머리속은 뒤숭숭하여졌다.

— 오원만 손에 들어오면 우선 두 군데 약값을 더러만이라도 갚고 나면 또 약을 지어올 수 있다는 기쁜 생각과 그리고 남은 돈으로 양식을 팔되 단 닷곱이라도 입쌀을 팔아 오래간만에 흰 죽이나 미음을 만들어 입맛 없어하는 남편을 먹이리라 마음먹었다. 이러다가 뒤통수를 치고 그만 빈손 들고 돌아서면 어쩌나? 하는 생각에 약간 불안을 느꼈다. 이처럼 먼

저는 희망을 품고 혼자 못내 기뻐하다가도 어느덧 가슴이 조이는 끝없는 불안이 번갈아 떠오른다. 조바심나는 초조한 생각과 안타까운 마음으로 실상은 그리 멀지도 않은 데를 퍽 멀고 지루한 생각으로 걸어온 것이 오생원네 대문 앞이었다. 어쩐 일인지 시골집으론 어지간히 큰 대문짝이 콱 닫혀 있다.

대문을 물끄러미 바라보던 봉례는 속으로 '대낮에 문이 꼭 닫혔으니 어쩐 일인가? 옳지. 하두 인색한 집이니까 거지나 중 같은 것이 와서 성가시게 굴어 이루 말대꾸하기가 싫어 아주 문을 닫아두는 게로구나' 하고 얼핏 생각하였다.

이렇게 마음먹고 보니 지금의 자기 자신도 비렁뱅이나 동냥오는 중과 뭐이 다르랴 싶었다. 문청 오원이나 얻으러 오니까 생원님으로 봐서는 오히려 더할 것이다.

그대로 돌아가고 싶은 생각이 불현 듯 난다.

그래 발길을 돌리려고 하는 순간 "되든 안 되든 말이나 해보." 하던 남편의 음성이 귀에 징— 해서 먹었던 마음을 다시 돌려 대문 앞으로 가까이 걸어

가서 닫힌 문을 지그시 밀어보았다. 꼼짝도 안하는 품이 안으로 단단히 닫아 건 모양이다. 그래 또다시 힘껏 찔래찔래 잡아 흔들어 보았다. 그래도 안에서는 아무 인기척이 없다.

"아무도 안 계세요?"

이번에는 소리를 좀 높이 지르면서 문을 더욱 힘껏 흔들었다. 그래도 안에서는 여전히 아무 대꾸도 없고 쥐 죽은 듯이 고요만 할 뿐이다.

"거 누구요?"

바른편 사랑에서 서투르지 않은 음성이 들린다. 별안간 목소리 나는 그쪽으로 고개를 돌이킨 봉례는 도적질이나 하려다가 들킨 사람처럼 깜짝 놀라 가슴이 두근두근하여진다.

그 목소리는 틀림없이 이집 주인 오생원의 음성이었다. 봉례가 약간 주저주저하고 섰으려니까 사랑 일각 대문 안에서 한 오십 남짓한 좀 교활하게 생긴 오생원이 감투바람으로 나오면서

"난 누구라구. 갑룡이 처로구먼."

"네 저예요. 생원님 그동안 안녕하셨습니까?"

"어— 그동안 무고했나?"

"말씀맙쇼. 무고가 다 뭡니까. 철로다린지 뭔지 놓는 데로 벌이를 가더니만 가슴을 다쳐가지고 왔습죠. 그래 그 빌미로 지금 죽도록 앓는 답니다."

"응 그런 소문 내 들었지… 퍽 걱정으로 지내겠구먼 그래."

"도제 사는 게 사는 거 같지 않사와요. 참! 마님께선 안 계신가요? 댁 마님을 좀 뵈러 오는 길인에요."

이렇게 이야기하는 동안 봉례는 자기도 모르게 차츰차츰 걸어서 사랑채 일각 대문 앞까지 이르러 이제는 오생원과 가까이 서게 되었다.

"저 배대리댁 혼인 잔치날이 돼서 거기 죄다 가셨어. 그런데 마님 뵙고 무슨 말씀을 여쭈려구?"

봉례가 자기의 묻는 말대꾸는 하지 않고 어쩐 일인지 좀 주저주저 하는 기색을 바라보고 있던 생원은 다시 입을 열어,

"뭔데 그래? 마님께 여쭐 말이면 내게 못할게 뭐람?"

"실상은 어려운 말씀을 좀 여쭈라 왔습죠… 생각

다 못해."

　생원은 일각 대문 안으로 발을 들여 놓더니만 사랑 마당을 어슬렁어슬렁 걷고 있다. 봉례도 아무 생각 없이 그의 뒤를 따라 들어갔다. 봉례의 생각에는 자기의 한 말이 벌써 비위에 거슬려서 더 이 삷을 어울리지 않고 그만 안으로 들어가는 줄 짐작했기 때문에 사랑마루 앞까지 생원의 뒤를 따랐다.

　"저— 말씀 사루긴 황송하죠만 돈 한 오원만 돌려주실 수 없습니까? 병은 위중한데다가 요지막은 약 하나 변변히 못쓰고 게다가 양식조차 떨어져서요. 미음 한 모금 못 쒀줄 판이니 인명하나 살려주시는 셈치고 좀 꾸어주시면 변통하는 대로 곧 갖다 갚겠습니다."

　"오원? 내 그런 말 나올 줄 알았지. 어디 돈이 있나 보구."

　아주 시원스럽게 말을 하면서 말쑥하게 바른 사랑방 안으로 들어가더니만 마루기둥에 기대선 봉례의 눈에는 보이지 않으나 벽장문 여는 소리, 열쇠꾸러미 꺼내는 소리, 그 다음에는 자물쇠 여는 소리가 번갈아 난다. 잼처 덜그럭하고 궤짝 문을 열어 젖히는 소리가 유난히 크게 난다. 생원의 모습이 다시 나타나는데 그의 손에는 지전 한 장이 쥐여져 있었다. 이것을 바라보고 섰던 봉례의 생각은 일변 기쁘면서도 인색하기로 소문난 오생원이 자기의 말 떨어지기가 무섭게 이처럼 선선히 돈을 가지고 나오는 데는 한편으론 의심쩍은 생각이 든다. 또 한편으론 아무리 구두쇠로 유명한 오생원이지만 자기가 수 삼년 부리던 사람이 죽게 됐다니까 그래도 사람이라 인정이 아주 없지 않아 서슴지 않고 돈을 돌려주나 하고 진정으로 감사하였다. 그리고 아까 길에 올적부터 진정할 수 없이 불안하고 초조하던 마음이 금시에 시원하고 춤이라도 출 것 같이 어떻게 기쁜지 모르겠다. 몇 백번이라도 오생원님께 절을 하고 싶다.

방에서 돈을 가지고 나온 생원은 마루바닥에 가도사리고 앉으며 자기 앞에다 오원짜리 한 장을 솜씨 있게 짝— 펴놓더니만 곁눈질로 봉례의 얼굴을 흘깃 쳐다 본다. 봉례는 생원의 시선을 마주 받아들

일 나위도 없이 거무스름하고 푸른 지전장에만 눈이 팔렸다. 지전을 생전 처음 구경하는 사람처럼 돈만 뚫어질 듯이 한참 쏘아보고 서서있다.

오생원이 봉례의 얼굴을 이번에는 똑바로 쳐다보며 빙그레 웃는다.

봉례는 생원이 가지고 나온 돈을 곧 자기에게 주지 않고 앞에 놓은채 머뭇머뭇하는 까닭은 무슨 증서라도 써야겠다고 말을 꺼낼 텐데 그게 좀 거북해서 저러나보다고 마음 먹었다. 그래 생원의 말 떨어지기만 고대하였다. 그리고 어서 저 돈을 자기 손에 쥐어보고 싶었다.

"저— 아무도 없어. 나 혼자뿐이야."

봉례는 생원의 하는 말이 무슨 의미인지 자세 몰라서

"네— 뭡쇼?"

하는 말이 떨어지자마자 어느겨를엔지 봉례의 가냘픈 손목이 생원의 억센 손아귀에 들었다.

"잠깐만 방 안으로 들어가…"

생원의 말소리는 약간 떨렸고 몰아쉬는 숨소리도

뚜렷이 거칠어졌다.

"이 어른이 망령이 나셨나. 왜 이러셔."

봉례는 이제야 오생원의 모든 흉계를 알아차렸다. 그래 잡힌 손목을 힘껏 뿌리치려고 애썼다. 생원은 더욱 단단히 쥐며

"그러지 말구 내 말만 들어. 해로울 건 없을 테니."

이 말에 봉례의 두 눈은 또다시 마루바닥에 놓인 지전위로 쏠렸다. 그래 손목을 잡힌 채 망설였다.

'한때 욕을 보고 돈을 얻어서 당장 옹색한 것을 필 것이냐? 그렇지 않고 돈 때문에 몸을 더럽히고 여자로서 몸을 망쳐 내내 더러운 년이 되고 말 것이냐?'

'어떻게 할까?'

하고 주저하는 동안 어느 겨를 엔지 문득 앓아 드러누웠는 몹시 수척해 시늉만 남은 남편의 몰골이 눈앞에 떠올라 어른거린다. 아까 길에서 나올 때

"…죽는 사람 살리시는 셈 치고 꼭 좀 얻어 주십사구…."

이렇게 애걸하다시피 말하는 남편의 음성이 지금 당장 귀 속으로 들어오는 것 같고 젖 안 난다고 칭

얼대는 어린애의 안타까운 울음소리가 창자를 훑어내는 듯하게 또는 뼈가 저리도록 귀에 징— 하게 들린다. 봉례는 자기도 모르게 두 눈에 눈물이 서린다. 생원의 하는 말을 듣지 않으면 마침내 빈손 쥐고 돌아가지 아니치 못할 것을 생각하니 기막혔다. 그래 한참 동안 이럴까 저럴까 하고 망설이다가 얼마 만에야 전신을 부들부들 떨며 눈물을 머금고 한가지 옳지 못한 결심을 하고 말았다.

한참만에 봉례가 좀 어프수수해진 머리를 왼손으로 쓰다듬으며 사랑방 미닫이를 열고 조심성스럽게 나올 때에는 벌써 그의 바른손엔 오원 한장이 쥐어져 있었다.

바로 등 뒤에서

"옹색하거든 또 오게."

하는 얄궂고도 밉살머리스런 오생원의 음충맞은 말엔 대꾸도 않고 다만 속으로 '죽으면 죽었지 또 다시야.' 하고 굳게 마음먹으며 뒤도 안 돌아다 보고 빨리 마당을 지나 사랑대문을 나설 때 두 손은 또다시 머리우로가 두세번 쓰다듬었다. 그리고 무엇을 꺼리는 듯이 사면을 두리번거리며 둘러본다.

봉례가 자기집을 향하고 걸어오는 동안 그의 마음은 지향할 수 없이 무척 괴로워 견딜 수 없다. 땅이라도 파고서 들어가고 싶은 생각이 연거푸 일어난다. 간혹 지나가는 사람과 마주칠라치면 조금 전에 자기가 저지른 일을 다 아는 것만 같아 걸음조차 잘 안 걸린다. 그래 자기도 모르는 사이에 부끄러운 생각이 들어 외면을 하고 만다. 사람은 고사하고 심지어 산천초목 또는 미물의 짐승까지라도 지금 자기가 저지르고 오는 여자로서 차마 못할 짓을 거리낌 없이 한 것을 다 아는 것만 같아 고개를 못들 만치 부끄럽다.

또는 자기를 여지없이 비웃는 것만 같고 모욕하는 것만 같아 얼굴이 홧홧해질 뿐이다.

'애 아버지 낯을 어떻게 대하나?'

봉례는 이런 소리를 몇 번인지 모르게 안타까운 마음으로 부르짖었다. 기막힌 눈물을 머금으면서 또는 손등으로 씻으면서….

## 8

　상강이 지나고 입동조차 지나 된서리가 오고 모진 하늬바람이 불어오기 시작해 이제는 먼산, 가까운 묏가에 울긋불긋 물들었던 단풍마저 다 떨어졌고 마을 앞 군데군데 늘어 섰는 포플라나무 잎새는 누렇게 단풍졌다가 휘몰아치는 매서운 바람에 못 견디어 다 떨어지고 이제는 뼈만 앙상하게 남아 이 겨울을 어떻게 나나하고 떠드는 듯이 쓸쓸스럽게 보인다. 어찌 이 마을의 자연만이 장차 닥쳐 올 추위를 두려워서 웅숭스런 채 떨고 있을까보냐?

　올 가을에는 실념 잘 된 벼이삭이 고개를 축— 축— 늘어뜨리고 있는 황금빛으로 물들인 벌판을 바라보지 못하였고 입에다 담기에 소름이 끼치는 흉년을 그에 당하고야 만 땅 한군데에 목숨을 매단 농군들은 참으로 이 겨울을 살아나갈 일이 난감하고 아마득하여 저마다 두려운 마음에 떨고 있고 서글프고 지향할 수 없는 미친 생각이 그들을 죽음보다 더 괴롭게 들볶는다.

한낮이 기울어서 봉례는 어린애를 업고 넘어마을 오생원 댁엘 갔다가 돌아오는 길에 바람에 떨어진 솔방울을 줍고 얕은 나무의 삭정이를 꺾고 열손가락을 갈퀴처럼 만들어 가지고 낙엽을 긁어 모으면서 밤에 이 고개를 또 넘어오지 않으면 안 될 생각을 이따끔씩 문득문득하게 되었다. 오생원을 만나려 병들어 몸져누운 사내를 속이고서….

　　허나 한편으로는 병든 그를 어떻게든지 해서 살려보겠다는 안타까운 심정으로 본마음 본뜻 아닌 거의 실성한 짓을 눈물 먹어가며 맞아맞아 하면서도 부지중 계속해 내려오는 것이다. 물에다 부모와 처자를 떠내려 보내고서 침 뱉고 눈 흘기며 돌아섰다가도 그 물을 또다시 먹는 거와 마찬가지로 봉례도 처음에는

'죽으면 죽었지 두 번 다시야…'

하고 혀를 깨물며 굳게 결심했으나 배가 고파 견딜 수 없고 약값에 졸리는 막다른 골목을 가끔 당하게 되니 흉년 진 이 마을에선 속절없는 일이라 생각하고 또 생각하며 이렇게 거듭 생각다 못해 할 수 없

이 한번 터논 일이라 또 개가죽을 뒤집어쓰고 얼굴에서 쥐가 나는 짓을 감히 하지 아니치 못하게 된 것이다.

봉례가 두 번째 생원을 찾아가기도 대낮이었다. 그때는 마님을 다리 놓아 이원만 돌려달라고 하였으나 생원은 대번에 쾌쾌히 딱 잡아떼고 사랑으로 그만 나가버린다. 그래 하는 수 없이 사랑으로 쫓아나가 사정사정하며 애걸복걸 했으나 좀체로 아주 안 듣더니만 돈은 여전히 안주면서 별안간 목소리를 낮춰가지고 넌지시

"있다가 밤중에 저 넘어 육모정 있는 우리 정자 알지? 그리로 와. 내 먼저 가서 기다리께."
하고 빙긋 웃는다. 이리하여 그날부터 오생원과 은근히 만나려면 아니 돈쓰기가 절박하면 그날 낮에 미리 오생원집에 무슨 핑계를 해서라도 자기의 몸을 나타낸다.

밥을 얻으러 가든가 쌀을 꾸러 가든가 그렇지 않으면 꾸었던 쌀을 어떻게 변통해서라도 도로 갚으러 가든가…

이렇게 무슨 구실을 삼아서라도 낮에 그 집에 들르면 그날 밤에는 반드시 육모정 있는 바로 아래 따로 떨어진 외딴 채 좀 으슥한 방에서 단 둘이 넌지시 만났고 컴컴한 그 방을 나올 때에는 손바닥에 일 원짜리 한 장이나 두 장이 어김없이 쥐여져 있었다. 그래 이제 와서 며칠에 한번씩 오생원집에 봉례가 나타나는 것은 오생원과 밤에 넌지시 만나자는 서로 말없는 가운데 은근한 군호가 되고 말았다.

오늘도 봉례는 요전번 꾸어갔던 좁쌀 두되(그나마 성복이 집에서 꾼 것)를 오생원집에 다 갚고 돌아오는 길이다. 봉례는 솔밭 속으로 들어가서 한참 동안 솔잎을 손으로 긁어놓고 솔방울을 따기도 했다. 그는 따고 주은 것을 한 데 모으니까 꽤 많았다. 그래 치마 앞에다 한아름 잔뜩되게 안고서 집을 향하여 좀 비탈진 언덕길을 이리저리 아로새겨 가며 천천히 걸어 내려왔다.

# 9

그날 밤이다. 갑룡이는 어렴풋이 들었던 잠이 어느 틈엔지 다시 깨었다. 그믐께라 달조차 없어 컴컴한 바깥은 사면이 쥐죽은 듯 무덤 속처럼 괴괴할 뿐이다. 이따금씩 소리쳐 부는 바람소리만이 깊어가는 고요한 초겨울 밤의 끝없는 적막을 깨치며 그 바람이 미닫이를 후려갈기고 문풍지를 바르르 떨게 한다. 바람소리, 문풍지소리, 곁에서 오도마니 혼자 누워 자고 있는 어린것의 쌕— 쌕— 하고 내쉬는 가냘픈 숨소리, 이 세 가지 소리 외에는 더 다른 소리가 갑룡이 귀에 들어오지 않았다. 끝없이 쓸쓸스럽고도 서글픈 밤이다.

"그저 안 돌아왔구만. 나간지가 한참 된 모양인데 뭘 하게 안 돌아와."

이렇게 입 속으로 웅얼거리는 판에 밖에서 인기척이 나더니 마당을 걸어 들어오는 발자국 소리가 자박자박하고 완연히 그러나 가만가만이 들린다.

"옳지. 이제야 들어오나보다."

하고 마음먹었을 때

"금순 어머니 계슈?"

하고 밖에서 여자의 음성이 들린다. 갑룡이의 가슴은 어쩐 일인지 별안간 선뜩해지며 무엇이 내려앉는 것 같다.

그 소리는 틀림없이 성복 어머니의 목소리다.

'아까 아내가 나갈 적에 성복이네 집 좀 다녀오겠다고 분명히 말하지 않았는가. 그런데 이제 성복 어머니가 찾아왔을 적에는 그의 집에 안간 것이 확실하니 그러면 어델 갔을까? 성복이 집 이외에 별로 갈만한 집이 없는데 웬일일까?'

이렇게 의심이 벌꺽 들어서

"성복 어머니 아니세요?"

하고 물었다.

"네! 저에요. 그런데 아이 어머니는 안 계세요?"

'댁에 말간다구 나갔는데 왜 못 만나셨나요?' 하고 이렇게 물어보려다가 삽시간에 생각을 돌려 그 말 대신에

"건너 동네로 말 간 거예요."

하고 조금도 어색치 않게 말대꾸를 하였다.

"네 그래요… 저— 어 집의 애 아버지가 먹고 싶대서 감주를 했게 맛이 없으나마 좀 잡숴 보시라고 가져왔어요."

하면서 미닫이를 드윽 열고 뚜껑 덮은 뚝배기 같은 것을 방안 문턱 옆에다 들여 놓고서 다시 미닫이를 닫는다.

"고맙습니다. 그건 뭐라구 다 갖다 주세요. 먹기는 잘 먹겠습니다만 염치 없어서."

"온 별말씀을 다 하시네. 맛은 없지만두 좀 잡숴 보세요."

"먹구 말구요. 잘 먹겠습니다. 가끔 이렇게 신세를 져서…."

"안녕히 주무세요. 갑니다."

"네— 살펴가세요."

그가 돌아간 뒤 갑룡이의 마음은 부지할 수 없이 군성거리기 시작하였고 머릿속에는 가닥가닥의 뒤숭숭한 생각으로 하나 가득 차게 되었다.

'나를 속일 리가 없을 텐데… 알 수 있나? 열길 물속은 알아도 한길 사람의 속은 모른다는데. 더군다나 여자의 마음을 어떻게 믿어? 친구는 백년 친구요, 계집은 조득 모실이라구 누가 계집년의 속을 알아?'

이렇게 마음먹다가도

'이 세사에서 남을 못 믿는 것처럼 큰 죄는 다시 없는데 내가 왜 이리 죄를 짓나… 병들기 전에도 그랬지만 몸져 누운 뒤에는 더욱더욱 진정에서 우러나와 온갖 정성을 다하고 모든 걸 극진히 해온 지성스럽고 정숙스런 아내를 내 어째서 못 믿는 거야.… 은혜를 입으면서 원수로 갚으려나. 내가 왜 이래? 미쳤나? 오거든 물어보면 곧 알게 될 걸 왜 의심을 하나…. 아마 처음 나갈적엔 성복이 집엘 가려고 맘먹었다가 나가서 딴 집으로 말갈 생각이 든 게지… 그렇다면 누구네 집일까? 건너마을 점순네집? 윗마을 용수네집? 아랫마을 정숙이집? 내 또 왜 이러나. 오거들랑 물어보면 다 알게 될 걸….'

이처럼 여러 가지 생각이 머릿속에서 쉴새없이 뒤재주친다. 한 시간이나 실히 지났을 때쯤 해서 기다리던 아내는 돌아왔다. 봉례가 방으로 들어오는 맡에

"어데 갔다오?"

하고 드러누운 채 그를 쳐다보며 묻는 바람에 그 전에는 안 그러더니만 별안간 어디 간 그것은 '왜 묻나?' 하는 생각에 봉례는 잠깐 머뭇머뭇하다가 남편의 얼굴을 차마 바로는 볼 수 없어 그의 시선을 피하며

"어딘 어디에요, 성복이네 집 갔다오지."

하고 얼떨결에 대답하였다.

아내의 이와 같은 의외의 말대답이 어느 누구를 지목해 낼 수는 없지만 〈간부!〉 이런 생각이 머리에 번개처럼 번뜩 떠올라 온몸은 짜릿해지며 가슴은 날카로운 가시에나 찔리는 것처럼 따끔함을 느꼈다.

오늘날까지 털끝만치도 의심함이 없이 믿고 믿어 온 아내의 대답이 이처럼 속이는 말조로 나오고 보니 금시에 하늘이나 무너지는 것처럼 생각된다. 하도 기가 막히고 분통이 터져 말 한마디 나오지 않고 다만 아프던 가슴만이 더 한층 쑤시는 것 같아 정말 견딜 수 없다.

지금 생각하고 보니 요즈음 와서 약이 끊이지 않는 거라든지 그리고도 약값 걱정이 덜해진 것이라든지 끼니를 그리 건너뛰지 않고 내려왔던 것이 모두가 이상하고 야릇하다느니보다 아내의 그른 행실에서 나온 것이 분명하다고 딱 잘라 생각하였다. 틀림없이 그렇구나 하고 의심할 나위 없이 마음먹으매 당장 일어나 능지가 되도록 막 패주고 싶다. 허나 기운도 부치지만 마음을 너그러이 돌려먹으며 억지로 참느라고 애를 썼다.

암만 해도 이상한 눈치가 뵈는 남편의 거동을 슬슬 살피고 있던 봉례는 자기가 지금 당장 저지르고 온 노릇이 있는지라 좀 어색한 짓으로 엉너리를 부리며 아까 성복 어머니가 들여 놓고 간 뚝배기 뚜껑을 열면서

"이건 뭐유?"

하고 물어본다. 그러나 아무 대꾸가 없다. 그래 더욱 무안해서 속으로 긁어 잡아 내리는 듯한 말씨로

"난 뭐라구 감주로구먼… 어디서 났우?"

남편은 여전히 두 눈을 감은 채 이렇다저렇다 말

대답이 없다. 이때에 봉례의 머릿속에는 문득 한 가지 생각이 번개처럼 번뜩하고 떠오르는 게 있었다.

그것은 혹시 이 물건이 성복이네 집에서 가져온거나 아닌가 하는 두려운 생각이다.

'옳지. 내가 아까 집을 나갈 때 성복이네 집 말간다고 하지 않았나… 그랬는데 이것을 성복이 집에서 가져왔다면 내가 그 집에 안간걸 이 이가 안 모양이야. 그래서 도제 말대꾸도 않고 눈치가 이상하게야… 아니 조금 아까 "어딜 갔다오?" 하고 묻는데도 속은 뜨끔했지만 입으로는 서슴지도 않고 성복이네 집이라구 대답하지 않았나… 아하 이 노릇을 어쩌나? 이것은 성복 아버지나 성복 어머니가 가져온게 틀리지 않는다. 내가 왜 성복이네 집 말을 내고 갔을까. 그 말한 게 잘못이야.'

이렇게 생각하고 난 봉례는 자기의 몸 둘 곳조차 알 수 없으며 이제는 뭐라구 더 말을 꺼낼 용기가 나지 않는다. 다만 얼굴에 모닥불을 퍼붓는 듯이 홧홧하고 정신이 아득아득해질 뿐이다.

곁에서 무슨 짓을 하든 무슨 소리를 하든 전혀 상

관 않고 두 눈을 꽉 감은 채 드러누웠던 갑룡이는 몸도 아프지만 당장엔 몸 아픈 것보다도 설운 마음! 처량한 생각이 더 한층 부지할 수 없이 자기를 괴롭게 한다. 어느 겨를엔지 그의 두 눈귀에는 이슬방울 같은 눈물이 맺힌다. 이따금씩 코 훌쩍이는 소리가 바늘하나 떨어져도 들릴 만치 끝없이 고요한 방안의 끝없는 적막을 깨친다. 얼마 안 가서 어깨조차 들먹거리기 시작하였다. 이리하여 그는 마침내 소리쳐 느껴 울면서 자기의 외로운 신세―기구한 팔자를 속으로 한탄하였다.

―남의 집 머슴살이로 갖은 고생을 다 하다가 늦게야 아내를 얻어 아들, 딸 낳고 이제야 겨우 재미있게 살아 보겠더니 원수의 가물로 해서 한창 김맬 때 꿈에도 생각지 않던 날품팔이를 하게 만들어 마침내 병들어 눕히고 아내마저 자기를 배반하고 딴 사내 품안에 안기는 생각을 하니 아내가 무한히 밉고 원망스럽다가도 다시 눙쳐서 생각하니 모두가 자기의 운명이 기박하여 팔자소관인 듯 싶다. 남을 원망해 뭘 하리. 내 팔자 기박하여 부모를 일찍 여

의고 남과 같이 살지 못해 지겨운 고생살이를 하루도 면치 못하다가 이제는 병조차 들어 성치 못한 몸, 게다가 계집조차 믿을 수 없이 되었으니 죽는 게 마땅하지 더 살아 뭣 하리.

여기까지 생각하고 보니 서글픈 마음이 더욱 간절하여 더 한층 소리를 높여 엉! 엉! 울었다. 사내 주제에 걸맞지 않게스리….

봉례는 봉례 제대로 제 무안에 취해 한편 구석에 가서 되는 대로 퍽 쓰러져가지고 흑흑 느껴가며 처량스럽게 운다.

봉례는 오늘날까지 단 한번일지라도 본마음 본뜻은 아니었지만 그래도 남편을 속여 가며 여러 차례 그런 불의의 짓을 감히 해온 것이 비길 데 없이 부끄럽고 뼈에 사무치도록 뉘우쳐져서 참다 참다 못해 그만 울음보가 터지고 만 것이다. 둘이서 그처럼 소리쳐 우는 바람에 자던 어린 것마저 깨어서 말 없이 울기들만 하는 이런 기막힌 울음판에 철모르는 어린애 울음도 한 몫 보게 되었다. 봉례는 우는 어린것에겐 젖을 물릴 생각은 꿈에도 않고 그저 설워 울기만 할 뿐이다.

이렇게 봉례의 집 단칸방에는 셋의 울음소리가 얼마 동안 한데 어우러져 높았다 낮았다 하는데 물을 얼리려는지 싸락눈을 뿌리려는지 냉랭한 바람이 휘몰아 칠뿐이다. 처참한 흉년이 지나간 이 마을의 초겨울 밤은 점점 깊어만 간다.

# 10

그날 밤 이후로 갑룡이의 병은 더욱 더쳐서 나날이 위중해만 갔다.

오늘은 새벽부터 병증세가 심상치 않아 자칫하면 오늘 해를 넘길 것 같지 않다. 그래 매일같이 하루에 한두 번씩은 꼭 문병 오는 돌쇠가 오늘도 아침나절 찾아왔을 때 봉례는 그를 붙들어 앉혔다.

사실은 돌쇠도 드러누운 갑룡이의 모양이 시시로 굴러가는 것을 보고 그대로 떼치고 돌아갈 생각은 없었던 것이다.

자기가 다쳐준 것은 아니지만 제 썰레로 해서 일하러 갔다가 다쳤으므로 그 동안에 항상 불안한 마음이 떠나지 않던 차에 이제는 아주 짐이 기울어져 어제와도 다르고 그제와도 달라 기간을 다투는 양을 보고 있는 돌쇠의 가슴도 어지간히 조바심이 난다. 멀쩡하던 사람을 자기가 죽이는 것만 같아 뼈끝이 저리도록 괴로움을 맛보며 죽어가는 갑룡이의 몰골을 긴장한 표정으로 들여다보고 앉아 있게 되었다.

　어느덧 한나절이 되었다. 돌쇠가 막 온 때부터 가래가 약간 끓기 시작한 것이 점점 심하다가 다시 차차 가라앉자 이제는 아주 가냘픈 소리를 내며 마침내 턱조차 까불기 시작한다. 이렇게 얼마 지낸 다음 눈을 홉뜨기 여러 차례 하더니 유언 한마디 없이 그만 숨이 덜컥 넘어가 사람의 일생이란 이런가 할 만치 성겁게 운명하고 말았다.

　"그만 저리 가시죠… 어쩔 수 없이 일 당했습니다."

　돌쇠는 옆에 얼빠진 사람처럼 멀거니 앉았는 봉례더러 나직이 말했다. 이 소리를 들은 봉례는 하도

기가 막혀 눈물 한방을 안나오고 다만 캄캄해질 뿐이다. 아주 삽시간이다. 봉례의 머릿속에는 한 가지 생각이 번개처럼 떠올랐으니 그것은 단지를 해서라도 죽은 남편을 다시 살려보고 싶은 참으로 정성된 마음을 먹은 것이다. 그래 손가락을 입으로 가져 가려다가 문득 또 한 가지 생각이 머리에 떠올랐으니 그것은 지금의 자기 몸이 죽는 남편을 위하여 단지를 해가지고 주검을 소생시킬 만치 깨끗지 못하다는 것이다.

'이미 더럽힌 몸이 단지를 해 피를 흘려 넣는대야 무슨 효험이 있을라구? 지성이라야 감천이라는데 더러운 년의 몸뚱어리에서 나온 피가 뭣이 지성어린 피가 될까?' 하고 잠깐 주저하였다.

이 경우를 당하고 보니 더 한층 자기가 이미 저지른 노릇이 천하에 용납지 못할 크나큰 죄를 진 것만 같아 무시무시하게 두렵고 가슴을 비수로 에는 듯이 쓰라려 당장에 자기 몸을 어디다 부딪쳐 죽고 싶은 생각이 끓어오른다.

'효험이 있든 없든 어디 한번 해나볼까… 뭐 내 본

맘으로 그런 노릇이 아니니까 신명께서는 굽어 살
피실 테지.'

봉례는 이렇게 다시 자신 있게 마음을 돌려 먹고
는 더 생각해 볼 나위도 없이 왼손 넷째 손가락을
입안에 넣고서 눈을 꽉 감으며 아짝 깨물었다. 그래
선지피가 주르르 흐르는 것을 운명한 남편의 입에
다 흘려 넣기 시작하였다. 이처럼 뜻하지 아니한 갸
륵한 광경을 옆에서 바라보고 있는 돌쇠는 마침내
갑룡이가 운명하고서 죽어 누운 것보다 더욱 놀래
지 않을 수 없다.

"아! 열녀다!"

돌쇠는 자기도 모르게 입안으로 이렇게 부르짖었
다. 이 광경이 하도 감격해서 아까부터 눈물어린 두
눈엔 먼저번과 아주 다른 새로운 눈물이 핑그르 돌
았다.

"이건 참 지금 세상에선 드문 일인 걸!"

주체할 수 없는 더운 눈물을 옷깃으로 씻으며 바
르르 떨리는 가냘픈 손가락 끝에서 새빨간 선지피
가 뚝뚝 떨어지는 것을 노려보며 갑룡이가 죽어 누

운 것도 꿈속 같고 갑룡이 처가 단지를 해가지고 피를 흘려 넣고 앉았는 것도 꿈속 같다. 아무리 정신을 차리려도 생시 같지 않게 생각든다. 그래 눈을 좀 더 크게 떠서 바라보았다. 그리고는 손가락으로 자기의 넓적다리를 힘껏 꼬집어보았다. 아픈 생각이 완연할 적엔 틀림없는 생시의 일이다. 돌쇠는 이만치 그 광경에 정신이 어떨떨했던 것이다. 황홀했던 것이다.

## 11

단지를 한 피의 효험이 있어 그랬는지 속절없이 죽었던 갑룡이는 얼마 만에 다시 피어났던 것이다. 그러나 피어난 지 이틀 만에 그는 다시 아주 죽고 말았다. 허나 이 마을은 물론이고 벌써 머나먼 동리에까지 봉례의 단지 한 소문이 무척 굉장하게 퍼졌다. 그래 듣는 사람마다

"열녀!"

라고 칭찬 안 하는 사람이 없이 되었다. 이렇게 모두들 '열녀!' 하고 떠들지만 넘어 마을 오생원만은 '흥, 열녀?' 하고 코웃음치며 비웃고 있었다.

열녀 딸을 두게 된 서울 갔던 봉례의 아버지도 사위 죽었다는 편지를 받고서 즉시 내려왔고 큰 딸의 집으로 얻어먹으러 갔던 그의 어머니도 사위 죽었다는 바람에 손녀를 데리고 기급을 해 돌아왔다. 어쨌든 열녀인 봉례로 말미암아 여기저기서 부조가 꽤 많이 들어와 초상 치르기엔 그리 궁색한 줄 모르고 지낸다.

발인 날이다. 이 세상에 열녀인 아내를 남겨 논 갑룡이의 시체는 여러 사람 어깨에 얹혀서 새로 무덤 파논 데까지 이르렀다. 아침부터 면화송이처럼 퍼붓는 함박눈이 먼 산 가까운 벌판을 뒤덮는데 시체를 떠나보낸 초상집과 무덤자리를 잡은 산상에는 열녀인 봉례로 해서 그런지 유난히 따르는 사람이 많아 꽤 지런지런 하였다.

갑룡이를 땅속에 파묻고 쏟아지는 눈을 맞으며 이미 와서 쌓인 눈을 밟으며 돌아오는 그들은 내 언제

사람을 파묻고 오느냐는 듯이 제각기

"어! 눈 참 잘 오신다. 내년에는 갈 때 없이 풍년 들었네. 풍년 들었어."

"두말할 것 없네. 보리부터 풍년일세."

이렇게들 떠들어댄다.


## 12


그 뒤 열녀인 봉례의 가슴에는 형용할 수 없는 그늘이 두껍게 지기 시작하였다. 날이 갈수록 그의 괴로움은 더 커갔다. 남들이 열녀라고 떠들어대는 것이 참으로 듣기 싫었다. 세상 사람들이 자기의 행실 부정한 것을 다 알고서 일부러 빈정거리고 비웃는 것만 같았다. 그보다 이 세상을 떠난 이미 망인이 된 남편이 어느 구석에서

"더러운 년!"

하고 꾸짖는 듯만 싶다.

태산같이 믿고 살아오던 남편이 죽고 보니 살기

싫은 생각도 걷잡을 수 없는 데다가 열녀는커녕 화냥년인 자기를 가리켜 열녀니 뭐니 하고 뒤 떠드는 데는 사실 기가 막혔다. 어이가 없다. 그리고 부끄러워 견딜 수 없다. 그래 며칠 동안 밥도 안 먹고 울기만 하였다. 밤에도 모진 잠만을 견디다 못해 잠깐 졸고 나서는 도제 자지 못하였다. 이럴수록 속 모르는 남들은 참 드문 열녀라고 소문만 점점 높이 내고 있었다.

이와 반대로 봉례의 마음은 더욱더욱 불안하고 초조해만 갔을 뿐이다. 한 번 행실 부정했던 것은 이 세상에서 다시 씻으려고 암만 애를 써도 도저히 씻을 수 없는 노릇이다. 헌데 속 모르는 남들이 열녀라고 뒤떠드는 데는 진정으로 기가 막혔다. 쓸데없이 열녀라고들 입에 침이 없이 칭찬하는 데는 뼈끝마다 저리고 살점마다 떨렸다.

갑룡이가 아주 죽은 지 이레 되던 날 밤 아마 삼경은 되었으리라. 처음엔 어린 걸 그대로 두고 나가려다가 다시 마음을 돌이켜 먹고서 어린 걸 등에다 업은 채 사면이 죽은 듯이 괴괴하고 쓸쓸한 집을 걸어 자기 집 근처 우물뚜껑까지 와서 잠깐 망설이다가 그대로 우물 속으로 **빠져버렸다.**

이리하여 그 이튿날 모자의 시체가 동리 사람들 손에 건져진 뒤에는 "먹지도 않고 죽은 사내만 생각하더니 바루 남편 죽은 지 이레 만에 죽은 이 뒤를 그에 따라 간것이라."고 참으로 열녀라는 소문이 더 한층 굉장하게 높아갔다.

그러나 오생원만은 때때로 입버릇처럼 '흥 열녀? 열녀는 무슨 기급을 할 열녀야.' 하고 미친 사람처럼 혼자 웅얼거리며 혼자서 빙그레 웃을 뿐이었다.

1937. 8.

(『조선지광』 재속간, 1937년 8월 발표)

# 춘몽곡(春夢曲)

## 1

동대문을 등지고 방금 떠나 청량리로 향해 살갗이 닿는 전차 안에는 남녀노소로 초만원을 이루었는데 그 틈틈에는 한 떼의 학생이 섞여 있다.

바로 저번 일요일 날은 온종일 끊일 줄 모르고 촉촉이 내린 보슬비로 말미암아 나날이 짙어가던 봄빛을 더 한층 재촉해 수삼일 내로 개나리와 진달래꽃을 활짝 피게 하였다. 그래 이제는 제법 봄 기분이 농후해진 더구나 구름 한 점 없이 맑게 개인 일요일이라 정신을 차릴 수 없을 만치 어수선한 도회 생활에 휘둘리고 들볶이는 뭇 사람은 단 하루라도 흐릿해진 머리와 고단한 몸을 맑은 공기와 그윽한 대자연에 마음껏 씻고 흠씬 위안을 얻으려 함인지? 북적대는 서울서 그다지 떨어지지 않은 교외로 나마 아쉬운 대로 몰려 나가는 모양이다.

오정때가 가까워 올수록 전차는 더 한층 분벼 따름이다. 그리하여 지금 이 차도 초만원을 이룬 채 정류장마다 별로 서는 법도 없이 줄기차게 내닫고만 있다.

이처럼 줄달음치던 전차가 어느덧 청량리 앞에 와 닿으니 차 속으로부터 여러 사람들이 제각기 앞을 다투어 내리기 시작하였다. 머리에는 각모를 쓰고 어깨에는 '스프링 코트'를 걸친 한 떼의 학생 여럿. 방금 차에서 내리는 그들 틈에 겉묻어 내려가지고 가벼운 걸음걸이로 홍릉도 가는 어구에까지 이르더니만 한번 꺽여 모두를 그길로 잡아 들어선다.

겨우내 꼭 죽었던 풀들은 대견하게도 다시금 새싹이 파릇파릇 숨쉬기 시작하는데 간간이 은가루처럼 시설이 돋고 진 자주빛인 할미꽃이 고개를 축 늘어뜨린 체 피어 있고 냇가에 드문드문 섯는 수양버들, 제

철만난 듯이 뾰족뾰족 싹이 트여 가지가 축축 늘어져 있다. 그들의 한 떼는 백사장처럼 편한 길을 무척 흥에 겨워 가로뛰고 세로뛰면서 걷고들 있다. 어떤 학생은 아지랑이 아른거리는 먼 산을 바라보고 목을 소승겨 노래를 빼기도 하고 어떤 학생은 '마라톤'하듯 무작정하고 옷자락을 펄럭거리며 앞으로 앞으로 줄달음치기도 하고 어떤 학생은 뭉텅한 돌맹이를 축구나 하듯이 발 뿌리로 우락부락하게 막 걷어차면서 콧노래를 부르기도 하고 어떤 학생은 맨 뒤에 떨어져서 이름도 모를 이상야릇한 풀과 생생하게 피었어도 보기에 시든 듯한 할미꽃 몇 송이를 따가지고 연해 코에다 댔다 뗏다 하며 천천히 걷고 있다.

바로 이때다. 철모르는 어린애들처럼 개댁질을 하는 그들의 등 뒤에서 별안간 경풍을 할 만치 경적을 울리며 한대의 자동차가 쏜살같이 달려든다.

자동차와 그들의 거리가 점점 가까워 올수록 요란한 엔진소리는 귀를 시끄럽게 무소라 노았다. 그 중 맨 뒤에서 걸어가던 학생이 멈칫하고 길 옆으로 비켜선다.

지금까지 전속력을 내 달리는 자동차도 바로 그 학생 앞에 와 우뚝 선다.

"승호 씨! 올라 타세요 네?"

연 주홍빛 문하부 다이로 아래 위를 일매지게 그리고 몸에 꼭 맞게 해 입고 오렌지빛 숄을 아주 멋지게 어깨에 걸친 미인 타입의 노상 앳되 보이는 여자 하나가 창밖을 엉거주춤한 채 내다보면서 말한다.

"난 누구라구. 그런데 웬일이요?"

학생은 좀 의심스러운 눈초리로 그 여인을 바라보며 말대꾸를 하였다.

"날 따돌리고 이렇게 다니시면 누가 모를 줄 아세요. 이야기는 차차 하기로 하고 어서 올라 타시죠. 거진 다 왔지만 내 홍릉 앞까지 태워다 드릴께요."

이렇게 의미 있는 듯이 조금도 서슴지 않고 말하면서 연해 생글생글 웃는다. 어여쁘게 생긴 얼굴에다가 더욱 귀염성 있게 애교를 부린다.

"따돌리기는 누가 따돌려 일전에 만났을 때 이번 공휴일에는 아버님과 온천엘 간다고 하지 않았우? 그래 나는 어제 오후 차로 내려 간 줄만 알았구료.

그런데 모두들 안 가셨우?"

"아뇨 저만 빠졌어요. 그런데 제가 이처럼 승호 씨의 뒤를 밟어 온 것은 퍽 분하신 게로구면."

"아니 그런 게 아니라…."

승호의 태도가 약간 당황해진다.

"그러면 올라 타시래도 아니 타시고 아버지와 같이 간 줄로만 아셨다니 제가 쫓아온 것이 불찰이죠 뭐에요."

금시로 기색이 변해 아주 눈에 띨 만치 새침해진다. 그제야 승호는 자동차 안으로 들어가면서

"그렇게 오해할 것이 아니라. 이번 일요일에는 정희와 같이 즐겁게 못 노는구나 하고 여간 유감으로 생각한 게 아니며 또는 조금 전까지도 혼자 뒤떨어져 걸어오면서 공연히 찌뿌드 하기만 하다가 의외로 반가운 사람을 대하게 되니까 그런 것이고 자동차에 얼핏 오르지 않은 것은 일행이 여럿이니까 그런 것이지 무슨 다른 이유는 절대로 없는 게요."

"호호…. 절 생각하시고 또는 반겨 주실 줄 꼭 믿으니까 쫓아온 거죠. 그리고 휘어진 곳에서 사람이

한둘 더타면 어때요. 저기 저렇게 몇 분 우득우득
서서들 계시니 어서 올라 타시라구 여쭈세요. 이 안
이 꽉 차면 양 옆에 매달려라도 가시죠."

"그건 아무렇게나 해도 좋지만 입은 옷이 그게 뭐
요 학생신분으로…."

"왜 어때요? 좀 화려한 편이지만 일요일이고 더구
나 이런 곳에 나오는데는 괜찮잖나요?"

"말하자면 일요일 날은 학생이 아니요 야외는 예
외란 말이구료?"

"아이 난 몰라요. 또 만나셨나 봐 빈정거리기 시작
하시니."

"나도 모르겠소. 너무나 호사를 했다고 여러 사람
들한테 찢구 까불림을 당하더라도."

"그분들의 편이나 들지 마시고 중립 행동만 취하
셨으면…."

"경우에 따라서는 그래도 정희의 편을 들리다. 안
심하우."

"애당초부터 고군분투할 각오를 하고 나왔으니까
승호 씨도 남자의 편을 들어서 저와 겨뤄보시죠. 여

보! 운전수 잠깐만 정거해 주."

정희의 여무지게 하는 말에 따라 아까보다 저으기 느리게 가던 자동차는 수 삼인의 학생이 우득우득 서서있는 앞에 와 딱 서고 말았다. 자동차 안으로 그들은 몰려 들어갔다.

움직여 가지고 얼마 가지 않는 자동차는 또 다시 서서 사람을 또 실었다.

이렇게 하기를 수삼차례 하였다. 마치 바가지에 박들을 주어 담듯이 자동차는 그들을 담아가지고 청량사 들어가는 어구를 지나쳤다.

홍릉 앞까지 다다르니 먼저 나와 있던 한 떼의 학생들이 팔을 벌리고 내다르며 부르짖 듯이 외친다. 자동차 양편 흙 바퀴에 매달려오는 그들의 모습을 알아차린 모양이다.

새파란 솔잎이 고개를 들고서 뾰족뾰족하게 나오는 그 위에서 따뜻한 봄볕을 전신에 흠뻑 받으며 마음껏 날뛰는 십여 명의 젊은이들! 그들은 모두 전문학교가 아니면 대학에 학적을 둔 학생들이었다. 학교는 일매지게 같이 안했지만 중학교만은 동창들이었다. 중학교까지는 그들로 하여금 같은 길을 밟게 하였으나 한번 중학 문 밖을 나서고 보니 그들의 이상과 장래의 희망은 벌써 각각 딴 길을 밟게 만들었다.

의전, 법전, 보전, 연전, 공전, 그리고 대학 문과 앞날에 닥쳐올 크고도 찬란한 희망을 잠시 한 때라도 잊어보지 않고 반드시 맛 볼 느긋한 행복을 꿈꾸며 책상머리에서 '노트'와 '펜'을 가지고 싸우면서 머리를 쥐어짜고 정신을 흩나드리든 그들은 이제 모든 것을 깨끗이 잊어버린 듯이 내어버린 듯이 마치 유치원에서 천진난만한 어린애들이 까닭도 모르게 즐거워 날뛰는 것과 꼭 같은 그런 기쁨과 그런 동작으로 한데 얽혀 격에 맞지 않게 개닥질을 하고 있다. 주고 받는 말소리가 높았다 낮아졌다 하며 너털웃음!

간드러진 웃음이 간간이 일어나기도 하며 흥에 겨운 노래조차 이른 봄 아지랑이 낀 벌판을 마음껏 뒤흔들어 놓고 사면으로 흩어진다. 그들 틈에 홍일점으로 오직 여성이라곤 하나밖에 섞여 있지 않았으니 그는 서울 ××은행의 두취요 소문에 백만원이 넘는 다고들 하나 그 실은 백만원이 차려면 앞으로도 삼사년 더 걸려야 하겠지만 아무튼지 당대 굴지할 만한 재산가인 김헌식(金憲植)의 무남독녀 딸로 비단결같이 고이고이 자라난 동부 간에 인물 곱기로 평판이 높은데다가 보고 듣는 사람마다 부러워할 만치 끝없는 호강살이를 마음껏 누리고 있는 정희(晶姬)란 여자이다. 정희는 방금 세상 모르고 날뛰며들 있는 여러 젊은이들 중의 한 사람인 이승호(李勝浩)의 연인이요 양쪽 부모가 서로 승낙까지 해준 공공연한 약혼자이다. 집안끼리만 은근히 승낙하고 둘이 모든 행동을 묵인해 내려올 뿐만 아니라 여기 지금 모인 승호의 여러 친구로 말하더라도 그들의 사이를 애인은 커녕 마치 벌써 오래 전에 부부나 된 것처럼 대한 지 이미 오래된 일이다.

승호의 아버지 이대석(李大錫)이로 말하더라도 여러 가지 사업에 손을 대어 가지고 있는 '벼락부자!'라고 하는 경성 실업계에서 쩡쩡 울리는 그 역시 당대 일류 부호이다. 대 실업가의 아드님과 은행가의 따님! 게다가 사내답게 어글어글하게 잘생긴 쾌남아와 아기자기하게 영리하고도 어여쁘게 생긴 미인

사이에 얽혀진 사랑! 서로 믿고 이해하고 지극히 사랑하고들 있는 그 둘의 사이를 뉘마저 부러워하지 않으랴…. 날이 가고 달이 갈수록 두터워만 가는 이 세상에 무엇하나 부족함이 없고 옹색함이 없는 그들의 무한한 행복은 이세상 살아가는 데 한낫 행복의 표본이 되다시피 하였다. 좀 조용한 곳에서 단 둘만 재미있게 속삭여 보고 싶은 승호와 정희는 꽁무니를 뺄 생각을 하고 어느 틈엔지? 여러 동무들의 눈을 슬슬 기어가지고 야트막한 언덕하나를 넘어서 양지가 바른 조금 비탈진 곳에 와 털썩들 앉는다. 서로 얼굴을 쳐다보며 기쁨에 넘치는 웃음을 연해 웃고들 있다. 자기네들도 모르는 사이에 손과 손은 탑처럼 이층삼층으로 쌓여졌고, 아지랑이 낀 먼 산을 사랑에 취한 듯 안개에 펼쳐 있는 대자연에 취한 듯한 저으기 긴장되고 흥분된 네 개의 눈동자는 마치 형용할 수 없는 그 무엇을 동경하는 이의 눈같이 보인다. 바로 한등성이 넘어서 다른 학생들의(요란스럽게) 떠드는 소리와 노래 부르는 소리! 손벽을 치며 웃는 소리가 이따금씩 가벼운 바람결에 곁문어 혹은 똑똑히 혹은 희미하게 들려온다.

"승호 씨!"

"왜 그래?"

정다운 말씨! 은근한 대화는 앉은 지 얼마 만에 시작되었다.

"댁의 아범께서는 결혼을 퍽 재촉하시지요."

"……………"

"그렇지만 집에 아버님께서는 아직 이르다고 노상 말씀하세요. 승호 씨도 학교를 마치시고 어서 되든 안 되든 졸업이라도 마친 다음에야 식을 거하게 하실 모양이에요."

"흥 그도 그러실 테지… 학교를 파시는 것은 한낱 핑계시고 그 실상을 캐본다면 그럴 듯한 사정이 숨어 있지."

"아니 그 사정이란 뭐에요?"

"……………"

"에이 화나 죽겠네. 왜 대답이 없으세요?"

"나한테 물을게 뭐야 자기가 스스로 생각해봐도 알 노릇을…."

"엥 속상해 죽겠네. 남 골만 올리고."

"정녕 모른단 말이요?"

"알지 못하니까 묻는 게 아니요?"

"뭘 자기에게 해로우니까 알고도 모르는 척 하는 게지 나도 다 알어."

"아유 하느님 맙소사. 번엣소리 작작하세요."

"정 그렇다면 말하지…… 외딸 하나를 고이고이 길렀다가 남 내주기 아까워서 아니 섭섭해서 그러시는 게지 뭐요. 안 그렇소? 그렇지만 우리 아버님께서는 얼른 손자라도 보시고 싶으신 게야. 가끔 그런 눈치의 말씀 하시는 걸 뵈면"

"환갑이 불원하시니까 그도 그러실 테죠. 가만히 생각하면 앞앞이 자기 욕심이에요."

"정히 아버님의 생각도 그렇다고는 않아도 그리고 아주 결혼을 하고 나면 공부에 방해되겠다고 염려하시는 것도 일리가 있다구 볼 수 있우. 암만 해도 혼자 떨어져 있는 것과 함께있는 것이 공부하는데 여간 상관되지 않으니까."

"그러니까 어찌됐든 간에 더 참지요. 사오년도 참

고 내려왔는데 일이년쯤이야 더 못 기다릴라구요.”

“내가 공부를 마칠려면 적어도 미 앞으로 칠팔년은 더 있어야 할 걸.”

“네! 칠팔년이라뇨?”

“왜 그리 질겁을 해 놀라우? 생각해보구료. 이 학교를 마치고는 외국가서 연구를 더 해야만 하지 않겠소?”

“……………”

정희 기색이 약간 좋지 못해진다.

“얼른 결혼하구 싶으우?”

“아뇨.”

낯을 붉히면서 고개를 숙인다.

“그러나 지금 다니는 학교만 마치거든 두말 말구 결혼 합시다 그려. 올해만 훌쩍 넘어가고 내 후년 봄까지는 그다지 멀지도 않으니까…… 정희도 내년 봄에 졸업하거들랑 쓸데없이 놀지 말구 피아노나 한 일년 더 공부하구료.”

“네 저도 아무튼지 한 이해 동안 피아노만을 전공해 볼 결심이에요.”

이렇게 말대꾸를 하며 숙였던 고개를 다시 든다. 그래 무엇이 만족한지 온 얼굴에다 듬뿍 미소를 머금고 승호를 물끄러미 쳐다본다. 승호도 덩달아 빙그레 웃는다. 한참 동안을 내리 두고 왁자지껄하게 마음놓고 떠들며 공소 폭소가 연발하던 여러 동무들의 시끄럽던 자취는 어느덧 잠든 듯이 쓰러지고 말았다. 그러나 사랑에 취한 이 두 젊은이는 야단법석을 하든 또는 그 무리들이 어디로 갔는지 전혀 알지 못하고 알려고 들지도 않았음으로 의심할 나위도 없이 그들을 아주 잊어버리고 앉아 있었다. 살속으로 숨어드는 듯한 봄바람은 넋 잃은 사람처럼 멍하니 앉아 있던 두 사람의 긴장한 얼굴을 가볍게 스치고 지나간다. 그리고 품 안으로 기어든다. 종달새 소리며 그 외의 이름도 모를 뭇새떼의 나뭇가지 위에서 끊임없이 지저귀는 그 소리만이 사랑의 노래를 부르는 것 같고, 결혼행진곡에 발맞춰 천천히 걷는 듯한 몽롱한 꿈 속같은 그 가운데 깊이 잠겨 부지중 두 몸의 거리는 지극히 가까워졌다. 뺨과 뺨이 서로 따뜻함을 유지한 가운데 느낄 수 있었다.

순간!

둘의 등뒤에서 일제히

"어—"

"야—"

"승호!"

"정희 씨!"

건너 산이 울릴 듯한 고함!

이처럼 뜻하지 아니한 불시의 총공격에 둘의 단꿈은 여지없이 깨어지고 부서져 멈칫하고 다시 둘의 거리가 멀어지며 약간 놀란 얼굴로 뒤를 돌아서본다.

"미안하이 승호 군!"

"정희 씨 대단 미안합니다. 그러나 저이들이 심심해서 견딜 수가 있어야죠. 그래 총동원을 해가지고 주위를 골똘히 수사한 결과가 이같이…."

"이 사람아 어쩌면 그렇게 귀신같이 사라진단 말인가. 너무 심하이 나도 이럴 줄 알았으면 내 애인과 동행했지 동행했어."

정희와 승호는 어안이 벙벙히 아무 말도 못하고 가만히 있을 뿐이다.

"네까진 놈에게 동행할 여성이 어디 있어?"

"애개개 요담 일요날 봐 버젓하게 미인 동반이다."

짓궂기로 유명한 키다리가 당장 옆에다 미인을 데리고 걸어가는 시늉을 내면서 익살맞게 이죽댄다.

여럿은 일제히 소리 높여 웃었다.

"자, 객쩍은 소리와 쓸 때 없는 짓은 다 집어치구이 두 천사의 단꿈을 악마들처럼 깨뜨린 죄로 아니 그 대신 두 분의 행복을 축하하는 뜻으로 노래나 부르며 한바탕 뛰놀아보세."

"좋소!"

"찬성이오."

"이의 없으니, 시작합시다."

일동은 순식간에 손과 손을 마주들 잡은 다음 승호와 정희를 둥그렇게 에워싸고 빙빙 돌면서 목청을 높여 노래를 부른다. 어린애들처럼 껑충껑충 뛰면서……. 어떻다 말할 수 없는 미안과 부끄러움, 그렇지만 한편으로 숨길 수 없는 기쁨에 넘쳐 이래저래 어쩔 줄 모르고 다만 얼떨떨해 가만히 서 있기만 한 승호와 정희도 조금 지나니까 모든 것이 자기도 모르는 사이에 그들이 부르는 노래에 박자를 맞춘다.

따뜻하게 내리비치던 봄볕도 어느덧 서산으로 기울어지기 시작하니 먼 산의 아지랑이도 씻은 듯 부신 듯 쓰러지고 나뭇잎을 가벼이 흔드는 산들바람만이 바야흐로 황혼을 재촉하는 이들의 쓸쓸한 기분을 뭇사람으로 하여금 맛보게 한다. 지금까지 마음껏 놀던 그들은 조금 비탈진 곳을 앞서거니 뒤서거니 내려오고들 있다.

좌우 옆으로 줄행랑이 이어 있는 한가운데 우뚝 솟은 소슬 대문만 보더라도 그 집 안채가 얼마나 크다는 것을 넉넉히 짐작할 수 있다. 대문 안으로 썩 들어서면 반대 방향으로 중문들이 마주 건너다보고 있으니 안은 내실로 통하는 문이요 또 하나는 사랑으로 들어가는 문이다. 화려하고도 오밀조밀하게 꾸민 안팎이야말로 도저히 보통사람으론 꿈도 꾸어 보지 못 할 훌륭한 차림차림이다. 더구나 사랑 동쪽에 홀로 우뚝 솟은 이중에선 퍽 드높은 양관(洋館) 안이야말로 서울 안에서 누구나 일컫는 사치할 대로 사치한 요지경 속 같은 곳이다. 이 모든 것을 종합해본다면 벼락부자의 일상생활이 얼마나 호화롭다는 것을 말하고 있는 것이다.

양관 이층 위 응접실 안에서 혼자 전화를 받고 있던 승호의 부친은 차차로 저상을 한다. 나중에는 얼굴이 파랗게 질리며 말소리는 황황하고도 아른해진다.

"…뭐? 광산이 폭발 되었다구! 응응 그래 만방(滿紡)이 폭락! 그래 그래서 응응 폭락이면 좋지 않은가 싸게 싸 팔아 논게 있으니까 싸게 사면 좋지…… 뭐? 돈이 없어? 뭐야! 응 그래 ××은행에 부도(不渡)야…… 부도라니 그게 정말인가? 그래 참말 부도란 말이지? ○○은행에도 부도라! 응응."

그는 힘없이 수화기를 떨어뜨리며 그 자리에 픽 쓰러진다.

"아 하 이제는 세상 놈들이 모두 나를 버렸구나. 헌식이 조차 나를 버리구 말았구나. 만사는 휴다."

괴롭게 찌푸린 그의 얼굴에는 비장한 빛이 떠돈다. 그는 잠자코 한 뒤에 무엇을 생각한 듯이 또는 굳은 결심을 한 듯이 내실로 황황히 걸어 들어간다. 한참만에 안으로부터 여하인 하나가 급한 걸음으로 뛰어나와 사랑 양관 아래층 현관을 들어간다. 사랑에 있던 몇 사람은 눈이 휘둥그레 가지고 여하인을 바라본다. 여하인은 더듬는 말로

"저, 큰 큰일 났어요. 얼른 좀 의사를 청해주세요. 영감마님께서 영감마님께⋯."

"영감마님께서 어쨌단 말야? 똑똑히 말을 좀 해."

"영감마님 약, 약을 잡숫고 펄펄뛰세요."

"뭐? 무슨 약을 잡수셨다. 이거 큰일 났구먼 그래."

우뚝 섰던 사람들은 혼비백산하듯이 몇 사람은 전화 있는 곳으로 또 몇 사람은 안으로 이렇게 갈팡질팡들 한다. 급보들 가지고 나온 여하인은 이제야 자기의 큰 책임을 다해 걱정 없다는 듯이 그 자리에 맥풀린 사람처럼 펄썩 주저앉는다. 한구석에 가만히 서서 있던 짓궂은 상노가 그의 등을 탁 치면서

"선여 어멈 정신 차려. 이거 왜이래."

선여어머니는 깜짝 놀라며 고개를 돌이켜 보더니만 입을 비쭉하며,

"이 녀석이 미쳤나? 실성을 했나 별안간에 누구를 보고 함부로 반말이냐⋯ 이거 뭐? 난리가 쳐들어오니."

"아니 영감마님께서 턱을 까부신다면서…."

"예이 빌어먹을 녀석 같으니라구."

"염려 말어 미구에 다른 데로 미러먹으라 나갈 테니."

"어이 보기 싫어 두꺼비 파리 잡아 먹듯 넙죽넙죽 잘 이죽댄다."

선여어머니는 두 눈의 흰자위가 다 나오도록 눈을 흘기면서 안으로 들어가 버린다.

숭호는 자기 집안에 이런 불의의 변사가 있을 줄을 꿈에도 생각지 못하고 온종일 재미나게 놀던 즐거운 장면 장면을 머릿 속에 다시금 그려가면서 소나무와 전나무가 얼크러진 사랑마당을 지나 양관 아래층으로 들어섰다.

조금 전에 여하인과 씰룩거리던 젊은 상노가 내다르며

"서방님 빨리 안으로 들어가 보시죠."

"왜?"

"글쎄 얼른 들어가 보세요."

"아니 왜 그래? 자세한 말을 좀 해주게."

"영감마저 무슨 약을 잡수셨다나요. 그래 지금 안

에선 법석입니다."

"뭐 어쩌구 어째! 그게 정말인가요?"

"무슨 소리를 못 해서요….

"그럼 의사가 왔나?"

"아직 안 왔지만 곧 올껄요. 전화를 하다 위층으로 들 올라가 섰으니까요."

단꿈이 아직도 사라지지 않는 승호의 머리 위에는 과연 청천벽력이 내려앉은 것 같았다. 그래 정신이 아득아득해지며 얼굴빛이 점점 해쓱해지던 그는 안으로 통한 일각 대문쪽으로 한달음에 뛰어 가더니만 안으로 사라져 버린다.

승호가 급한 걸음걸이로 사랑 마당을 한달음에 지나 안내청을 바라보고 들어서니 집안은 온통 울음빛이다. 가슴은 덜컥 내려앉고 두 눈은 더욱 휘둥그래져가지고 안방에 들어선 그는 다짜고짜로

"아버지!"

하고 부르짖으며 신음하는 그의 아버지 옆으로 가까이 다가 앉았다. 한동안은 아들이 돌아왔지 누가 옆에 와 앉는지도 모르고 그저 괴로워만 할 뿐이다. 이

광경을 들여다보고 있는 승호의 가슴은 미어지는 듯하다. 하도 기가 막혀서 울음 한점 안나오고 다만 어안이 벙벙해 넋을 잃고 멍하니 앉아 있을 뿐이다.

"아버지!"

승호는 자기 귀에 들리기에도 어색한 목소리로 또 한번 아버지를 불러 보았다. 여전히 대답은 없고 더한층 괴로워 못 견디어하는 모양! 자식 된 도리에 차마 눈으로 못 볼 노릇이다. 어느덧 승호의 눈에도 눈물이 고여 점차 그 눈물이 옷깃을 적신다. 방울방울 떨어지는 눈물을 손등으로 씻고 앉았는 승호의 가여운 형상을 바라다보고 우뚝우뚝 서 있는 집안 식구들의 눈에서도 새삼스럽게 눈물이 쏟아져 혹은 밖으로 나가기도 하고 혹은 한구석에 돌아서서 흑흑 느끼기도 하고 또는 그대로 선 채 목이 미어 울기도 한다.

"어머니? 대체 이게 웬일입니까? 별안간에."

곁에 앉은 어머니의 얼굴을 흘깃 쳐다보며 약간 떨리는 음성으로 물어본다.

"낸들 아니… 방안에서 이상한 소리가 나기에 들

어와 보니까 이지경이시구나. 그래 불이야 살이야 사랑으로 사람을 내보내구 일변 의사를 청하구 이렇게 야단 법석을 하는 중이다."

"그래 누가 의사를 부르러 갔나요?"

"전화로 오박사를 급히 오라고 했단다."

승호는 또다시 아버지의 손을 힘있게 잡고서 소리 없이 울고 있을 뿐이다.

의사가 와서 응급 처치을 했으나 아무 효력이 없이 암만 해도 죽을 고비를 그대로 넘길 성싶지 않다. 승호는 몇 번이나

"입원을 할까요?"

하고 의사더러 물어 보았으나

"약을 다량으로 자셨기 때문에 오늘 하루만 두고 보자."

고 하면서 변변치 않은 대답을 하고 돌아갔다.

어언간 밤이 이슥해졌다. 그러나 그의 아버지는 조금도 차도가 없다. 밤이 으슥해갈수록 그의 증세도 점점 더하여 갈 뿐이다. 장지 밖까지 합치면 다섯 칸이나 실히 되는 널따란 방안에 여러 사람이 쭉 둘러

앉았는데 누구도 숨하나 크게 쉬지 않아 쥐 죽은듯이 고요한 품이 마치 무덤 속과도 같다. 이처럼 불안과 초조한 시간이 얼마 동안 계속되었다. 당장 운명하려는 사람의 얼굴을 안타까운 눈으로 내려다보고 있는 것만 같다. 그래 승호는 하도 숨이 막히는 것처럼 괴로워 참다못해 자리에서 벌떡 일어나가지고 장지 밖으로 나와서 머리를 수그린 채 왔다갔다 몇 번 거닐고 있었다. 그러다가 곁눈으로 흘깃 보니까 아버지가 팔을 쳐들어 누구를 찾는 눈치다. 그래 얼핏 아버지 앞으로 다시 가까이 와서 다가앉았다.

"승……호……냐?"

가늘고도 힘없는 목소리는 떨리기조차 하였다.

"네! 저올시다. 정신이 좀 드십니까?"

"영감 정신을 좀 차리슈."

그의 어머니도 옆에서 덩달아 말을 꺼낸다. 그리고 눈물을 주르르 흘린다.

"애…… 승 호 야!"

"네! 그처럼 말씀하시기가 괴로우시면 차차 하시고 그만 두시죠."

아들의 진정에서 흘러 나오는 간곡한 소리를 듣고도 그는 좌우로 머리를 약간 흔들며,

　"아…니. 앞으로 내 목 숨이 오래… 붙어 있을… 성싶지가… 않어…."

　이렇게 띄엄띄엄 나오는 말이 채 끝나기 전에 승호는 별안간 기겁을 하며,

　"아버님! 별 말씀을 다하십니다그려. 아까 의사의 말이 생명에는 아무 관계가 없노라고 하면서 돌아갔는데요."

　그의 아버지는 또 고개를 가벼이 흔들면서

　"아니다, 머지……않다."

　"다만 어린 너한테 악착한 판을 보여 주는 것이 아비된 도리에 참말로 못할 노릇을 했다. 기왕 저지른 노릇이니 용서해다오… 사실이지… 피치… 못할 절박한 사정으로… 해서 이 몹쓸 애비는 이 길을 택하고야 말…았다. 모면하…하려고 애를 무진 써 봐도 결국 되지 않아 이제는 아주 막다른 꼴을 탁당하고 보니 할 수 없어 모든 것을 잊어버리려고 그만 더 생각할 나위도 없이 약을 먹었다. 이지경 되는 것도

나의 운명이요. 이렇게 죽는 것도 내 팔자인가보다.… 이 집도 며칠이 안가서 남의 손으로 넘어갈 것이다. 그리고 사방에서 큰 빚쟁이들이 벌떼처럼 와— 하고 일어날 것이다. 세상이 모두들 부러워하고 사람마다 입에 침이 없이 왁자하게 떠들던 내가 그만 파산을 당하고 오늘이 마지막이란 생각을 하고 보니 어찌 기가 안 막히겠니… 그래 어미지되 매욱한 마음을 되돌려 먹을 나위도 없이 그만 이렇게 일을 저지르고 말았다.”

“아버님! 그렇다고 돌아가실 리야 없습니다.”

“작이나 좋겠니… 그렇지만 그렇지만 내 생각 같아서는 오늘 이 밤을 넘길 성싶지 않다. 죽는대도 빈털털이를 만들어 놓고 나 혼자만 없어지니 눈이 안 감길 것 같다. 모두들 고생할 일을 생각하면 뼈가 녹는것 같고… 또는 왜 약을 먹었든고… 살아서 다시 한번 모든 것을 회복하지 못하고 못생기게 왜 죽을 마음을 먹었을까? 하는 후회도 지금 당해선 난다.”

“아버지! 그만 고정하시죠. 너무 길게 말씀하시면 몸에 해로울 것 같습니다.”

"아니 내가 지금 하는 말이 마지막 유언일지도 모른다."

"원, 도섭스런 소리도 하시는구료."

승호의 어머니가 펄쩍 뛴다.

"아버님도 별 말씀을 다하십니다 그려. 돌아가시긴 왜 돌아가세요. 밝은 날이면 입원을 하실 텐데요. 입원만 하시면 곧 나으십니다. 그러니 안심하세요."

"정말 그럴까?"

"아까 의사의 말이 아무렇지도 않으시다구요. 그러니까 꼭 나으십니다."

승호는 자기 아버지의 손을 전신에 힘을 주어 지그시 쥐고 앉았다.

새벽녘이나 되어서 벼락부자라고 일컫던 그는 그만 이 세상을 떠나고 말았다. 시체를 에워싼 승호와 그의 모친과 그의 누이들이며 또 다른 친척들의 슬픔은 여간이 아니다. 멀고 가까운 일가들이며 그 아래에서 일보는 사람들 모두가 한사람의 죽음으로 말미암아 수백명의 밥줄이 끊어졌고 몇몇 은행은 수십만원 씩이나 좋게 손해를 보게 되었다. 그런 중에도 경일은행의 손해는 더구나 컸다. 이 까닭에 책임상 곤란과 사재의 손해 큰 것은 누구보다도 정희 부친 헌식이었다. 벼락부자는 왜, 음독자살을 하지 아니라지 못했나? 첫째 큰 원인은 오십만원이나 가까이 주고 산 광산이 처음에는 금이 썩 잘나오더니 내리 이태를 두고서 파고 파고 또 파도 금은 시원하게 안 나왔다. 그리하여 이태 동안에 들어간 비용은 전부가 빚이었으니 그 빚만 해도 상당히 컸다. 그리고 둘째는 주식에 손을 댔다가 크게 낭패를 당하고만 까닭이다. 액운이 들어 그랬는지 모두가 생각한 바와는 빗맞았다. 그래 각 은행의 수형기일은 매일같이 닥쳐오고 사사로이 개인에게서 쫒는 채금은 날이 갈수록 성화같았다. 이처럼 쪼들리는 판에 그나마 광산이 폭발을 했으니 사상자가 많이 났을 것은 물론이요 또는 광산만 내세우고 이리저리 융통하던 것이 그나마 송두리째 없어지고 보니 이 앞으로 돈 돌릴 것이 난감하고 앞이 캄캄해져 그만 자기 손으로 자기목숨을 끊고만 것이다.

그가 죽은 지 닷세 만에 간단한 형식으로 장례식을

치르고 났다. 간략하게 장사를 지내지 않으면 안 될 형편을 생각하매 승호의 슬픔은 더 컸었던 것이다.

　승호는 재동 막바지에 있는 어느 조그만 하숙 단칸방으로 옮겼다. 모친을 모시고 궁해진 살림살이라도 벌이려고 했으나 인천서 사는 시집 간 승호의 큰누이가 한사코 어머니는 당분간 자기가 모시겠노라고 고집을 펴서 하는 수 없이 어머니만은 인천을 내려가 계시게 되었으며 승호는 자기마저 매부의 집에 얹혀 있기가 뭣해서 학교를 마칠 때까지 하숙생활을 하기로 작정한 것이다.

　어머님이 인천으로 내려가시게 되던 날 누님이 그를 보고 약간 언짢아 하면서

　"지금 어머님의 속이 어떠시겠니? 집안이 졸지에 이지경이 되고 보니 오죽 화가 나시며 겸해서 얼마나 적적하시겠니? 그러니까 내가 어머님을 모시고 위로도 해 드릴 겸 또는 모든 것이 준자도 되고 석시삭거들랑 한데 모여 살도록 하려무나. 너도 공부나 다하고 결혼이나 하거들랑 다시 니가 모시렴⋯ 그리고 너는 정 집에 와 있기가 싫거든 얼마 동안만

하숙 생활이라도 해라. 공일을 이용해서 일주일에 한번씩 오르내리려무나. 그래야 어머님도 덜 섭섭해 하실 게다. 부디 그래라."

"누님! 모두가 고맙습니다. 그러면 누님이 하라시는 대로 하겠습니다."

"너도 당장엔 여러 가지 고민이 머리속에 하나 가득할 줄 안다. 그렇지만 아무 생각도 말고 공부나 착실히 잘해가지고 훌륭한 사람이 되어 넘어간 우리 집안을 다시 일으켜 세워라. 이번의 모든 분한 설움을 푸는 데는 오직 너 하나밖에 또 어디 있니! 그러니까 어련할 건 아니지만 부디부디 공부 잘 하여라. 저보다 몇배 더 힘들여서…."

"그건 염려 마십쇼. 저도 생각이 있고 또는 이미 결심한 바가 있으니까요."

이런 대화가 있은 뒤 얼마 안가서 그들의 일행은 남대문 정거장으로 나왔다. 정거장 대합실에 붙어서 언짢아 하시던 어머니는 차가 떠나려고 움직이기 시작한 순간에 창밖에 섰는 아들의 얼굴을 내다보며 손수건을 연해 두 눈덩으로 갖다대고 비빈다. 승호는 저린 가슴을 억제하면서 움직이는 차를 쫓아가다가 점점 거리가 멀어져 하는 수 없이 발부리를 돌릴 때에는 그의 두 눈에서도 눈물이 핑 돌았다.

'만가하든 살림을 일조일석에 망치고 쫓겨 가시다시피 하시는 어머님! 더구나 홀로되신 외로운 신세를 생각하시고 얼마나 울고 가셨을까?' 하는 애달픈 생각을 할 때 가슴은 뭉클하고 앞이 캄캄할 만치 현기증을 느꼈다. 첫번 길이니 아무리 누이집 식구들을 대하기가 창피하더라도 어머님을 쫓아 내려갈 것을 잘못했다고 마음속으로 깊이깊이 후회하기를 마지않았다. 금세 떠나신 어머님이지만 갑자기 그리운 생각이 든다.

"오는 토요일에나 내려가 뵙지."
하고 정거장 밖으로 휘적휘적 걸어 나왔다.

어느틈인지 전기불이 일제히 쭉 켜졌다. 저물어가는 저녁 거리는 승호로 하여금 전에 없이 쓸쓸한 느낌을 더 한층 자아내게 한다.

하숙으로 옮긴지 며칠 만에야 정희한테 편지를 했다. 그의 집으로 찾아가도 좋으련마는 하도 손해를 보여 주었기 때문에 정희의 부친을 대할 면목이 없어서 편지도 당분간 그만 두려다가 주위가 하도 쓸쓸하고 마음 부칠 곳이 없어서 여러 번 망설이다가 한번 만나 보았으면 좋겠다고 한 간단한 내용의 편지를 써 보낸 지가 벌써 사흘이 지났는데도 한번 찾아오긴커녕 답장조차 없다. 그전 같으면 편지를 받자마자 즉시 찾아왔을 것이다. 허나 답장조차 없을 적에는 반드시 무슨 충절이 있음에 틀리지 않을 것이라고 생각된다.

가뜩이나 뒤숭숭한 머리속이 정희로 말미암아 더 한층 덩굴처럼 얼크러졌다. 이 생각 저 생각이 번갈아 일어나 그를 때때로 괴롭게 하고 몸이 닳도록 초조하게 만들 뿐이다. 천갈래 만갈래 생각을 하면서도 오직 정희의 마음이 변하였으리라고는 믿고 싶지 않았다.

'설마 정희의 마음이야 변했을 리가 있나. 돈은 돈이고 사랑은 사랑이지.

그리고 아버지는 아버지고 자식은 자식이 아니냐. 그렇다면 나를 만나지 못하게 하는 것은 그의 아버지가 우리들의 사이를 해방 놓는 시초가 아닌가?

그렇지만 정희의 의사만이 안 그렇다면 고만이 아니냐. 좌우간 오늘하루 더 기다려봐서 아무 소식이 없으면 내일은 세상없어서도 정희의 집을 찾아가야만 하겠다. 그래서 모든 것을 속 시원하게 알고 나야만 하겠다.'

이렇게 입안말로 혼자 중얼거리며 책상 앞으로 다가 앉았다. 노트를 펴놓고 오늘한 필기위로 눈을 옮겼으나 아예 머리속으론 들어오지 않는다.

단 한번을 채 내리 읽지도 않아서 머리 골치만 어지럽다. 어, 그만 노트를 탁! 덮고 깍지낀 손을 머리 뒤에다 댄 채 방 한가운데에 비스듬히 한일자를 긋고 반듯이 드러누워 버렸다. 바로 얼마 전까지 호화롭던 생활도 이제 와서는 옛 꿈이 되고 말 줄이야. 승호로서 일찍이 뜻하였으랴? 암만 생각해도 생시 같지 않다. 모두가 꿈속에서 헤매는 성만 싶다. 불시에 아버님이 변사를 하신 것도 꿈결같고 남들이 부러워하던 살림살이가 일조에 파산을 하고 만 것도 정말 같지 않게 여겨진다. 길에 나서면 뭇사람들이 손가락질을 하며 비웃는 것만 같아 고개를 쳐들 수 없다. 학교에 가더라도 동무 간에 어울리고 싶지 않아서 전에 절친하던 동무들이라도 될 수 있는 대로 피하기를 힘썼다. 학교 대문 안을 들어설라치면 더 한층 우울할 뿐이었다.

그러다가 어언간 하루의 학과를 마칠라치면 하숙으로 발길을 급히 옮기면서 정희의 모습을 환영으로 그려가며

'혹시 와서 기다리지나 않나? 편지나 오지 않았을까?'

하고 발을 더욱 자주 떼어 놓았다. 오늘도 이러한 기분과 감정으로 하숙에 돌아와 보았으나 전화도 편지도 둘 중에 하나도 오지 않았다. 그래 외로운 생각과 우울한 기분은 한층 더하여졌다. 세상이 귀찮은 생각조차 든다. 목을 놓고 엉엉 울고도 싶은 감정이 가슴속에서 복받쳐 오른다. 그는 한참 동안 무한히 괴로운 가운데 헤매다가 어렴풋이 잠이 들고 말았다.

정희는 자기 아버지 앞에 고개를 숙이고 묵묵히

서서있다. 아담하게 꾸며놓은 응접실 안은 무거운 공기가 떠돌고, 얼굴과 얼굴에는 긴장한 빛이 나타나 심상치 않은 기색들이다.

"너도 생각을 깊이 잘 해봐라. 설령 약혼을 했다할지라도 사정과 형편에 따라 파혼 하는 수도 아주 없지는 않으니까."

"아버지! 그렇지만….."

"그렇지만이 다 뭐냐 제일 첫째는 승호의 부친이 나에게 끼친 손해로 말할 것 같으면 기가 막혀서 입 밖에 낼 수 없을 만치 어마어마하나, 이왕 죽은 사람이라 어찌할 수 없는 노릇이지만 아예 마음이 탐탁하게 끌리지 않는구나…… 자다가도 그 일만 생각하면 화가 치밀어 오르니 사위라고 어찌 정인들 끌리겠니? 나도 조금만 웬만한 사람 같았더라면 그와 마찬가지로 파산을 당하고 말았을 것이다. 그리고 또 둘째는 이 앞으로 패가한 집 자식인 승호에게 무슨 희망이 있다고 귀엽게 기른 너를 호락호락히 내주겠니? 네몸을 생각하고 너의 앞길을 위해서는 애비된 나로서 단연코 너를 승호에게 맡길 수 없다."

"·················"

"애비 말에 왜 대답이 없어?"

정희는 그의 아버지 뱃속을 유리나 대고 들여다보듯이 환하게 들여다보게 되었다. 승호 씨의 집이 다시는 일어설 수 없게 망하고 보니 승호마저 끈 떨어진 망석중이처럼 된 것은 사실이다. 그래 아무것 하나 보잘것없이 된 승호를 내대고 딴 남자를 내심으로 물색하는 것이 아버지의 말 한마디로 확실히 드러나게 되었다. 아까부터 그에게 대하여 이러니저러니 한 것도 승호를 단념시키고 딴 대로 혼처를 작정하려는 심산이요. 예비수단으로 자기의 심정도 떠볼 겸 마음의 동요를 일으키려는 야비한 짓이었거니 하고 마음먹으매 갑자기 아버지의 얼굴이 다시 쳐다보인다.

"내 언제 말했는지는 모르지만 그이는 우리은행에 새로 들어온 서무과장이다. 재산도 상당하거니와 공부도 상과대학을 마쳤으니만치 젊은 은행가로서 일반의 기대가 여간 큰 것이 아니다. 그래서 그전부터 퍽 호감을 가지고 있던 차에 이번 일이 벌어진

다음부터 승호에게 정이 뚝 떨어지고 그 대신 그에게 마음이 쏠리는구나. 너만 좋다면 이번에는 약혼이고 뭐고 할 거 없이 하루바삐 결혼식을 거행할 작정이다. 그러니 너도 깊이 생각해서 이 애비의 진정을 알거든 망설일 것 없이 내 말대로 해라. 마음에 꺼림칙할 줄도 모르는 바는 아니다만 이제 와서 승호에게 더 바랄 게 뭐냐?"

정희는 여전히 고개를 숙인 체 잠잠히 서서 여러 가지 생각을 두서없이 하기 시작하였다. 사오년 동안이나 서로 사랑해온 승호 씨를 단지 그의 집안이 패가를 했다든가 또는 아버지가 그와 관계를 끊게 한다고 아주 저버린다는 것은 어디로 보든지 차마 못할 노릇이다. 그러나 지금 아버지의 말씀을 거역하고 그이와 같이 산다면 아버님 성질에 상면도 안 하실 것이고 그렇다면 곤경에 빠진 승호 씨에게 희망이 있나? 또는 아버님의 보조가 있을 텐가… 참 딱한 노릇이다. 지금 다니는 학교를 졸업하더라도 우리들에게 안정된 생활을 할 만한 벌이가 쉽사리 잡힐는지도 또한 의문이다.

"아버님! 전 그만 안으로 들어가겠어요."

"그럼 안에 들어가 잘 생각해 보아라."

"네!"

정희는 무슨 의미로 "네!" 하고 대답하였는지 모르며 휙 돌아서나와 안으로 들어가 버렸다.

며칠 지난 뒤 어느 토요일날 오후였다.

청목당 윗층 식당에는 점심때가 지나 사람들이 별로 없다. 그러나 식탁을 한가운데 놓고 마주앉은 정희의 아버지와 승호의 주고받는 말소리는 적이 나직한 음성이었다. 그들의 눈치로 보아서 때로는 꾸중하는 어른과 꾸중 듣는 어린애 같기도 하고 때로는 타일러가며 달래는 듯도 하다.

"자네는 이 앞으로 공부를 더 열심히 해야만 할 경우니까, 그렇게 하자면 먼저 잡념을 없애려면 당분간 정희와 교제를 끊는 것이 좋을 성싶으이."

고개를 숙이고 그의 하는 말을 잠잠히 듣고 앉았던 승호는 그리 놀라는 눈치도 의심하는 기색도 없이 다만 무엇을 그의 예상했다는 듯이 원망스런 눈초리로 그의 얼굴을 흘깃 쳐다보고는 다시 고개를 수그린다.

"그렇다고 정희의 결혼 상대자가 생겨서 딴 데로 출가를 시키려는 의사는 아닐세. 그러니까 오해를 하면 안 돼…… 정 뭣하면 자네의 학비는 어디까지든지 내가 담당할 테니 그리 낙심 말게. 그리고 졸업만 하고 보면 취직 같은 것도 염려할 것 없어. 다른데 말해 봐서 안 되면 우리 은행에라도 한자리 비집을 터이니… 자네 아버님과의 교분 생각해서라도."

승호는 그의 하는 말이며 태도의 전부가 이상스런 품이 무슨 일이 고간에 숨기는 줄 번연히 알면서도 조금도 내색을 하니 않았다. 이때에 마침 주문했던 음식을 한접시씩 가져오기 시작하였다. 헌식이는 승호를 건너다보면서

"들게 들어… 어서."

"………………"

먹을 생각도 안 한다.

"내 말에 오해를 해서는 안 되네. 그것은 잘 이해하여 주게."

"정희 씨의 의향은 어떤가요?"

"의향이라니? 무슨 의향이 어떻단 말인가?"

"저와 교제를 끊는데 대해서 말이야요."

"물론 개도 두 사람의 앞길을 위해서는 좋다고 그러데. 정희도 결국은 잘 이해하고 찬성이지."

"그런 말을 왜? 저를 직접 찾아와 보고 못 하나요? 몇 번 만나자고 편지를 해도 답장조차 없더니만 뒤늦게야 아버님을 통해서 이런 말을 하는 심사를 암만 알려도 알 수 없습니다."

이런 말을 입 밖에 내고 보니 정희의 얄궂은 처사가 새삼스럽게 원망스럽고 또는 정희아버지의 속이 뻔히 들여다보이는 야비하고 능글능글한 태도가 능구렁이를 대하는 것처럼 징글징글하였다. 승호는 내내 음식을 입에다 대지도 않고 그대로 앉아 있다가 하도 벨이 꼴려서 그의 혼자 먹는 식사가 끝나기 전임에도 불구하고 그만 앉았던 자리에서 벌떡 일어나며

"일러주신 말씀은 잘 알아들었습니다. 동무와 만나자는 시간이 돼서 오늘은 이만 실례를 하겠습니다. 일간 또 뵙죠."

"저, 그러면."

그의 앞에서 몸부림을 쳐가며 폭백이라도 하고 싶은 생각이 없지도 않았지만 그렇게 한다면 도리어 자기의 위세만 되고 약점만 보이는 것 같아 다만 눈물을 머금고 간신히 참았다. 마음을 굳게 먹고 모든 것을 결심하였다.

"응 내 하는 말을 잘 알아들었나? 암 그래야지… 시킨 음식이나 들지 않고 왜 그래?"

"정말 점심 먹은 지가 얼마 안 돼서 아무 생각도 없어요."

"그래도 좀 들지 않구…."

"그럼 먼저 물러갑니다."

"어서 가보게."

하고 그의 뒷모양을 바라보며 의미 모를 한숨을 휘 −하고 내쉰다.

(『사해공론』, 1927년 1월, 5월)

# 윤기정(尹基鼎, 1903~1955)

1903년 서울에서 태어났다. 필명은 효봉(曉峰)·효봉산인(曉峰山人)이다. 아호를 효봉(曉峰)으로 쓰기도 했던 평론가 겸 작가이다.

사립 보인학교를 다니면서 보성중학교에 다니던 임화와 만나 10대 때부터 소설을 습작했다. 월간지 『조선지광』에 「성탄야의 추억」(1921), 「미치는 사람」(1927) 등을 발표하였는데, 이들 작품에는 사회적 문제에 작가가 직접 개입하여 해결하려는 의도가 드러나 있다.

1922년에 조직된 최초의 사회주의 예술단체 염군사에 참가하여 파스큘라와 통합, '조선프롤레타리아예술가동맹(KAPF: 카프)'이 결성되는 데 기여하였으며, 김복진·박영희·한설야 등과 중앙위원으로 선출되었다.

1925년 조선 프로예맹 서기국장, 중앙위원을 역임했다.

1927년 김화산(金華山)이 촉발시킨 아나키즘과 볼셰비즘 논쟁에서 한설야·조중곤(趙重滾) 등과 함께 아나키즘을 집중공격함으로써 카프의 제1차 방향 전환에 일정한 역할을 하였고, 이를 계기로 소장파가 카프를 장악하였다.

1928년『생의 성』에 평론「문예운동의 금후전개」를 게재하였다가 전문 삭제되었고, 1929년 창간된『조선문예』에 주요 필자로 참가하여 평론「문예시감(文藝時感)」을 발표하였다.

1930년 임화와 더불어 〈신건설사〉를 결성했고 1931년에는 제1차 카프 사건으로 검거되었지만 기소유예로 석방되었다.

1930년 카프의 조직개편 때 김남천·임화 등과 함께 기술부 산하의 영화분야에서 활동하다, 1932년 임화 등과 중심이 되어 문학잡지『집단』을 창간하였으며, 1933년 카프의 제2차 검거사건 때 이기영·한설야·송영·권환 등과 함께 검거되어 고초를 겼었으나 전향을 서약하고 집행유예로 풀려났다.

1936년 12월 1일 이갑기·이동규·한설야 등과 함께 문학잡지 『풍림』을 창간하였다.

해방 이후 들어서 윤기정은 작품 활동보다 문단 운동에 더 치중했던 것으로 보인다.

1945년 서울에서 한효가 중심이 된 '조선프롤레타리아문학예술동맹'의 중앙집행위원으로 적극 가담하였으나, 임화·김남천의 '문화건설중앙협의회'에 밀려 1946년 월북했다. 한동안 해주에 거주하다 리기영이 위원장으로 있던 '조선문화협회(朝蘇文化協會)'의 중앙상임위원을 지내는 한편 '북조선문학예술총동맹'의 중앙위원을 역임하였다.

1955년 봄에 사망한 것으로 전해지고 있다.

큰글한국문학선집: 윤기정 단편소설선

# 미치는 사람

© 글로벌콘텐츠, 2015

**1판 1쇄 인쇄**_2015년 09월 05일
**1판 1쇄 발행**_2015년 09월 15일

**지은이**_윤기정
**엮은이**_글로벌콘텐츠 편집부
**펴낸이**_홍정표

**펴낸곳**_글로벌콘텐츠
　　　**등　록**_제25100-2008-24호

**공급처**_(주)글로벌콘텐츠출판그룹
　　　기획·마케팅_노경민　　편집_김현열 송은주　　디자인_김미미　　경영지원_안선영
　　　주소_서울특별시 강동구 천중로 196 정일빌딩 401호
　　　전화_02-488-3280　　팩스_02-488-3281
　　　홈페이지_www.gcbook.co.kr

**값** 45,000원
**ISBN** 979-11-5852-049-6 03810